本书系国家社科基金西部项目"明清小说互文性研究的专题分析与体系构建研究"（项目编号：15XZW013）结项成果

明清小说
互文性研究

王 凌 ◎ 著

中国社会科学出版社

图书在版编目(CIP)数据

明清小说互文性研究/王凌著. —北京：中国社会科学出版社，
2023.12

ISBN 978-7-5227-2918-3

Ⅰ.①明… Ⅱ.①王… Ⅲ.①古典小说—小说研究—中国—
明清时代 Ⅳ.①I207.41

中国国家版本馆 CIP 数据核字(2023)第 246350 号

出 版 人	赵剑英
责任编辑	杨 康
责任校对	周 昊
责任印制	戴 宽

出　　　版	中国社会科学出版社
社　　　址	北京鼓楼西大街甲 158 号
邮　　　编	100720
网　　　址	http://www.csspw.cn
发 行 部	010-84083685
门 市 部	010-84029450
经　　　销	新华书店及其他书店

印　　　刷	北京明恒达印务有限公司
装　　　订	廊坊市广阳区广增装订厂
版　　　次	2023 年 12 月第 1 版
印　　　次	2023 年 12 月第 1 次印刷

开　　　本	710×1000 1/16
印　　　张	19
插　　　页	2
字　　　数	276 千字
定　　　价	109.00 元

目　录

从叙事学到互文性(代序)

孟昭连

20世纪80年代,随着国家改革开放的政策的实行,学术领域也打破禁区,西方的研究理论与方法又一次进入中国。在文学研究领域,"叙事学"的引入,使中国古代文学尤其是小说的研究开了一个新局面。叙事学的本旨是研究"结构",以发现叙事现象中的各"组件"的功能与相互关系。它涉及一切叙事文体,除了文学还有历史、戏剧、电影甚至新闻传播,而作为叙事文体最典型意义的小说,便自然而然地成为叙事学重点研究的对象。1984年,我回南开读研,正值宁宗一、鲁德才二位先生合编的《论中国古典小说的艺术——台湾香港论著选辑》出版,此书虽名为"古典小说的艺术",其实所选主要是港台学者用叙事学理论研究中国古代小说的论文。在后来的三年中,导师鲁德才先生又为我们开设了介绍"叙事观点"的研究生课程。当时的所谓"观点"(viewpoint),是港台地区学者的用法,它不同于以前我们所理解的思想、看法的意思,而是指观察叙述事物的角度或出发点,也有人翻译为"视点""视角""角度",后来比较通行的用法是"视角"。在导师的指导下,我们一面学习这种新理论,一面阅读古典小说原著,用这种新理论寻找问题并加以阐释。几年下来,感觉这种边学边干有针对性地解决问题的学习方法效果很好,到1987年毕业时,导师和我及师妹马红分工撰写共同完成了二十余万字的书稿《中国古代小说的叙事观点》。虽然因种种原因这部书稿最终没能正式出版，但它记载了我们较早接触运用西方叙事理论进行古代小说研究的历程。稍后由我撰写的关于《红楼梦》的部分内容，改题为《〈红楼梦〉的多重叙事成分》《〈红楼梦〉的人物叙事观点》分别在《文学遗产》和《红楼梦学刊》发表。其后又陆续写过几篇，①并且也以《中国古代小说的叙事观点》作为教材，为硕士生和博士生开过课程。相对于主题思想、人物形象、情节结构等传统的研究方法，叙事学的关注点从"写什么"转移到"怎么写"，或者说从思想论向方法论转化，确实给人以耳目一新之感，以至后来对自己的阅读习惯与审美趣味产生了重大影响。比如中国古代白话小说，以前注意的多是人物性格以及反映了什么思想，人物形象注意的是修辞方法、人物语言等。但以叙事学看来，叙述者及叙述的角度更为重要，而以之分析说书体古代白话小说，似乎也更为契合，从中能挖掘出传统研究方法忽略掉的艺术技巧与审美价值。对叙事学的关注，一直持续了我的大半学术生涯。后来随着学术兴趣的转移，研究的重点渐渐转向文学语言这个更狭窄的领域。

从西方引进的任何一个文学理论或研究方法，都有其局限性，不可能涵盖中国文学的方方面面，无法与《文心雕龙》那种体大思精的文学理论著作相比。叙事学虽然为中国古代小说的研究者带来了新鲜感，扩展了古代小说的研究领域，但随着叙事学研究对象的无限制扩张，其微观研究的性质渐渐向宏观方向发展，语言文字的属性逐渐模糊了，"叙事"的针对性不是那么强了。②有学者认为："比较突出的问题是，它已形成了某种套式，缺乏价值判断，影响了研究的深度，并难以与古代小说其他方面的研究协调。"③所以古代小说领域的叙事学研究渐呈式微之势。

王凌在读研期间就开始关注叙事学的研究，除了专心上好相关课程，还认真阅读叙事理论原著，搞通原理，并在后来的博士学位论文

---

① 分别是《作者·叙述者·说书人——中国古代小说叙事主体之演进》（《明清小说研究》1998 年第 4 期）、《近代小说叙事中的"有我"与"无我"》（《南开学报》2001 年第 5 期）、《口传叙事、书写叙事及其相互转化——以中国古代小说为中心》（《明清小说研究》2011 年第 3 期）。

② 比如"图像叙事""戏曲表演叙事""跨媒介叙事"等概念的出现。

③ 刘勇强：《中国古代小说的叙事学研究反思》，《明清小说研究》2011 年第 2 期。

中大胆运用，从语言形式、修辞形式、叙述视角、叙述时间、叙述结构五个层次对古代白话小说文体进行了较为系统、全面的描述，不但写出了新意，也为自己后来的白话小说研究打下了坚实的基础。① 此后，互文性理论也理所当然地受到王凌关注，短短几年就陆续写出了相关论文数十篇，成果显著，俨然是互文性研究的生力军。作为曾经的导师，我自然为她感到高兴。互文性是稍后于叙事学兴起的一种西方文学理论。我们注意到，对于"互文性"这一概念，学术界还存在争议。在中国传统学问中，"互文"本是传统文学手法与训诂学用语。比如在先秦经典中，常有"吾""我"混用的情况："夫召我者，而岂徒哉？如有用我者，吾其为东周乎？"（《论语·阳货》）"伐我，吾求救于蔡而伐之。"（《左传·庄公十年》）吾、我意思相同，何以一句话中要混用？胡适曾以西方语法的格数理论加以解释，认为"吾"是主格，"我"是宾格。此说因反证太多，结果沦为语言学研究的笑话。唐代刘知几曾以姚最《梁后略》"得既在我，失亦在予，不及子孙，知复何恨"一语中"我""予"混用现象为例，认为"夫变'我'称'予'，互文成句，求诸人语，理必不然，此由避平头上尾故也"②。清人陆以湉以《孟子》为例云："至《孟子》好辨章，则先言'予'，继言'吾'，终言'我'。盖文家错综变化之法，已肇端于斯。"③ 刘知几的"互文成句"及陆以湉的"文家错综变化之法"，都明确指出"吾""我""予"的混用，只是文人的修辞行为，并非口语也是如此。先秦文人对言与文有严格分野，修辞行为发生在书面语领域，④ 互文的运用多是为避免重复，所谓"文家错综之法"即指此。传统互文手法的另一种形式是《辞海》解释的"上下文各有交错省略而又相互补充，交互见义并合而完整达意"。如《礼记·坊记》："君子约言，小人先言。"汉郑玄注云："'约'与'先'互言耳。君子'约'则小人

---

① 论文后来成书《形式与细读：古代白话小说文体研究》，人民出版社 2010 年版。

② （唐）刘知几：《史通》卷 18，上海古籍出版社 2008 年版，第 375 页。

③ （清）陆以湉撰，冬青校点：《冷庐杂识》卷 1，上海古籍出版社 2012 年版，第 5 页。

④ "修辞"最早出现于《周易》，朱熹注云："其曰修辞，岂作文之谓哉！"见郭齐、尹波点校《朱熹集》，四川教育出版社 1996 年版，第 3337 页。

多矣；小人'先'则君子'后'矣。"诗歌中尤多。大家常举的例子
如汉乐府《战城南》中的"战城南、死郭北"、《木兰诗》中的"雄
兔脚扑朔，雌兔眼迷离"、唐王昌龄《出塞》中的"秦时明月汉时关"
等等，都要前后文合起来理解，表达效果犹如兵家的"分兵合击"。
实事求是地说，以上所举中国传统的"互文"与西方的所谓"互文
性"并非一码事，其主要差别在于，传统的互文作为一种修辞方式，
只是一个遣词造句问题，虽然最终是实现表达的效果，但针对的只是
某个字词，与西方"互文性"所指的"一个语篇中出现的融会其他语
篇的片段这样的现象"相差甚远。

　　但这是否可以说"互文性"与中国传统文章手法全无关系呢？当
然不是。事实上，站在互文性的角度审视中国传统的文章写法，相似
或完全相同的东西俯拾皆是。西方互文性这一概念所指太过宽泛，所
谓"文本（语篇）关系"本来就是人类文明积累的基本方式，文字本
来就是解决口语瞬间即逝、不能传之久远的缺陷而产生的，如清人陈
澧《东塾读书记》所言："声不能传于异地，留于异时，于是乎书之
为文字。文字者，所以为意与声之迹也。"① 那么任何民族的文字记载
无不是在前人基础上进行的，尤其是对于中国古代热衷于"宗经"
"征圣"的民族而言，用文字记载的文本之间，必然发生纵向或横向
的关系，只是这种关系有巨细之别而已。对此，王凌在本书第一章
"古代小说互文性现象的发生依据"有充分的论述，她认为作为一种
批评理论和研究方法，既然有可进行比较的东西，能引发我们的联
想，更深入地开掘作品内涵，就不妨采取更宽容的态度。比如按照
蒂费纳·萨莫瓦约的说法，引用、参考是互文性的基本方式，而在中
国的某些文体中，引用前人文本或观点，也是写文章的基本方法。近
代刘师培就说："盖行文之法，固不外征引及判断二端也。"② 他说的

---

　　① （清）陈澧著，钟旭元、魏达纯校点：《东塾读书记》，上海古籍出版社 2012 年版，第
213 页。
　　② 章太炎、刘师培等撰，罗志田导读，徐亮工编校：《中国近三百年学术史论》，上海古籍
出版社 2019 年版，第 189 页。

"征引"就是引用前人，而且引得越多越好，越显得有学问。所谓旁征博引不就是说明文本作者要大量引用历史的现实的文献或事实，在此基础上才能作出正确的判断与结论，文章才更有价值吗？《马氏文通》作者在序言中说："愚故罔揣固陋，取《四书》、《三传》、《史》、《汉》、韩文为历代文词升降之宗，兼及诸子《语》、《策》为之字栉句比，繁称博引，比而同之，触类而长之，穷古今之简篇，字里行间，涣然冰释，皆有以得其会通，辑为一书，名曰《文通》。"① 其对前人文献的引用可以说极有代表性。至于文学作品的互文性，王凌举了古代小说《金瓶梅》，可以说非常恰当。号称历史上第一部"文人独创的白话长篇小说"《金瓶梅》，其实它的独创更多表现在立意、全书故事的组织上，而在题材、情节、人物、语言等方面是有所依傍的，它除了在《水浒传》的基础上岔出一枝，重新组织了一个新的故事，而且大量吸收当时流行的话本小说、戏曲、词曲的内容，很多地方几乎是原文照抄。对于《金瓶梅》与其他文本之间的关系，在其刚一问世就被人们发现了。至《红楼梦》出，人们又很快发现它与《金瓶梅》之间的密切关系。脂砚斋在评论《红楼梦》第十三回的情节时写道："写个个皆到，全无安逸之笔，深得《金瓶》壸奥。"又在第二十八回评点："此段与《金瓶梅》内西门庆、应伯爵在李桂姐家饮酒一回对看，未知孰家生动活泼？"自 20 世纪 30 年代，就有多位研究者探讨过《金瓶梅》与《红楼梦》之间的关系，如阚铎的《红楼梦抉微》就是一部全面对照分析《红楼梦》与《金瓶梅》异同的著作，内容涉及两部小说的各个方面，如"以贾代西门之铁证""红楼梦以孝作骨，金瓶以不孝作骨""狮子街与紫石街之不同""水浒化为金瓶，金瓶化为红楼之痕迹"，等等。② 事实上，不只是小说，在中国古代文学的不同体裁中，这类与西方互文性理论比较合榫的例子举不胜举。

叙事学、互文性等文学理论的引入，确实为中国文学的批评研究吹进一阵新风，新的研究角度及其带来的阅读感受让人耳目一新。但是也

---

① 马建忠：《马氏文通》，商务印书馆 2017 年版，第 5—6 页。
② 王振良编：《民国红学要籍汇刊》第 3 卷影印本，南开大学出版社 2017 年版，第 9—15 页。

应该注意到，目前这种"新鲜感"还只是局限于研究者自己的小圈子里，对于文学创作者与普通阅读者来说，似乎并无反应。理论上说，文学批评是为阅读与创作服务的，"文学批评的目的及效果有三：文学的鉴赏、文学的普及及改善、公众趣味的教育这三项"①。"以透视过去文学，而尤在获得批评原理与文学原理，以指导未来文学。"② 但事实上，这似乎很难达到，不说读者，就是文学的创作者，真正关心文学批评理论的能有多少？可能并不乐观。总的感觉是，创作、阅读与批评还是两张皮，文学批评的成果沦为"同人"的读物。记得大学时代有汉语语法课，教科书讲到"学习目的"总有"提高运用汉语的能力""有利于文学创作"的内容。但著名的小说家莫言却说："实际上，绝大多数的人，一辈子也用不到自己母语的语法，一个基本上不懂语法的人，完全可以正确地使用母语说话和写作。"③ 话说得似乎很"难听"，但作为文学大师级的人物，莫言此说恐怕不是异想天开，而应该是自己的切身体会。那么，文学批评与阅读和创作之间，是否也类似于这种关系？如果不是，应该如何解决这个问题？这是文学研究者应该思考的问题。

与此相关还有一个问题，而且可能是一个更重要的问题。自 20 世纪初西风东渐，中国的社会科学研究全面实现了现代化的转型，基本上实现了与世界"接轨"。但是，也一直存在另一种声音，就是社会科学的"本土化"。早在 20 世纪 30 年代，老一辈社会学家就提出了"社会学中国化"的主张。80 年代以来，"本土化"的主张在整个社会科学领域都引起了反响。比如在文学领域，有学者对引进西方理论进行古代文学研究的做法颇有微词，认为并不是所有西方理论都可以成功移植到中国来，因为"西方理论毕竟是从另一种文化传统中产生并发展起来的，西方的理论家在创立一种学说时很少把中国传统放在归纳和思考范围内"④。也就是说，完全用产生于西方文学中的理论来

---

① ［日］本间久雄：《新文学概论》，章锡琛译，上海商务印书馆 1926 年版，第 85 页。
② 罗根泽：《中国文学批评史》，商务印书馆 2017 年版，第 12 页。
③ 莫言：《虚伪的教育》，浙江文艺出版社 2019 年版，第 19 页。
④ 莫砺锋：《新旧方法之我见》，《文学遗产》2011 年第 6 期。

研究中国古代文学，可能存在水土不服的问题，甚至会产生南辕北辙的状况。即便像与中国古代小说比较契合的叙事学、互文性，仍然会给人一种用中国千百年前的文学实例，来证明刚刚产生了几十年的西方理论的感觉。这种状况在语言学领域也存在，"几乎一个世纪的群体在本土汉语研究方面选择了西方的知识框架和话语体系。他们忙于翻译、介绍国外语言研究，更有为数众多的学者借着翻译和介绍，直接拿来、直接运用"①。不少所谓"研究"就是把西方语法的框子套到汉语的头上，用汉语的实例去证明印欧语言理论的真理性，完全没有形成自己的理论框架与知识体系。什么是真正的"本土化"？是继续采取拿来主义，亦步亦趋地在西方话语体系中做"填充题"，还是在深厚的文学传统基础上建立起自己的理论架构和话语体系，真正"讲好中国故事，传播好中国声音"？这也是古代文学研究者应该认真反思的问题。

---

① 裴文：《全球语境下的汉语本土化研究》，《江苏社会科学》2008 年第 5 期。

绪　论

第一节　现代互文性理论概述

一　互文性概念解析及互文性理论流变简述

"互文性"（Intertextuality）是法国学者克里斯蒂娃于 20 世纪 60 年代在巴赫金"对话理论"基础上首创的一个文学批评概念，克里斯蒂娃本人对这一概念曾经有过多次重要界定，如："任何文本都是引言的镶嵌组合；任何文本都是对其他文本的吸收与转化。从而，互文性的概念取代了主体间性的概念，诗性语言至少能够被双重解读。"① "我们把产生在同一个文本内部的这种文本互动作用叫做互文性。对于认识主体而言，互文性概念将提示一个文本阅读历史、潜入历史的方式。" "文本是一种文本置换，是一种互文性：在一个文本的空间里，取自其他文本的各种陈述相互交叉，相互中和。"② 克里斯蒂娃强调任何文本都不会孤立存在，因为文本意义的产生取决于"作家主体、接受者主体和已经成型的大量文本共同作用于某具体文本空间"③。如果将作品产生与传播的整个文化背景理解为广义文本，那么

---

① ［法］朱莉娅·克里斯蒂娃：《词语、对话和小说》，祝克懿、宋姝锦译，《当代修辞学》2012 年第 4 期。

② 转引自秦海鹰《互文性理论的缘起与流变》，《外国文学评论》2004 年第 3 期。

③ 史忠义：《中西比较诗学新探》，河南大学出版社 2008 年版，第 343 页。

任何文学作品都将以"互文本"的形式存在。以上这几段文字被中外学者反复引用，成为互文性理论最经典和权威的解释。互文性概念提出后得到克里斯蒂娃身边师友的肯定、阐释和发展，渐成理论流派，其中尤以她的老师罗兰·巴特和她的丈夫索莱尔斯影响最大。索莱尔斯不仅在其文学创作中广泛实践"引文的拼贴"，而且也对互文性概念有过直接阐释和推广，他说："任何文本都处在若干文本的交汇处，都是对这些文本的重读、更新、浓缩、移位和深化。从某种意义上来讲，一个文本的价值在于它对其他文本的整合和摧毁作用。"① 罗兰·巴特在理解互文性问题时则更倾向于解构，他认为，"一篇文本可以渐渐与其他任何系统关联起来，这种文际关系无任何法则可循，惟有无限重复而已"，而对于作者则不应"使其个人成为主体、根基、起源、权威和上帝"②。这种理解与其"作者已死"观念基本一致。罗兰·巴特后来还在《通用大百科全书》词条中以较长篇幅对互文性进行了界定。此一阶段为互文性理论的初创期。

20 世纪 70 年代以后，互文性理论经过发展逐渐出现分化，一派走向解构与文化研究方向，亦称广义互文性理论，除了克里斯蒂娃、罗兰·巴特之外，耶鲁学派成为重要阵地；另一派为诗学和修辞学方向，亦称狭义互文性理论，其主要代表人物是叙事学理论家热奈特、托多罗夫等。广义互文性理论将互文性视为文学的本质属性和存在方式，旨在强调文学与社会历史之间的互动关系，而狭义互文性则关注文本之间的各种具体关联，尤其是可作实证分析的引用、改写、影射、戏拟等互文技巧，如热奈特按从具体到抽象、个别到一般、局部到整体、显性到隐性的顺序将"跨文本性"关系划分为五种类型：互文性（共在关系）、副文本性（邻近关系）、元文本性（批评关系）、超文性（派生关系，有时也称"承文本性"）和统文性（类属关系）。③ 在文

---

① 转引自秦海鹰《互文性理论的缘起与流变》，《外国文学评论》2004 年第 3 期。

② ［法］罗兰·巴特：《S/Z》，屠友祥译，上海人民出版社 2000 年版，第 332 页。

③ ［法］蒂费纳·萨莫瓦约：《互文性研究》，邵炜译，天津人民出版社 2003 年版，第 17—22 页。

学批评活动中，狭义互文性往往具有更高的可操作空间。

　　克里斯蒂娃对普遍互文性现象的发现是在多方影响下完成的，她个人最为推崇也多次提到的首先是巴赫金思想。巴赫金"关于语言相对活跃的发现启发了克里斯蒂娃等人对文字互文性（intertextuality）、作家隐退现象的重视"①。巴赫金认为每个独立个体都具有差异性，这种差异性就是对话发生的前提。因为自我本身无法反观本体，必须借助他者来进行评判，② 这就是自我与外界对话的开始。而生活的对话性又来自语言的对话性，因为除了第一个来到世界的孤独之人外，每个人在开口之前都已经接受了大量他人的话语，因此每个人的话语中总是无可避免地充斥着他者的声音。他甚至认为："生活从本质来说是对话的。生活就意味着参与对话：提问、聆听、应答、赞同等等。人的一生都是在参与这种对话，他自己的一切都处在话语之中，而这个话语又处在人类生活的对话网络里，处在世界范围内的话语讨论之中……世界的物质模式转化为对话模式。"③ 语言的对话性反映的是思想的对话性，作为思想媒介的文本自然也时刻处于这种对话模式之中。在这个意义上，"间主观性"被发掘出来。西川直子指出："所谓间主观性，是指在不同的复数主观之间，能够相互理解的场被打开的事实，使间主观性的观念向文本的平面移动的，就是间文本性。"④ 这样一来，互文性的概念也就呼之欲出。

　　同时，互文性理论的形成也得益于索绪尔的语言研究。在探究语言结构时所秉承的"关系性思维"当是索绪尔对于互文性理论的最大贡献，除此之外还有他对语言符号"差异性"的认识。索绪尔认识到能指和所指之间并不具有天然的联系，他们之间的关系其实是任意、

---

　　① 赵一凡：《欧美新学赏析》，中央编译出版社1996年版，第69页。

　　② 这种看法与拉康的"镜像理论"，即"自我的认同总是借助于他者"具有一定相似性。参见［日］福原泰平《拉康：镜像阶段》，王小峰、李濯凡译，河北教育出版社2002年版，第43页。

　　③ ［俄］巴赫金：《语言创作美学》，［俄］孔金、［俄］孔金娜：《巴赫金传》，张杰、万海松译，东方出版中心2000年版，第6页。

　　④ ［日］西川直子：《克里斯托娃——多元逻辑》，王青、陈虎译，河北教育出版社2002年版，第59页。

随机的，靠约定俗成的习惯才得以固定。这"通常表现为某种发音或某种拼写的能指本身没有任何意义，它的意义的凸现需要其他能指的参与"①，这也就是语言的"非指涉性"。"作为言语主体的个体自身既不能够创造也不能够修正语言，语言从本质上说是一种集体的强制力量，为了交流，我们必须全盘接受既存的语言系统。"②"既然语言是一个系统，它的各项要素都有连带关系，而且其中每项要素的价值都只是因为有其他各项要素同时存在的结果。"③同时，索绪尔又认为："在词里，重要的不是声音本身，而是使这个词区别于其他一切词的声音上的差别，因为带有意义的正是这些差别。"④从逻辑上说，差异是通过比较得出，而比较则首先必须将对象进行普遍联系，所以差异性与关系性思维直接相关。语言符号的关系性决定了由语言符号组成的文学文本具有同样的关系性特质。这种关系性和差异性思维对我们认识世界的方式产生了巨大影响，直接导致了 20 世纪学界的语言学转向。

克里斯蒂娃从索绪尔的语言研究中除了借鉴"关系性"和"差异性"思维之外，还得到了"字谜"研究的相关启发。"字谜"研究是索绪尔晚年重点关注的内容，其研究对象是"传达某种意义的一串文字由于顺序改变而产生别的意思"⑤，"通过调整一串具有固定意义的文字中字母的顺序而组合出新词"的现象，又被称为"易位构词"⑥，或"易音铸词"⑦。这种现象的实质在于"附着在单义性意义作用线上的符号部分的要素（声音、文字）同时创造出其他的意义"⑧，用罗兰·巴特的话来说，索绪尔通过这种字谜游戏发现了"诗是双层的，行上覆

---

① 赵渭绒：《西方互文性理论对中国的影响》，巴蜀书社 2012 年版，第 69 页。

② 李玉平：《互文性：文学理论研究的新视野》，商务印书馆 2014 年版，第 109 页。

③ ［瑞士］索绪尔：《普通语言学教程》，高名凯译，商务印书馆 2017 年版，第 155 页。

④ ［瑞士］索绪尔：《普通语言学教程》，高名凯译，商务印书馆 2017 年版，第 158 页。

⑤ 刘斐：《中国传统互文研究——兼论中西互文的对话》，博士学位论文，复旦大学，2012 年，第 20 页。

⑥ ［美］W. 特伦斯·戈尔登文、［美］阿贝·卢贝尔图：《索绪尔入门》，咏南译，东方出版社 1998 年版，第 82 页。

⑦ 屠友祥：《声音和文字：索绪尔论萨图尔努斯诗体》，《外国文学评论》2003 年第 1 期。

⑧ ［日］西川直子：《克里斯托娃——多元逻辑》，王青、陈虎译，河北教育出版社 2002 年版，第 70 页。

行，字上覆字，词上覆词，能指上覆能指"①，这种现象用索绪尔原来的结构主义无法解释。克里斯蒂娃将这种"作为符号和结构的扭曲"而产生意义的微观语言现象进行放大（由线性的句子扩展到面状甚至立体的空间）和移植，这才触及了文学文本以及社会历史文本中的互文性。

除此之外，克里斯蒂娃还多次提到她的互文性思想形成也受到来自东方文化的影响，她说，"就在我把巴赫金思想引入法国之时，我发现了一位名叫张东荪的中国学者的研究"②，"东西方有两位学者都指出了运用亚里士多德式的逻辑来分析语言时产生的缺陷，这绝非偶然。一位是二十世纪中国哲学家张东荪（Chang Tung-Sun），提出了一种语言学范畴（即表意字）。在那里，阴—阳'对话'取代了上帝；另一位是巴赫金，他试图在革命的社会中通过一种动态的理论建构来超越形式主义"③。张东荪曾在其《思想言语与文化》一文中指出中国古代的逻辑学（名学）可称为"相关律名学"或曰"两元相关律名学"，其特点是"有无相生、高下相形、前后相随"，他与"一阴一阳之谓道"的哲学思想是一脉相承的。简单来说，中国古人秉承的是一种万物皆有联系、对立的事物之间也可以彼此变通转化的思维方式。此外，张东荪还指出了国人不关心"主体"，而注重"现象"（或曰"泛象论"）的秘密，他认为："《周易》在哲学思想上只是用'象征主义'（sumbolism）来讲宇宙万物的变化即所谓'消息'是也。""八卦以及六十四卦都是用象征来表示变化的式样。不但对于变化背后有否本体不去探究，并且以为如能推知其互相关系则整个儿的宇宙秘密已经在掌握中了。又何必追问有无本体为其'托底'（substratum）呢？"④ 这种思维方式与索绪尔的关系性、差异性思维其实具有很大相通性。而

---

① ［法］罗兰·巴特：《文之悦》，屠友祥译，上海人民出版社 2002 年版，第 130 页。

② 祝克懿：《互文性理论的多声构成：〈武士〉、张东荪、巴赫金与本维尼斯特、弗洛依德》，《当代修辞学》2013 年第 5 期。

③ ［法］朱莉娅·克里斯蒂娃：《词语、对话和小说》，祝克懿、宋姝锦译，《当代修辞学》2012 年第 4 期。

④ 张东荪：《从中国言语构造上看中国哲学》，《知识与文化》，岳麓书社 2011 年版，第189—190 页。

这一信息似乎也向我们透露了中国古代所具有的诞生互文性观念的思想条件。事实上，古人创作中的很多现象都直接体现传统哲学中的关系性和差异性思维：古人作诗讲究炼字，王安石通过比较"绿""入""过"等词的差异，最终确定"春风又绿江南岸"的组合；贾岛在"推""敲"之间反复权衡，才选择了"僧敲月下门"的表述，这些"语不惊人死不休"的"炼字"游戏，不正是在语言的组合轴与聚合轴上寻找最佳选择的实践吗？《文心雕龙·练字》表示文学创作有时要避免"同字相犯"，有时却又"宁在相犯"①，具体的选择则要依据特定的语境，这与明清小说评点中屡屡提及的"特犯不犯""同而不同"意思接近，这种犯、避之法不也是古人创作中重视语言、意象甚至情节之间的关联与差别的直接表现？另外，我国古典文学创作尤其是诗歌创作所追求的多义性是否与巴赫金的"双值性"具有一定关联？古人在创作中强调"征圣""宗经"，鉴赏活动中又强调"秘响旁通""交相引发"，这也是重视文本之间广泛联系的表现。这些现象的存在是否告诉我们在互文性问题上中西方具有天然的对话空间？

二 互文性理论在中国

20世纪80年代以后，互文性理论研究在广度和深度上又有了新的发展，已形成一种内涵丰富、形态多样的文学理论。也差不多就在此时该理论伴随结构主义进入中国，随即在学界引起较大反响，于20世纪末形成理论研究的高潮。张隆溪、张寅德、李幼蒸等最早从80年代开始对互文性理论成果进行翻译介绍。90年代有学者开始对互文性理论展开系统研究，殷企平《谈"互文性"》（1994）、程锡麟《互文性理论概述》（1996）、黄念然《当代西方文论中的互文性理论》（1999）等文章皆为其代表。这一阶段学者们已经在广泛学习的基础上对互文性产生了新的认识，如陈锡麟对互文性概念作出如下界定："互文性

---

① （南朝梁）刘勰著，（清）黄叔琳注，（清）纪昀评，李详补注，刘咸炘阐说，戚良德辑校：《文心雕龙》，上海古籍出版社2015年版，第227页。

是一个文本（主文本）把其他文本（互文本）纳入自身的现象，是一个文本与其他文本之间发生关系的特性。这种关系可以在文本的写作过程中通过明引、暗引、拼贴、模仿、重写、戏拟、改编、套用等互文写作手法来建立，也可以在文本的阅读过程中通过读者的主观联想、研究者的实证研究和互文分析等互文阅读方法来建立。其他文本可以是前人的文学作品、文类范畴或整个文学遗产，也可以是后人的文学作品，还可以泛指社会历史文本。"①可谓既保留了广义互文性对文本现象的宽泛认识，也兼顾了狭义互文性在文学批评中的实际操作性。进入 21 世纪，学界不仅持续对国外互文性研究著作进行了大量翻译，而且也将对理论本身的认识推向纵深，其成果以《热奈特文集》（史忠义译）、罗兰·巴特《S/Z》（屠友祥译）、蒂费纳·萨莫瓦约《互文性研究》（邵炜译）等作品的翻译和罗婷《克里斯特瓦的诗学研究》(2002)、王瑾《互文性》（2005）、李玉平《互文性：文学理论研究的新视野》（2014）、全虹《互文性的内涵与外延（朝鲜语版）》（2019）等专著的出现为代表。除对理论本身内涵及发展流变等表现出的极大兴趣之外，学界目前还将互文性作为重要工具与方法广泛运用于文学批评之中。自 1983 年张隆溪发表《结构的消失——后结构主义的消解式批评》（国内最早介绍互文性理论的学术成果）一文至今，以"互文性"为关键词检索，被中国知网的相关期刊收录论文达 4600 余篇；被收录读秀资源库的专著达 53 部，可见其研究之盛。

2012 年克里斯蒂娃应复旦大学"光华杰出人文学者系列讲座"项目邀请来华讲学，其演讲内容被收入祝克懿所编《主体·互文·精神分析——克里斯蒂娃复旦大学演讲集》一书。克里斯蒂娃在复旦讲学期间曾有国内学者向其介绍中国古人对于"文"的理解，即"文，错画也"（《说文解字》），古人认为线条、色彩、声音等的交错皆可产生"文"，"物相杂故曰文"（《易·系辞》），克里斯蒂娃惊奇之余表示中国古人"对于文本的理解极具开放性"，并已形成相应的理论总结，

---

① 秦海鹰：《互文性理论的缘起与流变》，《外国文学评论》2004 年第 3 期。

大大超越同时期西方对"文"的理解。这一中西学者当面就文本问题进行交流的情况被记录在刘斐《中西传统互文研究——兼论中西互文的对话》（2012 年复旦大学博士学位论文）中。得到克里斯蒂娃本人的承认，可知中国传统文论中的相关理论命题与现代互文性理论存在某种事实的相通绝非虚言，在互文性问题上进行中西对话研究是可行也是必要的。事实上，这种研究从互文性理论被译介到中国之始就一直没有停止过。

　　Intertextuality 概念刚被翻译成中文时曾有多种译法，如文本间性、文本互涉、文际关系、间文本性等，但在众多翻译中最受研究者青睐的则是与现有中文修辞术语重合的"互文"一词。这本来仅仅是一个巧合，却因为"互文"概念在中国文化语境中的特殊内涵而引发了中国研究者的无尽联想与遐思，阐释者借助这一巧合在中国的"互文"与西方的"互文"之间展开了某种跨语言、超时空的"能指"对话。如有学者从中西比较诗学的角度提出思考：中国传统文献中"互文"所指称的语言现象是否等同于互文修辞？若如此，则"互文"一词是否能够承载 intertextuality 的全部内涵？抑或修辞仅仅是传统互文的类型之一？沿此思路，中国传统文论中是否还有其他话语也表达了互文性思想？张隆溪《道与逻各斯》（1998）、周裕锴《中国古代阐释学研究》（2003）、史忠义《中西比较诗学新探》（2008）、赵渭绒《西方互文性对中国的影响》（2012）等专著都曾有一定篇幅回应这些问题。截至当下，刘斐的专著《中国传统互文研究》对中西互文问题展开了系统而全面的探究；胡作友和杨杰《互文·复调·创生——〈文心雕龙〉的异域重生》、陈颖《古代文论中的"互文性"言说》、张颖《汉字与"互文性"——克里斯蒂娃后结构主义理论的中国维度》、杨洋《中国古代诗学经验中的互文性探究》（以上论文皆发表于 2019 年）等则为中西互文对话的最新成果。

三　中国传统"互文"概念

　　中国的"互文"概念由来已久。据考证，作为"前后语言单位之间交错省略、互相补充，需要合在一起才能表达完整语义"的特殊语言现象在东汉末年已被郑玄发现。^① 服虔在《左传》注中针对隐公元年"公入而赋：'大隧之中，其乐也融融。'姜出而赋：'大隧之外，其乐也泄泄'"的表述，指此为"入言公，出言姜，明俱出入，互相见"。"互相见"当为互文的最早表述。不过根据《世说新语·文学第四》等提供的信息，服虔所注《左传》极有可能受郑玄影响，又加之郑玄在其《三礼注》《尚书大传注》等书中也将"互文""互言""互辞""互见""互相明""互相备"等作为固定术语反复使用，所以学界一般都以郑玄为互文修辞的最早发现者。^② 在郑玄的注释中，这种"文（辞）之间具有互动关系"的语言现象，具体又表现为义类互举、互文辞格、缩略互文与推理互文四种不同情况：其中义类互举指在句子中列举同类现象；互文辞格则表现出上下交错而省文的特点（既可存在于同一文本之内，也可存在不同文本之间）；缩略互文指在当下文本中对源文本进行缩略表达；推理互文则是根据源文本所提供的制度原则进行类推，并在当下文本中形成结论。^③ 与其说互文是解经者为方便阐释经典而发明出来的特定术语，毋宁说互文是汉语表达中本来就存在的客观事实。这四种互文类型，在古代文学创作中都能找到不同的运用和发挥的例证。其中以修辞意义上的互文运用最为人们熟知。可见我们以往仅仅将其理解为文本之内（一句之内或是句子之间）的微观修辞，其实并不符合互文概念的原始含义。也就是说，中国传统互文概念的内涵从一开始就超越了作为微观修辞的语言现象，其使用范围也并非仅限于单个文本之内，其互文项的层级涉及词组、小句、句群直至文本，既有文本之内的联系，也包括了大量的跨文本语言现象。

至唐，贾公彦开始对传统互文进行自觉的理论总结，他严格区分

---

① 刘斐、朱可：《互文考论》，《当代修辞学》2011 年第 3 期。

② 刘斐、朱可：《互文考论》，《当代修辞学》2011 年第 3 期。

③ 刘斐：《中国传统互文研究——兼论中西互文的对话》，博士学位论文，复旦大学，2012 年，第 59—67 页。

了郑玄注中的"互文""互相备""互相足"等说法，将互文概念提炼为"两物各举一边而省文"的语言现象，进而提出理解互文现象的"互见为义"原则，强调各互文项只有结合在一起方能完整表意。① 这对互文现象的形成及理解机制都是一个突破性总结，然而也带来了相应的负面影响，即将互文形成过程仅限定在互文项之间交错省略而成文的一种类型，就使得互文概念的内涵大大缩小。清代俞樾对传统互文重新思考，其关注对象超越互文辞格再次涵盖到同指互文、类义互文、缩略互文和推理互文等不同类型，而且在此基础上将互文现象的理解机制进一步总结为"参互见义"，② 为我国古代互文观作出了最全面而深刻的总结。现代语言学家郑远汉在综合贾公彦、俞樾互文成果的基础上，又对互文提出了"参互成文，合而见义"的定义，③ 从此成为现代学界对互文修辞的权威解释。但这也使我们对互文的看法重新回到贾公彦所限定的修辞之路上。

通过以上梳理我们发现，传统训诂学意义上的"互文"概念与西方理论视野中的 intertextuality 有同有异。中国原始互文概念虽然在互文项的位置和规模上内涵比较宽泛，但从后世的使用情况来看多重视其作为修辞的意义，也就是关注语篇之内甚至句子之内的微观互文现象；而西方互文性理论虽然也将文本之内的"交叉参考方式"视为互文现象（"内互文"）之一，④ 但更为关注的仍是语篇、文化之间的对话和交流。有学者看到了二者区别，极力强调"互文是一种语法修辞方式，它是一个语篇（文本）内的东西""互文性是语篇间性（文本间性），与互文根本无关"，并主张以"语篇间性"取代互文性。⑤ 这种说法似乎也过于偏激，因为无论如何，中西互文观念在意义的生成机制及理解机制上存在的一致性也是显而易见的，如都比较关注语言

① （汉）郑玄注，（唐）贾公彦疏：《仪礼注疏》卷三九"既夕礼第十三"、卷一一"乡射礼第五"，北京大学出版社 1999 年版，第 868、207—208 页。

② （清）俞樾等：《古书疑义举例五种》，中华书局 1956 年版，第 9—10 页。

③ 郑远汉：《辞格辨异》，湖北人民出版社 1982 年版，第 135 页。

④ 黄鸣奋：《超文本诗学》，厦门大学出版社 2002 年版，第 117 页。

⑤ 周流溪：《互文与"互文性"》，《北京师范大学学报》（社会科学版）2013 年第 3 期。

形式上的相互对应和语义上的参照、补充，西方互文认知机制中的"联想嵌入即互文"原则实与传统互文观中的"相似即互文""互补即互文"内涵有着天然的联系，① 因为相似或互补的内容、形式往往是引发联想的重要契机。概念的解析与梳理为中西互文观念的沟通、比较提供了前提和基础。不过，我们如果跳出具体修辞的局限，以西方互文性理论的内涵为参照对中国文学中的相关命题进行搜寻与甄别，是否会有新的发现？虽然这种做法不免有削足适履之嫌，但也确是两种思想进行沟通对话的必要步骤。随着学界对这一研究的推进，发现中国文化中确实存在一个庞大而又清晰的互文话语系统。在我国传统的创作论与阐释学中，互文性从来都是作为非常有效的原则被加以运用。这一内容将在本书第一章详细分析，此不赘述。

第二节　明清小说互文性研究的现状

国内学界中，文艺学与译介学最早对互文性理论表现出浓厚兴趣，后来比较文学、中国现当代文学领域中也陆续出现相关成果。随着互文性理论本身的发展以及学界对该理论认识的加强（主要是中西互文性理论的对话越来越频繁、深入），古代文学领域利用互文性理论展开研究的现象也越来越多，从最早的诗词研究（狭义互文性理论中所确定的基本互文形式在古代诗词创作与批评话语中最容易找到契合点），扩展到文论研究（基于中西交流的需要对本土互文话语所进行的梳理、总结），最后才进入小说研究领域。古代小说研究对于互文性理论的热情滞后与我们对该理论的认识局限有关，也受我们古代小说文本研究的深度所限。不过，这里有一个需要说明的问题是，虽然研究者自觉以互文性视野观照古代小说的情况发生较晚，但不排除此前的某些研究已经触及互文性研究的实质，如传统的母题研究、渊源研究、影响研究都多少涉及互文性中的吸收、

---

① 王琦：《中西"互文"比较研究的现状与反思》，《社会科学论坛》2018 年第 4 期。

转换等意义生成方式。所以这一类成果也应被视为古代小说互文性研究的前期探索。

一　整体研究

　　总体而言，由于理论本身内涵的丰富以及观照对象的庞大，对古代小说进行整体互文性研究的成果并不丰富，目前仅有李桂奎先生2021 年新著《中国古典小说互文性研究》问世，成为古代小说领域互文性研究的代表之作。李桂奎先生自 2011 年《"互文性"与中国古今小说演变中的文本仿拟》问世之后又相继发表小说互文性研究相关论文近 20 篇，研究既涉古代小说的重复、仿拟、脱化等具体互文手法，也有针对中西互文异同以及古典小说整体互文特点所展开的系统思考。其中以《中西"互文性"理论的融通及其应用》（2016）、《中国古典小说"互文性"三维审视》（2015）等为整体互文性研究之代表。前者通过对中国传统互文观进行全面梳理打开其与西方互文性理论的对话窗口，在此基础上对古代小说互文性研究展开宏观思考，并提出和表达以此为契机"重写小说史""重写文学史"的目标与憧憬；后者则提出古代小说应从"互文之道""互文之技"与"互文之效"三个维度展开互文性研究。这些观点为我们后续研究提供了极有价值的方向性指导。此外，笔者《互文性视阈下古代小说文本研究的现状与思考》（2014）、《古代小说互文性研究的多维思考》（2014）等论文也试图从整体上探索古代小说互文性研究的类型和范畴。

二　专题、个案研究

　　与整体研究的相对冷清相比，以专题、个案形式对古代小说展开互文性研究的做法在学界表现得比较活跃。这是因为相比整体研究的庞杂，选择单部作品或者单个互文现象进行切入更具操作性，也能够保证研究的深度。截至目前，学界出现 3 部古代小说互文性研究专著，分别为拙著《〈三国志演义〉互文性研究》（2019）、杨森《明清刊本〈西游记〉"语图"互文研究》（2019）、陈昕炜《中国古典小说序跋语篇之互文性研究》（2018）。《〈三国志演义〉互文性研究》虽只涉个案，但对经典文本的内外互文特征以及相关评点中的互文意识进行了系统描述，初步勾勒了小说互文性研究的整体理论框架；《明清刊本〈西游记〉"语图"互文研究》从语—图互文的角度描述特定历史时期内小说文本插图在形式上的演变，并分析了这种演变所反映出的地域差别以及创作主体的差异，同时探索小说流布国外后所形成的民族审美异同，进而对明清刊本《西游记》的艺术价值进行评价；《中国古典小说序跋语篇之互文性研究》则主要从语言学视角重新解读和发现古典小说序跋的存在价值。从语篇互文性的角度探讨小说序跋的语篇间性，挖掘序跋语篇具有的指定性和自由性篇际关系，并从篇际关系出发解读序跋语篇的文体特征与功能类型，得出古代小说序跋语篇是一个具有边界互文性、承载多元互文空间场域的结论。也有一些专书研究著作中部分涉及互文性问题，如竺洪波《西游释考录》（2017）中就有专节（如第二章第一节"现代西方文论视域与《西游记》成书考察"）从热奈特的"互文六法"出发，对《西游记》成书过程中的种种互文现象进行了对应分析；第三章第五节则认为《西游记》的美学风格中有"复调"的元素。除这些专著外，以单篇论文形式形成的专题研究成果相对丰富，知网显示近600篇，主要涵盖以下几个方面。

（一）小说翻译中的互文性问题

这是目前以互文性理论为工具研究小说最为热门的话题，以语言学者的热情最高。小说翻译不仅仅是简单的语言转化，更是不同文化语境之间的交流和对话。经过翻译的作品能否充分展现原著的文化内涵，如何配合目标语言的语境习惯达到信达雅的效果，是所有翻译工作者面临的难题。不过，古典小说的翻译主要集中在几部重要长篇，这方面的研究以《红楼梦》个案为多。如冯全功《论文学翻译中的互文翻译观及其应用——以〈红楼梦〉复译为例》、朱耕《异化的表达：〈红楼梦〉诗词英译的互文性》、苏艳飞《论互文性给翻译造成的困难：以〈红楼梦·金陵判词〉典故英译为例》等；王超《互文翻译视角下〈三国演义〉两个英译本的比较研究》是少有的关注《三国演义》翻译问题的成果。

（二）从母题角度涉入互文性研究

维谢洛夫斯基认为，"母题是基本的叙述单位，即指日常生活或社会现实领域中的典型事件"①，母题虽与主题、情境、类型等几大核心概念一起隶属于主题学理论范畴，但其研究内容既涵盖当下文本对源文本的继承、吸收、变形等具体方式，也触及不同文化语境之间的交流与对话，这些都是互文性理论的重点关注对象，所以我们将这类研究归于广义的互文性研究。在此方面，大连大学的王立、刘卫英伉俪用力最勤、成果最夥。王立先生首先意识到互文性理论对于"解读小说文本架构具有极大启发"，因此在母题分析中自觉地运用互文批评的相关方法。其专著有《〈聊斋志异〉中印文学溯源研究》（2011）、《佛经文学与古代小说母题比较研究》（2006）、《宗教民俗文献与小说母题》（2001）等，代表性论文有《重读剑仙聂隐娘——互文性、道教与通俗小说题材母题》（2001）、《〈聊斋志异〉中的反暴复仇母题——蒲松龄互文性意识和古代中国向猛兽复仇故事》（2006）、《明清小说中的宝失家败母题及渊源》（2007）等。此外，刘惠卿《佛经文学与六朝小说母题》（2013）、刘卫英《明清小说宝物崇拜研究》（2008）、朱迪光《信仰·母题·叙事中国古典小说新探索》（2007）等专著，以及《明清小说宝物描写若干情节模式研究》《明清小说中的喷火兽母题佛经来源及其异国情调》《明清小说神授法宝模式及其印度文化渊源》《古代神魔小说中的宝瓶崇拜及其佛道渊源》等论文都属于在宏观互文性视野之下从母题入手对古代小说进行的研究。

（三）从引用、镶嵌、戏拟、脱化等具体转换方式切入小说文本的研究

这类研究全部采用个案分析的方式，力图从单个文本打开突破口，

---

① ［荷兰］佛克马、［荷兰］易布思：《二十世纪文学理论》，林书武等译，生活·读书·新知三联书店1988年版，第34页。

题目虽小却能对具体问题形成深入透视，为整体研究积累经验。由于接受前沿理论的便捷，海外学者在运用互文性视角审视古代小说方面走在前列，20 世纪高辛勇《从"文际关系"看〈红楼梦〉》、安如峦《从互文性看〈儒林外史〉的讽刺手法》（1997）等论述最早在此领域打开局面；陈维昭《〈儒林外史〉的互文、戏拟和反讽》（1999）则是国内学界最早进行小说互文性研究的成果之一。随着对互文性理论认识的加深，近 20 年来针对经典小说的互文性研究个案越来越多（目前所有的互文性专题研究也都集中在经典名著上）。据不完全统计（以小说名与互文为关键词进行主题检索），近 20 年来《红楼梦》互文性研究成果总量近百篇（98），《三国演义》互文性研究成果 25 篇，《水浒传》19 篇，《西游记》52 篇，《金瓶梅》14 篇，《聊斋志异》13 篇，《儒林外史》7 篇，另外《歧路灯》《林兰香》研究中也时有互文性思想的涉及。其中以陈洪《从"林下"进入文本深处——〈红楼梦〉的"互文"解读》（2013，被引 26 次）、周建渝《文本互涉视野中的〈石头记〉》（2011）、李桂奎《从〈水浒传〉的互文性看其经典性》（2016）、商伟《复式小说的构成——从〈水浒传〉到〈金瓶梅词话〉》（2016）等影响较大。不过，这类统计的困难在于很多研究成果并未在标题上体现其互文性研究特色，或者有的学者仅按传统的比较研究、影响研究思路对小说展开分析，但其具体内容实际已触及互文性本质，如杜贵晨《小说与历史撞衫的意义——〈歧路灯〉"全生灵"与〈庸闲斋笔记〉"焚名册"比较》（2013）、巫晓梦《〈歧路灯〉"纯从〈红楼梦〉脱胎"的新思考——兼谈古代小说研究中的"相似笔墨"与"影响"说》（2018）、王明珠《〈林兰香〉与〈红楼梦〉的梦幻书写》（2019）等。

（四）考察古代小说语—图之间的互文关系

广义互文性对文本的界定非常包容，巴赫金认为："如果宽泛的理解文本，释为任何的连贯的符号综合体，那么艺术学（音乐学、造型艺术的理论和历时）也是同文本（艺术作品）打交道。"[①] 图像作为

---

① ［俄］巴赫金：《文本、对话与人文》，白春仁等译，河北教育出版社 1998 年版，第 300 页。

独特的文本形式与文字文本共同构成读者的阅读对象，文字的画面表现既能反映绘画者对小说内容的理解，同时也对后续读者产生次级影响。插图与文字之间的关系为我们破解小说在不同时期的意义生成与接受情况提供了一条重要线索。近 20 年来学界关于古代小说语—图互文的研究出现专著 1 部（杨森《明清刊本〈西游记〉"语图"互文研究》，2019），论文约 15 篇（包括硕士、博士学位论文），2000—2010 年仅 3 篇，2011—2019 年为 12 篇。统计结果显示了研究热度的持续增加。这些成果中以于德山《中国古代小说"语—图"互文现象及其叙事功能》（2003，被引 28 次）、张玉勤《论明清小说插图中的"语—图"互文现象》（2010，被引 46 次）两篇论文影响最大。胡小梅《明刊"三言"插图本的"语—图"互文现象研究》（2016）、马君毅《崇祯本〈金瓶梅〉"语—图"互文关系初探》（2016）、拙文《古代小说语—图互文现象初探——以插图本〈三国演义〉为例》（2015）也属这方面代表。

（五）在阐释学、接受理论范畴探索小说评点及其他小说研究中的互文意识

小说评点为我国古典阐释学的重要组成部分，其出现既与史传论赞存在一定渊源，也与在训诂基础上发展起来的本土阐释传统密切相关，具有突出的民族色彩。评点家在批评过程中特别热衷于为小说寻找各种互文本（对读文本）进行参照解读，这与诗词批评擅长的"推源溯流"法非常相似。有学者曾将"推源溯流"法归纳为三个构成部分：渊源论（推溯作品的渊源）、文本论（考察作品特色）和比较论（通过与其他文本进行比较以确定地位），[①] 无论是追溯渊源，还是将阅读对象置于比较空间，都强调此文本与彼文本之间的联系，而这正是互文性理论重视文本间性的具体表现。据统计，近年出现相关论文近 20 篇，其主要研究结论有：小说评点家除了擅长为小说文体寻找互文项，并通过建立作品之间的对话抒发其主体意识之外，还偏爱在小说内部寻找结构上的各种"对应"章法，在重视文本间性的基础上将关注

---

① 张伯伟：《中国古代文学批评方法研究》，中华书局 2002 年版，第 155 页。

点扩展到"文内互文"形式（李卫华《文文相生：内互文性与外互文性——一个比较诗学研究》、拙作《毛宗岗小说评点与"互文"批评视角略论》《〈红楼梦〉脂评中的"互文"阐释策略》等），同时评点家的批评话语又多向戏曲、绘画理论进行借鉴，进而反映出评点家在叙事以及意境问题上的看法与追求（张伟、周群《明清小说评点文本中的意象化书写及其互文指向》《互文：小说评点中品评标准的画学透视》、张晓丽《文化诗学语境下的中国小说评点关键词研究》等）。除了评点文本之外，有些特殊的小说研究方法也表现出明确的互文意识，最典型的如索引派红学，陈维昭《索隐派红学与互文性理论》（2001）在 20 世纪初就提出："索隐派红学在自我确认上接近于狭义的互文性，但在实质上更接近于广义的互文性。""索引红学的宗旨并不在于激发多维的诠释空间，但其操作规则却激发了索引的众多可能性。"[1]

（六）古代小说与当下大众文化的对话

古代小说流传至今，不仅为现代读者了解古代文化提供了契机，其流传接受情况本身也构成现代文化的重要部分。在崇尚文化多元、去权威、去经典的当今社会，古代小说并不一定以严肃的文本形式或经典身份参与我们的社会生活，而很可能以新的面貌和特征呈现，影视翻拍、网络改编、游戏开发、综艺呈现等都有可能成为古代小说与现代社会进行对话交流的方式。在影视作品大受欢迎的今天，小说文本与影视剧作之间的互文关系，同题材影视作品之间的互文关系亦成为古代小说的研究方向之一。王瑾《互文性：名著改写的后现代文本策略——〈大话西游〉再思考》、项仲平《〈红楼梦〉电视剧改编的互文性研究》、彭玲《新世纪〈三国演义〉影视改编现象研究——基于文化创意视域》等论文可为代表。影视翻拍之外，网络改编对现代社会的经典传播也起到重要作用，虽然网络改编的内涵非常广阔（涉及影视、文学、游戏、综艺等各大领域），但直接从互文性出发进行的研究并不多，如王梵锦《〈三国杀〉游戏文本的互文性分析》《游戏

---

① 　陈维昭：《索隐派红学与互文性理论》，《红楼梦学刊》2001 年第 2 期。

〈三国杀〉传播中互文性意义初探》、彭玲《文学经典游戏改编现象探究——以〈三国演义〉为例》、潘链钰《论〈甄嬛传〉对〈红楼梦〉的戏仿》、李可《〈甄嬛传〉与〈红楼梦〉互文性解读》等数篇论文，其观察对象亦比较有限。此外，也有部分成果虽未在标题上明确但其研究内容却与互文性分析表现出本质的一致：如陈飞《〈山海经〉神话形象与当代中国网络玄幻小说研究》（博士学位论文，延边大学，2010 年），李响《网络仙侠小说中传统文化因素运用研究——以〈三生三世十里桃花〉为例》（2017）等。

三 存在问题与思考

从我们对古代小说互文性研究现状进行的大致梳理来看，虽然近年陆续有专著和论文出现，但成果仍主要集中在数量有限的个案与专题分析上，这与互文性理论在现当代小说、外国小说研究领域运用的热度、与此前古代小说叙事研究的繁荣景象颇异，与互文性理论在其他文体（尤其是古典诗词领域）中的运用情况也不同。[①] 但互文性视角的引入对于古代小说文本研究的重要意义已得到公认：刘勇强先生在其《中国古代小说的叙事学研究反思》一文中就特别强调互文性"对于理解话本小说的某些文本特点及叙事策略具有启发性"，并提出互文性是此后古代小说研究的一个重要方向。[②] 陈洪在其《从"林下"进入文本深处——〈红楼梦〉的"互文"解读》一文中也表示，以互文性视角观照小说，文本中的若干内容如人物的关系、性格的基调、情节的设计、意象的营造等"都可以从文学的、文化的长河中找到血

---

① 从互文性角度切入古典诗歌的研究目前已经出现不少专著型成果，如范子烨《春蚕与止酒：互文性视域下的陶渊明诗》（社会科学文献出版社 2012 年版）；陈金现《宋诗与白居易的互文性研究》（文津出版社 2010 年版）；另外现当代文学、外国文学领域也不乏互文性研究专著，如陈丽蓉《中国现代小说互文性研究》（四川人民出版社 2003 年版）；李建波《福斯特小说的互文性研究》（北京大学出版社 2001 年版）；[美] 帕特里克等《互文性与当代美国小说》（霍普金斯大学出版社 1989 年版），等等。

② 刘勇强：《中国古代小说的叙事学研究反思》，《明清小说研究》2011 年第 2 期。

脉之由来"，互文性分析既能为"作品找到向上的文学史、文化史关联；而循此思路，又可把类似的关联向下延伸，突破人为的古代文学、现代文学的鸿沟"①。无论是广义互文性理论所关注的文学与社会历史之间的互动，还是狭义互文性热衷对作品中意义转换技巧所进行的辨识、描述与分析，都旨在摆脱结构主义对文本的封闭，并超越此前单向历时性研究（如来源和影响研究）所带来的认识局限。互文性内涵涉及的文学命题十分广泛，涵盖"文学的意义生成问题，文本的阅读与阐释问题，文本与文化表意实践之间的关系问题，文本的边界问题，文艺生产流程中的重心问题，文学的文体间性问题，批评家地位问题以及传统与创新关系问题"等。② 如何将这些理论思考与中国古代小说研究充分结合，从而正确、合理地加以运用？本土互文观虽存在与西方互文性理论对话的条件与可能，但中国小说的互文性研究亦不能完全套用西方理论。现有的小说史、文学史书写是否会因为互文性理论的介入而被重构虽不便断言，为古代小说互文性研究建构相对完整而合理的理论体系却显得必要而紧迫。乔纳森·卡勒认为："互文性与其说是指一部作品与某些先前的特定文本的关系，不如说是指一部作品在一种文化的话语空间中的参与，是指一个文本与某一种文化的多种语言或意指实践之间的关系，以及这个文本与那些表达了这种文化的诸多可能性的文本之间的关系。"③ 这告诉我们互文性研究不仅关心互文本，亦可聚焦互文本所置身其中的文化空间。古代小说研究自然也不能就事论事，小说互文现象出现的原因，其具体表征以及读者对之的接受、阐释，乃至古典小说与现代社会的对话交流，这些问题不仅与小说文体自身的发展相关，也时刻与我国传统互文观念保持互动。有鉴于此，本研究虽仍以专题和个案分析为主，但也试图将各专题与个案纳入相对完整、合理的体系、框架之下，为建构具有本土特

---

① 陈洪：《从"林下"进入文本深处——〈红楼梦〉的"互文"解读》，《文学与文化》2013 年第 3 期。

② 黄念然：《当代西方文论中的互文性理论》，《外国文学研究》1999 年第 1 期。

③ 转引自程锡麟《互文性理论概述》，《外国文学》1996 年第 1 期。

色的古代小说互文性研究体系提供经验。

第三节　研究意义与研究思路

一　研究意义

第一，为深入推进明清小说文本研究提供新的视角和思路。以互文性为切入点对明清小说的文本特征与接受情况展开系统考察，为小说文本意义的生成机制及接受规律提供新的解析，推进对明清小说的整体认识深度。充分借鉴狭义互文性理论对于文学具体互文技巧的界定，对小说文本中的特殊互文现象进行实证研究；在此基础上亦吸收广义互文性的泛文本观念，注重探讨小说文本与社会历史文本之间的互动。

第二，为构建完善的古代小说互文批评体系积累经验。在对明清小说进行有重点、有层次的专题、个案分析基础上，初步建构相对宏观的明清小说互文批评体系，为进一步构建成熟、完善的古代小说互文研究理论体系提供尝试性探索，积累研究经验。

第三，为丰富互文性理论的批评实践进行多角度尝试。在西方互文性理论关注内容解析的常规视野之外，结合本土互文观念，从明清小说的创作方式、成书方式、版本形式、结构形式、编选形式、评点形式等多角度展开互文分析，在内容互文之外发掘艺术形式的互文性对文学建构的意义，丰富互文性的批评实践和理论价值。

第四，为古代文学经典的现代接受及传播提供理论参考。关注明清小说文本的现代解读与传播方式（如影视节目、网络书写、游戏改编等），既丰富明清小说研究的视野范畴，亦为其他文学经典在现代语境之下的接受与传播研究提供理论和实践的参考。

二　研究思路

本书力图在探寻本土互文思想的理论源头，梳理我国古代小说批评中的互文观念的基础上，比较中西互文性理论的实际异同；结合互文性理论相关命题，针对古代小说经典作品中的实际互文表现，设计适当专题，在此基础上进行个案分析；在专题与个案分析基础上对明清小说的互文性现象进行整体描述，初步搭建明清小说互文性批评的理论框架。

在绪论中，在简要介绍西方互文性理论的缘起、发展及在中国的引入和运用情况基础上，对本土固有的互文观念进行系统梳理，观照中西互文观念可能存在的对话空间；对目前学界的明清小说互文性研究现状进行综述和反思，指出本研究的目的、意义以及研究思路。

第一章，分析古代小说互文性现象的发生依据。本章从中国古典哲学中的关联性（互系性）思维入手，结合我国传统创作论、阐释学中的互文意识，以及古代小说特殊的生成方式，讨论古代小说互文性现象产生的原因和依据。

第二章，分析明清小说中的跨文本互文现象。本章分别对明清小说中的引用镶嵌、重写、翻案、戏拟、生发与参考等跨文本互文现象进行具体描述，在此基础上讨论跨文本互文现象在小说意义建构中所起到的作用。

第三章，分析明清小说文本内部的互文形式。本章从意象、动作、场景的重复，情节的重复、反转、对话以及平行叙述、影身镜像人物三个方面对明清小说文本内部的互文形式进行了归纳和总结，深入分析了内互文现象是如何通过特定的结构形式而产生意义。

第四章，分析明清小说文本接受中的互文性。本章立足明清小说的文本接受，重点关注了小说文本的编选者、续补、仿作者、小说插图绘制者等特殊读者群体。在文本接受过程中嵌入个体的生活经历、阅读体验以及社会历史加诸个体的各种印迹是文本在接受之途产生互文性的基础，"联想嵌入"也是读者在解读文本过程中所遵循的普遍互文性原则。

第五章，分析明清小说评点中的互文阐释策略。作为明清小说最重要的批评形式之一，评点话语中的互文阐释策略不仅代表了评点家的个体精神，更反映了中国古代阐释学的整体精神。本章以点面结合的方式，重点选择金圣叹的《水浒传》评点、毛宗岗父子的《三国演义》评点、张竹坡的《金瓶梅》评点以及脂砚斋的《红楼梦》评点作为个案分析，并在此基础上对明清小说评点的整体互文性特点进行概括描述。本章认为为评点对象寻找对读参照文本，并进行比较分析；在作品内部寻找各种"映射"关系，并以"文法"观念进行总结归纳以及通过跨界引用来建构独特的话语体系，甚至通过改造作品内容构建文本内外的互文性关联等是明清小说评点中互文性阐释策略的主要表现方式。

第六章，分析明清小说对现代文化的参与。本章从现代主流话语中的经典介入、网络文学与明清小说之间的对话、明清小说的影视再现与改编以及游戏、综艺类节目中古代小说元素的跨界狂欢等多个维度对现代文化中明清小说的参与情况进行归纳和描述，分析明清小说与现代社会的对话契机与特征，试图以此为古代小说的现代解读提供参考。

第一章 古代小说互文性现象的发生依据

美国学者安乐哲认为，与西方早期哲学基于理性的因果思维不同，中国古人的传统哲学源于一种关联性的诗学思维，① 有时又称"互系性"思维，这种思维方式其实与张东荪先生所总结的"相关律名学"（或称"两元相关律名学"，名学为逻辑学旧称）所指一致，即视万物为相互联系、彼此变通以促进发展，"注重于有无相生、高下相形、前后相随的方面"②。克里斯蒂娃曾明确表示中国哲学家张东荪在《思想言语与文化》中的相关论述对她产生重要影响，她说："就在我把巴赫金思想引入法国之时，我发现了一位名叫张东荪的中国学者的研究。"③ 她认为张东荪"提出了一种语言学范畴（即表意字）。在那里阴/阳'对话'取代了上帝"④。其实，古典哲学中的这种"对话"性早在先秦已初露端倪，《道德经》中所谓"有无相生，难易相成，长短相较，高下相倾，音声相和，前后相随"就是针对万物只有以自己的对立面（他者）作为参照才能存在而言。《国语》有云"夫和实生物，同则不继。以他平他谓之和，故能丰长而物生之；若以

---

① ［美］安乐哲：《自我的圆成：中西互镜下的古典儒学与道家》，彭国翔编译，河北人民出版社 2006 年版，第 175 页。

② 张东荪：《思想言语与文化》，《知识与文化》，岳麓书社 2011 年版，第 212 页。

③ ［法］朱莉娅·克里斯蒂娃：《主体·互文·精神分析——克里斯蒂娃复旦大学演讲集》，祝克懿、黄蓓编译，生活·读书·新知三联书店 2016 年版，第 205 页。

④ ［法］朱莉娅·克里斯蒂娃：《词语、对话和小说》，祝克懿、宋姝锦译，《当代修辞学》2012 年第 4 期。

同裨同，尽乃弃矣"，认为在承认差异性基础上的和谐相处乃是万物发展的关键。① 又云："声一无听，物一无文，味一无果，物一不讲。"② 一种声音无法让人辨别聆听，一种颜色不能组成文采，一种味道不能称其为美味。事物只有在他物（甚至是对立物）的对比参照之下才能显现出意义，只有与他物和谐共存才能促进新事物的出现。训诂学中独特的"反训"现象（即"一个意义必须由其反面而明"③），也是这种对立参照意识的直接体现。

第一节 传统创作论中的互文意识

一 祖述前圣的创作原则

在上述关联性思维的影响之下，我国的文学创作很早就形成了一种祖述前圣、以类会通的独特传统。《礼记·中庸》有言："仲尼祖述尧舜，宪章文武。"意谓孔子遵循尧舜之道，效法周文王、周武王之制。"祖述"前圣与孔子自己总结的"不学诗，无以言""述而不作"等很好地概括了国人早期的创作主张。与很早就习惯于因果思维的西方人不同，热衷于关联思维的国人更喜欢探讨"在美学和神话创造意义上联系起来的种种直接、具体的感觉、意识和想象"④，他们的文学创作"讲求思想纵横驰骋、为我所欲地进行，不受束缚地抒发情感"，"将世间万物纳入视野之中，将个体推向整体，对事物进行普遍的联系，从而带给读者无限的广阔之感"⑤。如果说祖述前圣主要还是站在文以明道的立场，多针对文章内容而言，那么从西晋傅玄开始已经关

---

① 赵渭绒：《西方互文性理论对中国的影响》，巴蜀书社 2012 年版，第 224—225 页。
② （战国）左丘明著，（三国吴）韦昭注：《国语》，上海古籍出版社 2015 年版，第 347 页。
③ 张东荪：《思想言语与文化》，《知识与文化》，岳麓书社 2011 年版，第 213 页。
④ ［美］安乐哲：《自我的圆成：中西互镜下的古典儒学与道家》，彭国翔编译，河北人民出版社 2006 年版，第 175 页。
⑤ 杨洋：《中国古代诗学经验中的互文性探究》，硕士学位论文，东北师范大学，2019 年，第 14 页。

注到文学作品之间的形式联系。傅玄将出自不同作家的同一类作品（以"七"为名者）聚于一处加以会通性研究，总结得失，其实已经开始尝试主动创造互文空间并展开文本间性研究。其《七谟序》云："昔枚乘作《七发》，而属文之士若傅毅、刘广世、崔骃、李尤、桓麟、崔琦、刘梁、桓彬之徒，承其流而作之者纷焉：《七激》《七兴》《七依》《七款》《七说》《七蠲》《七举》《七设》之篇。于是通儒大才马季长、张平子，亦引其源而广之。"① 通过构建大量"七"类之作的互文性空间，傅玄发现了文本之间的联系与差异，经过比较分析，他进一步得出了著名的创作观点，即"创造性模拟"②，这种模拟不光关注内容，更重在形式。这种理论直接影响到刘勰后来"征圣""综经""事类"等概念的提出。刘勰认为儒家的经书是"恒久之至道"，"经典沉深，载籍浩瀚，实群言之奥区，而才思之神皋也"（《文心雕龙·事类》）③。经典乃群言之源头，要使自己才思敏捷，并通过文章来明道首先必须从效法经书开始。这与他在《征圣》篇中所表达的"论文必征于圣，窥圣必宗于经"④ 观点一致。而他在《事类》中更表示"文章之外，据事以类义，援古以证今"⑤，认为援引前人事例、列举前人言语乃是文学创作的普遍规律，李曰刚注为"论文章之征引古事成辞，以类推事理"⑥，强调的就是征引、祖述在创作中的重要性。当然，光有继承也不行，还要"站在巨人肩膀上"进行推陈出新，因此《文心雕龙·通变》中又表示对于"文辞气力"这类"无方之数"就应该坚持"通变则久"的原则。⑦ 对于具体如何处理前人经验，刘

---

① 穆克宏主编：《魏晋南北朝文论全编》，上海远东出版社 2012 年版，第 31 页。

② 姜剑云：《太康文学研究》，中华书局 2003 年版，第 114 页。

③ （南朝梁）刘勰著，（清）黄叔琳注，（清）纪昀评，李详补注，刘咸炘阐说，戚良德辑校：《文心雕龙》，上海古籍出版社 2015 年版，第 222 页。

④ （南朝梁）刘勰著，（清）黄叔琳注，（清）纪昀评，李详补注，刘咸炘阐说，戚良德辑校：《文心雕龙》，上海古籍出版社 2015 年版，第 9 页

⑤ （南朝梁）刘勰著，（清）黄叔琳注，（清）纪昀评，李详补注，刘咸炘阐说，戚良德辑校：《文心雕龙》，上海古籍出版社 2015 年版，第 221 页。

⑥ 詹锳：《文心雕龙义证》，上海古籍出版社 1989 年版，第 1406 页。

⑦ （南朝梁）刘勰著，（清）黄叔琳注，（清）纪昀评，李详补注，刘咸炘阐说，戚良德辑校：《文心雕龙》，上海古籍出版社 2015 年版，第 185 页。

勰也总结了"综学在博，取事贵约，校练务精，据理须核"以及"虽引古事，而莫取旧辞"（《事类》）等实用性技巧。① 这种重视从古人思想中寻找创新源泉的意识在后世诗文创作中最典型的表现就是点铁成金、夺胎换骨式的模仿式学习方法；而在小说创作中则表现为对重要题材的反复书写，对前人创作经验和技巧的依傍、借鉴等。

唐代诗僧皎然论诗曾提出"三不同"之说，主要针对诗歌创作中常用的"偷语""偷意""偷势"之法而言，其谓"偷语最为钝贼"；偷意"事虽可罔，情不可原"，这两种情况必须极力避免；只有偷势"才巧意精，若无朕迹"，方可"从其漏网"。② 其实这语、意、势已经涉及了词语、主题、结构三个层面的"互文"。这种说法与 T. S. 艾略特"小诗人借，大诗人偷"的说法也极具相似性。③ 虽然皎然以"偷"字表明了他对这种方式并不赞赏的态度，但"模仿"作为学习创作的基本手段也是不争的事实，仿作原本也是"中国一切艺术的富有魅力的特色之一"④，况由来已久的"祖述"传统也为我们营造了重视经典、模仿经典的文化背景。杜甫在《戏为六绝句》中提出"转益多师"的主张，这与江西诗派奉为圭臬的"点铁成金、夺胎换骨"之法，以及力求"无一字无来历"的创作效果有着直接渊源，有学者认为"点铁成金，夺胎换骨""略同于米歇尔·施奈德所说的'隐文'（文下之文）"⑤，也是一种非常典型的互文性现象。继"点金法"之后，明代谢榛又在《四溟诗话》中提出"缩银法"，指"在借鉴古人诗歌时缩减字数，不减诗意，以简练的形式表现丰富的内容"⑥。"互文手法告诉我们一个时代、一群人、一个作者如何记取在他们之前产

① （南朝梁）刘勰著，（清）黄叔琳注，（清）纪昀评，李详补注，刘咸炘阐说，戚良德辑校：《文心雕龙》，上海古籍出版社 2015 年版，第 222、221 页。
② （唐）皎然：《诗式》，商务印书馆 1940 年版，第 7 页。
③ 转引自程锡麟《互文性理论概述》，《外国文学》1996 年第 1 期。
④ ［法］保尔·戴密微：《中国古诗概论》，杨剑译，转引自钱林森编《牧女与蚕娘——法国汉学家论中国古诗》，上海古籍出版社 1990 年版，第 57 页。
⑤ 陈颖：《古代文论中的"互文性"言说》，《文艺研究》2019 年第 5 期。
⑥ 陈颖：《古代文论中的"互文性"言说》，《文艺研究》2019 年第 5 期。

生或与他们同时存在的作品。"① 我国古人用他们独特的方式实现了这种历史记忆。

诗文创作中还有一种影响更大、使用也更普遍的互文性技巧是用典。典故是指诗文中"引用古代故事和有来历出处的词语的现象"②，其意义实现的机制就是互文性理论中所强调的吸收与转化。典故在诗词中能够取得特殊的互文性效果，是因为其使用可以"在瞬间使所有的历史记忆即刻复活，从而实现现实与传统、个人经验与历史记忆迅速联通。使读者在阅读的过程中对历史的记忆或碎片进行温习，从而将新与旧、现实与传统融为一体"③。典故的使用不仅满足了古人祖述宗经，擅模仿、喜借鉴的习惯，而且契合了含蓄蕴藉的美学追求。古人创作重才学，但诗词（包括骈文）本身容量有限，如何在有限的文本空间之内扩展意义的世界，使用典故不失为一种好方法，虽然典故的过度使用亦有可能破坏诗词作品本身的美感。钱锺书就曾指出："诗人要使语言有色泽、增添深度、富于暗示力，好去引得读者对诗的内容作更多的寻味，就用些古典成语，仿佛屋子里安放些曲屏小几，陈设些古玩书画。"④ 此外，古人创作还有唱和（如元稹、白居易之间的唱和诗）、拟作（苏轼的"拟陶诗"）、仿作（辛弃疾的"效花间体""效李易安体"）、翻案（如杜牧和王安石的咏史翻案）等各种特殊形式，这些创作也都因离不开固定的参照项而运用到不同的互文技巧。

古人重视祖述前圣、习惯于模仿式学习的创作理念还催生了一种特殊的古籍作品——类书，使之成为我国古代独具特色的互文性文本。类书本为"分类编排各种资料以供检索的工具书"⑤，魏文帝曹丕曾召集群儒编纂《皇览》，被认为是类书的起源。类书之"类"强调的是编纂时根据文献内容按照一定标准分门别类，编次排目，以方便检索

---

① ［法］蒂费纳·萨莫瓦约：《互文性研究》，邵炜译，天津人民出版社 2003 年版，第 58 页。
② 上海辞书出版社：《辞海》"词语分册"上，上海辞书出版社 1979 年版，第 275 页。
③ 格非：《文学的邀约》，清华大学出版社 2010 年版，第 95 页。
④ 钱锺书：《宋诗选注》，生活·读书·新知三联书店 2002 年版，第 67 页。
⑤ 谢谦：《国学词典》，四川辞书出版社 2018 年版，第 514 页。

和查阅。这一点与西方百科全书按照字母次序编目不同。比如《初学记》分天、岁时、地、州郡等23部,每部下又分若干子目,"子目下引用若干条有关的古籍,而不是对这些子目作系统的讲述"①。类书的起源和发展与古人的骈文和诗词创作有密切关系,因为创作中需要大量使用典故,按内容编目的类书可便捷地提供相应素材。"在体例上区分部类,胪列文献,在内容上兼综众说,博揽杂取是类书的基本特点。"② 分门别类的文献罗列方式不仅在不同文本之间构筑了形形色色的互文性话语空间,为诗词创作的学习提供了现成资料,从而加剧诗歌的"孪生"现象,同时也为后人对诗词作品进行互文性研究提供了可能和方便。③ 当然,这种影响并不囿于诗词,《太平广记》等不仅为古人小说创作提供了大量素材和经验,而且为现代学者研究古代小说保存了珍贵资料。

二 对多义性的追求

除了通过援引古人以增强文章说服力之外,刘勰还指出文学创作应通过语言、意境创造"文外之重旨",也就是追求文本的多义性。他在《隐秀》篇中提出"夫心术之动远矣,文情之变深矣,源奥而派生,根盛而颖峻,是以文之英蕤,有秀有隐。隐也者,文外之重旨者也;秀也者,篇中之独拔者也。隐以复意为工,秀以卓绝为巧"④。创作主体的文思、情感深远,不仅涉及丰富的社会现象,更有可能触及内心深处的潜意识,这就造成了文学作品存在隐(里)、秀(表)两个层面。张少康解释为:"秀,意指意象的象而言,它是具体的、外

---

① 黄永年:《古文献学讲义》,中西书局2014年版,第247页。

② 焦亚东:《钱钟书文学批评的互文性特征研究》,博士学位论文,华中师范大学,2006年,第25—26页。

③ 焦亚东:《钱钟书文学批评的互文性特征研究》,博士学位论文,华中师范大学,2006年,第25—26页。

④ (南朝梁)刘勰著,(清)黄叔琳注,(清)纪昀评,李详补注,刘咸炘阐说,戚良德辑校:《文心雕龙》,上海古籍出版社2015年版,第231页。

露的，是针对客观物象的描绘而言，故要'以卓绝为巧'；隐，意指意象的意而言，是指通过客观物象的描绘而寄寓的作家的心意情志而言，故要'以复义为工'。"① 刘勰看到了创作主体所承载的"记忆"（心术之动、文情之变）的复杂性，并认为这是造成文本多义性的直接原因。这可能是对传统文学追求春秋笔法、意在言外等审美标准给出的最早解释。艾略特曾指出："一个人写作时不仅对他自己一代了若指掌，而且感觉到从荷马开始的全部欧洲文学，以及在这个大范围中他自己国家的全部文学，构成一个同时存在的整体，组成一个同时存在的体系。"② 也是针对创作主体的复杂"记忆"而言。刘勰的"隐秀"之论涉及文学文本的"复义性"，其"文外之重旨"与巴赫金所论之"双值性"颇有几分相似，后者指"在一个词语、一个段落、一段文字里，交叉重叠了几种不同的话语，也就是几种不同的价值与观念，有时甚至相反"③。当然，在中国文化中，文本的多义性或双值性不仅由创作主体本身的复杂性所决定，也与语言表意的局限性有关。而与文本的多义性相对应，如果站在读者角度，要完全破解这种多义性，就必须借助参照、联想、移情等方法触类旁通、交相引发。众所周知，克里斯蒂娃在接受结构主义语言学、巴赫金对话理论的基础上又接受了弗洛伊德的精神分析学，她认为创作者自身作为"意识与无意识的双重构成，两者之间也已经存在对话性"，因此语言的意指作用就包括"符号生成"和"象征生成"两个方面，"言说主体的形成永远都同时包括这两方面，他所制造的任何意义系统都是两者共同作用的结果"④。也就是说，除了通过特定"记忆"而为作品带来多种声音之外，创作主体自身的双重性（意识与潜意识）也直接造成了作品

---

① 张少康：《文心雕龙新探》，齐鲁书社1987年版，第70页。
② ［英］托·斯·艾略特：《艾略特文学论文集》，李赋宁译，百花洲文艺出版社1994年版，第2页。
③ ［法］朱莉娅·克里斯蒂娃：《主体·互文·精神分析——克里斯蒂娃复旦大学演讲集》，祝克懿、黄蓓编译，生活·读书·新知三联书店2016年版，第17页。
④ ［法］朱莉娅·克里斯蒂娃：《主体·互文·精神分析——克里斯蒂娃复旦大学演讲集》，祝克懿、黄蓓编译，生活·读书·新知三联书店2016年版，第23页。

的对话性。虽然刘勰没有明确提到潜意识概念，但他的分析实际已经触及审美潜意识的转换生成问题。① 刘勰的"隐秀"说所重之"文外重旨"与钟嵘论"滋味"说所强调之"文已尽而意有余"（《诗品序》）、皎然论"诗式"所提倡的"文外之旨"（《诗式·重意诗例》）、司空图讲"滋味"倡导的"象外之象，景外之景"（《与极浦书》）、严羽论"兴趣"之"言有尽而意无穷"（《沧浪诗话》）等都具有内在相通性。这些看法与"以少总多""虚实相生""言意之辨"之类的理论话语，以及"比兴""兴寄""妙悟""境界"等概念范畴都是在关联性思维影响下形成的中国文论的独特表达，② 也或多或少都与互文性存在一定关联。

三 传统修辞中的互文意识

在绪论中我们曾详细考证过我国传统"互文"概念的来源及发展，它与西方"互文性"所指有重合亦有区别，二者呈交叉重叠状态。不过，中国传统修辞学中的诸多修辞都蕴含丰富的"互文性"意识，却也是不争的事实。最典型的如"文中夹插先前的成语或故事的部分"的"引用辞"（又包括明引、暗用）和"为了讽刺嘲弄而故意仿拟特种即成形式"的"仿拟格"（又分拟句和拟调）。③ 修辞中被引和被仿的互文项不仅能超越句子，更可扩展到语篇之外。苏轼《前赤壁赋》以曹孟德"月明星稀，乌鹊南飞"诗句作为主客问答的开始，是典型的引用。《渑水燕谈录》载苏轼曾仿拟刘邦《大风歌》嘲笑刘攽晚年眉脱鼻断之病貌，其谓"大风起兮眉飞扬，安得壮士兮守鼻梁"，为一时笑谈。④ 在小说作品中，各种修辞得到集中使用。《镜花缘》第八十三回作者叙钱玉英与孟紫芝等人饮酒行令情节中，孟紫芝

---

① 张玉能：《深层审美心理学》，华东师范大学出版社 2018 年版，第 239—241 页。
② 靳义增：《跨文明文学理论的异质性与变异性研究》，华中科技大学出版社 2016 年版，第 67 页。
③ 陈望道：《修辞学发凡》，上海人民出版社 1976 年版，第 97、100 页。
④ （宋）王辟之：《渑水燕谈录》卷十，中华书局 1985 年版。

在燕紫琼要求下表演"说大书",孟遂以说书之体敷演《论语·微子》中子路遇丈人一段故事。这段文字不仅涉及对《论语》内容的引用、改写,还有对"信陵君为侯生执辔,张子房为圯上老人纳履"等历史故事的吸收和镶嵌,同时又涉及对宋元以来说书体式的仿拟,是多种积极修辞的集中运用。而对于小说创作来说,这种修辞的连续使用又作为一种有效的叙事方法对小说情节发展起到推动作用,同时也适应了《镜花缘》作为逞才、炫才类小说的某种审美需求。

与此相类的还有双关、飞白等修辞的使用。《金瓶梅》中出现的"车淡"(扯淡)、"管世宽"(管事宽)、"游守"(游手)、"郝贤"(好闲),以及《红楼梦》中的"贾雨村"(假语村)、"甄士隐"(真事隐)、"卜世仁"(不是人)等奇特人名,就是作者运用谐音双关的修辞将普通名称与特定所指结合,为作品带来讽刺性效果的例证。这种讽刺效果的获得依赖于小说之外早已形成的特定言语环境与言语习惯,是小说文本对外指涉性的明确体现。"飞白"修辞是指"明知其错,故意仿效",虽不多见,但在小说中的运用也非常引人注目,如陈望道先生所举《红楼梦》第九回李贵向贾政汇报宝玉上学情况之例,小说一句"哥儿已经念到第三本《诗经》,什么'呦呦鹿鸣,荷叶浮萍',小的不敢撒谎"惹得众人大笑。"荷叶浮萍"为"食野之苹"之误,家奴小厮们文化水平不高才会闹此笑话,飞白修辞的使用传神刻画了人物特点,也在小说局部营造出鲜活生动、幽默轻松的情绪氛围。又第二十六回薛蟠将"唐寅"误认作"庚黄",被指出错误后又调侃"谁知他是'唐银'、'果银'的",也是将错就错的飞白手法。在这类修辞中,作为参照项的内容都存在于小说文本之外,小说因为使用了这些修辞也就自然带上了强烈的对外指涉性。

再来看传统的互文修辞,其意义生成机制为"上下交错省文",强调上下文之间的参照、互补关系,如"秦时明月汉时关""开我东阁门,坐我西阁床"之类。这种互文修辞就可以被归纳到现代互文性理论的"内互文"现象之中。所谓内互文性"表现为任何一个文件所包含的信息都是按照交叉参考的方式组织起来的"①。这种互文的修辞不仅仅在诗词骈文中被广泛运用，在小说中也可以被放大为一种叙事技巧而运用。《红楼梦》第八回写李嬷嬷强拿宝玉留给晴雯的豆腐皮包子，晴雯一阵抱怨，宝玉生气，摔了茜雪端来的茶盅；又第十九回写宝玉乳母李嬷嬷倚老卖老，强吃了宝玉留给袭人的蒸酥酪，宝玉生气，袭人为缓解矛盾忙以想吃风干栗子为由转移了宝玉的关注点。两段情节本无直接联系，而一旦被参照阅读，我们便能发现其互文之妙。盖作者关注点并不在矛盾挑起者李嬷嬷，而在于袭人与晴雯性格的对照，写袭人之老实是为映照晴雯之尖利，写晴雯之直率亦是为衬托袭人之隐忍。作者担心读者忽略这种对照性，还特意通过袭人的心理活动点出"只因怕为酥酪之事，又像那茜雪之茶"，是为明确的互文标记。上下参照省文，写一是二，是为典型的小说内互文形式。其实，微观修辞都有可能扩大规模，在文学创作中得以运用到整篇文本。比如，古代文人创作的"集句诗"就是对引用手法的一种极端运用；②而明清小说作品中大段嵌入前人诗词、戏曲的现象也不失为镶嵌修辞在叙事文学中的扩大表现。

古人继承《周易》《老子》的万物联系、相互参照原则，一方面强调"引其源而广之，承其流而作之"，要求创作者在广泛继承、学习前人的基础上加以创新；另一方面重视主体的审美潜意识开发，力图使作品呈现含蓄蕴藉、意味悠长的艺术效果；同时要求语言表达上"大小对称，上下对称，善恶对称，有无对称"③。当然，所有这些最终在作品中都会获得综合呈现，以文辞广博为美的内容表达、以工整协韵为美的格律对仗、以含蓄蕴藉为美的比兴象征等审美追求，应该就是古人创作中最早的互文性发生现象。而骈文的出现最具代表性，其"行文主要由整齐的骈语组成，一联之中，对举互文，补充文义"，

---

① 黄鸣奋：《超文本诗学》，厦门大学出版社 2002 年版，第 117 页。
② 杨经华：《从互文到互文性——中国古代阐释观念之演进》，《西华大学学报》（哲学社会科学版）2014 年第 1 期。
③ 张东荪：《思想言语与文化》，《知识与文化》，岳麓书社 2011 年版，第 211 页。

"骈文的对偶、声律和典故在不断运用的过程中，已经形成了一种有意味的符号形式。它们往往反映了作者对前人相似情感或经历的体会，能够引发相关联想和类比象征，从而形成了一种符号系统。或许类书的编撰就可以作为骈文符号系统形成的一个佐证"①。

西方学者认为中国和欧洲文化中普遍存在一种"重写"传统，这种传统与复述、变更的技巧有关，强调的是"连续和革新"，重写的必要性则"表明传统的生生不息"②。中国文学史上多次的创新运动都以"复古"相标榜，韩愈倡导的古文运动如此，前后七子的诗文运动亦如此，就连康有为、梁启超的政治改良也以复古为口号（如康有为就曾亲撰《孔子改制考》为维新变法提供理论支持）。这都是古人对古今、新旧等问题进行辩证思考的结果，也是互系性思维的具体表现。小说创作的规模较一般诗文为大，其包容性更强，而我国文学史上的几部重要长篇又都经历特殊的世代累积方式才得以成书，③ 这就使得我国古代小说往往拥有更大的互文性写作空间（小说拥有众多源文本，或小说与不同时代的文化语境发生对话等）。事实上，我国古代小说中相互借鉴题材情节者甚众、文学意象与语言符号的重复使用现象也层出不穷，就是这种互文性写作的明证。也正因如此，明清小说评点家特别热衷"对读"的批评方式，以及特别容易关注作品的"仿""效""拟"等问题，也就并非完全出于批评家的个性化联想。除了与外部世界发生广泛跨文本关联之外，古代小说还特别擅长在内部搭建互文性的指涉结构，如通过"犯""避"之法而造成的意象、情节迭用以及"同而不同"的美学效果，通过影子人物（或镜像人物）而设置的平行结构，通过草蛇灰线而营造的此伏彼应模式，等等。这些问

① 吕双伟：《清代骈文研究》，上海古籍出版社 2018 年版，第 431—432 页。
② ［荷兰］D. 佛克马：《中国与欧洲传统中的重写方式》，范智红译，《文学评论》1999 年第 6 期。
③ 对于短篇白话小说的形成而言，说书活动的临场发挥而导致的文本不固定性其实也增加了作品在内容、形式上的互文性可能。文言小说的兴盛与唐代科举制度中的"温卷"传统不无关系，其"文备众体"的需求也使得文人在创作中着意扩展作品的表现形式，这也为作品的互文性写作创造了有利条件。

题会在后面的章节中加以一一解析，此不赘述。

第二节　传统阐释学中的互文意识

从阐释学的角度来看，中国文学中的互文性意识也具有很早的发生依据。关联性思维影响下先秦诸子的言意之辨已为我国古代阐释学奠定了两大方向："言以足志，文以足言"（语出《左传·襄公二十五年》）表明阐释的可能性，认为读者的理解与作者的意图有可能达到重合；"道不可言"（《庄子·知北游》）、"言不尽意"（《周易·系辞下》）则强调了文本意义的不确定性，阐释便只能是一种超越作者、超越语言文字的纯粹个人体验。阐释学是关于理解的学问，海德格尔认为"理解是人的存在方式"，只要面对语言与世界，阐释现象就不可避免，只要有文本需要阅读和理解，就必定伴随相应的原则方法和理论。① 虽然我国古代并无系统的阐释学理论，但从孔子说诗到汉儒解经，到孟子的知人论世、以意逆志，再到《文心雕龙》的秘响旁通，钟嵘的推源溯流等，无不展现古人在文本阐释问题上的智慧与特色。先秦诸子在诗歌阅读实践中所形成的经验是古典阐释学的最早发端，"'断章取义'的引诗方法成为后世多元化阐释的源头，'以意逆志'的说诗方法更被奉为亘古不变的原则，在后来各种主观性、客观性、印象式、实证式的注释中不断得到阐发和深化"②。汉儒解经引发了训诂学的极度繁荣：古文经学以今词释古词、以雅语释俗语、以本名释异名、以详言释略言，无不力图通过诠释经典的文字意义而恢复处于经典前文本状态的原始话语，这已经涉及不同话语体系之间语义的转换与对话问题；而今文经学将谶纬内容大量加入解说，使经典成为阐发解经者个体主张的工具，又从另一个角度证明了阐释活动对于社会历史文本的参照。有学者提出："从两汉诸儒的'谶纬'、两晋诸僧的'格义'，到唐代《文选》诸注的引经据典、宋代杜诗诸注的释

---

① 周裕锴：《中国古代阐释学研究》，复旦大学出版社 2019 年版，第 1 页。
② 周裕锴：《中国古代阐释学研究》，复旦大学出版社 2019 年版，第 7 页。

事释史，中国最正统的阐释著作所采用的方法，几乎使用的都是以其他文本来解释或印证‘文本’的方法”，对于阐释者而言，“如果要理解或解释一首诗歌，就得在类书中搜求‘出处’、‘故实’，在史籍中查找‘时事’、‘本末’，在经籍中附会‘立意’、‘用心’”，据此，“我们或许可以将中国古代笺注类著作中的这种意识称为互文性阐释学”①。

郑玄等人在解释先秦经典过程中最早发现了汉语表达中的“互文”现象（包括义类互举、互文辞格、缩略互文与推理互文四种具体形式），但他们也许想象不到，解经成果不断累加与增值的行为本身竟也可能发展出一种奇妙的互文现象。古人解经有传、笺、注、疏、正义、集解等不同形式，但这些形式往往不是并列关系，而是层级关系，如传本释经，笺为释传，疏又在注（训诂文字）的基础上进一步疏导文义（如前所论贾公彦《仪礼》疏中对于互文的看法即是在郑玄注的基础上发展而来），集解则更是要先将前人众说一一罗列，最后再加以编者自家解释。据孔颖达《毛诗正义》记载：“汉初为传、训者，皆与经别行，三传之文不与经连，故石经书《公羊传》皆无经文。《艺文志》云‘《毛诗经》二十九卷，《毛诗故训传》三十卷’，是毛为训诂，亦与经别也。及马融为《周礼》之注，乃云‘欲省学者两读，故具载本文’，然则后汉以来，始就经为注。”②后来郑玄发明出“笺注”一体，更进一步将注释的文字紧紧依附于经书。后又有将《疏》附于《注》之下者。这样一来，经、传各自的独立性似被淡化，但却保留了各种阐释信息相互叠加与对话的过程。“笺注者将那些与注释对象具有渊源关系或疏证关系的文献资料进行汇聚，实际就导致它们彼此形成一种互文关系，加之传统注疏之学较为重视文献征稽的

---

① 周裕锴：《中国古代阐释学研究》，复旦大学出版社 2019 年版，第 377 页。

② （汉）毛亨传，郑玄笺，（唐）孔颖达疏：《毛诗正义》，上海古籍出版社 1990 年版，第 14 页。刘斐认为：“以注疏类著作为代表的我国传统副文本其最早都是独立成书，并不附于《经》之后，而是以单《注》、单《疏》的形式存在，直到宋代，为了便于阅读，才将《注》附于《经》之下，又将《疏》附于《注》之下。”或有不确。参见刘斐《中国传统互文研究——兼论中西互文的对话》，博士学位论文，复旦大学，2012 年，第 249 页。

完备性，因此集注、集解、集释对大量相关注释的收集整合，自然就为阅读活动提供了广泛的参照空间以及多样化的意义阐释路径。"① 在一个完整的经典注释文本（如《十三经注疏》）中，不同时代、不同主体的层级解读成果以共时并列的方式呈现，读者于此可感受超越时空的意义对话所带来的互文乐趣。这种注解与原作共存是具有中国特色的文本形式，从汉儒解经到乾嘉朴学一直沿用。热奈特在狭义互文性范畴内曾总结过一种"副文本性"互文关系，恰好与此契合。

刘勰作为我国文学自觉时期最伟大的理论家，他的作品中有不少触及对互文性的思考。他在"隐秀"篇中借用《周易》卦象的相生变化之理阐发文学作品的"互体成文"现象：一方面从创作的角度总结了文学作品有隐有秀的特质，所谓"伏采潜发"即指作品的隐含文采会在不知不觉中散发光芒；另一方面又针对该特质对文学解读活动提出了相应要求，即读者应该在广阔的参照背景之下，借助于触类旁通的方法，揭示作品的多重"秘响"。现代学者叶维廉先生曾特别关注"秘响旁通"的意义，认为这一概念的实质是指文学作品中每一个字的出现都不是全新独立，"诗不是锁定在文、句之内，而是进出历史空间里的一种交谈"，"打开一本书，接触一篇文，其他书的另一些篇章，古代的、近代的、甚至异国的，都同时被打开，同时呈现在脑海里，在那里颤然欲语。……这是我们阅读的经验，也是创作者在创作时必须成为一个读者的反复外声内听的过程"②。"秘响旁通"在古典阐释史上意义甚大，因为通过加强其他文本的参照来破解当下文本多重意旨的阐释思路在我国传统文学批评中一直表现突出：作为诗词批评主流形式的"诗话""词话"，无不善于将各种与批评对象有关的作家、作品信息进行综合整理，并展开由此及彼、互相发明式的分析；而作为古代小说主要批评方式的文人评点同样在阐释过程中表现出超强的史实参照、经典"对读"、意境联想等互文意识。如果说"知人

---

① 焦亚东：《钱钟书文学批评的互文性特征研究》，博士学位论文，华中师范大学，2006年，第23页。

② 叶维廉：《中国诗学》，生活·读书·新知三联书店1992年版，第65页。

论世"强调的是文学批评中对作者的重视，那么"秘响旁通"则把关注点主要放在读者身上。有学者以"交相引发"作为我国传统文学批评特点的总结（其内涵涉及触类旁通、广征博引等十个方面），并指出这种"交相引发"式的批评与西方互文性理论是"世界诗学发展史上一对名称相异、精神实质一致"的孪生儿。① 其实，无论"交相引发"还是"秘响旁通"，他们所强调的"文本意义间的交响、编织、叠变的活动"都是要通过广泛的参照探求文本意义的形成过程，最终对文本形成一个更加客观、丰富而又富于创见的新认识。②

与古代诗文阐释的丰富性相比，小说阐释的实践主要集中于几个大家，以评点、序跋等为主要表现形式。由于小说地位难与诗文经典抗衡，古代小说批评也没有达到诗文批评的繁荣程度，但仍构成了古典阐释学的重要内容。小说评点以刘辰翁评《世说新语》为滥觞，至金圣叹、毛宗岗等人则为大宗。评点这种独特的形式也自刘辰翁开创，他的杜诗评点不同于传统的诗文注释，而是借鉴了禅宗的"不说破"原则，以"尚味"（适当点拨，给读者留下想象的空间）取代"尚意"的阐释方法（注重发掘微言大义），从而避免了传统注释中的附会现象。③ 刘辰翁评《世说新语》以"辨虚实、释因果与史论式的是非评判"为主要内容，④ 对后来金圣叹的"借杯浇臆"式的评点产生了直接影响。金圣叹评《水浒传》固然从文章学角度对小说艺术进行了诸多总结，但其评点文字中所流露的主体意识与个性精神也给读者带来深刻印象。其实，对于"六才子书"（阐释对象）的选择一开始就透露出强烈的主观性，既然解书是为合己之意，那么解书的内容就更有可能以己之情而发"作者之未必然"了。金圣叹曾于《西厢记》评点

---

① 这十个方面具体是：触类旁通、兴观群怨；以意逆志、知人论世；广征博引、互相发明；原道、征圣、宗经；追求言外之意、味外之味；有本之者、有原之者、有用之者；讥弹与辩护、评选与品第；象征与比况批评；多义与应和、关联与互济；"极人物之万途、攒古今之千变"以及写形追象的创作论。参见史忠义《中西比较诗学新探》，河南大学出版社2008年版，第349—367页。

② 闫月珍：《叶维廉与中国诗学》，中国社会科学出版社2010年版，第117页。

③ 周裕锴：《中国古代阐释学研究》，复旦大学出版社2019年版，第287—302页。

④ 陈洪：《中国小说理论史》，天津教育出版社2005年版，第35页。

中表明"圣叹批《西厢》是圣叹文字，不是《西厢记》文字"，其借杯浇臆的意图已非常明确，后来张竹坡在《金瓶梅》评点中亦标榜"我自做我之《金瓶梅》，我何暇与人批《金瓶梅》也"，实与圣叹一脉相承。对于互文性所重视的复义性特征来说，读者的主观解读本来就是非常重要的维度之一。除了创作主体的记忆、创作主体的内部对话性之外，阐释者所承载的文本记忆、社会历史记忆以及阐释主体的内部对话性也有可能造成文本的多义性。金圣叹在《水浒传》批评（除了评点文字之外还对原作做了腰斩情节、修改回目、润饰文字等工作）中所表现出的对朝廷政局的不满、对贪官污吏的抨击、对压抑贤才现实的不平等都是他主观情绪的流露，也是社会现实参与文学批评的重要表现。当然，主观意识的表现也有多种途径，既可以直抒胸臆，也可以通过其他特定方式。如清代醉耕堂刻《评论出像水浒传》第二十回录有王望如一则点评语，其谓：

> （王望如）又曰：婆惜眼中多宋江，宋江胸中无婆惜，固知婆惜撒娇是假撒娇，宋江使气是真使气。但情钟我辈，鲜有不移船就岸者。公明以如水对之，去之惟恐不速。迨去而复来，索招文不可得，朝廷不及察其通贼之罪，而婆惜必欲发其复焉。积嫌生怨，积怨生怒，烈哉公明，大为天下男子汉吐气矣。客曰：婆惜亡赖一妇人尔，彼之所恋恋者，乃押司所携之张文远。交通水泊，他人不知，文远宁不知之？果肯以妾赠友，一纸如携，计不出此，杀婆惜几自陷于杀，愚甚。宋公明非无机谋者，气之所至，理不能遏，略肯转念，何难两全。负血性男子不可及处，正在径情直遂，把身家厉害都不顾。客胡卢而退。①

评点家这里借用了赋作中常用的主客问答方式进行细读分析，从形式上来说已属新颖，形成了文体之间的互动融合。通过主客之间的

---

① 马蹄疾：《水浒资料汇编》，中华书局1980年版，第235页。

对话，阐释者表达了自己对"宋江杀惜"情节处理方式的看法。事实上，主客之间的对话交流也许就是主体意识中不同思想矛盾纠结过程（也就是思考过程）的生动再现：以宋江之城府，既对婆惜无意，为何不以成全她与张文远之爱情为条件而换取招文袋？盖因宋江对婆惜"积嫌生怨，积怨生怒""气之所致，理不能遏"，才有怒而杀人之举。这种对话性，既有可能发生在评点主体身上，亦有可能是作者创作过程中矛盾心态的反映。苏轼《前赤壁赋》以主客之间围绕士子入世失意的苦闷以及回归自然的旷达进行的讨论也许就是苏轼内心深处儒、道两种价值观念的对话与协调，庶几也是古代士人普遍的精神历程。

明清评点家论小说多以八股文法进行参照，这一方面为时文的强势影响所致，另一方面与古人对"文法"内涵的探究密切相关。在先秦已经开始的言意之辨中人们就已经认识到语言的表意功能有限，所谓"书不尽言，言不尽意"即指此；但语言形式本身所具有的暗示性、象征性（"以语言文字符号为媒介物，脱离其原有符号功能而表达某种隐含意义的现象"[①]）却往往能蕴含创作主体始料不及的丰富内容。文学作品（尤其是诗、词、曲、赋、骈文等）特有的结构、格律、修辞等形式性因素都可能别有意味，对这些"有意味的形式"进行分析的经验总结就成为"文法"论的来源。文法分析与传统训诂不同，其重点不在还原，而是揭示语言形式之下的隐微深意。这也是为何我们能在明清小说评点文字中屡屡感受到评点者对作者未尽之意的扩展与延伸。当然，与重视主体意识表达的才子批评不同，乾嘉以来的阐释学主流仍回归到汉儒的训诂考证，随着社会政治的变化，学术风气也整体转向。"文史互证"（或称"诗史互证"）成为最能代表清代考证精神的文学阐释方法。所谓"文史互证"就是"一方面以诗为史料，或纠旧史之误，或增补史实缺漏，或别备异说；另一方面，以史证诗，不仅考其'古典'，还求其'今典'，循次批寻，探求脉络，以得通解"[②]。事实上，"文史互证"不过是"中国阐释学中'文本互

---

① 张玉梅、李柏令：《汉字汉语与中国文化》，上海人民出版社 2012 年版，第 201 页。

② 汪荣祖：《陈寅恪评传》，百花洲文艺出版社 2015 年版，第 114 页。

文性'的古老观念的逻辑演变而已。章学诚所谓'六经皆史'、'《易》象包六艺',正是这种文史哲不分家的'文本互文性'观念最简要的表述"①。这种"文史互证"的研究方法对现代学界影响巨大,以小说研究为例,陈平原先生指出:"当本世纪初的中国学者开始以小说作为学术课题时,很自然地以乾嘉学者之古经注诗的方法来治小说,关注的是作家生平以及作品版本源流。索隐、溯源和版本的考辨,乃中国学者的拿手好戏,而'历史演变法'的理论命题,使大批学者'英雄有用武之地'。"② 无论是版本考证,还是人物索隐、故事溯源,都离不开历史文本与文学文本之间的相互参照,与诗文批评中的重年谱、尚编年、贵本事仍为同一路径。不过,对于小说的互文性而言,单纯的"以史证文"却伴随天生缺陷,因为实证性研究解决的其实只是文本互文性极其有限的部分。但无论如何,强调文史互通、广泛参照的文本阐释观中蕴含了丰富的互文性意识,它与万物皆有联系的宇宙观、哲学观以及受此影响而来的文必征圣、宗经的创作观一起为古代小说的互文性创作及解读提供了充分的发生依据。

第三节　古代小说独特的形成过程与互文性

一　文言小说的互文性

与诗歌、散文等文体相比而言,小说是一种后起的文体形式。"小说家者流,盖出于稗官,街谈巷语,道听途说者之所造也","虽小道,必有可观者焉,至远恐泥"(《汉书·艺文志》)③。也正是因为这种与生俱来的琐屑与卑微,小说的归属在历代史志目录中似乎都是一个难题。《隋书·经籍志》中小说隶属子部,而《新唐志》将前人

---

① 周裕锴:《中国古代阐释学研究》,复旦大学出版社 2019 年版,第 377 页。
② 陈平原:《小说史:理论与实践》,《陈平原小说史论集》下册,河北人民出版社 1997 年版,第 1281 页。
③ (汉)班固著,(唐)颜师古注:《汉书》,中华书局 1962 年版,第 1377 页。

史部中的杂传类作品大量移入小说，宋明以来的平话、演义之类则根本不被收入史志。这个现象当然也从另一个角度透露了小说内容驳杂，形式上又与史传、诸子颇为相似的特点。古代小说的形成分为两个系统——文言与白话。文言小说源出史传（杂史杂传与小说的关系最为密切），①白话小说源于话本。在这种传承交流的发展过程中，文本与文体之间的嵌入和交错自是难免。比如，文言小说就常把史家的"实录""传信"当作自己的创作准则；白话小说又常以正统诗文的怨刺教化功能标榜。以早期志怪小说的代表《搜神记》创作为例（石昌渝认为这类作品属于仅在文体上获得独立，精神上尚未独立的"古小说"②）。干宝的良史身份及其愿为"鬼董狐"的自我追求与小说创作必备的虚构想象相互作用，使作品呈现出"戴着镣铐跳舞"（宗教信仰制约下的艺术想象）的独特品格，从而在小说史上产生了标志性意义。③从干宝的具体创作过程来看，他"借助观念转变，打破'征''应'关联，释放出史志《五行志》中丰富的志怪故事资源，实现了五行灾异书写的世俗化与小说化；又通过文体转换，从《风俗通义》等先秦两汉典籍中剥离出数量可观的志怪故事，改造为独立的志怪小说；还将《列异传》中的诸多篇目直接搬入《搜神记》，确立了志怪小说的样本，并借鉴其情节类型及叙事笔法，模拟创作了若干新作品"④。辑采、转换、改造、借鉴、模拟，《搜神记》与先前文本（史著文本、小说文本）之间的种种联系哪一项又能摆脱形式嵌入与语义嵌入的互文范畴？《晋书》记载干宝创作小说的缘起，谓其曾经历父亲宠婢被母亲推入坟中多年而活的灵异，其叙述与《搜神记》中杜锡家婢误入坟墓十余年而活、前汉宫女发冢而活以及太原妇人在棺中三十年而活等

　　① 学界一般认为西晋汲冢出土的《穆天子传》为我国最早出现的小说之一。参见李剑国、陈洪主编《中国小说通史》，高等教育出版社 2007 年版，第 63 页。
　　② 石昌渝：《中国小说源流论》，生活·读书·新知三联书店 1994 年版，第 111 页。
　　③ 刘勇强：《宗教信仰制约下的艺术想象——〈搜神记〉小说品格的反思》，《中国高校社会科学》2019 年第 4 期。
　　④ 潘建国：《〈搜神记〉的形成：以前代故事文本辑采为例》，《中国高校社会科学》2019年第 4 期。

故事皆出同一机枢。一般而言，小说辑采、模仿先前史传文本的做法是比较常见的，但此处的情况也许恰恰相反，是否《搜神记》中的神异故事影响到史著作者对干宝的印象，而导致将小说中的情节移植附会到作者身上？而以前述杜锡、汉宫女、太原妇人故事等为代表的小说内部各篇之间，大约也因为作者在收集故事时遵循了某种"同类互举"的编排方式而使作品内部表现出主题呼应、叙述重复的互文性特点。

如果说记录式的志怪小说因为与史传的近亲关系受其影响不足为奇，那么"作意好奇"的传奇小说也"常常是在真实的背景以及人物事件中展开虚构"①（即以"实录"的形式表现虚构内容），就不能不说是艺术上的有意为之了。比如，在虚幻的故事中穿插真实的地理就是唐传奇以假乱真的典型手法。唐人小说中很多故事的发生地都在长安，作品所叙之地理与长安城当时之里坊设置基本契合，② 很能让读者产生代入感。《李娃传》中，荥阳生被李氏问及住所，荥阳生谎称在"延平门外数里"，其实际住处为布政坊。考察唐长安城的里坊方位，可知布政坊与李氏所居之平康里仅隔四坊，而延平门则是离平康里最远的城门。荥阳生的谎言透露的是他欲以路远为由而得留宿的意图。③ 这种以真实地理为虚妄故事营造真实感的情况与白话小说恰恰相反，在《水浒传》《金瓶梅》等作品中，地理上的"错误"比比皆是（比如清河与阳谷、运河的距离问题，武松从沧州回清河看望哥哥的路线问题等），④ 这当然不能简单的归因于作者缺少地理常识，更大的可能则是作者因为营造典型环境中的典型人物的需要而故意"实者虚之，虚者实之"，以求达到"娓娓乎有令人听之而忘倦"的效果（钱采《说岳全传序》）。又传奇小说多在小说开头或结尾处叙及故事

① 李剑国、陈洪：《中国古代小说通史》，高等教育出版社 2007 年版，第 9 页。

② ［日］妹尾达彦：《唐代后期的长安与传奇小说——以〈李娃传〉的分析为中心》，载朱红、许蔚编选《中国城市文学研究读本·历史卷·城市变迁与文化记忆》，复旦大学出版社 2018 年版，第 8—37 页。

③ 张袁月：《文学地图视角下的唐传奇论析》，《中国石油大学学报》（社会科学版）2019 年第 5 期。

④ 古今、宋培宪：《施耐庵、罗贯中、吴承恩是"路痴"吗——也说古典小说中的地理问题》，《菏泽学院学报》2017 年第 1 期。

来历，或某人亲历，或从某处听闻等。例如，唐李公佐作《南柯太守传》《谢小娥传》《古岳渎经》等，或直接参与故事（"我"帮助谢小娥破解梦中字谜，助主人公为父、夫报仇），或由故事主人公亲近之人对小说内容进行核定（如"我"曾向淳于棼的儿子淳于楚核实其父所梦之事），或转述友人所言（"我"在旅途中听好友杨衡转述楚州刺史李汤奇闻，后又在游览中得到《古岳渎经》，发现古书所载与李汤所遇契合）等，皆为此类。同时，"文言小说特别是传奇小说的作者一般文体意识比较强，作'文章'的意识比较明显，非常讲究文采与意想"[1]。这些都与文言小说的史传源头及士人文学的归属有着分不开的联系。当然，伴随科举制度而来的唐代温卷之风也为传奇奠定这种"文备众体"的形式规范提供了外部条件。其实，所谓融"史才、诗笔、议论"于一炉的创作方法，[2] 不正是互文性写作的一种早期尝试吗？当然，文言小说发展至唐传奇开始出现主题和题材的世俗化特点，突破了六朝志怪的模式，这不仅是小说自身发展的结果，也是唐代特定文化语境的小说呈现。"唐代极其发达的佛教、道教文化和盛行的诗歌辞赋、民间说唱文学都是影响它发展繁荣的重要因素。以敦煌变文为代表的唐代说唱文学对唐传奇产生了最直接的影响"[3]，唐代诗歌语言的口语化倾向非常明显，[4] 也可能为小说语言的选择提供借鉴。例如，《游仙窟》的骈文表述中就穿插了不少当时新鲜的民间口语，[5] 这既是俗文学以其鲜活生命力侵入雅文学的例证，也可能是雅文学向民间文学主动学习的结果，当然更是小说与社会历史文本之间深层互动的表现。

二 话本小说的互文性

我国的口头文艺活动从西周开始已经载于文献，当时由瞽矇之人

[1] 李剑国、陈洪主编：《中国小说通史》，高等教育出版社 2007 年版，第 9 页。
[2] （宋）赵彦卫撰，傅根清点校：《云麓漫钞》卷八，中华书局 1996 年版，第 135 页。
[3] 鲍震培：《中国俗文学史论》，南开大学出版社 2015 年版，第 101 页。
[4] 孟昭连：《唐诗的口语化倾向》，《徐州工程学院学报》（社会科学版）2012 年第 6 期。
[5] 赵金铭：《〈游仙窟〉与唐代口语语法》，《语言研究》1995 年第 1 期。

进行的"讽诵诗,世奠系"表演也许是袭自原始社会传承部落历史的
需要,① 至周氏三母孕期"夜则令瞽者诵诗,道正事"以实施"胎
教",② 口头讲说应当已经兼具教育与娱乐的功能。此后,口头讲说的
通俗性特征与娱乐性功能得到进一步发展。至唐,佛教兴盛,六朝以
来在佛经宣传中已经流行的转读、梵呗与唱导仪式发展为影响更大的
俗讲。这种本以宣扬宗教教义为目的的讲唱形式又与我国固有的民间
口头艺术结合,除原有宗教人物故事之外,历史(如昭君出塞、伍子
胥复仇等)、民间传说(如孟姜女、董永故事等)、当代时事(唐太宗
游冥府)以及具有游戏性质的喜剧故事等也进入俗讲范围。也正是在
这样的背景之下,艺人们"为便于讲说参考或师徒教授,或有爱好者
为之,于是有了用文字将'说话'所讲的故事记录下来作为底本"③,
这便是话本的来历。而最初的话本"只是一种写本,仅仅掌握在说话
人手里,当作秘本应用,并不是公开传播以供众览"④。随着市民文化
需求的扩大,加上书商出于牟利目的的广泛搜求,书会才人集体编写
话本的热情提高,艺术性也在原有简略轮廓的基础上得到提升。

话本是口头表演与书面叙事之间的重要转折性载体,从本质上说
口头表演到书面叙事的转变承载了不同话语(表达)体系之间的交
流,意味着"说—听"模式与"写—读"模式的互动。虽然对于话本
究竟是说话底本还是现场记录本的问题学界始终未有定论,但话本在
保留说话现场的一些叙述习惯和表演程式(这些表述习惯和风格竟成
为后来话本小说的标准体制与独特个性)的同时又兼具了书面写作的
形式与意义却是事实。伴随话本的出现(一般认为敦煌遗书中的《庐
山远公话》《韩擒虎画本》等为现存最早话本),表述习惯上的口语与
书面语、艺术要求上诉诸听觉与诉诸视觉、审美追求上的俗与雅,这
些两极性问题的对话、融合就已经开始,而这种交流其实也是广义互

---

① 陈戌国点校:《周礼》"春官宗伯第三",岳麓书社 1989 年版,第 64 页。
② (汉)刘向:《列女传》卷一,中国文史出版社 1999 年版,第 2 页。
③ 鲍震培:《中国俗文学史论》,南开大学出版社 2015 年版,第 82 页。
④ 胡士莹:《话本小说概论》,中华书局 1980 年版,第 132 页。

文性的表现之一。话本的编写从一开始就不同于独立的文人创作，他只是为说书艺人的现场表演或者技艺传承提供某种辅助或依据。针对第一个目的，职业的话本编写者必定广泛地从历史文本、民间传说、时事新闻中搜寻素材加以整理，而针对第二个目的，则需要在情节的基础上再加上一些讲说程式的提示。编写者既离不开故事素材的收集也离不开说书现场观察，这种写作特点使得话本成为各种文本（既包括文学文本，也包括广泛的社会历史文本）的汇集场所。同时，又由于话本的职业编写者（书会先生、才人）往往兼及戏文、杂剧、唱本等编写工作，所以针对相同题材内容进行不同形式的演绎也就不足为奇。在此基础之上，话本的文学性和书面特征被进一步开发，小说发展进入话本小说和拟话本阶段。胡士莹先生认为，话本小说指"由话本加工而成的读物"，其创作固有所本，往往能清晰呈现口头叙事向书面叙事的转化痕迹；而拟话本则是"模拟话本的小说"，虽然模拟的主要是话本的形式，但也受到话本编写中采摘古今的素材收集和整理方式的影响。石昌渝先生认为话本要沿着书面化的方向发展必然"采集民间传闻进行编写，还选择一些传奇小说和笔记小说的某些作品加以改编"[1]。北宋刘斧所辑《青琐高议》采用当时说话的标题形式（正题之下别用七字句副标题），内容上又保留唐传奇史才、诗笔和议论三者结合的形式，赵景深因此认为此书是"从传奇体到章回小说的桥梁"。《绿窗新话》与《青琐高议》性质相同，也是"抄撮古代小说如唐宋以来的传奇、笔记以及正史、杂史、诗集、词话而成"的典型拟话本作品。[2] 这些拟话本作品不光满足了大众的阅读需求，反过来又被说书艺人和书会才人作为重要参考资料介入他们的说书表演或者话本编写，形成书面创作与口头艺术之间的双向联动。在这样的背景之下，同一题材内容在不同文本（甚至是不同文体）中反复出现的情况就比比皆是：如《醉翁谈录》所著录《牡丹记》《绿窗新话》中"张浩私通李莺莺"、《警世通言》"宿香亭张浩遇莺莺"以及《宝文

---

[1]　石昌渝：《中国小说源流论》，生活·读书·新知三联书店1994年版，第230页。
[2]　胡士莹：《话本小说概论》，中华书局1980年版，第149—150页。

堂书目》所著录之《宿香亭记》都是对《青琐高议》别集中《张浩花下与李氏结婚》的演绎或改写。而这也是白话小说互文性现象生成的重要原因。

话本小说与拟话本的另一个特点也形成了普遍的互文性现象，就是韵文套语、叙述语言甚至某些叙事情景的交错重叠：如《西湖三塔记》与《洛阳三怪记》既存在对女主角和婆婆外貌描写的雷同，[①] 也有美女将旧情人绑在柱子上挖取其心肝下酒等叙事情景的相似，还有对清明景致、门楼殿宇表述的重复。另一部话本《定山三怪》也与《西湖三塔记》《洛阳三怪记》存在明显的雷同情节。《错斩崔宁》中主人公拿着岳父赠予的十五贯钱回家，情节进入重要转折阶段，说书人突然现身："若是说话的同年生，并肩长，拦腰抱住，把臂拖回，也不见得受这般灾悔，却教刘官人死得不如《五代史》李存孝《汉书》中彭越"（这种套话的存在也客观反映了《五代史》《汉书》等历史故事在民间的接受程度很高），类似的表述也出现在一百二十回本《水浒传》第三十一回："若是说话的同时生，并肩长，拦腰抱住，把臂拖回去，便不使宋江要去投奔花知寨，险些儿死无葬身之地！"说明这类套话适用于多种小说的转折。有学者指出这种雷同和因袭现象"最可能的解释只能是民间文艺的相互竞争与模仿使然———一种故事受到了听众的欢迎，其他艺人就会纷纷跟进"[②]。其实，说书艺人要想进行游刃有余的表演，达到"说收拾寻常有百万套话，谈话头动辄是数千回"的精彩效果，就必须经过严格训练。《醉翁谈录》"小说开辟"有云：

> 夫小说者，虽为末学，尤务多闻。非庸常浅识之流，有博览

---

① 有学者指出宋元早期小说对女性的描写普遍存在重复，"对描写部位的选择，描写的句式、语气、语态虽然有着这样那样的排列和字句上的差别，但在总体上和实质上仍然是一种写作上的重复。不同的作者对不同的美人的描写写出的是同一个美人"。参见张勇《元明小说发展研究：以人物描写为中心》，复旦大学出版社 2003 年版，第 26 页。

② 范丽敏：《互通·因袭·衍化———宋元小说、讲唱与戏曲关系研究》，齐鲁书社 2009 年版，第 61 页。

该通之理。幼习《太平广记》，长攻历代书史。烟粉传奇，素蕴胸次之间；风月须知，只在唇吻之上。《夷坚志》无有不览，《琇莹集》所载皆通。动哨、中哨，莫非东山笑林；引倬、底倬，须还《绿窗新话》。论才词有欧、苏、黄、陈佳句；说古诗是李、杜、韩、柳篇章。举断模按，师表规模，靠敷演令看官清耳。只凭三寸舌，褒贬是非；略传万余言，讲论古今。小说纷纷皆有之，须凭实学是根基。

又诗云：

开天辟地通经史，博古明今历传奇。藏蕴满怀风与月，吐谈万卷曲和诗。辨论妖怪精灵话，分别神仙达士机。涉案枪刀并铁骑，闺情云雨共偷期。世间多少无穷事，历历从头说细微。①

罗烨在此极言说话艺人的知识广博，认为这是他们表演的基本功。而经过这样的训练，说书人不仅可以对故事素材做到信手拈来，而且可以根据故事情节和现场需要进行精彩的穿插、敷演。又因为艺人们用以训练、学习的参考资料都大同小异，所以他们的讲说活动中所用到的故事、诗词、韵语等常有交错重叠也就不足为怪了。

在话本小说体制得以成熟并规范化的过程中（职业文人介入，各种话本小说集相继编纂和面世），我们始终能明确感受到雅俗文学以及口头与书面文学之间的渗透与融合。不可忽略的还有在话本形成过程中起到重要作用的俗讲活动以及由此形成的独特文本形式——变文。郑振铎先生认为变文与演义之意相似，是"把古典的故事，重新再演说一番，变化一番，使人们容易明白。正和流行于同时的'变相'一样；那也是以相或图画来表现出经典的故事以感动群众的"②。俗讲活动将传统说书与佛教宣讲活动结合，佛经中的印度文学元素（韵散结

---

① （宋）罗烨：《醉翁谈录》，古典文学出版社1957年版，第3页。
② 郑振铎：《插图本中国文学史》上，中央编译出版社2012年版，第356页。

合的叙述形式以及数量可观的宗教母题)、佛经翻译中所遇到的文、白转化问题(伴随译经活动而来的各种新词的创造以及文白夹杂的表述习惯等)等都在变文中得到呈现,① 而这些因素在后来的白话小说中一直以不同方式参与言说。

三 章回小说的互文性

白话小说发展至章回小说,篇幅漫长、容量巨大,在文本的包容性上显示出更大优势。不管是"滚雪球式累积""聚合式累积"(石昌渝语)还是"镶嵌式创新"(黄霖语)的成书方式都为小说与周围文本间的互动创造了更加充足的条件。章回小说世代累积的过程其实就是原有情节主题不断被演绎、新材料不断被加入的过程。这种持续的扩充、改写与整合正是互文性创作的全面实现。从《三国志》到《三国演义》,史传文本直接参与小说书写自不必说;诗歌文本以人物诗作和叙述者咏史等形式被引入小说,同时又受到小说的反哺,以至形成以虚构历史为吟咏对象的"仿咏史诗"一途。② 而对《搜神记》中"糜竺出山"、"北斗南斗"、左慈、于吉等神异故事的引用,又为《三国演义》的历史书写带来一些神秘的浪漫色彩,使之与其他历史演义之作表现出不同的艺术风貌。对于《西游记》来说,玄奘西行的历史事实、说唱文学中的"太宗入冥"故事,"说经"一家中的佛教因缘、经过戏曲演绎的《西游记》杂剧等数量众多的参照文本也都在最终的写定本中留下或深或浅的痕迹。早期章回小说的集体创作性质为小说创造了极其有利的互文性对话空间。

章回小说后来进入文人独创期,并不意味作者完全摒弃小说与其他文本之间的联系,恰恰相反,作为集体创作向文人独创过渡的《金瓶梅》所表现出的"镶嵌""拼贴"甚至"对话"的特点为我们展示了互文性写作的典型样本。在这部独特作品中,我们既感受到民间说

---

① 王凌:《古代白话小说语体之形成及特征》,《兰州学刊》2010 年第 12 期。
② 王凌:《毛本〈三国志演义〉诗词的互文性解读》,《南京师大学报》2014 年第 2 期。

唱的痕迹（词话部分的内容），又看到当时流行的戏曲（如《宝剑记》《西厢记》等）、宝卷、步戏、杂耍乃至酒令、笑话、相书判词等艺术形式的参与，① 当然还有作者通过吸收、改写、戏拟等手法引入作品的话本故事、历史典故，以及通过细节透露的明代"国本之争"的政治时事等。这说明上层文人进入小说创作时往往表现出更大的互文写作兴趣。这与我国古代传统的文学创作观念，作者独特的个体选择以及创作的特殊语境等都有关系。

对于这些问题，本书还会在后面的几章中陆续加以具体讨论。进入稳定的文人独创之后，章回小说在互文性创作上也并未表现退步。清梁绍壬认为，《隋唐演义》"叙土木之功，御女之事，矮民王义及侯夫人自经诗词，则见于《迷楼记》；其叙杨素密谋，西苑十六院名号，美人名姓，泛舟北海遇陈后主，杨梅、玉李开花，及司马戡逼帝，朱贵儿殉节等事，并见于《海山记》。其叙宫中阅《广陵图》，麻叔谋开河食小儿，冢中见宋襄公，狄去邪入地穴，皇甫君击大鼠，殿脚女挽龙舟等事，并见于《开河记》（'三记'皆韩偓撰）。其叙唐宫事，则杂采刘𫗦《隋唐嘉话》、曹邺《梅妃传》、郑处诲《次柳氏旧闻》、史官乐史之《太真外传》、陈鸿之《长恨歌传》，复纬之以《本纪》《列传》而成者"②。鲁迅先生指《西洋记》"所述战事，杂窃《西游记》《封神传》而文辞不工，更增枝蔓，特颇有里巷传说，如'五鬼闹判'、'五鼠闹东京故事'，皆于此可考见，则亦其所长矣"③。赵景深也认为《西洋记》虽然文学价值不是很高，但"能保存许多传说，又能容纳两种《胜览》里的文字，采用较早的版本，使后世得以校勘，其功却也未可没"④。这些都是针对章回小说材料来源问题进行的考证和说明。

当然我国古代小说作品长期存在的归属不明现象也增加了其互文

① 黄霖：《黄霖讲〈金瓶梅〉》，东方出版中心 2017 年版，第 207 页。

② 孔另境编辑：《中国小说史料》，上海古籍出版社 1982 年版，第 159—160 页。

③ 鲁迅：《中国小说史略》，人民文学出版社 1976 年版，第 146 页。

④ 赵景深：《三宝太监西洋记》，转引自陆树仑、竺少华点校《三宝太监西洋记通俗演义》附录三，上海古籍出版社 1985 年版，第 1298 页。

性现象的复杂性，比如《水浒传》"鲁智深大闹野猪林"情景与《平妖传》中的"野猪林张鸾救卜吉"情景表现出雷同，究竟是文本之间的有意抄袭、借鉴，还是根本就是同一作者为之？《金瓶梅》对屠隆、李开先、冯梦龙等人的作品进行了大量引用、镶嵌，是否可以据此对兰陵笑笑生的身份进行确定？胡适先生根据《醒世姻缘传》与《聊斋志异》"江城"在故事情节、悍妇形象，以及对白话曲词的运用上的相似性等推测西周生即蒲松龄……诸如此类，增加了古代小说互文性现象的独特个性。此外，白话小说因为文本存在状态的不稳定而引发的互文现象也值得关注。从其源头话本开始，创作的非权威性就导致文本多变，不同目的的编印出版行为又导致"一书各本"现象普遍存在（同一小说可能同时拥有抄本、刻本、插图本、繁本、简本等不同形式），至文人评点阶段，评点者更是可以随意进入文本进行增删评改，同时配合评点话语形成评点本行世。版本的变化不仅可能导致正文内容的差异，而且也导致小说的"副文本"性和"元文本"性异常复杂。热奈特所指的副文本性，意谓"一部文学作品所构成的整体中正文与只能称作它的'副文本'的部分所维持的关系"。副文本包括"标题、副标题、互联型标题；前言、跋、告读者、前边的话等；插图；请予刊登类插页、磁带、护封以及其他许多附属标志，包括作者亲笔留下的还是他人留下的标志"①。不同版本之间本身形成共时性互文关联，而副文本性又涉及不同层级读者的增殖性阐释。这些问题我们也会在论文的其他章节一一讨论。

罗兰·巴特认为，"任何文本真正成为文本时，四周已是一片无形的海洋，每一文本都从中提取已被写过、读过的段落、片段或语词"，"文本的'复数'特征导致文本意义的不断游移、播撒、流转、扩散、转换和增殖"②。语言是存在的基础，世界是一种无限的文本，一切语境（政治的、经济的、社会的、历史的、心理的等）都为互文

---

① ［法］热拉尔·热奈特：《热奈特论文选》，史忠义译，河南大学出版社 2009 年版，第58 页。

② 朱立元主编：《当代西方文艺理论》，华东师范大学出版社 1997 年版，第 299 页。

本。布鲁姆·哈罗德甚至认为世界上根本"不存在文本，只有文本之间的关系"①。当然这只是普遍意义上的看法，具体到每一种不同文体或每一部独立文本，它们会因创作主体、传播语境、接受主体等因素的变化而表现出各自不同的互文性特征。有学者指出，文学的记忆主要在三个层面上体现，"由文本所承载的记忆，作者的记忆和读者的记忆"②，这三个层面永远不可能完全重合。作为一种从诞生之初就在归属上历经考验的文体，小说在中国文化语境的发展变迁中形成了独特的互文性创作与解读契机。古代小说中的互文现象主要表现为两大类，一是发生在文本之间（包括当下文本与另一个或多个互文本之间，或当下文本与广义的社会历史文本之间），表现为文本间的引用、抄袭、重写、参考等各种关系；一是发生在文本之内，表现为具体上下文之间的重复、犯避、互补、对称等特殊联系。当然，这些也只是相对典型的情况，更多的互文现象是无法作出精确实证性分析的，比如作者在写作中所调动的知识储备、文本记忆也许只有极少一部分能被保留在当下文本中，而不同读者阅读文本时所投入的文学积累、社会阅历、主观情绪等也是千差万别、难以查考。"任何文本都是作者阅读下的产物，而作者的阅读无疑是无数文本空间的交汇。"③ 作为承载记忆的小说文本，它的每一个文字符号都与其他文本发生联系，而在小说内部，每一个文字的出现也许都是上文的某种重复、暗示或者回应。古代小说诞生在中国特有的文化语境之中，它的互文性特征不仅是特有哲学认知的产物，也是小说艺术自身发展的必然。

---

① 程锡麟：《互文性理论概述》，《外国文学》1996 年第 1 期。
② ［法］蒂费纳·萨莫瓦约：《互文性研究》，邵炜译，天津人民出版社 2003 年版，第 134 页。
③ 赵渭绒：《西方互文性理论对中国的影响》，巴蜀书社 2012 年版，第 121 页。

第二章　明清小说中的跨文本互文现象

　　巴赫金认为小说是"用艺术方法组织起来的社会性的杂语现象","杂语中的一切语言,不论根据什么原则区分出来的,都是观察世界的独特的视点,是通过语言理解世界的不同形式,是反映事物涵义和价值的特殊视野"①。事实上,在互文性的观照之下,没有一部作品是绝对独白型的,因为每一位看似权威的叙述者所讲述的话语本身也是充满"他者"话语的编织物。"像所有的艺术一样,文学的形成离不开手工拼凑的一部分内容:如果说文学的材料是语言,那么在大多数情况下,那大都是些现有文学中既已存在的语言形式。"② 当然,互文性的意义绝不仅限于让我们发现小说文本之间存在各种联系,他要求我们更深入地探究在这些联系的背后文学的意义如何实现流动和转化。热奈特在总结神话的重写现象时曾总结了互文六法:浓缩法(剔除和简略)、扩充法、应用法(对情节和蓝本的改编)、跨越主题法(掺入非传统的现代主题)、升级法(增加人物的英雄特色)和跨越动机法(挪用和修改以往版本中业已存在的故事起因)。虽未穷尽,却足可概括一般。这些步骤告诉我们互文性创作不仅是"在旧题下作新诗,它们还允许作者重新整理、排列素材的层次"③,也就是"把以往文本的

---

　　① ［俄］巴赫金:《巴赫金全集》第3卷,白春仁、晓河译,河北教育出版社2009年版,第39、70页。

　　② ［法］蒂费纳·萨莫瓦约:《互文性研究》,邵炜译,天津人民出版社2003年版,第136页。

　　③ ［法］蒂费纳·萨莫瓦约:《互文性研究》,邵炜译,天津人民出版社2003年版,第108页。

不同元素（它们在差异中显示着自身价值）重新整合，铸就全新的、更高更纯的经典文本"①。通过这样的改造与重写，我们才可以将一个故事无限地延续下去。

第一节　引用、镶嵌

引用和镶嵌作为两种不同的微观修辞是极其容易辨认的。陈望道先生解释为了将话语"说得舒缓或者郑重些，故意用几个无关紧要的字来拖长紧要的字"即为"镶字"，以镶加虚字和数字为常见；而"故意用几特定的字来嵌入话中"则为"嵌字"。② 引用则指"文中夹插先前的成语或故事的部分"，具体有两种方式："说出它是何处成语故事"者为明引法；"并不说明，单将成语故事编入自己文中"是为暗用法。③ 不过，小说作品中的引用和镶嵌现象并没有如此严格的界定区分，除了"把一段已有的文字放入当前的文本中"之外，各种母题、类型的参与，对前人作品中的情景、意境的融入也都应该被包括在这类现象之中。克里斯蒂娃在定义互文性时提出"任何作品的文本都是像许多行文的镶嵌品那样构成的"，除了规模较修辞针对的词语、句子更大，"镶嵌"在这里作为基本的互文手段其内涵应该还包含了文本中能找到的各种他者"嵌入"情况。相比而言，安东尼·孔帕尼翁更爱使用"引用"的概念，他将其定义为"一段话语在另一段话语中的重复"，"被重复的和重复着的表述"，"它是再造一段表述（被引用的文体），该表述从原文（甲文）中被抽出来，然后引入受文（乙文）中"。④ 在我国古代小说中，章回小说本身庞大的容量为引用镶嵌提供了最好的实践场地，《金瓶梅》就是一部公认的镶嵌佳作。前人诗歌、戏曲表演中的唱词、话本小说中的故事，甚至民间笑话、酒令、

---

① 竺洪波：《西游释考录》，上海文艺出版社 2017 年版，第 112—113 页。

② 陈望道：《修辞学发凡》，上海人民出版社 1976 年版，第 147—148 页。

③ 陈望道：《修辞学发凡》，上海人民出版社 1976 年版，第 97 页。

④ ［法］蒂费纳·萨莫瓦约：《互文性研究》，邵炜译，天津人民出版社 2003 年版，第 24 页。

相书等皆可作为镶嵌素材被引用和点缀在小说的各个部分。虽然由于内容繁多有时不免"前记后忘，顾此失彼""着眼一点，不及其余"，但《金瓶梅》还是"常常能将旧作镶嵌到自己构思的艺术蓝图中，做得天衣无缝、恰到好处，有一种点铁成金、脱胎换骨之妙，所以它实际上也是一种艺术创造"①。

一　不同文体的增插与拼贴

小说的文体包容性并不是一个新鲜话题。巴赫金认为："从原则上说，任何体裁都包容在这类小说结构里。"② 宋人赵彦卫《云麓漫钞》论及唐人小说的文体特点，也强调其"文备众体，可以见史才、诗笔、议论"③。传奇在唐代的功用性（"温卷"之需要）客观上刺激了其文体兼容的特点，而唐代是我国古典小说走向成熟的重要阶段，这一时期所构建的小说文体范式对后世产生了巨大影响。白话小说由于与说唱曲艺、佛经转变之间的复杂关系，也从一开始就形成了韵散结合、体制驳杂的特点。《醉翁谈录》有云："夫小说者，虽为末学，尤务多闻。非庸常浅识之流，有博览该通之理。幼习《太平广记》，长攻历代史书。烟粉奇传，素蕴胸次之间；风月须知，只在唇吻之上。《夷坚志》无有不览，《琇莹集》所载皆通。动哨、中哨，莫非东山笑林；引倬、底倬，须还《绿窗新话》。论才词有欧、苏、黄、陈佳句；说古诗是李、杜、韩、柳篇章。"④ 虽是针对说书人的博学而言，也从客观上反映了小说文体的包容性。事实上，作为由"一定的话语秩序所形成的文本形式"⑤，每一种文体的体式规范都是在与其他文体的比较、参照中形成的，文体概念本身就蕴含着互文性的智慧。当然，小说文体的包容性并不只表现在对其他某种或数种文体的外在形式上的

① 黄霖：《论〈金瓶梅词话〉的镶嵌》，《文艺研究》2016 年第 4 期。
② ［俄］巴赫金：《小说理论》，白春仁、晓河译，河北教育出版社 1998 年版，第 106 页。
③ （宋）赵彦卫撰，傅根清点校：《云麓漫钞》，中华书局 1996 年版，第 135 页。
④ （宋）罗烨：《醉翁谈录》，古典文学出版社 1957 年版，第 3 页。
⑤ 童庆炳：《文体与文体的创造》，云南人民出版社 1994 年版，第 1 页。

接纳，它还应该包括对"诸多文体及其构成要素、表现方式、艺术特点等在不同层次上的吸收"①。也就是说除了文体形式的直接容纳之外，还有更深层的吸收、借鉴与转化。比如，我国古代小说就是从吸收神话、寓言中的虚构性以及史传中的叙事性、形象性中才得以诞生的。而在小说文体成熟之后的发展过程中，诗歌的抒情方式、散文的章法技巧等也都对之产生过具体影响。

以小说与诗词曲赋等韵文之间的关系而言，有学者曾以明代小说中的"寄生词曲"为对象进行专题研究，认为"小说向诗歌靠拢，是小说争取提高地位的一种必然选择。寄生词曲借用意象的隐形叙事，正是提高小说诗化色彩的有效手段，而且将叙事与诗美有机地结合起来了"②。据统计，嘉靖本《三国演义》中插入诗歌350余首，词2首；《水浒传》诗500余首，词40首；《西游记》《金瓶梅》插入诗词均在600首以上，后者还对戏曲唱词进行了不厌其烦的引录，全书共引剧目25个，单曲140首、套曲50套。这些不同文体的文本，有一部分是脍炙人口的经典名篇，有的只是从工具性类书中抽取出来的泛泛之作，还有的是作者根据小说叙述的需要而临时代拟。对于小说而言，增插诗词是否名家名作（文言小说中的很多韵语是作者自己的作品）并不是获得效果的关键，比如明代小说直接插入柳永《望海潮》的有《张生彩鸾灯传》（《熊龙峰四种小说》）、《三宝太监西洋记通俗演义》（第二回）、"张舜美灯宵得丽女"（《喻世明言》）；插入苏轼《水调歌头》的作品则有《水浒传》（第三十回）、《北宋志传》（第一回）、《铁树记》（第四回）等，但这些名作的插入并没有对小说叙述品位的提升起到直接作用。在话本小说《碾玉观音》中，叙述者在入话部分连续罗列的历代名家咏春诗词达十首以上，但韵文部分与故事情节并没有太紧密的联系，只是引出故事发生的季节而已，说书人（小说作者）借此炫才的可能性更大。

---

① 刘勇强：《中国古代小说的文体兼容性》，《北京大学学报》（哲学社会科学版）2012年第3期。

② 赵义山：《明代小说寄生词曲研究》，商务印书馆2013年版，第235页。

当然也有结合得很好的典范。如《金瓶梅》在引录戏曲唱词时就往往将其与人物的心境表达有机结合，而且有意通过曲词与散体叙述之间的形式差异营造反讽的艺术效果。在小说第三十八回情节中，潘金莲因为西门庆的多日冷落（此时西门庆正与王六儿打得火热）而"翡翠衾寒，芙蓉帐冷"，小说如此叙述：

（金莲）取过琵琶，横在膝上，低低弹了个【二犯江儿水】，以遣其闷。在床上和衣儿又睡不着，不免

"闷把帏屏来靠，和衣强睡倒。"

猛听的房檐上铁马儿一片声响，只道西门庆来到，敲的门环儿响，连忙使春梅去瞧。他回头："娘错了，是外边风起落雪了。"妇人于是弹唱道：

"听风声嘹亮，雪洒窗寮，任冰花片片飘。"

一回儿灯昏香尽，心里欲待去剔续，见西门庆不来，又意儿懒的动旦了。唱道：

"懒把宝灯挑，慵将香篆烧。（只是捱一日似三秋，盼一夜如半夏。）捱过今宵，怕到明朝。细寻思，这烦恼何日是了？（暗想负心贼当初说的话儿，心中由不的我伤情儿。）想起来，今夜里心儿内焦，误了我青春年少。（谁想你弄的我三不归，四脯儿着地。）你撇的人，有上稍来没下稍。"

………………

金莲道："你不信，教春梅拿过我的镜子来，等我瞧。这两日瘦的相个人模样哩！"春梅把镜子真个递在妇人手里，灯下观看。正是：

羞对菱花拭粉妆，为郎憔瘦减容光。

闭门不顾闲风月，任您梅花自主张。

羞把菱花来照，蛾眉懒去扫。暗消磨了精神，折损了丰标，瘦伶仃不甚好。

西门庆拿过镜子，也照了照，说道："我怎么不瘦？"金莲

道："拿什么比的你！每日碗酒块肉，吃的肥胖胖的，专一只奈何人。"被西门庆不由分说，一屁股挨着他坐在床上，搂过脖子来，就亲了个嘴。舒手被里，摸见他还没脱衣裳。两只手齐插在他腰里去，说道："我的儿，真个瘦了些！"金莲道："怪行货子，好冷手，冰的人慌！莫不我哄了你不成？"正是：

"香褪了海棠娇，衣惚了杨柳腰。"

说道，顺着香腮抛下珠泪来，"我的苦恼谁人知道？眼泪打肚里流罢了。"

"闷闷无聊，攘攘劳劳，泪珠儿到今滴尽了。（合）想起来心里乱焦，误了我青春年少，撇的人有上稍来落下稍！"①

作者将这段闺怨词（属《仙吕入双调》，为《词林摘艳》甲集收录）移用在潘金莲因争宠暂时失利而心情郁闷之际，借以抒发她的孤单和怨恨之情。作者对曲文引用的处理非常灵活，改变了生硬的整体镶嵌，而是按照情节的进展将其进行拆分，穿插在叙述话语以及人物话语之中，情景交融，显得自然又贴合（现代汉语中的断句标点也更有利于这种情境的传达）。其实，从戏曲接受的角度来看，这里又何尝不是作者借小说人物来演绎戏曲？当然，在《金瓶梅》所呈现的声色世界中，除了贪淫和纵欲哪有什么纯真的爱情？当我们把金莲借曲词传达的纯情思念与她前与下人琴童苟且，后与女婿经济偷情的行为联系起来进行参照阅读，又能体会到作者暗寓的讽刺之意。

小说通过戏曲唱词表现人物微妙心理，同时又传达讽刺之意的成功例子在《金瓶梅》中还远不止一处。小说第五十二回，李桂姐因与王三官交往而引发官司，西门庆替桂姐出头摆平，桂姐在宴席上唱曲以谢。因伯爵在酒宴上对桂姐所唱内容进行了插科打诨式的逐一点评，原本连贯的唱词被人为截断；而小说作者为了真实再现当时场景，将伯爵话语全部穿插于唱词之中，如桂姐唱【黄莺儿】"谁想有着一种。

---

① （明）兰陵笑笑生著，陶慕宁校注：《金瓶梅词话》，人民文学出版社 2000 年版，第450—454 页。

减香肌，憔瘦损，镜鸾尘锁无心整。脂粉倦匀，花枝又懒簪。空教黛眉蹙破春山恨。"曲未完，插入伯爵讽刺语："你两个当初好来，如今就为他耽些惊怕儿，也不该抱怨了。"桂姐反击："汗邪了你，怎的胡说！"接唱："最难禁、樵楼上画角，吹彻了断肠声。"伯爵又道："肠子倒没断，这一回来提你的断了线，你两个休提了。"从【黄莺儿】到【尾声】一共六支曲子，全在伯爵的戏谑点评中穿插唱完。尤其是三联书店词话本以大字录写桂姐唱词，小字插入伯爵的针对性调笑评论，使得这段韵散结合的文字在形式上更呈现出陌生化效果。桂姐所唱全是相思之意，而伯爵评论则揭破桂姐相思的不值。桂姐本为西门庆包占，私下却与王三官相好，事发之后王三官躲避不出，桂姐向西门庆求救。西门庆不计前嫌派来保上东京为之周旋，桂姐为答谢西门庆而席间供唱，吐露的却是思念情郎的心声。伯爵抓住这点，极力讽刺揶揄桂姐，"当下将桂姐说的哭起来"。伯爵虽一向贫嘴，此处却也是发西门未发之不平，其帮闲功夫实在到位。而这层意思的表达，与此处韵散结合的形式不无关系。在这段叙述中不光有李桂姐所唱曲文的全文镶嵌，在应伯爵的插科打诨中还嵌入了一个关于尿床的笑话和一首［锁南枝］的小曲，使作品在局部形成一种反复的文体嵌套，颇有意味。此事过去不久，桂姐又再与三官交好，西门庆为报复三官勾搭上了其母林太太，逼迫王三官充当假子，而三官的妻子也已在西门意想之中。李桂姐担心流失西门庆这样的主顾，忙着拜在月娘门下当了干女儿，转身却又在藏春坞雪洞中与西门偷欢，且被应二当场拿住"质问"（"你既认作干女儿了，好意交你躲住两日儿，你又偷汉子！"）。两相参照，作者不动声色看似随意的几笔却实现了对世情、人性的冷峻写照与辛辣讽刺。

另外，小说第七十回叙太尉朱勔新近加官接受同僚祝贺。小说特录宴席之间俳优所唱【正宫 端正好】一套五支散曲，形成戏曲韵语的又一次大面积嵌入。韩南先生指出此段套曲"用非其时"，却恰恰体现了作者独具一格的讽刺艺术。首先，庆贺太尉升职所唱之词曲内容上应极力颂赞，而小说所录套曲唱词不仅毫无赞美之意，反而全是对贪官污吏的正面揭露。内容与形式的不搭给人带来滑稽之感。其次，这段套曲直接来自《宝剑记》中林冲所唱，[①] 戏曲语境是高俅被俘，林冲上前历数其罪，全套唱下畅快淋漓。但这段唱词放在朱太尉升职的喜宴上，内容与时机的错位就给小说带来反讽意味。对于戏曲来说，被引入小说中的特殊场景（朱勔的升官宴）也许不单单为之获得了另一种传播途径，林冲的骂词虽然代表下层人民的心声，但其实并不对以朱勔为代表的统治阶层产生任何实质性影响，"专心投水浒"的林冲仍忍不住"回首望天朝"，朝廷却没了高俅还有朱勔、蔡京。从这个角度来理解，小说情景何尝不也对戏曲进行了一种解构性诠释呢？这段叙述通过不同文体形式的参与以及不同文义的对话而造成一种众声喧哗的"杂语"现象，这在古典小说中是非常难得的。

在明清世情小说中，笑话也常常因为故事情节的需要被引入小说。作为一种被读者喜闻乐见的文学样式，笑话以夸张变形的艺术构思、悖反逻辑的情节设想以及辛辣独到的讽刺个性等受到青睐。也许是因为在讽刺个性上取得了一致，笑话在《金瓶梅》中的出现频率很高：崇祯本保留笑话17则，词话本20则，其中10则左右为两个版本共有。不论是主人公西门庆还是帮闲应伯爵、妓女李桂姐，甚至道士尼姑等辈在故事中都是笑话高手，他们的笑话不仅应时应景，而且深刻老辣。应伯爵在众帮闲中最得西门庆喜爱，这与他擅长揣摩人物心理又口角乖觉、说话逗趣的个性直接相关，据统计他在故事中讲的笑话也最多，先后有十余次：面对老鸨、妓女们的拿腔作势他会用"吃脸洗饭"（第十五回）、"剖腹验唾"（第五十四回）的笑话肆意挖苦攻击；要敲打已在西门庆处得到好处的贲四，便针对其所讲"刑房补缺"（第三十五回）笑话令其警觉；为弥补"牯牛作麟"与"富人贼形"（第五十四回）两则笑话可能对西门庆带来的中伤，则不惜自嘲自黑说出"财主撒屁"（第五十四回）的段子以趋迎……面对各种情景，应伯爵似乎总能以戏谑、风趣的游戏态度从容应对。这些笑话

①　《金瓶梅》中有多处曲词引录都出自《宝剑记》，因此《宝剑记》作者李开先也成为兰陵笑笑生的候选人之一。

都来自民间，绝大部分还被收入冯梦龙所编民间笑话集《笑府》以及乐天大笑生编印的《解愠编》等书。也正是由于这些笑话表现出的通透犀利让我们在欣赏伯爵滑稽表演的同时，也感受到他向生活妥协并与时代同流合污游戏人间的悲哀。李桂姐与应伯爵一向针锋相对，她的"老虎请客"笑话（第十二回）直接诠释了伯爵名字的秘密（原来是"从来不晓得请人，只会白嚼人"）。除了李桂姐之外，吴月娘的座上宾王尼姑也是一位能讲笑话的女性，不过这位职业宗教人士所讲与佛旨无关，却是暗含公公爬灰之意的低俗笑谈。笑话的内容透露了人物的品行心性，这为此后王尼姑骗取瓶儿钱财，又因与薛尼姑分赃不均而相互诋毁等情节提供了铺垫，也可见作者对三姑六婆的嘲讽态度。民间文学的参与不仅为角色提供了实际谈资，更为读者提供了了解时代和社会的窗口。从这些粗俗却又不失深刻的幽默段子中，我们看到了转型社会中的众生世相。有学者曾关注《金瓶梅》作为世情书之写实与作为奇书之写幻如何获得平衡的问题，认为小说中频繁出现的笑话在沟通两种不同的审美风格中起到了一定作用，因为笑话本身就兼有艺术构思的奇特夸张与反映生活真相的客观平实双重特点，故能在一定程度上帮助读者接受《金瓶梅》"特殊新颖的审美双构手法"[1]。《红楼梦》继承《金瓶梅》，其对于笑话的引录也在 10 则以上。贾政所说怕老婆笑话、贾赦所说母亲偏心的笑话，以及凤姐所说聋子放炮仗笑话等，不仅应时应景，而且直接表现了人物性格。

如果说《金瓶梅》《红楼梦》这类世情题材的长篇为戏曲、笑话甚至酒令、相书等提供了更多嵌入机会的话，那么历史题材的作品则为诗文、书信、表章等正统文学样式提供了更多的介入契机。如《三国演义》涉及多位历史人物和历史事件，在具体故事情景中作者就经常穿插文学史上的三曹诗作，如征乌桓时的《观沧海》，赤壁之战中的《短歌行》，兄弟相残时的《七步诗》；又叙诸葛亮立志北伐时自然

---

[1] 董定一：《崇祯本〈金瓶梅〉笑话的艺术特征与文学意蕴初探》，《阴山学刊》2012 年第 1 期。

引入其《出师表》等。《大宋中兴通俗演义》"岳飞兵近黄龙府"情节中对《满江红》的增插、《隋唐演义》"李谪仙应诏答番书　高力士进谗议雅调"中对李白《清平调》三首的引入等也都是典型的跨文本、跨文体引用。这种引用因还原了重要的历史场景而使作品真实感得到加强，同时也对人物性格特点起到丰富作用，是一种很有意义的互文手法。当然，小说中也往往存在大量游离于故事情节之外的诗词，如《三国演义》开篇引明代杨慎咏史名作《临江仙》。这种现象还集中表现在叙述者在重要情节结束或者一回结束之时经常采用的"后人有诗叹曰""有诗赞曰"形式中。提示语之后的诗作既有可能出自作者代言，也有可能为文学史上真实出现过的名篇佳作。在毛本《三国演义》中，杜甫、杜牧等人的咏史之作就取代了原来各版中艺术性不足的周静轩和胡曾诗作，说明作者（这里其实是评改者）对引用之作的质量要求不断提高。这种引用，对于小说和被引诗词两种文体皆有意义：于小说而言名篇佳作的引入必然有利于局部意境的营造，进而提高小说的整体艺术效果；而对于被引诗词来说，故事情节又为诗词表达提供了更好的背景参照或者情景演绎。对小说作者来说，插入诗词的行为不过是"以诗证史"，增加作品的艺术性、真实感，而对读者而言，小说又何尝不是以具体情景串讲诗意，"以史注诗，相互发明"？① 事实上，除了为咏史诗提供了丰富的解读背景之外，小说还为咏史诗创作开拓题材范围贡献了力量，即促成大量"仿咏史诗"的诞生。所谓仿咏史诗是指针对小说、戏曲等作品中的虚构历史情节进行的"隐括本传""多摅胸臆"之作。② 《红楼梦》第五十一回"薛小妹新编怀古诗"十首中最后两首涉及蒲东寺（出自《莺莺传》）与梅花观（出自《牡丹亭》），宝钗认为"前八首都是史鉴上有据的，后二首却无考"，建议删去；而黛玉、李纨等人则认为"两首虽于史鉴上无考，咱们虽不曾看这些外传，不知底里，难道咱们连两本戏也没见过不成？""如今这两首诗虽无考，凡说书唱

---

① 赵望秦：《唐代咏史组诗考论》，三秦出版社 2003 年版，第 122 页。
② （清）何焯：《义门读书记》卷四六《文选·诗》，中华书局 1987 年版，第 893 页。

戏，甚至于求的签上都有……只管留着"，就是针对咏史诗题材真实性所引发的争论。① 其实，诗词、戏曲、笑话等不同文体在为小说叙述提供支持的同时，自身也会获得新的创作灵感。在小说作品中，各种文体之间不是简单的拼贴，而是各种形式的对话和交流。

二 母题、类型的参与

母题是文学作品中"一种反复出现的因素：一个事件、一种手法或一种模式"，也指"一部文学作品中反复出现的关键性短语、一段描述或一组复杂的意象"②。"母题不是单一作品中表现的某种作家个人化的和偶然的思想观念或情感体验，而是具有人类普遍性与历史延续性的情感模式或经验模式。"③ 吴光正先生曾总结古代小说中的十一个母题，分别为高僧与美女、因果报应、下凡历劫、悟道成仙、成仙考验、济世降妖、承祧继产、人妖之恋、人鬼之恋、猿猴抢婚、感生与异貌等。④ 通过对母题进行辨识和分析，我们可以广泛了解作品与外界（社会的、文学的）的联系，从而进一步破译作品表层叙述背后的"集体无意识"⑤。与母题不同但颇有联系的另一个概念是情节类型，后者往往是一个完整的故事，是由若干母题按相对固定的顺序组合而成的，它是一个"母题序列"或"母题链"。"一种类型是一个独立存在的传统故事，可以把它作为完整的叙事作品来讲述，其意义不依赖于其他任何故事。"⑥ 母题与情节类型容易混淆的原因在于二者都

---

① 关于咏史诗与小说的关系可参见拙文《毛本〈三国志演义〉诗词的互文性解读》，《南京师大学报》2014 年第 2 期。

② ［美］阿伯拉姆：《简明外国文学词典》，曾忠禄等译，湖南人民出版社 1987 年版，第 208—209 页。

③ 童庆炳、程正民主编：《文艺心理学教程》，高等教育出版社 2011 年版，第 242 页。

④ 吴光正：《中国古代小说的原型与母题》，社会科学文献出版社 2002 年版。

⑤ 荣格认为虽然文艺作品是一个"自主情结"，但其创作过程并不完全受作者自觉意识的控制，而是常常受到一种沉淀在作家无意识深处的集体心理经验的影响。这种集体心理经验就是"集体无意识"。参见朱立元主编《当代西方文艺理论》，华东师范大学出版社 1997 年版，第 168 页。

⑥ ［美］汤普森：《世界民间故事分类学》，郑海等译，上海译文出版社 1991 年版，第 499 页。

表现出重复性与延续性特点，他们会以不同的表现形式在文学作品中反复出现，这也是他们进入互文性研究视野的关键所在。当然，前者主要关注的是形式与功能，后者则主要关注叙事与内容。不论是母题还是情节类型，一旦我们在阅读中对之有所辨识，便会自觉联想到其他作品。对于小说作者而言，运用已有的母题和情节类型相当于在自己的故事中自觉引入了"他者"的话语体系，① 而对于读者而言，通过由此及彼的联想来辨识这些母题和情节类型则成为我们读懂此文的必要背景。当然，仅仅辨识还不够，分析母题与类型在不同作品中的具体运用，以此破解文本之间以及文本与社会历史之间的互动关系才是互文性研究的最终目的。以《三国演义》为例，小说既镶嵌了大量情节类型，如"仁主求贤"（三顾茅庐、赤脚迎许攸）、"鸿门宴"（孙权宴请刘备、鲁肃宴请关羽）、"英雄失意"（吕布的失败、关羽的失败）、"天书符水"（张角、于吉等事）、"帝王异梦"（孙夫人梦日月入怀生孙策、孙权，甘夫人梦仰吞北斗而生刘禅等）等，② 也对"英雄母题"进行了具体演绎。有学者曾就小说对"英雄母题"（包括异生异貌、英雄结义、英雄遇难、英雄神助、英雄考验等）的运用展开分析，认为《三国演义》在强调和突出母题固有精神文化价值（济世救民和抗争进取）的同时，又改写了母题中的一些固有元素（如神异诞生、成长婚姻、成圣得道等），从而表现出历史的悲剧意识，提升了作品的文化品格，实现了主题表达与审美创新的统一。③

再以明清小说中常见的人物"相关配备"为例。所谓"相关配备"是指在历史传说或传奇小说中，英雄人物"一般都配上独具特色的武器"④，这些武器（或者法宝）不仅威力强大，而且往往与英雄的

---

① 吕微、高丙中、朝戈金、户晓辉：《母题和功能：学科经典概念与新的理论可能性》，《民间文化论坛》2007 年第 1 期。

② 周建渝先生在其《多重视野中的〈三国志通俗演义〉》中将"鸿门宴"作为母题来分析（中国社会科学出版社 2009 年版，第 80—84 页）；王立先生在其《中国古代文学主题学思想研究》中亦将"天书符水"作为《三国演义》中的母题来研究（天津教育出版社 2008 年版，第 38—53 页）。

③ 王猛：《论〈三国演义〉对英雄母题的利用与超越》，《甘肃社会科学》2007 年第 3 期。

④ ［俄］李福清：《〈三国演义〉与民间文学传统》，尹锡康等译，上海古籍出版社 1997 年版，第 83 页。

外貌气质、个性命运有着奇妙对应，就好像英雄"恰靠某种指定的工具或武器，完成光耀的伟业与行动，若以平常的武器或工具，他们好像就不能有这些功绩似的"①，这就是为什么孙悟空必须配备金箍棒、关云长要打造偃月刀、岳飞离不开沥泉枪、鲁智深离不开禅杖、穆桂英千方百计要得到降龙木。神兵强大，其出现往往就要伴随一番与众不同的神异经历：有梦中得之者，如《平闽全传》第三回杨文广得上帝所赐铁胎弓、穿云箭和天书就是通过人物做梦；《说夏中兴传》七十四回翠翘得姮娥所赠素书宝剑也是通过人物奇梦；有神示得之者，《后三国石珠演义》第四回段方山在白石鹊的指引下出城，遂于大柳树下掘出太阿剑与龙泉剑，又根据剑上提示（一剑上刻有"太阿神剑，属晋阳段方山"字样，另一剑则刻"龙泉神剑，属平阳刘弘祖"文字）而去寻访刘弘祖；《初刻拍案惊奇》卷三一"何道士因术成奸周经历因奸破贼"中唐赛儿在古墓白光指引下得到装有宝剑、盔甲和天书的石匣，又夜梦道士前来授演"九天玄旨"；奇遇得之者最多，如《说唐全传》第二十二回程咬金追兔入石洞获镔铁盔、黄花甲，又第四十四回尉迟恭于宝鸡山发现石匣铁羊，遂得水磨神鞭；《醒世恒言》卷三一，郑信作为死囚下井验看怪物，得日霞仙子所赠神臂弓；《说岳全传》第四回岳飞在沥泉山打死了作怪的大蛇，手中的蛇尾却变作"一条丈八长的蘸金枪，枪杆上有'沥泉神矛'四个字"。《红楼梦》第三十九回李纨与众人戏谈"有个唐僧取经，就有个白马来驮他；刘智远打天下，就有个瓜精来送盔甲"，是对古代通俗叙事中英雄获宝模式的总结。这种英雄获宝以成就大事的叙述套路不仅在明清小说中常见，也被现代武侠小说（如还珠楼主及金庸、古龙的作品）大量借鉴。与英雄获宝相近，又有神授天书或天授神术的情节模式在小说中大量出现。《三国演义》中张角因入山采药遇南华老仙得授《太平要术》、《水浒传》中宋江在玄女庙中得受天书、《三遂平妖传》中圣姑姑为胡永儿传授九天玄女法、《西洋记》关羽在王明的梦中为其传授自己

---

① ［法］薛尔曼：《神之由来》，郑绍文译，上海生活出版社 1936 年版，第 25 页。

的刀法和周仓的"两臂之力"等，皆是这类情节模式的变体。

　　既然具有个性的特色兵器作为英雄的标准配备而在人物走向成功的道路上起到重要作用，那么失去兵器也就在某种程度上预示了英雄的失败甚至于遭遇杀身之祸，这也是通俗小说中常见的情节套路，王立先生将其归纳为"宝失家败"母题。①《三国演义》第十九回叙吕布之败："布少憩门楼，不觉睡着在椅上。宋宪赶退左右，先盗其画戟，便与魏续一齐动手，将吕布绳缠索绑，紧紧缚住……宋宪在城上掷下吕布画戟来，大开城门，曹兵一拥而入。"画戟丢失，吕布终于沦为曹操的阶下之囚。三国的另一位英雄典韦也遭遇了相同的命运：第十六回中张绣欲谋曹操，因畏典韦之勇猛，偏将胡车儿因献计先盗其双戟，后"韦方醉卧，睡梦中听得金鼓喊杀之声，便跳起身来，却寻不见了双戟……韦身无片甲，上下被数十枪"，最后"血流满地而死"。《醒世恒言·勘皮靴单证二郎神》中潘道士为捉拿冒充二郎神的孙庙祝，因惧其神力遂先使韩夫人身边养娘将其防身武器弹弓偷走，令其慌乱中遗落脚上皮靴，而这只皮靴后来正成为冉贵破案的关键线索……在神魔题材的作品中，成功与否在很大程度上取决于宝贝兵器之间的较量，获宝与失宝因此更加成为扭转战局的关键：孙悟空虽然英勇无敌，但金箍棒一旦被独角兕大王的金刚琢套走，便也显得英雄气短，上天查询独角兕大王出处的时候孙悟空就不得不以谦卑温和的态度对待众仙，这显然与人物一贯的行事风格形成对照。《封神演义》第四十七回叙赵公明失去缚龙索、定海珠之后的强烈反应："吾得此道，仗此奇珠。今被无名小辈收去，吾心碎矣！"失宝之后的赵公明很快遭遇不测。《说岳全传》第七十八回普风的禅杖被鲍方祖的拂尘所制，"这普风失了禅杖，就似猢狲没棒弄了"，随即被欧阳从善和余雷打得现出乌龟原形。宝贝兵器对于主人的重要性可见一斑。②围绕这些英雄得宝、英雄斗宝、失宝遇难等情节模式，我们看到了不

---

① 王立：《明清小说中的宝失家败母题及渊源》，《齐鲁学刊》2007 年第 2 期。
② 对于古代小说中有关兵器的书写及其互文性意义可参见拙文《中国古代小说的兵器书写》，《西安工业大学学报》2018 年第 6 期。

同作者在情节编织过程中对某种叙述套路的自觉认同，而这种认同是来自作者与读者之间由于某种特定的文化背景和心理期待而达成的默契。刘勇强先生就曾指出小说"情节之类型化作为创作的规律性现象，从本质上说是为迎合接受者欣赏趣味的一个表现"①。同一情节模式在不同类型（题材）作品中的反复运用，还引发一种特有的形式融合现象。比如小说中的正史人物得到兵器的过程也极尽魔幻之意（如岳飞、程咬金等），这可能是历史演义类作品向英雄传奇类作品甚至神魔类作品进行借鉴的结果；而这些拥有神秘武器的人物（如展昭、白玉堂等）一旦涉及诉讼断案等情节则为侠义公案题材的形成提供了可能。有学者指出从明万历后期开始"通俗小说的各种类型之间即已出现相互融通、混类的现象"②，到了清代，这种混融现象已十分普遍。例如，吟梅山人所著《兰花梦奇传》既是侠义传奇与才子佳人的结合，同时又兼有公案、狭邪，甚至弹词小说的特点，小说第二十四至第二十六回松宝珠断案如神情节就像"是从晚清的公案系列中随手拈来。书中还有不少写妓院、妓女和嫖客的细节，明显是从另一部仿红作品《品花宝鉴》中抄袭而来。而小说中的主要人物关系，特别是女主人公在女扮男装时跟当朝皇帝和男主人公许文卿的关系，又与陈端生所写的《再生缘》中的人物关系雷同"③。这种"融通"和"混类"的出现，"部分是由于内在原因，由文学既定规范的枯萎和对变化的渴望引起，但也部分是由于外在的原因，由社会的、理智的和其他的文化变化所引起"④。

三 情景搬演与意境融入

情景搬演。《红楼梦》第四十三回，宝玉不顾凤姐的生日一大早

---

① 刘勇强：《古代小说情节类型的研究意义》，《北京大学学报》（哲学社会科学版）2010年第3期。

② 纪德君：《明清通俗小说文体交叉、融混现象刍议》，《学术月刊》2004年第1期。

③ 王颖：《对"英雄儿女"模式的翻案——论〈兰花梦奇传〉的混类现象和文本对话》，《海南师范学院学报》（社会科学版）2006年第5期。

④ ［美］勒内·韦勒克、［美］奥斯汀·沃伦：《文学理论》，刘象愚等译，浙江人民出版社2017年版，第266页。

跑到郊外水仙庵祭奠死去的金钏儿：

> 　　宝玉掏出香来焚上，含泪施了半礼，回身命收了去。焙茗答应着，且不收，忙爬下磕了几个头，口内祝道："我焙茗跟二爷这几年，二爷的心事，我没有不知道的，只有今儿这一祭祀，没有告诉我，我也不敢问。只是受祭的阴魂，虽不知名姓，想来自然是那人间有一，天上无双，极聪明、极俊雅的一位姐姐妹妹了。二爷心事不能出口，让我代祝：若芳魂有感，香魄多情，虽然阴阳间隔，既是知己之间，时常来望候二爷，未尝不可。你在阴间保佑二爷来生也变个女孩儿，和你们一处相伴，再不可托生这须眉浊物了。"说毕，又磕了几个头，才爬起来。①

　　这段叙述曾被评点者拿来与《西厢记》第一本第三折中莺莺烧香不语、红娘代为祝祷情景对比，确可看出二者之联系。这既是叙事文学中情节场景的直接借用或置换，也是文体之间互相渗透的结果。宝玉事后回到家中，黛玉又借戏台上正在演出的《荆钗记》"男祭"一出讽刺宝玉，认为"这王十朋也不通的很，不管在那里祭一祭罢了，必定跑到江边上来做什么！俗语说睹物思人，天下的水总归一源，不拘那里的水舀一碗，看着哭去，也就尽情了"。黛玉这里其实是借王十朋祭钱玉莲情景暗讽宝玉不知变通私自出门，害得贾母担心、袭人受责。戏曲情景与小说情节完美融合，不露痕迹。

　　《三国演义》第五十二回，零陵太守赵范为赵云说亲，谓其寡嫂樊氏曾提改嫁要求为"若得三件事兼全之人，我方嫁之：第一要文武双全，名闻天下；第二要相貌堂堂，威仪出众；第三要与家兄同姓"②。无独有偶，在《警世通言》"三现身包龙图断冤"中，押司娘

---

① （清）曹雪芹著，（清）脂砚斋评：《脂砚斋评石头记》，线装书局 2013 年版，第 616 页。
② 嘉靖本樊氏改嫁条件顺序与此略有差异，且条件更加严苛，其谓："第一要名动当今，人才出众；第二要与汝兄同姓，旧曾有识；第三要文武双全。"见沈伯俊校注《三国志通俗演义》，文汇出版社 2008 年版，第 401 页。

子在丈夫死后也故意提出几个改嫁条件："第一件，我死的丈夫姓孙，如今也要嫁个姓孙的。第二件，我先丈夫是奉符县里第一名押司，如今也要恁般职役的人。第三件，不嫁出去，则要他入舍。"其实，两段情节中女子早就明确了改嫁对象，所提要求云云不过是掩人耳目、自抬身价的表演。樊氏之待嫁纯为赵范笼络赵云之计策，押司娘子则一边掩盖杀死丈夫的事实，一边为自己与奸夫谋得出路，心机更深。"三现身包龙图断冤"为古代小说中非常优秀的公案类作品，其通过限知叙事来制造悬念的技巧在白话小说中显得非常突出。《三国演义》在长期流传过程中吸收公案小说的相关形式与内容以丰富自身叙事效果，也不是没有可能。① 又程毅中先生曾论及《梁公九谏》中狄仁杰不畏油锅而坚持进谏情景，认为"这种手法常见于民间说唱，是故作惊人之笔。元人杂剧《赚蒯通》和《三国志通俗演义》第十八卷邓芝使吴一节，就使用了这样的情节，可见其间有相通之处"②。《三国演义》第十六回吕布辕门射戟缓解张飞与纪灵之间的矛盾，《水浒传》第三十四回花荣一箭射开画戟上纠缠的红缨以平息吕方、郭盛的争执；《三国演义》曹操对吕伯奢的猜忌与《伍子胥变文》中伍子胥对渔人的疑心等，都具有某种叙述趣味上的神似，而这种神似很难说仅仅只是"英雄所见略同"，它也许还隐藏了作者的某种叙述策略。

《水浒传》中林冲被高俅陷害误闯白虎堂，幸得孙孔目周旋得以流放之刑免死一段与《金瓶梅》中来旺被西门庆陷害非常相似，以两部作品的关系而言，后者极有可能是有意嵌入前者的叙事情景。不过，《金瓶梅》也许并不单单要向《水浒传》借一个害人的情节而已，庶几也是作者构建其反讽体系中的重要一环，即通过情节的搬演（或置换）而将林冲与来旺置于相似之境地来引发对照与思考，这无疑会让读者感到一种喜剧性的反讽。③ 林冲虽为八十万禁军教头，然而国之

---

① 据学者考证，《三现身包龙图断冤》故事当出于宋代，是最早的包公小说之一。参见侯忠义主编《侠义公案小说》下，辽宁教育出版社 2013 年版，第 8—11 页。

② 程毅中：《宋元小说研究》，江苏古籍出版社 1998 年版，第 263—264 页。

③ 参见商伟《复式小说的构成：从〈水浒传〉到〈金瓶梅词话〉》，《复旦学报》（社会科学版）2016 年第 5 期。

栋梁在高太尉眼中不过是可以因为一己私欲而随意牺牲的无名小辈；来旺虽为西门庆得力家人，因为女人，也终不过是可以随意舍弃的一名奴才。谨慎隐忍如林冲终不免遭遇拖刀之计，冲动暴躁如来旺最终也被解递原籍；英雄传奇中的梁山好汉在世情小说中销蚀了其替天行道的勇力与快意，却增加了对生活的妥协与无奈。来旺的妻子蕙莲刚开始轻佻淫荡，对西门庆抱有幻想，后来却幡然醒悟，竟至以结束生命的方式表示了忏悔与抗争；林冲娘子贞洁贤惠，在丈夫发配之后仍遭高衙内"威逼亲事，自缢身死"。

宋蕙莲的借色求财或借色求荣固然令人不齿，林冲娘子的守身如玉却也难得保全，乱世之中，个体命运究竟系于谁手？兰陵笑笑生究竟是仅借英雄的遭遇来丰富来旺的故事，还是要借来旺的遭遇而引导读者重新审视英雄的悲剧？通过跨文本情景的搬演，作品实现了意义的"双值性"对话。

《歧路灯》的作者李绿园虽然时时通过小说人物和情节表达对《金瓶梅》的反感与鄙视，但实际深得《金瓶梅》之妙，不仅在整体立意上与之形成对应（一为骂世，一为劝世、淑世），而且诸多细节就是直接从《金瓶梅》中搬演而来。例如，林太太偷会西门庆时作者描写王家住所，就特意强调王家祖先的功绩与荣耀，意在与子孙后代眼下的龌龊行为形成反差；这种情景在《歧路灯》中得到再现。第十九回写戏班子到了盛宅唱戏，在戏台搭建过程中偏偏特写盛家先祖留下的对联，上书"绍祖宗一点真传克勤克俭，教子孙两条正路曰耕曰读"，可见祖先勉励后代正直做人、耕读传家的苦心。这样的祖训恰与盛希侨此刻恣意挥霍、玩乐的荒唐败家行为形成反差。第二十四回谭绍闻被夏逢若引去张家聚赌，众人恣意玩乐之地竟是张家祠堂，谭绍闻不仅在此赌博，而且在此嫖妓。第四十三回张绳祖与众人赌博所用的筹码竟是从先祖公堂上所用的签筒中抽来临时充当。在祖先所留下的庄严肃穆之地行赌博罪恶之事，这种强烈的对照显然增加了作品的反讽意味。

意境融入。此与诗词创作中的"脱化"类似。脱化一词语出徐增

《而庵诗话》，其谓"作诗之道有三，曰寄趣，曰体裁，曰脱化"①。盖脱者"夺胎"之喻，辞有取于古昔他人；化者变化之义，以己意变而化之，是谓换骨。脱化二字，实为黄庭坚"夺胎换骨""点铁成金"之引括。② 这个问题其实在历代诗话中曾被反复论及，是中国古代文论中一个很重要的创作学命题。但这个本土概念在西方互文性理论话语中难以找到一个准确的术语与之完全对应，"文为他用"（抄袭）、"文下之文"（隐文）、"文如他文"（仿作），③ 似乎都触及脱化的某些特征却又无法完全贴合。脱化之法在诗词创作中运用极广，在小说创作中又会如何表现呢？赵伯陶先生在研究《聊斋志异》与古代文学经典之作关系的过程中对意境的脱化多有论述，④ 李桂奎在《〈聊斋志异〉"脱化"创意笔法探论》中则专门从"脱化"之法的运用角度对小说作品进行了系统解读，如李桂奎认为蒲松龄《莲香》《巧娘》《聂小倩》等作品在表现女子的温柔美丽上皆通过旁人之口表达"妾见犹怜""我见犹怜"之意，这种写法是化用前人虞通之《妒记》中桓温妻（晋明帝南康长公主）第一次见李势妹的叙述情景而来。当然这个情景在刘义庆《世说新语》"贤媛"类还有更早的表述，《聊斋志异》对前人之意有"以一化多"之运用。其实，顺此思路，"我见犹怜"之叙述脱化在白话小说中也有表现：《红楼梦》第四十六回，贾赦因求纳鸳鸯为妾而惹贾母大怒，王熙凤为缓和气氛故意埋怨："谁叫老太太会调理人？调理的水葱儿似的，怎么怨得人要？我幸亏是孙子媳妇，我若是孙子，我早要了，还等到这会子呢。"这与《聂小倩》中老媪夸小倩"小娘子端好是画中人，遮莫老身是男子，也被摄魂去"之情景亦相仿佛，当也是从《世说新语》《妒记》一脉而来。又《聊

---

① （清）王夫之等：《清诗话》，上海古籍出版社 1963 年版，第 426 页。
② 易闻晓：《论脱化》，《长江大学学报》（社会科学版）2004 年第 2 期。
③ ［法］蒂费纳·萨莫瓦约：《互文性研究》，邵炜译，天津人民出版社 2003 年版，第 30 页。
④ 赵伯陶先生自 2014 年开始陆续发表《〈聊斋志异〉借鉴〈太平广记〉三题》《〈聊斋志异〉与前四史》《〈聊斋志异〉与"三礼"》《〈聊斋志异〉与"四书"》《〈聊斋志异〉与〈诗经〉》《〈聊斋志异〉与〈晋书〉》《〈聊斋志异〉借鉴〈左传〉三题》等论文，并出版《〈聊斋志异〉新证》（文化艺术出版社 2017 年版）等专著，全面分析了《聊斋志异》与经典文本之间的关系问题。

斋志异》"瞳人语"写方栋见到美女时"目眩神夺，瞻恋弗舍，或先或后，从驰数里"，这个描写与沈既济《任氏传》叙郑生初见任氏时"策其驴，忽先之，忽后之，将挑而未敢"的意境非常一致，生动再现了人物的轻狂张致之态；又"婴宁"中王子服寻至婴宁住所，"俄闻墙内有女子，长呼'小荣'，其声娇细。方伫听间，一女郎由东而西，执杏花一朵，俯首自簪。举头见生，遂不复簪，含笑拈花而入。"其描述亦与苏轼《蝶恋花》之"墙外行人，墙里佳人笑"意境仿佛，亦有可能从此化出。

《醒世恒言》卷二三"金海陵纵欲亡身"中，女待诏谋划海陵和定哥私通之情景与《初刻拍案惊奇》卷六"酒下酒赵尼媪迷花　机中机贾秀才抱怨"头回故事中尼姑慧澄为藤生谋划勾引贵妇狄氏情景十分雷同，这个故事同时也出现在《西湖二集》卷二八"天台匠误招乐趣"的头回之中。如果说这种情节过程的相似还只是一种简单借鉴与搬演，那么还有一种对叙事情景与意境的融入往往更见作者"夺胎换骨""点铁成金"之功力，如刘勇强先生认为《金海陵》故事中女待诏与海陵对话中的延宕叙事策略与《水浒传》中王婆与西门庆对话过程非常一致，[①] 这种一致性就是作者在吸收前人技巧之妙的基础上又将其投入新的语境，舍弃具体的"事"，而保留其独特的"境"与"意"。事实上，这种对话中的延宕现象在唐传奇中就已经出现，《任氏传》中韦崟派家童查看任氏之美，其叙：

> （韦崟）又问："容若何？"曰："奇怪也！天下未尝见之矣。"崟姻族广茂，且夙从逸游，多识美丽。乃问曰："孰若某美？"僮曰："非其伦也！"崟遍比其佳者四五人，皆曰："非其伦。"是时吴王之女有第六者，则崟之内妹，秾艳如神仙，中表素推第一。崟问曰："孰与吴王家第六女美？"又曰："非其伦也。"崟抚手大骇曰："天下岂有斯人乎？"[②]

---

① 刘勇强：《中国古代小说的叙事学研究反思》，《明清小说研究》2011 年第 2 期。
② 汪辟疆校录：《唐人小说》，上海古籍出版社 1978 年版，第 43 页。

唐传奇突破六朝志怪粗陈梗概的叙事特征，"篇幅曼长，记叙委曲"（鲁迅语），沈既济故意通过烦琐的人物对话（三次"非其伦"的否定）衬托女主美貌，不仅故事人物的好奇之心被这一故意延沓的问答形式勾起，读者的阅读兴致也被激发出来。这种叙述情形确与《金海陵》故事中女待诏就海陵与贵哥（定哥丫鬟）之间关系的问答存在某种神似，庶几正是话本小说向文言叙述吸收借鉴而来？

> 海陵道："你既与贵哥相好，我有一句话央你传与贵哥。"女待诏道："贵哥莫非与老爷沾亲带故么？"海陵道："不是。"女待诏道："莫非与衙内女使们是亲眷往来，老爷认得他么？"海陵也说："不是。"女待诏道："莫非原是衙内打发出去的人？"海陵道："也不是。"女待诏道："既然一些没相干，要小妇人去对他说怎么话？"（《金海陵纵欲亡身》）①

又有《水浒传》中西门庆向王婆打听金莲身份：

> 西门庆道："莫非是卖枣糕徐三的老婆？"王婆摇手道："不是。若是他的，正是一对儿。大官人再猜。"西门庆道："可是银担子李二哥的老婆？"王婆摇头道："不是，若是他的时，也倒是一双。"西门庆道："倒敢是花胳膊陆小乙的妻子？"王婆大笑道："不是。若他的时，也又是好一对儿。"（《水浒传》第二十三回）②

两处情景都连用三个"不是"，也是作者通过连续否定来延缓叙事节奏并构成悬念，故意拉长读者的阅读体验，以造成日常叙事的陌生化效果。这种描写情景若通过说书人的演绎一定还能收获幽默、滑

---

① （明）冯梦龙编撰：《醒世恒言》，中华书局 2009 年版，第 319 页。
② （明）施耐庵著，（清）金圣叹批评：《金圣叹批评本水浒传》，岳麓书社 2006 年版，第271 页。

稽的现场体验。其实，《水浒传》王婆讲述"十挨光"计策与《醒世恒言》"卖油郎独占花魁"中刘四妈帮助老鸨劝说花魁娘子，为其分解各种从良（真从良、假从良，苦从良、乐从良，趁好的从良、没奈何的从良，了从良、不了从良）的差别，也颇有几分神似，人物通过完整、清晰的层次分析计谋的合理性，不但轻松说服了故事中的述说对象，而且让读者叹服。三姑六婆的智慧与口才在世情小说中得到了极力展现。

《喻世明言》"李公子救蛇获称心"中，李公子偶然救下的小蛇竟是龙宫王子，龙王为感谢李元，将龙女称心嫁其为妻三载。凡人施恩于龙族，龙女以身报答，情节模式本就很容易让人联想到唐传奇《柳毅传》《湘中怨解》之类的作品。更何况作者在"李公子"故事龙女出场时还以"雾鬟云鬓"形容其外貌，更是明确将人物直接指向柳毅传书故事中的龙女形象，可以看作文本之间互文性借鉴的显性标记。[①]唐传奇故事不仅在明清小说中被大量改写，其经典的人物、情节也时时点缀在白话小说之中，为其增添雅趣。褚人获《坚瓠丙集》卷四《衡山图记》载："文衡山生年与灵均同，因取唯庚寅吾以将为图书。有一守自北方来，闻知衡山善画，因问人曰：'文先生前更有善画过之者乎？'或以唐伯虎对。又问伯虎何名，曰唐寅。守即跃起曰：'文先生屈己尊人如此。'人问何故，曰：'吾见文先生图书曰：唯唐寅吾以降。'闻者喷饭。"[②] 这则笑话与《红楼梦》第二十六回薛蟠将"唐寅"误认作"庚黄"情景相似，也极有可能是作者的有意融入。有学者曾举数例证明曹雪芹曾经阅读过《坚瓠集》一书，[③] 其目的也就是要通过文本之间的联系破解小说的意义构建机制。这种文本之间的指涉既表现了作者对经典叙事的认同与吸收，也旨在为当下文本营造一种言有尽而意无穷的丰富内涵。而对于前文本而言，被反复引用、镶

---

① 《柳毅传》中柳毅向洞庭君陈述龙女遭遇，谓其"牧羊于野，风鬟雨鬓，所不忍睹"，"李公子救蛇获称心"中的"雾鬟云鬓"当由此来。

② （清）褚人获辑撰，李梦生校点：《坚瓠集》，上海古籍出版社2012年版，第230页。

③ 金实秋：《〈坚瓠集〉中几条有关〈红楼梦〉细节的材料》，《汕头大学学报》1986年第2期。

嵌也保证了其形式与意义的延续。

第二节 重写、翻案与戏拟

热奈特用"超文性"来定义文本之间的派生关系，他认为不是通过评论的方式来实现的文本意义的移植就是超文性。"超文的具体做法包含了对原文的一种转换或模仿（仿作），先前的文本并不被直接引用，但多少却被超文引出，仿作就属于这一类型。在仿作的情况中，并没有引用文本，但风格却受到原文的限定。"① 不论是无意识地改写、演绎还是有意识地仿作、戏拟，都属于原文本的派生文本。在阅读中只有参照原文本，并找出原文本与当下文本之间的差异，才有可能准确破译或还原改写者的创作意图。

一 重写

重写是指："在各种动机作用下，作家使用各种文体，以复述、变更原文本的题材、叙述模式、人物形象及其关系、意境、语辞等因素为特征所进行的一种文学创作。重写具有集接受、创作、传播、阐释与投机于一体的复杂性质，是文学文本生成、文学意义积累与引申，文学文体转化，以及形成文学传统的重要途径与方式。"② 佛克马指出，作为中外文学传统中都已存在的一种技巧，重写的核心在于"复述与变更"。"它复述某个早期的传统典型或者主题（或故事），那都是以前的作家们处理过的题材，只不过其中也暗含着某些变化的因素——比如删削，添加，变更——这是使得新文本得为独立的创作，并区别于'前文本'（pretext）或'潜文本'（hypotext）的保证。"③

---

① ［法］蒂费纳·萨莫瓦约：《互文性研究》，邵炜译，天津人民出版社2003年版，第41页。

② 黄大宏：《唐代小说重写研究》，博士学位论文，陕西师范大学，2003年，第42页。

③ ［荷兰］佛克马：《中国与欧洲传统中的重写方式》，范智红译，《文学评论》1999年第6期。

"重写神话（任何一个文本）绝不是对神话故事的简单重复；它还叙述故事自己的故事，这也是互文性的功能之一：在激活一段典故之余，还让故事在人类的记忆中得到延续。对故事作一些修改，这恰恰保证了神话故事得以留存和延续。"① 重写的内涵包括了"再创作、派生、衍生、重述等一系列意义，它不但清楚地显示出文本的从出关系，并揭示出先前文本题材一再出现的途径"②。严格来说，重写具有涵括改编、续写、模仿等各种传统说法的能力，后面还将陆续讨论的翻案、戏拟等其实都不过是某种特殊的重写方式。

《夷坚志》中曾记载这样一则故事：

> 临安某官，土人也。妻为少年所慕，日日坐于对门茶肆，睥睨延颈，如痴如狂。尝见一尼从其家出，径随以行，尼至西湖上，入庵寮，既求见啜茶。自是数往。少年固多资，用修建庙宇为名，捐施钱帛，其数至千缗。尼讶其无因而前，扣其故，乃以情愫语之，尼欣然领略，约后三日来。于是作一斋目，列大官女妇对称二十余人，而诣某官宅邀其妻曰："以殿宇鼎新，宜有盛会，诸客皆以在庵，请便升轿。"即盛饰易服珥，携两婢偕行。迨至彼，元无一客。尼持钱犒轿仆，遣归，设酒连饮两婢，妇人亦醉，引憩曲室就枕。移时始醒，则一男子卧于旁，骇问为谁，既死矣。盖所谓悦己之少年者，先伏此室中，一旦如愿，喜极暴卒。妇人不暇俟肩舆，呼婢徒步而返，良人适在外，不敢与言。两婢不能忍口，颇泄一二。尼畏事露，瘗死者于榻下。越旬日，少年家宛转访其踪，诉于钱塘。尼及妇人皆桎梏拷掠，婢仆童行牵连者十余辈。凡一年，鞫得其实，尼受徒刑，妇人乃获免。③

---

① ［法］蒂费纳·萨莫瓦约：《互文性研究》，邵炜译，天津人民出版社2003年版，第108页。

② 黄大宏：《唐代小说重写研究》，博士学位论文，陕西师范大学，2003年，第1页。

③ （宋）洪迈撰，何卓校：《夷坚志·支志景》卷三，中华书局1981年版，第902页。

故事不涉情爱，男女主人公自始至终并不相识，记叙简洁，是一篇典型的公案题材笔记小说，其情调尚在搜奇记逸之阶段。这个故事后被改写为话本《戒指儿记》而收录在明人洪楩所编《清平山堂话本》中，发生了脱胎换骨的变化。在文言小说的基础上，话本小说的作者首先进行了内容上的扩充，增设了男二角色（男主人公的好朋友），又添加了二人相爱的主要信物——金镶宝石的戒指，更在渲染男女二人互相爱慕的细节上增加不少篇幅。改写的重点在于将公案主题变为爱情主题，先有男女主人公的相爱不得，才有男主朋友与尼姑联手设计安排二人相会。又明人吴大震《广艳异编》中收中篇传奇《宝环记》一篇，内容也与此雷同，不过其叙述仍为文言语体，描述多用骈文，其叙玉兰之主动与阮华之相思亦颇生动，又多录人物诗词，既承唐人传奇之风，亦有才子佳人小说之韵致。胡士莹、许政扬先生认为是明人根据《戒指儿记》改写而来。① 冯梦龙整理前人旧作，不仅在形式上加以规范，而且内容上也多有发挥。其《喻世明言》"闲云庵阮三尝冤债"在《宝环记》《戒指儿记》基础上又增加因果轮回的情节（原来阮华前身曾有负于一扬州名妓，害其郁郁而死，名妓转世为陈玉兰小姐，闲云庵阮三暴卒不过是偿还前世冤债），将此故事演绎得更加曲折丰满。总体来说，明代社会的思想解放潮流影响到文学创作，这是《西湖庵尼》故事从公案变为情爱的主要契机。而冯梦龙"以男女之真情，发名教之伪药"，以及通过小说实现教化大众的功能，又为故事的进一步演绎提供了新的条件。

在《初刻拍案惊奇》中，凌濛初将此题材进一步发挥。"酒下酒赵尼媪迷花 机中机贾秀才报怨"讲述歹人卜良与尼姑设计奸骗巫氏娘子，后被贾秀才设计惩罚的故事。卜良与尼姑的巧计仍借用《西湖庵尼》的情节，但这仅仅是故事的开端。巫娘子被骗之后获得丈夫贾秀才谅解，并与之一起实施报复：一边是巫娘子假意与卜良见面，亲热过程中将卜良舌头咬下；另一边则是丈夫杀死作恶的赵尼姑与小徒

① 胡士莹：《话本小说概论》，商务印书馆2017年版，第684页。

弟，并将妻子咬下的断舌放入小尼姑口内，造成卜良杀人的假象。最后卜良逃亡中被抓，因其断舌与小尼姑口中之物相合，被判为因奸杀人，并被县官一顿打死。这篇故事的叙述重点相比《戒指儿记》等作品已发生转移，两次设计是情节中心，以断舌来判案这一颇具戏剧色彩的情节具有典型的民间公案意味，① 表现出世情与公案题材的结合。不过，与一般公案旨在赞美清官或宣扬果报不同，凌濛初通过这个一波三折的离奇故事表现的却是在礼教松动的思想解放潮流之下，市井百姓所推崇的现实爱情观、是非观与生存智慧。虽然借刀杀人本身并不值得提倡，公堂上县官杖杀卜良也只是误打误撞地为民除害，但小说仍以赞赏的口吻来表现贾秀才的机智，认为"报仇雪耻，不露风声，算得十分好了"。作者和读者显然并不期待有包拯之类的官员将案件的真相大白天下，"民众心目中的法律期待，是一种实质正义的期待，程序合法与否是无须加以考虑的问题"②。贾秀才并未因妻子失身而加以指责，反而帮助妻子走出阴影，夫妻之间的相互信任才是二人能顺利实施报复惩治恶人的保障。这一点在"饿死事小，失节事大"的礼教规范之下是难能可贵的。事实上话本小说中不乏因妻子失信于丈夫而引发的家庭悲剧，比如《简贴和尚》中皇甫妻之所以轻易落入恶人圈套，就是因为丈夫对妻子的不信任。巧合的是这则被《清平山堂话本》收录的改编故事，其原文本就来自《夷坚志·西湖庵尼》紧邻的一篇《王武功妻》。《西湖庵尼》中男子坐女子对门茶肆与简贴僧坐在枣朔巷茶坊内观察皇甫殿直家中情形也有几分相似，或亦有所指涉。

至此，古代小说对这个故事的演绎仍未结束，在明末周楫所编《西湖二集》中，这个故事又作为头回被收入了《天台匠误招乐趣》小说（卷二八），他与鱼玄机故事，还有另一则尼姑慧澄设计奸骗良

---

① 明代《龙图公案》"咬舌扣喉"故事中有包拯根据断舌判案的情节。参见（明）安遇时《龙图公案》卷一，敦煌文艺出版社2009年版，第7—10页。民间故事中也不乏这种通过断舌来判断案情的情节。参见罗杨总主编《中国民间故事丛书 河北廊坊 香河卷》，知识产权出版社2016年版，第187—194页。

② 刘扬忠、蒋寅主编：《通俗小说与大众文化精神》，河北教育出版社2014年版，第205页。

人狄氏的故事（这则故事也是《酒下酒赵尼媪迷花》的头回）并列，旨在告诫世人尼庵之地的不堪。而更有创意的运用还发生在长篇小说《金瓶梅》中。在兰陵笑笑生所构建的声色世界中，阮华与陈玉兰之间的爱情已被忽略（西门庆只提及阮三"生心调胡博词、琵琶，唱曲儿调戏他。那小姐听了邪心动"），尼姑安排二人在地藏庵相会导致男子暴死的过程得到保留。故事第一次出现是作为提刑所工作中的一桩案件而由西门庆转述出来。其具体语境是：王六儿与小叔子通奸事发，韩道国求西门庆免提其妻。西门庆不仅放了王六儿，而且打算严惩捉奸众人。众人遂走应伯爵门路向西门庆求情，伯爵宛转通过书童再找到李瓶儿向西门庆表达求情之意。西门庆虽应允从轻发落，但也一再强调"公事惜不得情儿"。这则案件被西门庆叙述出来一是为了向李瓶儿说明在国之刑法面前一概平等，连陈小姐最后都与其母受了"每人一拶，二十敲"的重刑，更何况这帮街坊无赖；其二则是为了证明自己与上司夏提刑相比是多么清廉、正直。因为"依着夏龙溪，知陈家有钱，就要问在那女子身上。便是我不肯，说女子与阮三虽是私通，阮三久思不遂，况又病体不痊，一旦苟合，岂不伤命……若不然，送到东平府，那女子稳定偿命"。该故事在《金瓶梅》中的"二次叙述"发生在第五十一回，薛尼姑因给月娘提供了"灵验"的坐胎药而成为座上宾，却很快被西门庆发现并揭露："你还不知道他弄的乾坤儿哩！他把陈参政的小姐，吊在地藏庵儿里和一个小伙计偷奸。他知情，受了三两银子。事发，拿到衙门里，被我褪衣打了二十板，交他嫁汉子还俗。他怎的还不还俗？"故事的二次叙述重点已经转移到对尼姑恶劣品行的暴露与批评上。月娘所盛赞的"好不有道行"被西门庆反诘为"你问他有道行一夜接几个汉子？"青年男女私自结合、佛门子弟男盗女娼、司法官员贪赃枉法，作为封建统治基础的儒家道德规范已在经济转型的社会中土崩瓦解，而这一切竟由作恶多端的西门大官人出面评判，主人公的自我标榜带来十足的反讽意味。

由《西湖庵尼》一则400余字的文言笔记，发展到近3000字的中篇传奇（《宝环记》），又至9000余字（《喻世明言》）、12000余字

（《初刻拍案惊奇》）的话本小说，再到长篇《金瓶梅》中的反复插叙，从这一系列的演绎轨迹中我们基本可以看到热奈特所总结互文六法中所有技巧（即浓缩、扩充、应用、跨越主题、升级和跨越动机）的运用。如果说这个故事在早期文言小说源头中尚只粗陈梗概表现出搜奇记逸的美学追求，那么接下来的改写则是从不同角度对原文本进行的扩展与演绎。《戒指儿记》《宝环记》与《闲云庵阮三尝冤债》中主人公大胆、主动，为追求情欲而不惜与礼教宣战；《酒下酒赵尼媪迷花　机中机贾秀才抱怨》中的主人公真诚、勇敢，为追求现实的公理而进行自我救赎；前三篇从情爱一途对原文本进行了跨越主题和动机的重新编排；后一篇则对原有的公案主题进行了扩充、应用与升级；《西湖二集》虽在情节上对故事进行了浓缩，却集中强调三姑六婆的恶行，这在明清白话小说中也有充足的语境；而被置于《金瓶梅》中的陈玉兰故事在暴露佛门恶行之余又成为以西门庆为代表的黑暗官场的一面镜子。不仅如此，他还为叙述西门庆的家庭矛盾提供了情节基点，增加了作品"骂尽诸色"的反讽意味。而对于这个故事本身，西门庆的叙述也提供了一种另类结局与解读。

　　以上这一例当然远不足以概括小说重写之种种，比如针对同一题材内容除了在文言与白话两种语体之间经常进行叙述转化之外，还有可能在小说与戏曲、小说与诗歌等不同体裁之间实现转换。清代李渔兼善话本与戏曲，在话本小说创作之余又将其作改写为传奇剧本，如《无声戏》"丑郎君怕娇偏得艳"被改写为《奈何天》，《连城璧》"寡妇设计赘新郎　众美齐心夺才子"改写为《凰求凤》，《谭楚玉戏里传情　刘藐姑曲终死节》改写为《比目鱼》，《十二楼》"生我楼"改写为《巧团圆》等。在这种跨文体改写中，除了内容的增删之外，[①] 还要考虑文戏、武戏的搭配，戏剧冲突的设置以及单线结构变为双线等问题。[②] 事实上《谭楚玉戏里传情　刘藐姑曲终死节》这一小说不仅

---

　　① 　一般传奇的容量比话本小说更大，所以改编中李渔多在话本小说基础上增加情节，如《比目鱼》结尾增写"误擒""骇聚"等内容；《奈何天》增写"纷扰""攒羊""师捷"等武戏。

　　② 　傅承洲：《戊戌集　宋元明清文学论稿》，凤凰出版社 2018 年版，第 133—136 页。

在情节上融入了著名南戏《荆钗记》（故事主人公本为戏曲演员，因相爱不得而在表演《荆钗记》时效仿钱玉莲投江殉情），而且在人物设置和性格刻画上也借鉴了戏曲角色的特点。① 颇有意思的是，在话本小说基础上改为戏曲的《比目鱼》后来又为李渔再次改写为十六回的中篇章回小说。针对同一题材，李渔在话本、章回小说、戏曲之间进行如此频繁的改写，为我们透视不同文体的特性及其相互转化提供了生动样本。②

二 翻案

翻案是"针对传统的定论而言的，它是对传统定论的一种颠覆性或否定性的艺术处理"③；"是对已有定论的评价在新的条件支撑下或从新的、不同的角度立场作出不同的甚至相反的评价"④。它可以被扩展为一种文学创作方法，"如果涉及的是同一题材，而在立意、角度或手法等方面表现出不同，就可以认为是翻案"⑤。钱锺书先生认为《老子》所谓"正言若反""大音希声，大象无形"等就是最早的"翻案语"，是"神秘家言之句势语式耳"。⑥ 这种创作方法在诗歌中曾被大量使用，杜牧、王安石就写作了大量的翻案咏史诗。而在戏曲创作中，翻案剧更是层出不穷。古代戏曲中的上乘之作《西厢记》《琵琶记》《紫钗记》《焚香记》《倒精忠》等都是在不同程度上翻前人之意而来。有学者对明代翻案剧作进行研究，认为翻案剧的发生、发展与作者对戏剧的审美期待（尚奇、尚美、尚善）有关，而更重要的是

---

① 刘勇强：《中国古代小说的叙事学反思》，《明清小说研究》2011 年第 2 期。

② 刘勇强：《戏梦人生——谈〈谭楚玉戏里传情 刘藐姑曲终死节〉》，《文史知识》2004 年第 4 期。

③ 吴秀明：《论文化转型语境中的"历史翻案"现象——兼谈当前历史文学的历史观和艺术创造力问题》，《文艺理论研究》2005 年第 5 期。

④ 文东升、周晓阳、蒋艳丽：《对历史人物翻案问题之浅见》，《南华大学学报》（社会科学版）2003 年第 1 期。

⑤ 张宏生：《关于七夕诗词与翻案问题的对话》，《古典文学知识》1996 年第 3 期。

⑥ 钱锺书：《管锥编》第二册，中华书局 1979 年版，第 463—465 页。

"倘若不将负心婚变题材中的'负心郎'翻案，以'大团圆'形式结尾的明清传奇将无力承载这一传统母体"①。翻案一词在日本文化中的界定比较宽泛，指："将外国或本国的作品，进行不同程度的改造或取之为素材进行再创作，使之成为既与原作有一定联系又有区别的作品，而其'翻案'的程度和手法又是多种多样的。就小说而言，既有基本不改变原作的故事情节或仅作局部的改变，只是将原作中的人物、地点、情境以及风俗习惯等加以置换的做法，也有从不同的作品中抽绎出情节、人物、场景，经改造后重新结构和构思的做法。"② 可见日本文学中的翻案小说基本囊括了本章所论改写、翻案与戏拟等各种手法。

翻案手法运用到小说创作其实由来已久，唐《灵怪录》郭翰故事就是对传说中的牛郎织女故事进行翻案的典型。其叙织女因感"久无主对，佳期阻旷"而夜降太原郭翰家中，与之"情好转切"。郭翰曾戏问"牵郎何在"，遭织女反驳，而当被问七夕与牛郎"相见乐乎"，织女又解释"感运当尔，非有他故也，君无相忌"③。织女放荡不羁，不仅背叛牛郎夜夜与凡人欢会，而且把七夕与牛郎的相会当作例行公事，并发出"天上那比人间"的感慨。这对于民间传说中牛郎和织女的浪漫爱情是一个极大的颠覆。这种翻案发挥固然由志怪小说求奇求异的传统使然，但也是读者对前文本不足之意的补充或纠正。唐人小说具有"人情化"特点，使我们能在"神人仙子、牛鬼蛇神、飞禽走兽的形象中看到了人——人的欲念、人的习性、人的情感、人的价值观念"。这种人情化的形成，"除了作家有着以异类的人性心理来反衬性地表现伦理道德的目的外，更有着审美方面的原因"④。唐传奇对前人作品翻案，《聊斋志异》中又有唐传奇的翻案文章。例如，《续黄粱》就是在唐代《枕中记》基础上进

---

① 王良成：《明代的翻案剧及其审美风尚述论》，《艺术百家》2007 年第 1 期。
② 李时人、杨彬：《中国古代小说在日本的传播与影响》，《复旦学报》（社会科学版）2006 年第 3 期。
③ （宋）李昉等编：《太平广记》，中华书局 1961 年版，第 420 页。
④ 李剑国：《唐五代志怪传奇叙录》，南开大学出版社 1993 年版，第 84—85 页。

行的颠覆性改写。①《枕中记》中的卢生是由困顿入梦，经历宦海浮沉而感悟到功名富贵之虚妄；而《续黄粱》中的曾生则是在春风得意之下入梦，提前体验自己"二十年太平宰相"生活。与卢生的有才有德却受诬陷打击不同，曾生一入宦海便以权谋私、公报私仇，直至众怒难平遭到弹劾还得"皇上优容，留中不发"。曾生生前作恶，死后至阴间遍历各种酷刑，又转世为"贱女"受尽虐待，后又被诬陷而判凌迟。最后曾生梦醒，在寺僧点化之下彻悟。蒲松龄改变了原作通过美梦悟人生的立意，他让曾生体验噩梦，旨在揭露封建政治的黑暗。

　　白话小说中的翻案写作也不少。《新编五代史平话·梁史平话》中最早出现司马貌断狱的情节，即以天帝判韩信、彭越、陈豨转世为曹操、孙权、刘备来三分汉室天下，作为三国历史的起因。其实是对刘邦有负于功臣之历史的补偿，这种改写寄托了以作者为代表的大众对正史叙述的不满与不甘。这个翻案故事在后来的历史小说中得到进一步发展，《三国志平话》不仅完全借鉴了由这个故事所奠定的三国起因，而且增加了蒯通转世为诸葛亮，仲相为司马仲达等人物的由来。冯梦龙《古今小说》"闹阴司司马貌断狱"又对这个故事进行了再次演绎。② 除了借助新的故事重新安排历史人物命运之外，这个翻案之作显然还吸收了佛教因果轮回的思想。"将历史事件纳入因果报应的思想体系，站在道德评判的立场上，通过游冥模式的框架表现对历史的认识和对现实的道德感受，虽然消解了复杂历史的严肃性，但却是人们在当时历史条件下对历史所能作的最'合理'解说。"③《西游补》虽名为《西游记》续书，其实无论是人物设定还是叙述方式都与原作大相径庭，相反小说却从其他历史文本中找到了很多情节生发点，为小说带来意想不到的反讽效果。比如，骁勇却又轻信的楚霸王在

---

　　① 《二刻拍案惊奇》卷一九"田舍翁时时经理　牧童儿夜夜尊荣"叙小牧童得道士五字真言，白日辛苦却夜夜美梦，后来放弃念咒，则白日得金夜夜噩梦，遂生病患，后在道士点化之下得悟人生穷通之理。这个故事当为《枕中记》梦题材的再次重写。

　　② 除此之外，清代通俗小说《半日阎王传》《三国因》，以及杂剧《大转轮》《续离骚·愤司马梦里骂阎罗》等也都讲述了司马貌断狱故事。

　　③ 郑红翠：《游冥故事与中国古代小说叙事结构》，《学术交流》2016 年第 12 期。

《西游补》的青青世界中表现得用情专一，与孙悟空变化而成的假虞姬之间上演了一场感人的生离死别；作恶的秦桧被变为阎王的孙悟空严加审问并最终问斩，受屈蒙冤的岳武穆则被孙悟空拜为第三位老师；因拥有驱山铎子而被孙悟空上天入地四处寻找的秦始皇虽始终没有正面现身，却在项羽的口中成为一个只有"愚智"的"呆男子"；西施与虞姬同席饮酒，还对自己嫁了两个丈夫而感到"羞人"①……事实上，《西游补》不仅对历史人物进行了大量的翻案描写，对《西游记》原作人物也给予了颠覆性改写：不近女色的唐三藏与国色天香的翠绳娘恩爱成婚，还要千方百计阻止悟空前来寻师；而原来无所不能威风凛凛的齐天大圣却在鲭鱼精所幻化的青青世界中步步受限、狼狈不堪。在原作的取经之途中并不曾有一位妖怪能让唐僧变节、悟空受惑，而一旦误入有情世界则万般反转。续书既是对原作的补充，也蕴含了诸多作者的醒世隐喻。而这些反讽、寓意都需要读者从小说与互文本（情节生发点）之间的关系（差异之处）入手方能获得。吕熊《女仙外史》对于历史上的靖难之役进行了"反正统"书写，将正史与此前小说（如孙高亮《于少保萃忠全传》、凌濛初《初刻拍案惊奇》"何道士因术成奸 周经历因奸破贼"）中的"妖妇"唐赛儿一改而为忠君爱国、心系天下的正面英雄形象，也具有翻案的意味。

艾衲居士的《豆棚闲话》是清代翻案小说中的代表之作。小说首先建构了一个有别于传统说书场的闲话场景，这个场景保证了故事讲述者与听众之间的身份可以随时互换，而且二者之间可以就具体故事展开讨论。这种消解白话小说传统的权威叙事做法为小说形式带来了新变，也为作品思想内容的表现提供了自由空间。事实上作者在这里已经模糊地意识到要通过构建一个多人"杂语"（或称"语言杂多"）的对话空间来实现对传统的否定。"介子推火封妒妇"将家喻户晓的

---

① 唐传奇《周秦行记》中记主人公夜路误入汉薄太后庙，太后遂招汉戚夫人、王昭君、齐潘淑妃、唐杨贵妃等美女相陪，后又令昭君侍寝，谓"昭君始嫁呼韩邪单于，后为复株累若鞮单于妇，固自用。且苦地胡鬼何能为？昭君幸勿辞"。"昭君不对，低眉羞恨。"《西游补》对西施的这段描写与《周秦行纪》差可仿佛，可能受其启发脱化而来。

历史人物、忠孝代表介子推一变而为害怕老婆的猥琐男人，他并不是因为排斥高官厚禄，而是被妒妇困于家中无法脱身才与妻子相拥烧死；"范少伯水葬西施"中的西施既不是美女也不是义妇，只是浑浑噩噩"呆呆的跟着去了"吴国，范蠡因为诡计多端而不容于吴、越两国却没有带着西施归隐山林，反而顾忌西施知晓自己的秘密，设计将其推至湖心淹死；"首阳山叔齐变节"叙不食周粟的叔齐在饥饿的困境之下对跟随兄长的选择产生怀疑，最后变节下山投靠周朝……民间传说与文学、历史叙事中所建构起来的忠孝贤德在艾衲笔下被完全颠覆。作者经历了社会混乱官府无能的明亡易代，又作为遗民被迫思考自己的生存处境，在这样的背景之下他对儒家伦理纲常提出了质疑与讽刺，而这些都通过对前文本的颠覆和解构得以实现。而对于前文本来说，翻案的另类书写也丰富了其文本所承载的意义指向。晚明至清初是一个很特殊的时代，经济的巨变、思想的解放、易代的危机等引发社会集体的信仰反思，庶几是这一时期大量出现翻案之作的原因之一。巴赫金认为"语言杂多"现象容易出现在社会动荡、文化裂变的特殊历史时期，"文化在定型的时期，基本上由统一的'独白话语'所支配，转型时期的标志，就是'独白话语'的中心地位的解体和语言杂多局面的鼎盛"①。

除了对前人作品中的情节、结局等进行翻案之外，明清小说中还存在一类对某种叙事类型或叙事模式的翻案。鲁迅先生曾提及清代文人在厌倦了才子佳人的卿卿我我与英雄传奇的勇武粗豪之余创作了一批特殊作品，这些作品虽发源于《三国演义》《水浒传》，但"精神或至正反"，以至"一缘文人有憾于《红楼》，其代表为《儿女英雄传》；一缘民心已不通于《水浒》，其代表为《三侠五义》"②。以《儿女英雄传》为例，文康将言情与侠义、公案结合，以"儿女英雄"模式弥补《红楼》之憾。③主人公安骥不但在机缘巧合下收获了文武双美

---

① ［美］刘康：《对话的宣声：巴赫金的文化转型理论》，北京大学出版社 2011 年版，第 2 页。
② 鲁迅：《中国小说史略》，人民文学出版社 1976 年版，第 239 页。
③ 清末民初，以张恨水《啼笑因缘》为代表的侠义言情小说以及以罗普《东欧女豪杰》为代表的革命加恋爱小说也是《儿女英雄传》影响之下的支流。参见［美］王颖《对"儿女英雄"模式的翻案——论〈兰花梦奇传〉的混类现象和文本对话》，《海南师范学院学报》2006 年第 5 期。

（淑女张金凤与侠女何玉凤），而且在二位佳人的改造下从吟风弄月的风流才子成长为政声载道的朝廷清官（这其实再次落入曹雪芹已经摆脱了的才子佳人套路）。作者通过不切实际的文人理想对贾宝玉的佛门选择进行了反拨。不过，紧随其后的吟梅山人又通过《兰花梦奇传》中松宝珠夫妇的家庭冲突与婚姻悲剧对这种英雄儿女理想进行了全面颠覆。主人公松宝珠集合了佳人、侠女、清官、谋臣的多重身份，成为古代小说中非常独特的女性形象。文武双全的女主与才貌双全的男主许文卿相爱并得到皇帝赐婚，本应开启童话般的幸福经历，然而由《儿女英雄传》开创的这种理想生活却成为松宝珠噩梦的开始。在经历了女扮男装、建功立业之后回归女儿身份的松宝珠还没来得及享受家庭的温情就遭遇到来自夫权的沉重打击。松宝珠含恨隐忍，却无论如何也做不成丈夫认可的贤妻良母。侠女无法回归家庭，才子也难以成为英雄，宝珠与文卿在性格上的矛盾、在男尊女卑观念上的冲突等造成婚姻悲剧的根源实际是文康在小说中有意忽略或掩盖了的可怕真相。① 从这些意义上来说，《兰花梦奇传》又对《儿女英雄传》进行了全面翻案。

三　戏拟

我国传统修辞学中并没有"戏拟"的概念，但与之类似的"仿拟"仍在修辞中占有一席之地。作为一种积极修辞的仿拟本指出于讽刺和嘲弄的目的，而对某种既定形式展开刻意模仿。② 它同时也是一种特殊的叙述手法，指"后人以一种神遇气合的方式仿效或拷贝前期经典叙述片段或叙述话语"③。西方学者认为："仿拟是基于原文基础的二次写作，其内在特征仍然是互文性。"④ 法国学者吉拉尔·热奈特

---

① ［美］王颖：《对"儿女英雄"模式的翻案——论〈兰花梦奇传〉的混类现象和文本对话》，《海南师范学院学报》2006 年第 5 期。

② 陈望道：《修辞学发凡》，上海人民出版社 1976 年版，第 100 页。

③ 杨彬、李桂奎：《"仿拟"叙述与中国古代小说的文本演变》，《复旦学报》（社会科学版）2011 年第 6 期。

④ 赵渭绒：《西方互文性理论对中国的影响》，巴蜀书社 2012 年版，第 222 页。

对仿拟尤其重视，他将仿拟进一步细分为仿作和戏拟两种形式，并将其归入互文性的特殊类型——超文性。① 仿拟与戏拟相比，后者更强调因模拟而带来的戏谑讽刺效果。具体而言，戏拟是"对一篇文本改变主题但保留风格的转换"②，"是对传统叙事成规存心范其窠臼"的"创新手腕"。③ 戏拟与翻案的区别在于后者一般直接针对前文本进行改写，改写中往往保留前文本的部分要素（如人物名称和部分情节）；戏拟却是完全另起炉灶，他与前文本之间只存在艺术风格和精神实质上的关联。清代李渔就通过其小说和戏曲创作进行了大量的戏拟实践，其《无声戏》"人宿妓穷鬼诉嫖冤"从情节到主题、从局部到整体对《醒世恒言》"卖油郎独占花魁"进行了全面戏拟（其头回某公子与金荃娘故事则戏拟《李娃传》《绣襦记》情节）。王四恋上妓女雪娘，一心效仿秦重所为，每日辛苦，四五年方积攒得与老鸨约定的一百二十两赎身之银，却不想一头钻进老鸨与妓女合谋的圈套，人财两空。最后贫病交加的主人公偶遇朝廷解粮运官，在后者帮助下才将被老鸨昧下的赎身钱追回。在这个故事中，有情有义的花魁娘子莘瑶琴（美娘）被置换成心机歹毒的妓女雪娘，温柔多情的卖油郎秦重则变成了愚蠢又倒霉的篦头匠王四。作者通过人物的置换与情节的反转，将冯梦龙在卖油郎故事中所营造的脉脉深情完全颠覆。从唐传奇到"三言二拍"，小说作品中一直不乏善良多情的风尘女子，读者对这些人物往往报以同情与赞美。李渔却偏要打破这种传统审美模式，反其意行之，通过戏拟的情节告诫世人"青楼女子，薄幸者多"，"奉劝世间的嫖客及早回头，不可被戏文小说引偏了心，把血汗钱被她骗去"。在

---

① 热奈特曾如此解释："我用超文性来指所有把一篇乙文（我称之为超文）和一篇已有的甲文（当然，我称之为底文）联系起来的关系，并且这种移植不是通过评论的方式来实现的。"参见［法］蒂费纳·萨莫瓦约《互文性研究》，邵炜译，天津人民出版社2003年版，第40页。但根据翻译习惯的不同，也有将"超文性"译为"承文本性"的，如："（承文本性指）任何联结文本B（我称之为承文本）与先前的另一文本A（我当然把它称做蓝本了）的非评论性攀附关系，前者是在后者基础上嫁接而成。"参见［法］热拉尔·热奈特《热奈特文集·隐迹稿本》，史忠义译，百花文艺出版社2001年版，第74页。

② ［法］蒂费纳·萨莫瓦约：《互文性研究》，邵炜译，天津人民出版社2003年版，第47页。

③ 杨义：《〈金瓶梅〉：世情书与怪才奇书的双重品格》，《文学评论》1994年第5期。

李渔笔下不但妓女、嫖客受到嘲弄，就连帮助王四追回钱财的漕运官员也并非一般意义上与民做主的清官贤臣——原来这位不识字的解粮官只是嫖妓途中偶然得知此事，他利用职权之便行了一条诬陷之计才让雪娘与老鸨受到惩罚，可谓以其人之道还至彼身。这种对前文本整体的否定与嘲弄，既是作者伤时骂世的文学表现，也与他惯于通过戏拟、翻案来营造叙事文学陌生化和趣味性效果的审美追求不无关系。

戏拟手法的运用其最直接的目的就是不动声色而实现反讽效果。在以反讽著称的《儒林外史》和《金瓶梅》中我们能找到很多戏拟的趣笔。以《儒林外史》第九回"三访杨执中"为例，小说在这段情节的具体叙述中多次表现出对《三国演义》之三顾茅庐的模仿指向：如娄公子因家人的推荐而起访贤之心，两次求访又因被访者外出而作罢，二访不遇的娄公子再次从摇船者口中听到贤者诗作，更激起仰慕之意，这些经历皆与《三国演义》中刘备访孔明如出一辙。[①] 而鲁编修对杨执中名不副实的推测亦与关羽、张飞当时的态度神似。不过，作为一部具有突出反讽意识的小说，《儒林外史》并非对三顾茅庐本身感兴趣，其真实目的是通过对经典情节的模仿而实现对明主求贤主题的解构。事实上，令娄府二公子倾慕不已的杨执中并非什么真儒大贤（亏空盐商七百两银子却"还在东家面前咬文嚼字，指手画脚的不服"，这才被一纸诉状送至监狱，被娄公子帮助补齐亏空平息官司之后又担心被追讨债务而故意躲避）；而娄公子对杨执中的赏识亦不过因其愤世嫉俗的情绪，外加对礼贤下士声望的追求。作者为这些人物安排的表演越接近《三国演义》，其精神实质的不符就越容易造成讽刺和戏谑的效果，这是吴敬梓通过对经典文本的戏拟所建构的独特反讽个性。[②]

《儒林外史》的反讽艺术直承《金瓶梅》而来，《金瓶梅》反讽体系中很重要的一个方面也是通过戏拟文学经典来完成的。比如，对异

---

① 王凌：《〈三国志演义〉互文性解读三题——以仿拟叙述为中心》，《中南大学学报》2015 年第 2 期。

② 安如峦：《从互文性看〈儒林外史〉的讽刺手法》，《明清小说研究》1997 年第 1 期。

姓兄弟结义的书写在《金瓶梅》出现时已有珠玉在前，《三国演义》中的桃园结义、《水浒传》中的梁山聚首皆为经典。崇祯本第一回写"西门庆热结十兄弟"，"热结"的场面庄重而喧闹，不仅有玉皇庙吴道官亲自主持，更有打点牲礼、烧纸、写梳、排座、八拜、送神等全套程序，在祭拜的梳文中作者又直接提及"桃园义重""管鲍情深"，与经典形成显性互涉。但庄重的仪式背后充斥了各种插科打诨式的庸俗与无聊，应伯爵等人的即兴笑话更是直接对结义的本质进行了自嘲，经典所营造的崇高之感与小说人物表现出的势利低俗形成巨大反差，这种矛盾为我们营造了一种对话的张力。西门庆在小说中虽然富贵兴头，但一出场就被设定为上无父母管束、下无兄弟帮衬的孤家寡人（小说中似乎也没有西门家族的任何直系亲属出现：除了吴月娘家的吴大舅、吴大妗子外常与其家来往的便是杨姑娘、花大舅等"假亲戚"）。对于重视血亲伦理的古代社会来说，西门家庭并不圆满。西门庆结拜众兄弟自是出于寻欢作乐的目的，却也未始没有弥补家庭缺憾的潜在需求。当然，相比桃园结义中的匡扶汉室、救民水火，西门庆热结十兄弟已落世俗，而对于其他兄弟来说就更是"只好叙些财势"的帮闲沾光行为了。① 其次，桃园英雄兄友弟恭、不离不弃的相处之道在《金瓶梅》中也完全变形，西门庆待友的热心慷慨敌不过树倒猢狲散的炎凉世态。应伯爵待"大哥"一死立即转而趋附同为富户的张二官，出殡时的祭奠也只为"讨了他值七分银子一条孝绢拿到家做裙腰子"，或"每人还得他半张靠山桌面，来家与老婆孩子吃着，两三日省了买烧饼钱"。有学者指出，在我国古代的封建社会中，"当一个男人被他的结义兄弟所出卖和背叛，其悲剧性和讽刺意味要远远大于被一个朋友所出卖和背叛。在这个意义上，绣像本《金瓶梅》开宗明义对西门庆热结十兄弟的强调，等于是在已经建立起来的古典白话长篇小说的传统中，对《三国演义》《水浒传》这种几乎完全在男性之间相互关系上的历史与英雄传奇作出的有力反讽，也是对

---

① 在西门庆的一众兄弟中，花子虚是唯一因为自身经济条件优越而对结义活动表现出单纯目的者，而他却最早遭到西门庆背叛，这种情节安排也表现了作者的反讽用意。

作为基本儒家概念的'五伦'进行的更为全面的颠覆"①。《金瓶梅》通过戏拟"桃园结义"而讽刺世情的方法在《歧路灯》中也通过"地藏庵公子占兄位"（谭绍闻与盛希侨、王隆吉三人结义）情节得到了继承和重现。

《金瓶梅》不仅戏拟了历史演义和英雄传奇中的兄弟结义，还对《西厢记》等爱情题材作品进行了戏拟，这在第八十二回潘金莲与陈经济偷情处达到高潮："妇人手执纨扇，正伏枕而待。春梅把角门虚掩。正是：待月西厢下，迎风户半开。隔墙花影动，疑是玉人来。原来陈经济约定摇木槿花树为号，就知他来了。妇人见花枝摇影，知是他来，便在院内咳嗽接应。"无论是场景设定、人物造型还是"待月西厢"的诗句，都是为了让读者将金莲偷情与崔、张相爱的故事进行勾连。② 之前经济突然从荼蘼架下窜出，一把搂住潘金莲，潘金莲说："呸，小短命！猛可钻出来，唬了我一跳。早是我，你搂便罢了。若是别人，你也恁大胆搂起来？"陈经济则答道："早知搂了你，就错搂了红娘，也是没奈何。"而《西厢记》第三本第三折，张生赴崔莺莺诗简之约时错将前来接应的红娘当成莺莺搂住，两处情景极为相似。又第八十三回，庞春梅主动为金莲传信，还在经济面前自称"是你前世娘，散相思五瘟使"，其口吻也与《西厢记》中红娘酷肖。然而越是将两个文本进行联想对比，越是能让读者感到滑稽可笑，浪漫唯美的才子佳人原来是色胆包天的女婿与淫荡成性的岳母，莺莺与张生之间的青春浪漫放置于混乱不堪的西门后院，其间的反差让读者忍俊不禁，经典创造的郎才女貌、软玉温香在《金瓶梅》中却构成反讽背景。这不伦的奸情发生在西门庆死后不久，对于生前以奸淫他人妻子为乐的西门大官人来说，也构成莫大的讽刺。

神魔小说中也不乏戏拟手法的运用。《西游记》以游戏笔墨呵佛

---

① 田晓菲：《秋水堂论金瓶梅》，广西师范大学出版社 2019 年版，第 15 页。
② 除《西厢记》之外，古代叙事文学中还有大量才子佳人在后花园约会定情的情节，如《牡丹亭》中杜丽娘与柳梦梅的第一次梦中欢会、《金云翘传》中金重与翠翘第一次表明心意、《墙头马上》中裴少俊与李千金第一次见面互生爱慕等，这些构成了古代文学中书写美好爱情的固定背景。只要略加提及，就容易将读者引向对这些情节、故事的回忆和参照。

骂祖，孙悟空一行在历经磨难到达佛祖圣地后竟遭遇阿傩、迦叶索要人事，一旦索要失败便只能传授无字真经。而佛祖对此也表示"经不可轻传，亦不可轻取，向时众比丘圣僧下山，曾将此经在舍卫国赵长者家与他诵了一遍……只讨得他三斗三升米粒黄金回来，我还说他们忒卖贱了，教后代儿孙没钱使用"。这其实是作者有意将社会生活尤其是封建官场的丑恶行为嵌入佛门净土的语境之中（也就是对社会现实的戏拟），公开索贿的行为与阿傩、迦叶的佛门尊者身份错位，造成一种不合时宜的滑稽和反讽。另一部神魔之作"《西洋记》的构思大多模拟《西游记》《封神演义》《三国演义》等，基本每一个重要的情节都可以在《西游记》等作品中找到蓝本，有时是依样画葫芦，有时是故意反其道而行之"①。这种"故意反其道而行之"的部分也多为戏拟之笔。以小说第七十六回之中飞钹禅师与关羽的交手为例：飞钹禅师遭城隍暗算后法力失灵，遂被关羽制服，危急中飞钹谎称自己是曾对关羽施恩的普净长老。关羽心动，重蹈同情心泛滥的覆辙放走敌人。在这段情节中，德行高深的普净长老被置换成一个巧舌如簧的奸诈角色，华容道上义释曹操的报恩之举成为假普净拿来说服关羽以脱身的把柄，而拙劣的奸计竟在三国英雄关羽面前轻松得逞。义薄云天的关羽在假普净面前已无一点智慧与气度，被飞钹几句谎言就说得"心肠都是碎的，生怕负了他当日的大恩，连声道：'知恩不报非君子。你去罢！我绝不拿你。'"难怪天师事后埋怨关羽"偏听成奸，独任成乱"。其实，周仓在关羽犹豫不决之际提醒其"终是私恩，怎么废得公义"，就是为了阻止华容道错误的重复。《三国演义》经典情景的再现不仅没有重现关羽"义"的风采，却编织了一个理性终不敌人性的笑谈。戏拟在此带给读者的既是讽刺也是揶揄。又，小说第四十四回燃灯佛向弥勒佛借乾坤叉袋情节中插入的一个小细节也具有同样的戏谑效果：燃灯佛与骊山老母斗法，因听说弥勒佛乾坤叉袋容量巨大（当初弥勒佛与释迦佛赌胜，曾以乾坤叉袋装尽天下好人），欲借

---

① 廖可斌：《〈三宝太监西洋记通俗演义〉主人公金碧峰本事考》，《文献》1996 年第 1 期。

此叉袋来收走骊山老母所降三山。小说叙道："弥勒佛不敢怠慢，取出乾坤叉袋来，把叉袋里的好人都抖在偏衫袖子里，却把个空叉袋递与佛爷爷。这一抖叉袋不至紧，方才偏衫袖子里面走出些好人来，到如今世界上才有好人，只是少些。不然却都是些乱臣贼子，不忠不孝，愈加不成个世界。"这段看似随意的调侃笔墨不仅戏仿了《水浒传》中"洪太尉误走妖魔"的情景（前者是无意放走了好人，后者是误走了妖魔），而且影射了当时恶人当道的社会现实，诙谐幽默，极具讽刺意味。同回稍早情节中，高卧不起的陈抟老祖被骊山老母强逼出山，作者描述"陈抟心里想道：'这个钵盂果真是个宝贝。我也不管揭得起，揭不起，尽我的心塞个责就是。'连忙的伸起手来，左一揭，揭不动；右一揭，揭不开。陈抟老祖也不作辞，驾祥云而去。"也是对文学经典形象的调侃颠覆。还有另一部神怪小说《飞跎全传》直接以《西洋记》为戏拟对象，不仅对《西洋记》进行了"人物形象和情节套路的义理置换"，而且"实现了对《西洋记》的'转述者变调'"，而这一切都是服务于对"荒诞讽刺"效果的追求。①

第三节　生发与参考

与引用、镶嵌或模仿、戏拟有所区别的是，生发与参考虽也明确指向某个互文本（或前文本），但往往不为所限，既无须与互文本保持表述上的一致，也不要求在叙事模式、叙事情景、叙事主题等方面进行严格的模拟、仿效或翻案，而是仅借互文本中的某一点（如人物名称、情节起因、特定环境等）进行衍生、想象或者利用互文本的丰富含义来充实、暗示作者在当下文本中欲表达的隐含意义。作者有可能据此重新编织一个故事，也可能仅将这一点融入自己的故事中作为点染或者参考。《聊斋志异·续黄粱》曾生在梦中世界为官不良，被"龙图学士包上疏"弹劾才得到应有的惩罚。包拯故事除了正史叙述

---

① 王昊：《试论明清神怪小说审美风格的新变——以〈西洋记〉〈飞跎全传〉为中心》，《明清小说研究》2019 年第 2 期。

之外，文学史上还有小说（如《清平山堂话本》《龙图公案》）以及戏曲作品的演绎，蒲松龄在此基础上借曾生故事随机生发。包龙图作为承载国人清官理想的符号性角色（既有断案如神的刑侦能力，又有刚正不阿的高尚品行）在文学作品中早已成为"箭垛式人物"①，蒲松龄不过顺此思路为清官包拯再添一功绩；但对于《续黄粱》而言，"龙图学士包"却因为暗含了丰富的参考意义而引发读者的延伸思考，成为扩展小说隐喻空间的有意之举。又《红楼梦》第五回叙宝玉来到秦可卿房中午睡，看到房中"案上设着武则天当日镜室中设的宝镜，一边摆着赵飞燕立着舞的金盘，盘内盛着安禄山掷过伤了太真乳的木瓜。上面设着寿昌公主于含章殿下卧的宝榻，悬的是同昌公主制的连珠帐"。后可卿又"亲自展开了西施浣过的纱衾，移了红娘抱过的鸳枕"，遂哄宝玉睡下。这段叙述涉及大量历史、传说与小说文本，但作者对之没有任何解释与说明。尽管如此，读者一旦接触到武则天、赵飞燕、杨太真等充满暗示的符号时总不免浮想联翩。对于前文本来说，它的人物、情节或意象以符号形式嵌入当下文本，能够产生新的意义，是为生发；而对于当下文本来说，前文本的信息则作为一种拥有丰富内涵的参考而存在。蒂费纳·萨莫瓦约将这种互文形式命名为"简单参考"，其特点是"互文的出现被暗示，但并不被进一步明说。它更要求读者有足够的知识和由此及彼的想象力"；"提到一个名字（作者的、神话的、人物的）或一个题目可以反映出若干篇文本"②，"简单参考"更多体现的是一种文本的空间共存，而非派生（即热奈特所谓超文）关系。

典故式参考。《金瓶梅》第四十九回，西门庆迎请宋巡按，酒宴

① 胡适《〈三侠五义〉序》曾谓："包龙图——包拯——也是一个箭垛式的人物。古来有许多精巧的折狱故事，或载在史书，或流传民间，一般人知道他们的来历，这些故事容易堆在一两个人的身上，在这些侦探式的清官之中，民间的传说不知怎样选出了宋朝的包拯来做一个箭垛，把许多折狱的奇案都射在他身上。"参见胡适《中国章回小说考证》，中国社会科学出版社2013年版，第293页。
② ［法］蒂费纳·萨莫瓦约：《互文性研究》，邵炜译，天津人民出版社2003年版，第50页。

之后又安排了妓女董娇儿和韩金钏儿陪侍蔡御史：

> 蔡御史看见，欲进不能，欲退不舍。便说道："四泉，你如何这等爱厚，恐使不得。"西门庆笑道："与昔日东山之游，又何别乎？"蔡御史道："恐我不如安石之才，而君有王右军之高致矣。"于是月下与二妓携手，恍若刘、阮之入天台。因进入轩内，见文物依然。因索布笔，就欲留题相赠。①

这段叙述连用"东山之游"与"刘晨阮肇"两个典故，先讲谢安与王羲之等人的东山之会兰亭雅集，② 后叙刘晨、阮肇入天台山采药遇仙结为夫妇之事。③ 在文人雅集、才子遇仙等典故的嵌入之下，小说文本的意蕴空间被有效扩展，整个场景显得斯文之甚。然而作者一面极写文人风雅，一面却又尽力铺排新型商人与贪腐官僚之间赤裸裸的权钱交易：在西门庆的盛情款待之下（当然也包括蔡在授官之前就从西门庆处得到的资助），御史大人当即表示只要西门庆派人到其扬州治所支取盐引，"我比别的商人早掣取你盐一个月"。而对于西门庆包庇苗青而被曾孝胥上疏弹劾复审之事，也因为蔡御史在宋巡按面前轻轻一句"此系曾公手里案外的，你管他怎的？"即被摆平。典故所代表的话语体系在于表达文人的风雅情趣，而西门庆与蔡御史之间觥筹交错的现场表演却暴露了商人奸险与文人无行，两种话语在此产生冲突，反讽意味由此而生。这样的例子在小说中不少，在第二十一回"吴月娘扫雪烹茶"中也有表现。该回叙述月娘烧夜香被西门庆无意撞破，二人和好，玉楼等人遂做东请月娘夫妇赏雪吃酒。月娘因"见雪下在粉壁前太湖石上，甚厚。下席来，教小玉拿着茶罐，亲自扫雪，烹江南凤团雀舌牙茶，与众人吃"。其实整回虽多次提及下雪，但涉

---

① （明）兰陵笑笑生著，（清）张竹坡评：《皋鹤堂批评第一奇书　金瓶梅》，吉林大学出版社 1994 年版，第 755 页。

② 史载谢安"少有重名"，"常往临安山中坐"，又"安虽放情丘壑，然每游赏必以妓女从"。参见（唐）房玄龄著，黄公渚选注《晋书·谢安传》，商务印书馆 1934 年版，第 184 页。

③ （南朝宋）刘义庆撰，郑晚晴辑注：《幽明录》，文化艺术出版社 1988 年版，第 1 页。

及点题的"扫雪烹茶"内容仅仅只有这两句描写。史载"陶谷学士曾买得党太尉家故妓。过定陶,取雪水烹团茶,谓妓曰:'党太尉家应不识此。'妓曰:'彼粗人也,安有此景,但能销金暖帐下浅斟低唱,饮羊羔美酒耳。'谷愧其言。"① 后世多以扫雪烹茶喻文人雅趣,而以党家风流指富贵俗人。不过,小说对这个典故的运用却似乎有点正话反说,西门庆本为市井暴发之户,大字不识,后虽官至提刑千户,但毕竟"西班出身","虽有兴头,却没十分尊重"(第五十七回西门庆语),所以西门庆表示希望儿子将来"还挣个文官"。典故中的党进虽为北宋著名武将,曾官至忠武军节度使,却也是大字不识的文盲粗人,朝堂之上闹过不少笑话。以此观之,西门庆家的雪天聚饮其实绝无扫雪烹茶之雅,其热闹繁华的背后是因贪淫欲望而导致的家庭矛盾(此回重点表现的是月娘与西门和好招致金莲与玉楼的不满:金莲语带讥诮并通过命人唱"佳期重会"之曲来讽刺月娘,以及众人席间所行令词对人物此后经历的预示),作者在此反用典故,表达其对西门家庭的讥讽之意。

《醒世姻缘传》承继《金瓶梅》而来,颇得《金瓶梅》旨趣。小说叙前世主人公晁源生病后找医生来看病,把脉时需要一本书用以垫肘,丫头先找到一本《如意君传》,再找到一本春宫图。《如意君传》专写武后与男宠薛敖曹之事,颇涉淫乱,开古代性爱小说之先河,一度为明清统治者所禁;春宫图其所指更为明确。西周生在这里看似非常随意的一笔其实是借以暗示晁源之贪色与家风之放纵,其讽刺意图非常明显。《牡丹亭》"闺塾"一出中,杜丽娘欲为师母做鞋上寿,向老师陈最良请个鞋样,迂腐的先生却回答:"依《孟子》上样儿,做个'不知足而为屦'罢了。"《孟子·告子上》中有"不知足而为屦,吾知其不为蒉也"之句,意指从同类即可推知事物的本质。陈最良作为封建礼教的卫道士,在对丽娘的教育中自然极度排斥个性,即便针对日常生活中的小事,也要引经据典故作正经。此典虽不能为丽娘做

---

① (宋)皇都风月主人编,周楞伽笺注:《绿窗新话》下卷"党家妓不识雪景"条,上海古籍出版社 1991 年版,第 168 页。

鞋提供帮助，却为讥讽陈师的迂腐道学提供了契机，为作品营造了幽默诙谐的效果。

意象式参考。《醒世姻缘传》不仅在讽刺艺术上学习《金瓶梅》，有时还直接对小说故事人物进行指涉，如第三回珍哥对晁源说："这可是西门庆家潘金莲说的：'三条腿的蟾稀罕，两条腿的骚老婆要千取万。'倒仰赖他过日子呢。"潘金莲在《水浒传》中没有机会说这样的话，在《金瓶梅》中才有过类似表述，如金莲醉闹葡萄架时因弄丢睡鞋而迁怒秋菊，秋菊找来宋蕙莲的鞋子（被藏在藏春坞暖房中）又遭恶骂，秋菊不解，表示"可是作怪的勾当，怎生跑出娘三只鞋来了？"以此更加激怒金莲："好大胆奴才！你拿谁的鞋来搪塞我，倒说我是三只脚的蟾？"又第八十七回王婆与守备府周忠为发卖金莲而讨价还价，因谈讲不拢惹周忠大怒，说道："三只蟾没处寻，两脚老婆那里寻不出来？"《醒世姻缘传》珍哥之语当直接来源于此。作者看似随意的一笔不精确指涉，却将珍哥与金莲两个不同作品中的人物勾连起来，不动声色实现了文本意义的空间扩展。对《金瓶梅》而言，这是一种生发点染，对《醒世姻缘传》而言，这种跨文本指涉则会直接引发读者由此及彼的主观联想。事实上，晁源与珍哥几乎就是西门庆与潘金莲的翻版，在珍哥语言的提示之下，我们能轻松发现两部作品之间千丝万缕的联系。这一点学界论述颇多，此不赘述。又《歧路灯》第十一回，谭孝移与侯冠玉讨论儿子谭绍闻学习之事，冠玉不提四书五经却大谈《西厢记》与《金瓶梅》。表示"这《西厢》文法，各色俱备，莺莺是题神，忽而寺内见面，忽而白马将军，忽而传书，忽而赖简。这个反正开合，虚实深浅之法，离奇变化不测。"指《金瓶梅》更是"那书还了得么！开口'热结冷遇'，只是世态炎凉二字。后来'逞豪华门前放烟火'，热就热到极处；'春梅游旧家池馆'，冷也冷到尽头。大开大合，俱是左丘明的《左传》，司马迁的《史记》脱化下来。"一番言辞让谭孝移反感不已，再也不敢让儿子跟随他学习。客观来说，侯冠玉对于《西厢记》与《金瓶梅》的评价非常有见解，其观点与金圣叹、张竹坡等英雄所见略同。但是在小说的主要情节中,《西厢记》与《金瓶梅》作为诲淫诲盗的反面形象出现,作者显然认为此类书籍在谭绍闻由书香子弟一步步堕落到败家浪子的过程中起到了推波助澜的作用。无论是珍哥话语中对于潘金莲的指涉,还是侯冠玉对于《西厢记》《金瓶梅》的评价,作者对参照文本都未有任何解释,这既可能是出于小说作者对读者阅读背景的信任,也可见这些作品在当时的影响之大。当然李绿园对于《金瓶梅》的态度也是值得玩味的,一方面,他对《金瓶梅》给予了极力诋毁和否定,在其《歧路灯序》中他也明确表示:"《金瓶》一书,诲淫之书也。亡友张揖车曰:此不过道其事之所曾经,与其意之所欲试者耳!而三家村冬烘学究,动曰此左、国、史迁之文也!余谓不通左、史,何能读此;既通左、史,何必读此。况老子云,童子无知而朘举。此不过驱幼学于夭札,而速之以蒿里歌耳!"① 这番见解当是侯冠玉言论出处。另一方面,《歧路灯》从小说题材内容到人物形象和语言特色等又都对《金瓶梅》进行了明显的模拟和借鉴。② 由此观之,作者的态度似乎表现出矛盾。也许正如蒂费纳·萨莫瓦约所言:"哪怕有时候文学试图挣脱那条联系着先前文学的纽带,争取彻底的超越或尽可能多的个性(使自己成为自己的起源),但作品仍旧满目记忆,因为与某物决裂,即肯定了此物的存在。"③

《二刻拍案惊奇》卷三九("神偷寂兴一枝梅　侠盗惯行三昧戏")塑造了一位侠盗神偷"一枝梅",这个形象后来被西湖渔隐主人的《欢喜冤家》第二十四回"一枝梅空设鸳鸯计"因袭。二作虽然并无实质的情节关涉,但侠盗性格特征及行事风格(行窃后在失主家墙壁上绘画一枝梅)的设定都完全一致,这就不免为读者带来丰富的联想空间,在阅读中将两部作品进行自觉的勾连对比。宋沈俶《谐史》"我来也"故事中盗贼总在行窃后于门壁上大书"我来也"三字,其

---

① 朱一玄编:《明清小说资料选编》下,南开大学出版社 2006 年版,第 888 页。
② 金学斯:《简论〈醒世姻缘传〉同〈金瓶梅〉的渊源关系》,《上海大学学报》(社会科学版) 1989 年第 6 期。
③ [法] 蒂费纳·萨莫瓦约:《互文性研究》,邵炜译,天津人民出版社 2003 年版,第 66 页。

形象也与"一枝梅"构成互文。在《欢喜冤家》中，一枝梅将端英从继母的虐待中解救，又阴差阳错为其寻得良配。小说叙到端英与家人团圆之际，"席上说出一枝梅之事，俱道此人乃昆仑手段。一人说：'还可比着许虞侯的伎俩。'又说：'就是《紫钗记》黄衫豪这般爽快。'又说：'还像古押衙死里求生的计较。'"短短一段对话涉及《昆仑奴》《章台柳》《紫钗记》《霍小玉传》《无双传》等数个传奇文本。作者虽只是随意提及了几个书名、人物，却为读者传达了异常丰富的叙事信息，极大延展了故事本身的意义空间。又《初刻拍案惊奇》卷三一"何道士因术成奸　周经历因奸破贼"叙唐代李元以异术起兵叛乱之事，其间夹以议论"所以《平妖传》上也说道'白猿洞边天书后，深戒着谋反一事'的话"，《平妖传》的引入也具有类似的参考功能。

时事参考。中国文学自古就有"美刺"的传统，每一部作品的产生都具有突出的现实意义。从六朝文人热衷于对当代名士行止进行文学叙述，到唐传奇中以小说行温卷之习，以及拿小说污蔑时人或攻击对手（如以《补江总白猿传》取笑欧阳询的长相，李党之韦瓘以《周秦行纪》攻击政敌牛僧孺等），再至晚明至清初以来大批时事小说（如《梼杌闲评》对于魏忠贤的影射等）、讽刺小说的出现（如《金瓶梅》对万历年间关于"国本"之争的隐晦反映，[①] 以及"苦孝说"对于明史王世贞家族与严嵩之间的恩怨的涉及等），都表明小说作者在创作中有意嵌入当下社会历史文本的意图。金和谓《儒林外史》："全书载笔，言皆有物，绝无凿空而谈者。若以雍乾间诸家文集细绎而参稽之，往往十得八九。"[②] 既然明白了作者有意引入社会历史的苦心，那么在阅读中也要充分参考作品的创作背景与时代风貌。这既是传统

---

　　① 如小说第八十七回写武松到安平寨去时"不想路上听见太子立东宫，郊天大赦"。第八十八回陈经济母亲张氏说："喜者，如今且喜朝迁册立东宫，郊天大赦。"又第六十五回山东两司八府出现名为"何其高""陈四箴"的官员，也似与万历十七年大理寺左评事雒于仁陈《酒色财气四箴疏》而触怒皇帝的历史事件有关。
　　② 金和：《〈儒林外史〉跋》，转引自李汉秋编《〈儒林外史〉研究资料》，上海古籍出版社1984年版，第129页。

阐释学中"知人论世"观的基本要求，也是互文性阅读中了解来自作者和文本记忆的基本方法。鲁迅论及《儿女英雄传》谓其"人物亦常取同时人为蓝本；或取前人，如纪献唐，蒋瑞藻（《小说考证》八）云，'吾之意，以为纪者，年也；献者，《曲礼》云，"犬名羹献"；唐为帝尧年号：合之则年羹尧也。……其事迹与本传所记悉合'"①。这是针对作者在小说中嵌入历史的具体方式而言。即便一再表示避免"伤时骂世""讪谤君相"的作品，也有自己独特的方式来指涉社会，这才为索隐之学提供了用武之地。当然，文学作品并不仅仅满足于被动反映社会和暴露现实，它还以自己的方式积极地参与社会、改造社会。如果说传统小说的教化意识还颇有小说提高自身的无奈之由，那么晚清为配合改良运动而兴起的小说界革命中大量涌现的谴责小说、政治小说等则直接走到历史前台主动扛起了民众启蒙的大旗。这些诞生在中西交流特殊历史时期的作品不仅承载了时代风貌（如梁启超《新中国未来记》通过改良派黄克强与革命派李去病之间的辩论，基本"囊括了20世纪初爱国志士关于'中国向何处去'论争的基本要旨"②），而且对西方小说多有指涉（《新中国未来记》与美国小说《百年一觉》、日本小说《雪中梅》存在直接的渊源关系，吴趼人《九命奇冤》也对周桂笙翻译的法国小说《毒蛇圈》多有借鉴等）。当然，过于强烈的功利性势必以破坏小说的艺术美为代价。这些也都是小说文本与社会历史文本之间深层互动的表现。

在小说与外部文本发生跨文本关联的过程中，我们会发现一个不断累加的意义链条，这个链条会指引读者按图索骥地寻找互文本，并在当下文本与源文本之间的各种差别间隙中发现意义的流动。对于当下文本而言，源文本为之提供了灵感的源泉；而对于源文本来说，当下文本则为之带来新生，令它始终以不同姿态在文本的海洋中徜徉浮沉。叶兆言曾在谈论创作时指出："写作是一种反模仿，也就是别人这么写了，我就应该那么写。这次这么写了，下次就得那么写……思

① 鲁迅：《中国小说史略》，人民文学出版社1976年版，第240—241页。
② 袁行霈主编：《中国文学史》第四卷，高等教育出版社1999年版，第419页。

路是习惯于反过来，希望能和别人不一样。"① 这也许是布鲁姆"影响的焦虑"在文学创作实践中的具体表现，虽然其立足在于求异求新，但我们同时必须承认的是反模仿必定以理解、参照作为前提和基础。新和异的背后链接的仍是源文本。当然，本章所归纳的几类（引用、镶嵌，重写、翻案、戏拟以及生发与参考）远不足以概括跨文本互文之所有情况。本章主要论及其他文本在小说中的嵌入现象，而对于小说文本向其他文本（如戏曲）的转化却基本没有涉及。小说作品中的跨文本互文现象千姿百态，概括难以穷尽已属必然，即便在已经归纳的这有限几类之中也难以避免有诸多的交叉重叠，如小说在对前文本进行引用镶嵌时是否重叠了某种翻案或戏拟，生发参考与文本的派生现象之间是否总是界限分明，等等。对于古代小说而言，每一部作品参与文学与历史的方式都具有独特性，强行分类并不科学，发现并解读不同作品的互文个性也许更有价值。

---

① 周新民、叶兆言：《写作，就是反模仿——叶兆言访谈录》，《小说评论》2004 年第 3 期。

第三章　明清小说文本内部的互文形式

英国当代著名翻译理论家哈蒂姆和梅森在将互文性定义为符号学概念的同时还具体区分了三种互文性的具体表现：外互文、内互文和反互文，① 其中内互文是指文本内部相关因素之间产生的相互指涉关系，② 他侧重关注的是作品内部特殊上下文语境对文本整体意义产生的影响，③ 也就是斯塔姆在克里斯蒂娃所强调的文本纵、横二维空间之外所提出的第三维度，即文本内部的"深"度。这种文内互文的现象被命名为 intratextuality，④ 与更加偏重于跨文本分析的 intertextuality 相对应。国内也有学者对互文性的层次问题进行论述，认为"互文机制应该影响语言活动，确立语言运用中的每一条规范，'互文'可以存在语言的各个层面"，如"字与字之间的互文，词与词之间的互文，短语与短语之间的互文，句子和句子之间的互文，篇章和篇章之间的互文。另外语言运用过程中，除了相同语言结构单位层次之间可能形成互文，不同语言结构单位层次之间也可以形成互文"，"篇章内部的不同组成部分也可以形成互文，《红楼梦》中的铁槛寺与馒头庵之间

---

① 秦文华：《翻译研究的互文性视角》，上海译文出版社 2006 年版，第 227 页。

② 范司永：《穿越时空的对话：英汉文学文本翻译的互文性研究》，武汉大学出版社 2016 年版，第 52 页。

③ 有学者也将这种文内互文形式称为"被动互文"，参见［英］Basil Hatim、Ian Mason《话语与译者》，王文斌译，外语教学与研究出版社 2005 年版，第 191 页。

④ 欧阳东峰：《狂欢文本中的译者身份》，转引自罗选民主编《文化批评与翻译研究》，外文出版社 2005 年版，第 297 页。

也构成互文，相映成趣"①。事实上，《金瓶梅》中的永福寺与玉皇庙；《三国演义》"卷首以十常侍为起，而末卷有刘禅之宠中贵以结之，又有孙皓之宠中贵以双结之"（毛批）；《西游记》各路妖精出场退场形式的诸多雷同等，何尝不是这种内互文形式的具体表现？

第一节　意象、动作、场景等的重复②

小说叙述中的重复现象与微观修辞中的"反复"辞格具有相似性，但亦有所区别。陈望道先生认为反复是"用同一的语句，一再表现强烈的情思"的积极修辞；是为强调某种意思、突出某种情感，特意重复使用某些词语、句子或者段落的特殊语言现象。③ 古典诗词中的"庭院深深深几许""寻寻觅觅，冷冷清清，凄凄惨惨戚戚""爱上层楼，爱上层楼，为赋新词强说愁"等名句，皆为成功运用反复修辞的典范。诗词艺术中还有类字④、复沓、叠唱等手法的使用，也与小说中的重复现象有着天然的相似性。一般来说，汉语表达中的反复修辞多用在句子、段落或文章局部，其限制性较强，修辞效果明确。涉及小说叙述的重复，其内涵则要更加宽泛，规模也涉及不同层面，不仅包括显而易见的词、句重复，更多还在于意象、动作或场景的重现。耶鲁学派的代表人物希利斯·米勒在小说中发现了若干"重复"现象，例如《德伯家的苔丝》中不断出现的"红色"意象、苔丝及其家族祖先不断重复的命运轨迹等。他认为虽然人们阅读时常忽略这些重复现象，但作品的丰富意义却可能恰恰来自这些重复的"组合"，因为"它们组成了作品的内在结构，同时还决定了作品与外部因素的多

---

① 甘莅豪编：《空间动因作用下的对举结构》，上海社会科学院出版社 2012 年版，第 239 页。

② 本节的部分内容曾以《古代白话小说"重复"叙述技巧谫论》《〈金瓶梅〉"重复"叙事与潘金莲形象新解》为题发表在《西安工业大学学报》2013 年第 9 期、《名作欣赏》2012 年第 23 期。

③ 陈望道：《修辞学发凡》，上海人民出版社 1976 年版，第 177 页。

④ 类字指在具体作品的不同句子中多次间隔重复同一字辞。参见祁光禄《词艺术研究》，湖南教育出版社 2003 年版，第 311 页。

样化关系"①。可见，小说中的重复是一种有意味的形式，在它的背后有作者所要传达的某种隐含深意。有学者将叙事作品中的重复总结为两大类：事件重复（讲述 n 次发生过 n 次的事）和话语重复（针对同一件事讲述 n 次），二者各自又有求同和求异两种情形。求同重复的审美效果在于强调，如《老人与海》通过老人一次次与鲨鱼搏斗凸显老人顽强不屈的性格，《祝福》中祥林嫂反复讲述儿子被狼吃掉的事实则是强调事件对人物心理的伤害；求异重复的审美效果则要么在于突出同一类型事件的不同特性，如《水浒传》的"三打祝家庄"、《三国演义》的"七擒孟获""六出祁山"等；要么突出不同人物的视角差异，如《喧哗与骚动》以家族中三兄妹和黑人女仆的不同视角讲述家族的历史等。② 在我国古代小说中，绝大多数重复现象属于事件重复，但也不乏话语重复。

一　意象的重复

意象重复法也被称为"形象再现法"③，是指作者对故事中的某些特殊意象反复涉及，使其构成故事或明或暗的叙述线索；也指对人物特征构成某种象征、暗示，以达到塑造人物、凸显主题的作用。"哨棒"是武松打虎时使用的重要工具，借助哨棒这一意象，不仅打虎过程被表现得精彩纷呈，人物特征亦得到强化。而为了达到这种效果，作者从武松与宋江分手的数百里之外埋下"草蛇灰线"：武松从柴进庄上离开之时"缚了包裹，拴了哨棒要行"；与宋江等饮酒时是"倚了哨棒，下席坐了"；离开酒馆时"手提哨棒便走"；上山之前则"提了哨棒，大着步，自过景阳冈来"；醉酒将睡也不忘交代"把那哨棒倚在一边，放翻身体"；最后猛虎出现，武松"从青石上翻将下来，

---

① ［美］希利斯·米勒：《小说与重复》，王宏图译，天津人民出版社 2008 年版，第 7 页。
② 李卫华：《叙述的频率与时间的三维》，《文艺理论研究》2013 年第 3 期。
③ ［美］浦安迪：《〈金瓶梅〉叙事美学特征》，载王利器主编《国际金瓶梅研究集刊》第一集，成都出版社 1991 年版，第 106 页。

便拿那条哨棒在手里，闪在青石边"。至此，"哨棒"已被有意无意提及十三次之多。意象的多次重复强化了它在局部情节中的线索功能，保证了故事进程的明晰和流畅。与此功效相同的意象重复还出现在《三国演义》等作品中，第五回十八路诸侯齐讨董卓之时孙坚头上所戴赤帻、第八回连环计中吕布所带方天画戟等，都得到了作者反复多次的提及，其功能与《水浒传》中的哨棒类似。

重要意象贯穿整个故事始终，能使叙事作品显得前后连贯、线索清晰。《红楼梦》以顽石历劫为外层叙事结构的中心，作者从五色石写到大荒山无稽崖最后又回归青埂峰；而在次叙事层内部，石头则作为故事见证人时时闪现，从宝黛初见时的正面出场，到金莺微露意时的集中特写，馒头庵内亲自跳出表白，再至主人公莫名其妙地失玉、得玉，宝玉意象的每一次出现都暗示着故事情节的大关键与大转折。有学者从文化内涵入手对《红楼梦》意象进行系统研究，认为："从象征本体而言，'石头'一向有坚顽、不朽、嶙峋、孤傲等文化蕴涵，曹雪芹从女娲炼石补天的神话中延展妙思，将无才补天、被弃不用的异端品格嵌入'石'内，使之成为贾宝玉叛逆性格的象征。从艺术功能的视角看，'石头'意象不仅是小说的中心意象，也是作者设置的一个叙事视窗，并与'通灵宝玉'意象和贾宝玉形象构成了三位一体的特殊意蕴。"[1] 还有学者将绛珠仙草与斑竹意象对应，认为："所谓'绛珠'的真正重点，其实是在于此一名称所引发的形象联想……绛珠正是取意于'血泪'，呼应了第八回'一泪化一血珠'的批语，则沾上血泪的仙草正与娥皇女英'泪下沾竹'所形成的斑竹完全一致，绛珠仙草就是带着泪斑的湘妃竹的平行转化，是同一个概念在不同植物上的形象分化。"[2]《金瓶梅》围绕李瓶儿从梁中书家带出的"百颗西洋大珠"也进行了反复多次的叙述，这宗宝贝作为身份象征与瓶儿一道出场，又跟随她嫁入西门家中，瓶儿去世后为月娘所得，战乱中月娘随身携带逃难，到最后以月娘梦中交给云理守为归结。百颗西洋

---

① 俞晓红：《红楼梦意象的文化阐释》，安徽师范大学出版社 2013 年版，第 4 页。
② 欧丽娟：《大观红楼》，北京大学出版社 2017 年版，第 269 页。

大珠"盖言百回文字"（张竹坡一百回夹批），它既是这一场富贵繁华梦的参与者，也是这无常人生的见证者。① 相对而言，重复意象的结构线索功能在短篇小说中更容易得到表现。以"蒋兴哥重会珍珠衫"为例，珍珠衫意象在情节关键之处（三巧与丈夫分离；三巧与情人陈商分离；丈夫与情敌相见；陈商的妻子平氏再嫁兴哥；三巧与丈夫复合）的重复出现，不仅使得该作品线索清晰，而且还因其失而复得的特殊经历为故事赋予了因果循环的宿命色彩，颇具意味。《苏知县罗衫再合》中的"罗衫"；《杜十娘怒沉百宝箱》中的"描金文具"（《警世通言》）；《赫大卿遗恨鸳鸯绦》中的"鸳鸯绦"（《醒世恒言》）；戏剧《长生殿》中的金钗钿盒、《桃花扇》中侯方域赠予李香君的诗扇等，也都具有与"珍珠衫"类似的功能。

除对情节线索起到提示作用之外，重复意象还对人物的性格、心理，甚至潜意识状态起到暗示、象征的作用。《金瓶梅》在塑造潘金莲等人物形象时就常着意她们的小脚与绣鞋，张竹坡统计"细数凡八十个'鞋'字"，可见作者对这个特殊意象的重视程度。在礼教森严的封建社会，脚作为女性的特殊身体部位，有一种代表女性贞操的隐喻，所谓"笑不露齿，行不露足"就对女性提出了特殊要求。而在这种文化背景之下，女鞋也就作为一种特殊意象具有了某种神秘含义。我国古典小说中展现的女鞋意象，常常伴随男女相爱或男女偷情的故事情节，因此呈现出"鞋是色媒人"的特殊规律。潘金莲作为古典小说中个性突出的女性形象，美丽小脚为她增色不少。金莲出场之时，作者介绍"这妇人每日打发武大出门，只在帘子下磕瓜子儿，一径把那一对小金莲故露出来……"这是作品首次提及"双钩"意象，轻佻风骚中也暗示着人物自我意识的觉醒。后来西门庆定计勾搭潘金莲，作者又对金莲小脚详加描述："只见妇人尖尖趫趫刚三寸恰半扠一对小小金莲，正趫在箸边。西门庆且不拾箸，便去他绣花鞋上只一捏。"捏脚是直接挑逗而非爱意表达，金莲与西门之间没有两情相悦的美好，

---

① 除西洋大珠之外，瓶儿的银香球也具有相同的象征和暗示功能。参见马瑞芳《金瓶梅风情谭》，商务印书馆 2013 年版，第 18—21 页。

只有因原欲膨胀而导致的人性扭曲。小说多次关注金莲绣鞋,又强调她偏爱大红,火热的红色何尝不是她大胆、激烈个性的象征?与此形成鲜明对比的是,年纪稍长、性格沉稳的孟玉楼就偏爱"玄色缎子鞋",还一再对金莲表示"我比不得你们小后生,花花黎黎"(第二十九回)。当然这也体现了作者通过人物配饰暗示人物个性的意图。在第八回中,西门庆因娶孟玉楼暂时冷落潘金莲,金莲盼西门庆不至,百无聊赖之际"脱下两只红绣鞋儿来,试打一个相思卦"。残酷现实让这位欲火炽烈的激情女子无可奈何,红绣鞋所暗示的热烈与相思卦所寓指的凄冷相对照,为这个既美丽又邪恶的形象增添了几分复杂情韵。金莲嫁给西门之后,为迎合丈夫而长期穿戴大红绣鞋,作者亦多次对此进行描述,最集中的描写出现在第二十七、第二十八两回:金莲"醉闹葡萄架"之后大红睡鞋在园中丢失,被家奴之子小铁棍拾得,后又辗转落于陈经济之手。好色的经济早就对这个年轻岳母垂涎三尺,正好借此与其勾搭,于是便有了下文的"陈经济因鞋戏金莲"。而与此同时金莲又在藏春坞雪洞内发现了另一只红鞋:"都是大红四季花嵌八宝段子白绫平底绣花鞋儿,绿提跟儿,蓝口金儿。唯有鞋上锁线儿差些:一只是纱绿锁线儿,一只是翠蓝锁线,不仔细认不出来。"这只红鞋的主人并非金莲,而是家奴来旺之妻宋蕙莲。蕙莲风流俏丽,更有一双胜过金莲的小脚,她时常模仿金莲装扮,还曾将金莲的鞋子套在自己已经穿鞋的脚上以示其脚小,因此才有了这双红绣鞋。蕙莲又曾一度深得西门庆宠幸,金莲早已心生怨忿,红鞋事件将二人矛盾进一步推向高潮。其实,此时的蕙莲早已被潘金莲和西门庆迫害致死,金莲仍要拿刀"将淫妇(按指蕙莲的红鞋)剁做几截子,掠到毛司里去,叫淫妇阴山背后永世不得超生",金莲的淫邪、恶毒,蕙莲的俏丽、轻浮,都通过这只红鞋得到了充分展现。

二 动作的重复

人物执着于同一动作,有时候是由于某种仪式化表演,如《西游记》中孙悟空在使用变化之术时总是要"显个神通，捻着诀，念个咒语，摇身一变"，"捻诀""念咒"成为悟空实施变化之术的基本套路，所以在小说中反复出现。《醒世恒言》"闹樊楼多情周胜仙"中男女主人公在茶坊初次见面，二人以买茶为由互通款曲。这段叙述中二人的动作、心理、语言都有重复，具有很强的表演性。有的时候则是因为小说类型化人物塑造的需要，如三国的征战之事中就多次涉及不同人物的"翻身落马""乱箭射死"等情形，表现人物生气时作者亦常用"勃然大怒"之类套话等。这种描写不是精细之笔，可能与早期说书艺人的训练方式和表演套路有关，自然也谈不上什么隐含深意。但小说中还有一种重复是作者欲通过特殊动作凸显人物的某种特点，如《三国演义》对刘备之哭与曹操之笑的反复描写，前者是为表现刘备的仁慈，后者则为强调曹操的奸诈（《红楼梦》多次特写凤姐之笑也有此用意）；而小说前有刘备"檀溪跃马"，后有赵云"土坑跃马"，则是为了强调乱世英雄身处绝境时的惊险与转机。

《金瓶梅》在表现潘金莲形象时曾对她嗑瓜子的动作进行重复特写，也颇有深意。对于一个受封建礼教禁锢的深闺女子来说，当众嗑瓜子实在不算优雅之举，不过这也恰好鲜活展现了潘金莲不拘礼法、泼辣放肆的性格。其实在兰陵笑笑生的笔下，潘金莲每次嗑瓜子背后都有着不同的背景，看似随意的动作反映的却是人物在不同阶段的生活境遇。作者第一次描写潘金莲嗑瓜子是在她出场之际，"帘下磕瓜子"作为金莲的日常活动出现于作品第二回。帘内的琐碎无聊与帘外的精彩热闹形成巨大反差，对于一个情欲膨胀却被礼法压抑的封建女性来说，她此时唯一能做的只有守在帘下，一面无聊地重复着嗑瓜子动作，一面满怀渴望地注视着外面的世界。美好憧憬遭遇无奈现实，强悍如金莲者也只能屈服。在作品第十五回，金莲嫁入西门庆家不久，吴月娘带领众姬妾到李瓶儿新房楼上赏灯，"那潘金莲一径把白绫袄袖子搂着，显他那遍地金掏袖儿，露出那十指春葱来，带着六个金马镫戒指儿，探着半截身子，口中磕瓜子儿，把磕了的瓜子皮都吐下来，落在人身上"。此是作者对金莲嗑瓜子动作进行的又一次正面描写。

当然，嗑瓜子动作本身并不是重点，金莲此时志得意满的优越心态才是作者欲传达的关键信息。金莲从武大的糟糠之妻摇身一变成为西门家的阔少奶奶，"住着深宅大院，衣服头面又相趁"（第九回），物质生活的满足令其欣喜不已，嗑瓜子时有意摆弄戒指的得意、吐瓜子皮时的放肆等细节都透露了她小人得志的轻狂神态。不过，同是嗑瓜子动作，金莲在作品第三十回的表现就黯淡了许多。此时李瓶儿正当分娩，西门庆合家喜庆，忙乱不已，独有金莲不以为意，她"用手扶着庭柱儿，一只脚趿着门槛儿，口里嗑着瓜子儿"。这个熟悉的动作看似漫不经心，却失去了往日的轻松与得意，它掩饰的正是人物此时的惊恐与无助。其实，金莲接下来的反应立刻将这种表面的无意颠覆，"这潘金莲听见生下孩子来了，合家欢喜，乱成一块，越发怒气，径自去到房里，自闭门户，向床上哭去了"。瓶儿作为性情温柔的"白富美"嫁入西门家族已赢得上下欢心，现又为丈夫诞下长子，成为潘金莲最大的对手和敌人，怎不叫她心惊？然而心高气傲的金莲偏不肯让人看破，于是选择了一个看似随意的动作企图遮掩，不过脆弱的心理防线仍随着官哥的诞生而彻底崩溃，重复的动作最终还是暴露了人物的隐秘心理。潘金莲第四次在作品中嗑瓜子，情势又出现变化。此时李瓶儿已被金莲暗算致死，金莲独得恩宠，无人与之抗衡。这日月娘等人外出，留金莲看家，王婆因何九之事求于西门，故先见金莲。小说叙道："王婆进去，见妇人家常戴着卧兔儿，穿着一身锦缎衣裳，搽抹的如粉妆玉琢，正在房中炕上，脚登着炉台儿，坐的嗑瓜子儿。"（第七十六回）此时的金莲既少了刚进西门家那种久贫乍富的张狂，也没了李瓶儿生子之际的心酸郁闷，而是多了几分气定神闲的慵懒。在见证了她生活巨大变化的王婆面前，金莲俨然一副高高在上的胜利者姿态。①　小说描写金莲简单应付王婆之后"也不留他留儿，就放出他来了"。金莲能顺利嫁入西门府中，王婆当立首功，时移世易，金莲之不念旧情可见。然而不过几回之后，西门暴毙，金莲与经济东窗

---

①　潘金莲的这一次嗑瓜子动作仅存于词话本《金瓶梅》中，在崇祯本中，只有金莲"脚登着炉台儿坐的"情景，而无之后"嗑瓜子儿"举动。

事发，月娘便令王婆将金莲领出发卖。虽然金莲每日在王婆家中仍是"打扮乔眉乔眼，在帘下看人。无事坐炕上，不是描眉画眼，就是弹弄琵琶"，但毕竟不如在西门家中优越自在，嗑瓜子儿的闲情再也一去不复返了。

类似的动作重复在小说中还有表现。如金莲谋害武大时作者详述"这妇人怕他挣扎，便跳上床来，骑在武大身上，把手紧紧的按住被角，那里肯放些松宽"，金莲之狠毒如画。后来西门病危之时"潘金莲晚夕不管好歹，还骑在他身上，倒浇蜡烛掇弄，死而复苏者数次"。黄霖先生指出："作者两次用了'骑在上面'的笔法，大有深意在焉：两个丈夫虽然走的是两条不同的路，但都是被潘金莲的'骑在上面'送上了西天。"① 金莲害武大为的是与西门做长久夫妻，其根源于她的贪欲；金莲待西门更是不顾死活将其作为泄欲之工具，其根源还是贪欲。女性之于西门庆，不过是可供随意支配的玩物；而西门之于金莲，又何尝不也仅仅是其纵欲的对象？当然，作者的笔触并不仅仅涉及人性之恶，在恶的背后也暗含了人物的可怜。比如，小说写金莲虐待迎儿与秋菊时也常有雷同动作，不是拿马鞭子打得"杀猪也似叫"，就是尖指甲掐出血印子、掐得稀烂、拧得肿胀之类（后来当上守备夫人的庞春梅对待落难的孙雪娥也采用了同样手段）。这些虐待行为每次都发生在潘金莲感到无力掌控西门庆的情况下，如西门庆因娶玉楼而冷落金莲，西门庆独宠李瓶儿、西门庆与宋蕙莲打得火热之时。无限膨胀的贪欲扭曲了金莲、春梅的人性，然而男性为主宰、女子为附属的社会制度又何尝不是将这些女性一步步推向人性之恶的罪魁祸首？

三 场景重复

相较而言，意象重复多为小说创造出结构严密、一丝不乱的艺术效果；动作重复意在凸显人物个性特征，甚至是隐秘的潜意识状态；

---

① 黄霖：《黄霖讲〈金瓶梅〉》，东方出版中心2017年版，第42页。

而场景的重复则往往伴随更大规模的主题效果和情感色彩。所谓场景即指人物活动的空间环境。刘勇强先生认为小说作品中的"场景"是带有一定主观性的，① 这是因为对于一部优秀的小说而言，不论是自然环境还是社会环境，都直接为表现人物性格、心理，展示人物命运服务。"空间是作品中的人物与事件的存在形式。"② "一个男人的住所是他本人的延伸，描写了这个住所也就是描写了他。"③ 一般来说，作者在安排环境之时或多或少都会融入某种特殊的暗示和象征之意。潇湘馆的千竿泪竹不仅符合了黛玉亭亭玉立的外表形象，也与她多愁善感、洁身自好的性格特征极其一致，因此脂砚斋才不免"此方可为颦儿之居"④ 的感叹；而隆中的"山不高而秀雅，水不深而澄清；地不广而平坦，林不大而茂盛；猿鹤相亲，松篁交翠"（第三十七回）⑤，也与诸葛军师的雅量高致极其相称。既然景物描写对环境气氛的渲染，能够很好地衬托和表现人物性格与命运，那么当这些有特殊意义的景物、环境在作品中反复出现时，就往往伴随更加深刻的主题意蕴。金圣叹在总结《水浒传》艺术技巧时曾注意到作者对紫石街武大家中"帘子"的描写，庶几作者正是要通过特殊意象所指涉的空间环境来强调潘金莲形象。白话小说在空间环境的重复方面尝试较多，世情小说的描写对象多集中在家庭内部，日常起居、宴饮、集会等活动总是出现在相对固定的庭院之中，表现尤为突出；而即便是历史演义、英雄传奇、神魔鬼怪等题材的作品，两军对阵、英雄比武、神魔斗法等固定套路也容易给空间环境的重复创造机会。毛宗岗点评《三国演义》时就曾细心地发现不同人物"月下落泪"的情节：一次是第六回众诸侯伐董卓之时，孙坚于建章殿基按剑露坐，见星月交辉，想到贼

①　刘勇强：《中国古代小说的叙事学研究反思》，《明清小说研究》2011 年第 2 期。

②　黎皓智：《俄罗斯小说文体论》，百花洲文艺出版社 2001 年版，第 84 页。

③　[美] 勒内·韦勒克、[美] 奥斯汀·沃伦：《文学理论》，刘向愚等译，浙江人民出版社 2017 年版，第 216 页。下同。

④　（清）曹雪芹、高鹗著，（清）脂砚斋、王希廉评：《红楼梦》，中华书局 2009 年版，第 112 页。

⑤　（明）罗贯中著，（清）毛宗岗评：《毛宗岗批评本三国演义》，岳麓书社 2006 年版，第 291 页。

臣乱国、万民涂炭，遂不觉感伤泪下。另一次则是第十五回中，孙策在父亲亡故后依附袁术，虽骁勇异常，却不得重用。步月庭中，有感于英雄失路，不觉放声大哭。毛宗岗于此点评："昔孙坚在洛阳时，曾于月下挥泪。今孙策在袁术处，亦于月下放声。一为国事伤情，一为家声发愤。我有一片心，诉与天边月。月之感人，甚矣哉！"① 《三国演义》多书金戈铁马之事，英勇如孙坚、孙策父子者尚有此触景生情之时，读之令人绝倒。将自然环境作为人物情感的触发点，这种方法不仅适用于小说，戏曲作品中也多有表现。元杂剧《梧桐雨》就始终通过雨滴梧桐所构成的特殊场景来触发、渲染明皇晚年孤寂之感，可谓场景重复的典范。总的来说，场景重复可以有两种不同表现，但所带来的叙事效果却基本一致。一是以场景的相对固定来反衬人物命运的多变，营造"物是人非"的效果；二是以场景的前后变化点染沧海桑田、世事多变的情绪氛围。

对比《金瓶梅》第二回潘金莲勾挑武松及第八十七回武松杀嫂两段情节，我们不难发现空间环境重复为小说营造的特殊镜像效果。这两段情节都发生在清河县武大的"两层四间房屋"内，这本是故事开头潘金莲日常活动的主要场所。随着武大身亡、潘金莲嫁入西门庆家，这个环境慢慢淡出读者视野。几年之后，西门庆暴亡，金莲与经济奸情事发而被月娘发卖，再次回到此处。金莲在西门庆家经历一番醉生梦死之后，以为终于回到这里找到了真正归宿，她甚至"等不得王婆叫他"就自己出来急着应承这桩婚姻，还暗自庆幸"这段姻缘，还落在他家手里"。但她万万想不到的是这熟悉的地方也是她生命走向终点的见证之地，场景的重现为这个故事增添了几分神秘的宿命色彩。仔细对比前后两回的文字，我们可以发现作者在重复这个空间环境之时，甚至有意使用类似的语言进行暗示（互文标识），如"令迎儿把前门上了闩，后门也闭了"（第二回），"分付迎儿把前门上了拴，后门也顶了"（第八十七回）。多年前武松进得屋来，就见"搬些煮熟菜

① （明）罗贯中著，（清）毛宗岗评：《毛宗岗批评本三国演义》，岳麓书社2006年版，第108页。

蔬入房里来，摆在桌子上"，随即又"见迎儿小女早暖了一注酒来"（第二回）；多年后金莲进来，武松也"教迎儿拿菜蔬摆在桌上。须臾，烫上酒来"（第八十七回）。金莲放荡，借的是酒；武松行凶，也需借酒，两次行动又都以迎儿作为见证者，几近雷同的描写令人产生似曾相识的感觉（这种描写其实带有了叙述话语重复的特点）。场景重现不但令局中人（主要指金莲）不安，亦令读者感慨。对潘金莲而言，她曾在此处邂逅生命中第一个自我选择的对象，然而梁山英雄所认同的集体道德规范并不能接纳她的自由意志，这才有了与西门庆的下文；如今，这个熟悉的地方再次令她满怀憧憬，却不想成为她结束罪恶的坟墓，这种特殊的安排给人物形象带上了深深的反讽意味。老实如月娘，一旦得知是武松买了金莲回去，尚且"暗中跌脚"，并预言"往后死在他小叔子手里罢了"；聪慧如金莲却对武松的复仇毫无防备。其中原因，不过是膨胀的欲望扭曲了正常心智。为了追求与西门庆"长做夫妻"而在此将武大残忍杀害，又为了与武松"一家一计过日子"而在此被挖出心肝五脏。尽管作者曾不惜重笔表现金莲的美丽、泼辣与聪明，也不失深刻地暴露了将金莲推向"淫妇"身份的罪魁祸首，[1] 但这并不代表她可以逃脱道德的惩戒。"金莲以奸死，瓶儿以孽死，春梅以淫死，较诸妇为更惨"（东吴弄珠客《金瓶梅序》），这才是作者的"楚《梼杌》之意"。作者以重复的环境、场景对照人物命运在不同阶段的变化，在主题上显然是别有一番深意的。

不过，《金瓶梅》的深刻还不仅仅表现在通过特定人物塑造而讽刺社会上，更表现为对众生的悲悯。金莲的死亡固然是罪有应得，但作者的死亡叙述却并非只为我们传达了善恶有报的快意，只要将《水浒传》的杀人场面与之对比，我们就会发现作者有意强化武松之残忍与潘金莲之痛苦的意图，这一被拉长的死亡体验过程，让读者对金莲

---

① 对比《水浒传》，《金瓶梅》作者对潘金莲的身世、来历给予了更多关注，从她出身的贫苦，到九岁卖入招宣府学会"做张做致，乔模乔样"，到十五岁卖到张大户家被毁弃贞操观念，再致被西门庆、陈经济等引诱，作者揭示出的，正是男人们的淫"从正面或反面逼着她一步一步地成为被男人们诅咒的'淫妇'"。参见黄霖《黄霖讲〈金瓶梅〉》，东方出版中心2017年版，第48页。

之淫、恶究竟罪在个人还是罪在社会的问题产生更深刻也更客观的认识。针对欺主背恩的韩道国与借色求财王六儿夫妇，作者虽然极尽讽刺之能事无情暴露他们的卑劣龌龊，却并未按照传统小说的善恶有报套路将其打入地狱，而令其得以善终。小说的目的是"止淫"，却为何对王六儿、林太太等名副其实的淫妇法外开恩？在礼崩乐坏的转型社会之中，新旧思想交锋，传统伦理在金钱与欲望的诱惑面前遭遇危机，个体生命如何在主体意识的觉醒与社会礼法的约束之间保持平衡？孟玉楼的主动改嫁固然圆满，但仍建立在西门庆暴毙的某种偶然性因素之上。而舍此之外，借色求才的王六儿、躲在节义堂后的林太太、顺从于权势的如意儿、贲四嫂等淫妇是否一定要被置于死地而后快？在这个问题上，兰陵笑笑生与《水浒传》的作者采取了不同的态度；抑或作者在这些人物的处理上本来就遵循着某种"双值性"原则？①

《金瓶梅》中还存在场景重复的另一种表现，主要是将同一环境的不同状态依次展现，以此映照情节和人物命运的改变。西门庆迎娶李瓶儿之时财运不断，家中大兴土木，"外庄内宅，焕然一新"，喜庆之象不可备述（第二十回）。而至第九十六回，西门庆去世三年，家中妻妾离散、房屋衰败，当上守备夫人的庞春梅重游旧家池馆时见到的就只有满目疮痍，花园子"丢搭的破零零的，石头也倒了，树木也死了"，而李瓶儿与潘金莲生前的院落不是"楼上丢着些折桌坏凳破椅子，下边房都空缺着，地下草长得荒荒的"，就是"房里只有两座橱柜，床也没了"。这曾经的花柳繁华之地、温柔富贵之乡，在主人离世之后瞬间烟消云散，目睹此景，不独春梅感慨伤情，读者亦为之动容。《红楼梦》继承了《金瓶梅》的这种场景重复技巧，对大观园这一特殊环境也进行了反复描写：一次是园子建成之初，由贾政带领

---

① 克里斯蒂娃认为双值性就是"在一个词语、一个段落、一段文字里，交叉重叠了几种不同的话语，也就是几种不同的价值与观念，有时甚至相反。正是这种交叉产生了意义的多声部"，也是"历史（社会）植入一个文本，文本也植入历史（社会）：对于作者来说，这两者是一回事"。见祝克懿、黄蓓编译《克里斯蒂娃复旦大学演讲集》，生活·读书·新知三联书店2016年版，第17页；［法］克里斯蒂娃《词语、对话和小说》，祝克懿、宋姝锦译，《当代修辞学》2012年第4期。

宝玉等初次进园观赏，此时元妃省亲在即，家里一派喜庆，园中诸景都显得欣欣向荣；第二次刘姥姥进大观园，由贾母带着欣赏，这次游览比较细致，尤其对园中姐妹的居所都有详细介绍。此时贾府正处"烈火烹油、鲜花着锦"的极盛之时，园中尽显欢乐之景，纵使来不及收拾的满池残荷也无法破坏整体的欢闹气氛。然而随着时间的推移，园中景致悄悄发生变化，第七十九回迎春出嫁之前，宝玉因不舍而"天天到紫菱洲一带地方徘徊瞻顾。见其轩窗寂寞，屏帐翛然，不过只有几个该班上夜的老妪。再看那岸上的蓼花苇叶，也都觉摇摇落落，似有追忆故人之态，迥非素常逞妍斗色可比"，衰败之状已显，脂砚斋更直言"此先为'对景悼颦儿'作引"①。而至一百零二回之后，大观园更是花草凋零、鸟兽逼人、破败不堪。这里对同一环境的反复描写为情节营造出了一种特殊的感伤氛围，暗示的是作品人物以及整个贾府命运。韦勒克认为"浪漫主义的背景描写的目的是建立和保持一种情调，其情节和人物的塑造都被控制在某种情调和效果之下"②。其实，现实主义的作品何尝不也是如此呢？

第二节 情节的重复、反转与其他对话形式

一 情节的重复

没有将情节重复置于意象、动作、场景重复一节，是因为小说内部情节之间除了重复之外，还存在矛盾、反转等其他对话形式，将它们放在一起论述更为方便。情节重复具体也存在两种情况，一是情节要素中具有明确的相似性和雷同性（叙述 n 次发生过 n 次的事件，也叫事件重复），一是同一情节被反复叙述（叙述 n 次发生过 1 次的事

---

① （清）曹雪芹、高鹗著，（清）脂砚斋、王希廉评：《红楼梦》，中华书局 2009 年版，第545 页。

② ［美］勒内·韦勒克、［美］奥斯汀·沃伦：《文学理论》，刘向愚等译，浙江人民出版社 2017 年版，第 216 页。

件，也叫话语重复）。《儒林外史》中周进、范进等人生前后（以中举为界）的转变，《三国演义》中典韦、吕布等人皆因醉酒而失去武器进而被缚、被杀的命运，① 《西游记》孙悟空"每到弄不来时，便是南海观音救了"（金圣叹语）的除妖套路等就都属于事件重复的情况；而《金瓶梅》对于金莲毒杀武大以及金莲害死官哥事件、西门庆所处理的薛姑子案件等的不同叙述，《西游记》中孙悟空对于大闹天宫壮举的反复炫耀（面对不认识他的妖怪），以及妖怪对于孙悟空担任弼马温历史的反复嘲笑等则属于叙述话语的重复。

（一）事件重复

重复中的变化。张书绅评《西游记》时发现了情节中的若干雷同现象，如第四十九回"前已写一黑水河，此又写一通天河，二河得无相犯？然黑水河有府，通天河有第。黑水河其泉不清，通天河其流甚浊。"既看到了情节的相似性，又看到了作者为避免雷同所进行的局部改造。又第八十回"前此驮一婴儿，驮一道士，已受尽其害，此又欲驮妇女，非是难人尽遇我而解，正是魔障偏遇我而生也！前已写一黑松林，此又写一黑松林，二林正遥遥相应。前此是长老看见，此番又偏是长老听见，总是西天之心不诚，东土之念自动"②。评点者认为唐僧遭遇红孩儿、银角大王、鼠精之难具有明确的雷同之处，即都由唐僧对妖怪的幻化之相产生怜悯所引发，但这种情节的反复恰恰强调了"心生种种魔生，心灭种种磨灭"的主题，而妖精幻化的不同表现（变小孩、道士、美女）既是作者为避免雷同而进行的细节改造，庶几也是为传达诸色皆空的道理而设置的独特隐喻。其实，九九八十一难中有很多类似的考验，有人曾总结为惹祸类（因孙悟空等人的虚荣卖弄而引发）、寻仇类（因妖怪与取经队伍之间的恩怨引发）、杀身类（因妖怪欲吃唐僧肉而引发）、逼亲类（因妖怪或其他女

---

① 这种情节模式应该属于古代叙事文学中的"宝失家败"母题的变体，参见王立《明清小说中的宝失家败母题及渊源》，《齐鲁学刊》2007年第2期。

② （明）吴承恩著，（清）张书绅评：《西游记注评本》，上海古籍出版社2014年版，第601、972页。

性逼迫唐僧与之成婚而引发）、援手类（因路见不平拔刀相助而引发）五种类型。① 能归于一类者自然有着诸多的相似要点。当然，作者既有能力组织雷同的叙事素材，自然也有能力将之叙述得天衣无缝，不仅不会因为情节重复而使读者心生厌倦，还能以情节的反复传达特殊寓意。这也就是评点家所总结出的"犯避"之法。刘勰在《文心雕龙·练字》篇中曾对犯避问题有过专门论述，其云："是以缀字属篇，必须拣择：一避诡异，二省联边，三权重出，四调单复""重出者，同字相犯者也……故善为文者，富于万篇，贫于一字。一字非少，相避为难。"② 犯指雷同、重复，避则指避免、回避。从刘勰的论述来看，诗文创作似应尽量避犯求新、不落旧套。不过，犯、避作为对立的两级，实乃相依相存、辩证统一，没有犯也就不存在避。所以蒋寅指出："互文性不只产生于有意的模仿或无意的相似，有意识的回避也应该是一种互文，它以另一种形式建立了文本间的关系。"③ 此言虽针对文本之间的犯避关系，但其实也适用于文本之内。犯避之法的意义生成，既依靠作者对重复要素的选择，也取决于作者对雷同性叙述话语的改造，当然同时还要求读者的整体阅读意识。对小说文本内部的犯避现象认识最为深刻的当属金圣叹与张竹坡，他们根据小说中的情节雷同与创新现象做了很多有深度的理论总结，这一点在后文还将继续讨论。

《三国演义》中出现了多次以异梦、异兆进行预叙的情况，这些异兆、异梦之间也多表现出明确的相似性与重复性。比如，小说曾多次表现人物的"梦日"经历：第三回汉少帝与陈留王在十常侍之乱中流落村庄，庄主是夜"梦两红日坠入庄后"；第三十八回孙坚夫人临死讲述自己的日月入怀之梦；第六十三回又有曹操的"三日之梦"等。这些异梦都对小说情节拥有特殊的伏笔、预示之意。例如，村庄

---

① 李汇群：《论〈西游记〉中的"犯避"》，硕士学位论文，华中师范大学，2002 年，第33 页。

② （南朝梁）刘勰著，（清）黄叔琳注，（清）纪昀评，李详补注，刘咸炘阐说，戚良德辑校：《文心雕龙》，上海古籍出版社 2015 年版，第 227 页。

③ 蒋寅：《拟与避：古典诗歌文本的互文性问题》，《文史哲》2012 年第 1 期。

主人的双日之梦应在陈留王日后为帝的情节走向上，而孙夫人梦月生孙策、梦日生孙权，则预示孙权后为吴主；曹操的三日之梦，则应在曹丕、刘备、孙策在其死后相继称帝等。① 这些情节的相似点不仅在于"梦日"的动作本身，还在于这些梦幻皆应在天子称帝之事上，是天人合一思想在文学作品中的集中表现（事实上正史中也不乏类似的叙述，如《汉书》记载刘邦母曾"梦与神遇"后方孕高祖，王皇后也曾"梦日入怀"而孕武帝等②），"梦—梦验"的情节套路反复出现，更强化了这种神秘的天人规律。又如曹操临终时"气冲上焦，目不见物"，却偏偏"见伏皇后、董贵人、二皇子、伏完、董承等，立于阴云之中"，此情节与后文司马师临死之状形成重复，因小说叙司马师死前"目痛不止，每夜只见李丰、张缉、夏侯玄三人立于榻前"。这种雷同叙述不仅给读者带来似曾相识的阅读体验，而且使之体会到作者以汉室为正统的因果不爽之意。事实上董承与伏完、魏张缉之事，董妃、伏后之死与魏张皇后之死等其过程也多有重复之处。这些情节的重复直接促成了作品善恶有报思想的形成。当然，这些重复、类似情节之间的差别也很明确，如前记梦之事，首先是做梦之人千变万化，有帝王之父、母，也有其他人物；其次是叙述方式各不相同，有时是叙述者出面讲述，有时则是梦主自述；有时是梦醒即叙，有时又是回顾性追叙等。这些变化既可能是小说情节本身的需要，也可能是作者为避免雷同的阅读体验而有意为之。

重复中的戏拟。《三国演义》第八十五回，诸葛亮受托孤之诏后辅佐刘禅甚为尽心，却在闻知曹真、孟达等五路军马来取西川时突然"数日不出视事"。后主大惊，先差近侍宣诏孔明入朝，未果；次日又命董允、杜琼"去卧榻前，告此大事"，然"皆不得入"；次日，"后主车驾亲至相府"方得见孔明。刘禅的三请丞相与此前刘备的三顾茅庐具有很大相似性，不仅表现在"三次始得见"的情节套路上，后主

---

① 《三国演义》以梦幻、异兆进行预叙的情况可参考拙作《论〈三国演义〉的预叙艺术》，《南京师范大学文学院学报》2015 年第 2 期。

② （汉）班固著，（唐）颜师古注：《汉书》，中华书局 1962 年版，第 1、2905 页。

的反应也与三顾茅庐表现得颇为神似："后主乃下车步行，独进第三重门，见孔明独倚竹杖，在小池边观鱼。后主在后立久，乃徐徐而言曰：丞相安乐否？孔明回顾，见是后主，慌忙弃杖，拜伏于地。"后主的"在后立久"与玄德初见诸葛时的"拱立阶下""犹然侍立""又立了一个时辰"等描述极尽相似，形成显性互涉。不过，刘禅与刘备实在不可同日而语，刘备三顾茅庐是礼贤下士以图王业，刘禅三请丞相却是大敌压境时的束手无策。小说中反复强调"后主听罢大惊""后主转慌"等，而当其听闻相父的破敌之计早已成竹在胸则立刻"又惊又喜""面带喜色"，并自言"如梦初觉"，这些都是为了表现后主既无退敌之智，亦无知人之能。父辈筚路蓝缕开创功业，后辈却毫无大志只知坐享其成，玄德之子终不能固守父辈基业。三请丞相与三顾茅庐在形式上越相似，就越让人感到讽刺。这种重复完全出于作者的某种叙事修辞，对小说人物而言是无意为之。古代小说中还存在一种通过人物对某种行为的有意模仿而造成的重复，这种重复有时候也可能造成戏拟的效果。《西游记》第三十四回平顶山莲花洞的小妖被孙悟空以假葫芦骗取了真法宝，却仍学悟空样子"真个把葫芦往上一抛"，另一个小妖见不灵验"也把葫芦口望空丢起，口中念道……"小妖怪被骗却浑然不觉的愚蠢之态在这两次重复的举动中被生动表现，增加了作品幽默诙谐的叙事效果。《聊斋志异》"黄英"故事中，主人公马子才目睹妻弟醉酒倒地之后化为菊花，妻子黄英将其"拔置地上""覆以衣"，次日则见"陶卧畦边"。后来妻弟再次醉酒化菊，马子才"见惯不惊，如法拔之，守其旁以观其变"，重复了妻子的救治之法。但马子才的自作聪明不仅没能帮助妻弟醒酒，反而差点害其性命，"醉陶"终于回归本相。主人公耿介迂腐又带有一点自以为是，在黄英姐弟（菊花精）的映衬之下显得滑稽可爱。《崂山道士》中既想学神仙之术又不肯吃苦的王生模拟道士的穿墙之法，却失败受伤，也是通过重复的情节传达嘲讽揶揄的意味。

　　重复中的对照。有时候小说情节在重复中还会表现出一种明确的对照，这种对照是通过重复中的差别来体现。一部作品前后情节中的同、异对照最有可能给作品带来特殊的艺术效果。以《红楼梦》中可卿、贾母二人的丧事对照，以及《金瓶梅》中李瓶儿、西门庆的丧事对照为例。两部作品之间存在的诸多联系学界已多有讨论，单从两次丧礼叙事来看，《金瓶梅》继承《红楼梦》的不仅是具体的情节内容，更有通过前后情节的重复对照来折射冷暖世情的写作方法。在两部小说之中，作者都通过特殊的叙述语言强调了两次丧礼的相似性，如《金瓶梅》作者针对西门庆的出殡如此叙述："二十日早发引，也有许多冥器纸札，送殡之人终不似李瓶儿那时稠密。临棺材出门，也请了报恩寺朗僧起棺，坐在轿上，捧的高高的，念了几句偈文。"叙述者不仅特意用两个"也"字提醒读者注意（"也"字在此具有明确的互文标记性质），而且直接表达了"终不似李瓶儿那时稠密"的对比落差。《红楼梦》第一百一十回作者写"凤姐先前仗着自己的才干，原打量老太太死了，她大有一番作用。邢王二夫人等本知他曾办过秦氏的事，必是妥当，于是仍叫凤姐总理里头的事。凤姐本不应辞，自然应了，心想：'这里的事本来是我管的。那些家人便是我手下的人。太太和珍大嫂子的人本来难使唤，如今他们都去了。银项虽没有对牌，这种银子却是现成的。外头的事又是我们那个办。虽说我现今身子不好，想来也不致落褒贬，必比宁府里还得办些'"。这里则通过邢、王二夫人以及凤姐自己的心理活动（对牌意象的强调也是明确的互文标记）处处提示读者将此处贾母丧事与宁府可卿丧事进行对照。对比之下我们发现两次丧事虽然都是针对贾府的重要人物，又都是由凤姐亲自打理，实际效果上却表现出巨大的差异悬殊。连贾府的家人也不禁产生"从前奶奶在东府里还是署事，要打要骂，怎么那样锋利？谁敢不依？如今这些姑娘们都压不住了"的质疑。这种反差当然是贾府与凤姐的今非昔比所造成。贾府被抄，本来就难以维系的奢侈生活自然更加捉襟见肘，而凤姐因婆母、丈夫的态度变化更遭到"墙倒众人推"的作践。与协理宁国府时的威风相比，"叫了那个，走了这个；发一回急，央及一回；支吾过了一起，又打发一起"的凤姐显得如此无力与无奈。"可怜凤丫头闹了几年，不想在老太太的事上只怕保不住脸了"（李纨语），重复中的差异引发的对比造成了情感的张力，带给读者的是对命运变化的唏嘘感慨与对人情冷暖的复杂况味。

（二）话语重复

话语重复是针对同一事件的反复叙述，不同话语主体叙述结果的差异会导致众声喧哗的"话语奇观"，而这正是"以人物话语为中心的小说叙述形态的根本特征之一"①。《红楼梦》擅写梦幻，更擅长写奇特的梦幻，不仅有一人重梦，还有二人同梦。这两种形式都离不开重复叙述的独特笔法。例如，小说在第五回曾以8000多字的篇幅详细描述贾宝玉梦游太虚幻境的情景，这是作者以全知叙述者身份对梦境进行的正面实写。而在小说第九十三回，甄府的包勇又转述了一个甄宝玉梦境："（哥儿）幸喜后来好了，嘴里说道，走到一座牌楼那里，见了一个姑娘领着他到了一座庙里，见了些柜子，里头见了好些册子。又到屋里，见了无数女子，说是多变了鬼怪似的，也有变作骷髅儿的。"从转述话语的提示中读者很自然意识到甄宝玉与贾宝玉的梦中情景其实是一模一样的，甄宝玉的梦境就是对贾宝玉梦境的重述。当然，由于叙述主体的差异，前者情调优美，后者简略粗疏。甄家与贾家本为作者精心设置的对应意象，甄宝玉与贾宝玉更是一真一假两个"影子"人物。二人所梦相同，但梦醒后的选择却走向截然相反的两极。二人由原本的性格一致走向对立，根本原因在于对"情"的体悟各有不同，这也是为何在梦境中一个见到的都是美丽女子，另一个却是满眼骷髅。二人同梦的重复叙述显然暗示了作者的主题深意。小说在第一百十六回还有贾宝玉重游幻境的情节，与第五回既表现出内容上的再现呼应（比如幻境的陈设、阅册的细节等），② 也有叙述话语的相似。但作者并未使行文表现出烦琐雷同之感，在情节重现的地方，作者就简单叙述，比如只是略及判词，而对贾宝玉参透机关之后的反

---

① 商伟：《〈儒林外史〉叙述形态考论》，《文学遗产》2014 年第 5 期。

② 古代小说中有一种"游幻阅册"的情节类型书写传统，如唐代《河东记》中的李敏求故事、《宣室志》中的娄师德故事，在《醒世姻缘传》《梼杌闲评》等作品中都曾对此有所表现。这与"贾宝玉神游太虚境"情节其实也形成了互文。可参见拙文《〈红楼梦〉神话叙事的互文性艺术》，《中南大学学报》（社会科学版）2018 年第 1 期。

应则较多强调等。

小说第八十二回的梦境叙述是更为典型的叙述话语重复现象。作者先叙黛玉病中梦魇:宝玉不惜剖心自证对黛玉的感情,黛玉大哭而醒。黛玉对待爱情并不笃定,即便宝玉值得信赖,周围的一切始终让她不安。大观园被抄检以来,黛玉陆续见证了晴雯的死亡、迎春的出嫁和香菱的受虐,风刀霜剑的摧逼之下有此一梦合情合理。这一噩梦不仅直接导致了黛玉病情的恶化,也暗示了二人爱情的破灭。颇有意味的是,在紧接其后的第八十三回中,袭人就转述了宝玉也在同时因梦生病的事实。小说叙道:

> (袭人)蹙着眉道:"终究怎么样好呢?那一位昨夜也把我唬了个半死儿。"紫鹃忙问:"怎么了?"袭人道:"昨日晚上睡觉,还是好好儿的。谁知半夜里,一叠连声的嚷起心疼来,嘴里胡说白道,只说好像刀子割了去的似的。直闹到打亮梆子以后才好些了。你说唬人不唬人?"①

黛玉这边一梦见宝玉剖心表白,宝玉便感觉心被刀子割了去,两个情节一参照读者便能明白作者用意,袭人的描述就是同一梦境的重叙。宝、黛相知相爱却无法在现实中表白,即便在梦中互明心意,也要以近乎惨烈的方式进行。同一梦境的重复叙述以参照互补方式实现,不仅没有使读者察觉丝毫雷同,而且将主人公既压抑又执着的爱情表现得恰到好处,同时还隐晦提示了爱情的最终结局,实为作者笔力非凡之处。②

《金瓶梅》对潘金莲以雪狮猫害死官哥的情节也采用了重复叙述的方式:第一次叙述是叙述者以第三人称限知视角对金莲蓄养雪狮猫

---

① (清)曹雪芹、高鹗著,(清)脂砚斋、王希廉点评:《红楼梦》,中华书局2009年版,第569页。

② 有关古代小说中的"同梦"情节,可参见拙文《古代小说"同梦"情节类型浅谈——以唐传奇和〈红楼梦〉为中心》,《明清小说研究》2008年第1期;《〈红楼梦〉中"同梦"情节审美功能初探》,《红楼梦学刊》2008年第2期。

以及猫儿挝扑官哥情景进行客观叙述，描写详尽细节生动。紧接着由下人将事件汇报给瓶儿，为了避免雷同烦琐，作者只用一句"迎春与奶子，悉把被五娘房里猫所唬一节说了"，便将重复叙述完成。第三次叙述者以全知说书人身份跳出来说话：

> 看官听说：潘金莲见李瓶儿有了官哥儿，西门庆百依百随，要一奉十，故行此阴谋之事，驯养此猫，必欲唬死其子，使瓶儿宠衰，教西门庆复亲于己。就如昔日屠岸贾养神獒害赵盾丞相一般。正是
> 花枝叶底犹藏刺，人心怎保不怀毒。①

这一遍叙述省略猫挝官哥的具体细节，而侧重金莲养猫的动机，以及具体行动的实施，并将之与屠岸贾养獒杀害赵盾的历史事件进行类比，凸显金莲的邪恶。第四遍叙述由月娘完成："月娘隐瞒不住，只得把金莲房中猫惊唬之事说了。"金莲行此大恶，月娘虽一向息事宁人但始终坚持基本的是非判断，是其善良忠厚处。此事四述之后仍未完结，李瓶儿重病之时奶子如意儿向前来问候的王姑子大倒苦水：

> 奶子道："王爷，你不知道——"因使绣春："外边瞧瞧，看关着门不曾。——俺娘都因为着了那边五娘一口气。他那边猫挝了哥儿手，生生的唬出风来。爹来家，那等问着，娘只是不说。落后大娘说了，才把那猫来摔杀了。他还不承认，拿我每煞气。八月里，哥儿死了，他每日那边指桑树骂槐树，百般称快。俺娘这屋里分明听见，有个不恼的！左右背地里气，只是出眼泪。因此这样暗气暗恼，才致了这一场病。天知道罢了！"②

---

① （明）兰陵笑笑生著，（清）张竹坡评：《皋鹤堂批评第一奇书　金瓶梅》，吉林大学出版社1994年版，第916页。

② （明）兰陵笑笑生著，（清）张竹坡评：《皋鹤堂批评第一奇书　金瓶梅》，吉林大学出版社1994年版，第969页。

通过如意儿与绣春想说又担心被金莲知晓的动作、神情，金莲凶悍嘴脸如画。而听到此番言语的瓶儿之反应更让人心酸："李瓶儿听见，便嗔如意儿：'你这老婆，平白只顾说他怎的？我已是死去的人了，随他罢了。天不言而自高，地不言而自厚。'"猫扎孩子的事实在这一遍的叙述中已不是重点，瓶儿一再被害却不敢反击的软弱个性才是作者要表现的中心。瓶儿虽然也曾作恶，但嫁入西门家庭之后处处与人为善，这与贪欲歹毒的金莲形成鲜明对比。小说第六十二回，瓶儿临终交代月娘："娘到明日好生看养着，与他爹做个根蒂儿，休要似奴粗心，吃人暗算了。"这次叙说虽然隐晦，却是瓶儿对金莲唯一的一次反击，当然也取得了相应效果："后次西门庆死了，金莲就在家中住不牢者，就是想着李瓶儿临终这句话。"第七十五回金莲与月娘之间发生正面冲突，事后月娘对西门抱怨，声称要"到半夜寻一条绳子，等我吊死了，随你和他过去。往后没的又像李瓶儿，吃他害死了"。此时月娘被金莲的挑衅激怒，已不顾对方颜面直言金莲害死瓶儿之事。而西门庆对月娘的紧张态度则微妙传达出更多信息：金莲害瓶儿之事，阖府上下都心知肚明，西门因贪欢而纵恶包庇，是其昏聩糊涂；然金莲虽得宠，封建家庭的尊卑上下仍难以逾越。通过对官哥事件的反复叙述，作者向我们传达的不仅是残忍的杀害与死亡本身，更有金莲的狠毒、瓶儿的隐忍、如意的不平、月娘的善良、西门的偏爱等众生世相。魏子云先生谓"同一件事，重复再三地描写，是《金瓶梅词话》惯用的手法"，也就是所谓"搓草绳的手法"①。

二 情节的反转

情节的反转是指"作品中主要事件的突然陡转，也可以是人物行为的突然改变，还可以是人物情绪的瞬间转换"，"是情节结局朝着情

---

① 魏子云：《〈金瓶梅〉札记》，转引自黄霖《金学史上的一座里程碑》，《中国文学研究》第20辑，复旦大学出版社2012年版，第159页。

节发展的初始目标反方向转去。作品就在这种反转中，或者说反弹中，形成一种矛盾与错位，一种曲折与变化，并迸发出新的内涵"①。情节反转是作者在叙述者与读者之间安排的一场特殊对话，通过改变原有叙述导向而引起读者情绪上的震撼，进而引发对人物情节发展的多种可能性的探讨。

情节发展方向的逆转。《聊斋志异》"鸽异"篇中养鸽者为了讨好某公，以所养珍贵者白鸽二只相赠。本以为某公会因此感激，一再暗示皆无反应的情况下终于"心不能忍，问：'前禽佳否？'答云：'亦肥美。'张惊曰：'烹之乎？'曰：'然。'张大惊曰：'此非常鸽，乃俗所言"鹁鸽"者也！'某回思曰：'味亦殊无异处。'"某公对白鸽的处置出人意料，造成了情节的逆转。这种逆转其实是两类不同人物在价值观上的对立所造成。作者通过设置这种情节逆转既嘲弄了张生对上司的巴结，也传达了"物莫不聚于所好"的看法。这种情节反转的写法同样用到了作品结尾附录的老仆送鱼与老僧献茶两个故事之中。

《金瓶梅》"孟玉楼周贫磨镜"一回中，潘金莲一面因与李瓶儿发生矛盾而迁怒于前来劝解的潘姥姥，一面却对自叙儿子不孝、妻子生病的磨镜老头无端生出恻隐之心，在孟玉楼已答应赠予其腊肉的情况下还关切"问你家老妈妈儿吃小米粥不吃"？随后竟将潘姥姥所带的小米量了两升并两根酱瓜送给老头。潘金莲一向刻薄吝啬，作者对此有好几次集中描写：先有对待偷吃一个肉角儿的迎儿小女也要"拿马鞭子打了二三十下"，还要"尖指甲掐了两道血口子"；后有对待无意偷吃一个柑子的秋菊也要"拧的脸肿胀"方才作罢；此外还有下人的评价，如六十四回玳安对傅伙计抱怨"他当家，俺每就遭瘟来。会胜买东西，也不与你个足数，绑着鬼，一钱银子，只称九分半，着紧只九分"，诸如此类不可胜举。对比之下，金莲此处对待磨镜老头实在做出了难得的豪善之举。究其原因恐怕既有人性的复杂，也有推己及人的反思与补偿心理。懂得忏悔的人也许应该得到社会的谅解，作恶

---

① 江曾培：《江曾培论微型小说》，上海文艺出版社 2008 年版，第149页。

如潘金莲者放下屠刀也有向善的可能。然而荒诞的社会并不会给她这个机会，难得的善意竟被虚假谎言利用。就在金莲、玉楼差不多要为自己的助人之举感到回味满足之时，平安道出的真相却使故事迅速朝着相反的方向发展："他妈妈子是个媒人，昨日打街上走过去不是，几时在家里不好来！"潘金莲为人可恨，却也可悲，生于荒诞的世界注定了她扭曲的性格，礼崩乐坏的乱世之中人心仅存的善念却遭到欺骗与打击。泼辣厉害如金莲，面对此境也只能以一句"贼囚，你早不说甚么来"的抱怨不了了之。

其实同回稍早的情节也与金莲、玉楼的受骗形成参照：瓶儿为官哥儿消灾让薛姑子印造《陀罗经》，并以一对银狮子折为报酬。玉楼替瓶儿打算，遂命伙计贲四跟随尼姑前去经铺讲定数目、确定时限。这表现出玉楼性格中的热心厚道，同时也为她的精明细致作了补充，当然也暗讽了尼姑的狡猾，因为后面果然就有薛姑子和王姑子因分赃不均而相互攀扯打击之事。但精明、厚道如孟玉楼者能于此时防备三姑六婆的欺骗，却难防一个小小磨镜叟的谎言。金莲的忏悔无法实现，而玉楼的慈悲也无处安放，鬼蜮世界中的小小善意显得荒诞又可笑！被骗人者打磨得光亮如新的铜镜在照出人物美貌之前却先照出了没落乱世的丑陋与无情。

人物行为的突变。《金瓶梅》人物中李瓶儿与韩爱姐的性格行为都发生了前后巨变。瓶儿先前的凶悍恶毒（对待花子虚和蒋竹山）与后面（嫁入西门庆家后）的温柔、隐忍形成鲜明对照。这种现象也许并不是因为瓶儿得到了原欲的满足才将生命中最美好的一面展现出来。事实上，瓶儿嫁给西门庆而获得的情欲满足极其有限，西门庆既没有因为李瓶儿的到来收敛自己贪色猎艳的本性，潘金莲的虎视眈眈更为瓶儿生活带来巨大痛苦与不幸。黄霖先生认为造成这种性格的矛盾与反差可能是由于小说的"镶嵌"笔法所致，即"前半部的李瓶儿是根据一部小说改写而来，后半部的李瓶儿又是根据另一部小说改写而来"①。比

---

① 黄霖：《论〈金瓶梅词话〉的"镶嵌"》，《文艺研究》2016 年第 4 期。

如，有学者指出《太平广记·华阳李尉》提供了瓶儿与花子虚一段情节素材，而《效颦集·蓬莱先生传》则为瓶儿招赘蒋竹山情节提供了原型等。① 当然《水浒传》《志诚张主管》等作品也为合成李瓶儿形象提供了一定参照。这种人物塑造的合成之法在古代小说中的运用并不少见，《水浒传》英雄鲁智深的经历中就掺入不少禅门大德丹霞天然的素材，如烧木佛、在大相国寺要成为掌管菜园的菜头、为了救史进到州桥上挡住贺太守路等情节都与《五灯会元》的记载形成互文指涉。这种镶嵌式的人物塑造一方面容易使人物性格出现前后的矛盾与错位，另一方面却为小说内部呈现众声喧哗的"杂语"意味提供了独特契机。这一点，在《金瓶梅》的韩爱姐身上表现得更为突出。

韩爱姐形象的前半部分来源明确，《喻世明言》"新桥市韩五卖春情"中的韩金奴提供了爱姐原型。爱姐初回临清与经济照面，"见无人处，就走向前，挨在他身边坐下，作娇作痴"，又"作出许多妖娆来，搂经济在怀"，其表现还纯是韩金奴之流的风尘女子做派。不想与经济交往之后，爱姐竟突然洗心革面：经济回去时"爱姐不舍，只顾抛泪"；经济被杀后爱姐更是昼夜思念，"哭得昏晕倒了，头撞于地下，就死过去了"，纯是痴情女子痛失所爱后的极端表现。在求得春梅应允之后，爱姐与经济之妻葛氏寡居守节，"清茶淡饭""甚是合当"；战乱中追寻父母，遇富家子弟求亲竟"割发毁目，出家为尼姑，誓不再配他人"，全是贞洁烈女写照。格非先生据此认为韩爱姐是《金瓶梅》中"唯一的一个理想化人物"，其"视人间伦常礼节如同无物，已然是《聊斋志异》中婴宁、小翠一流人物"。② 爱姐形象的突转也可能与小说惯用的镶嵌手法有关，不同原型的合成过程中用笔稍粗便容易导致形象的突兀。不过，抛开艺术上的疏漏，韩爱姐形象的前后变化也许寄予了作者欲海无边、回头是岸的主题深意。韩爱姐对于经济的执着也许源于她青春期的情感缺失：出身于社会下层，成长于不洁之家，十四五岁时被送给"年也将及四十，常有疾病"的蔡京管

---

① 张文德：《李瓶儿故事素材来源考论》，《阅江学刊》2015 年第 6 期。

② 格非：《雪隐鹭鸶——〈金瓶梅〉的声色与虚无》，译林出版社 2014 年版，第 338 页。

家翟谦，又因蔡京被劾而仓皇出逃，沦为暗娼。她与父母来到繁华的临清码头艰难度日，恰巧遇到了温情脉脉的陈经济。也正因有此一段背景，爱姐形象开始脱离其原型设定，韩金奴对于吴山只有物质上的需求，韩爱姐之于经济则更多精神上的依赖。而经济之于爱姐，一开始或许仅仅出于故交之情和恻隐之心，而随着交往的加深竟发现爱姐色艺双全，"就同六姐一般，正可在心上"。于是他们开始互诉衷肠、互赠信物、海誓山盟，二人关系迅速从嫖客与妓女上升为欲与情的和谐结合。如果故事就此打住，韩爱姐也许至多被经济养为外宅，从此安稳度日。不过，情节恰恰在最不经意间急转直下，经济的意外身亡将韩爱姐推到了人生选择的十字路口。是跟随父母继续从事皮肉生意还是从此欲海回头？从爱姐的出身以及接受的家庭教育来说，选择前者是合理的。但爱姐的坚定颠覆了原有的设定，这是历经真爱后的转变，也是作者试图以真爱来对抗淫欲的寓意表达。事实上，作者对所谓贞洁观念并不执着，这从作者对三醮的孟玉楼之宽容可见。爱姐的守节之举不仅出于对爱情的虔诚，更是对过往生活的忏悔与决裂。不过，爱姐之守节固然可敬，但其痴情的对象却并非一般才子佳人小说中的纯情少年，而是做女婿时就与小丈母私通、被赶出家门之后又与妓女鬼混并将发妻折磨致死、还妄图以一根金簪而拐骗孟玉楼的无耻小人。陈经济之流的人物竟能得到《金瓶梅》的财色世界中最罕见的人间真情，实在令人唏嘘。这是作者故意要造成的反讽揶揄还是有其他良苦用心？曾有论者言及陈经济与西门庆实为一对镜像人物，经济是失意的西门，西门是得意的经济。西门庆纵欲重病而亡，陈经济遭仇者手刃身死（然经济若非死于意外，也一定会如西门庆纵欲而亡），二死皆苦；西门庆生前豪奢，死后妻妾飘零；陈经济生前落魄，死后却得爱姐守节；西门待瓶儿，欲望之余有真情；经济对爱姐，欢会背后亦有恩情。二人性格命运互参互补形成镜像，达到了鲁迅所谓之"一时并写两面，使之相形"的境界。① 当然，作者对世情的观察既冷

---

① 鲁迅：《中国小说史略》，人民文学出版社 1976 年版，第 152 页。

峻锐利又充满悲悯：爱姐的母亲王六儿与小叔子韩二有染，后又与西门庆长期勾搭，最后索性与女儿一起沦为暗娼；丈夫韩道国死后，王六儿与韩二名正言顺成为夫妻，还继承了六儿情人何二官的家产安稳度过余生。淫乱如六儿者竟得善终，改过自新的韩爱姐却不得长寿（年至三十一岁以疾而终），这样的结局显然完全摆脱了白话小说通常的善恶相报，呈现的是多重价值观念的共存与对话。在《西游记》中，大闹天宫无所不能的孙悟空与取经路上屡战屡败的孙悟空之间也形成矛盾，这里不仅有小说形成过程中广泛的素材拼贴造成的矛盾，也有作者特殊构思带来的前后差异（前期表现悟空之神，后期表现取经之难），更有故事自身的内在逻辑造成的前后变化（"孙悟空后期处于武艺与法宝、法力的不平等对抗中，暴露出自身能力与性格的不足，又受到师父、师弟的掣肘，以致多次陷入险境"[①]）。

三 情节之间的其他对话关系

小说情节内部的矛盾、错位其实也是由小说内部不同主体之间的对话产生，小说叙述者与故事人物之间、故事人物的自我（主观）叙述与客体认识（评价）之间以及叙述者与读者之间都有可能产生这种对话。巴赫金认为复调小说的"结构的所有成分之间，都存在对话关系，也就是说如同对位旋律一样相互对立着。要知道，对话关系这一现象，比起结构上反映出来的对话中人物对语之间的关系，含义要广得多；这几乎是无所不在的现象，渗透了整个人类的语言，渗透了人类生活的一切关系和一切表现形式，总之是渗透了一切蕴含着意义的事物"[②]。虽然并不是所有小说都具有复调的性质，但独白性作品在局部也未始不能进行这样的对话尝试。

叙述者与故事人物之间的矛盾。《金瓶梅》对韩道国等人物形象

---

① 李军、王昊：《论〈西游记〉叙事中孙悟空的能力表现矛盾——以现象、成因与艺术作用为中心》，《明清小说研究》2019 年第 2 期。

② ［俄］巴赫金：《诗学与访谈》，白春仁等译，河北教育出版社 1998 年版，第 55—56 页。

的塑造就采用了这种矛盾对话的方式。首先，叙述者在人物出场时已经有了基本设定：

> 且说西门庆新搭的开绒线铺伙计，也不是守本分的人，姓韩名道国，字希尧，乃是破落户韩光头的儿子。如今跌落下来，替了大爷的差使，亦在郓王府做校尉，见在县东街牛皮小巷居住。其人性本虚飘，言过其实，巧于词色，善于言谈。许人钱，如捉影捕风；骗人财，如探囊取物。自从西门庆家做了买卖，手里财帛从容，新做了几件虼蚤皮，在街上掇着肩膊儿就摇摆起来。人见了不叫他个韩希尧，只叫他做"韩一摇"。

虽然叙述者对人物的评价不高，人物的自我认识却完全相反，他自认因"行止端庄，立心不苟"而得到了主人的信任：

> （西门庆对之）言听计从，祸福共知，通没我一时儿也成不得。大官人每日衙门中来家摆饭，常请去陪侍，没我便吃不下饭去。俺两个在他小书房里，闲中吃果子说话儿，常坐半夜他方进后边去。昨日他家大夫人生日，房下坐轿子行人情，他夫人留饮至二更方回。彼此通家，再无忌惮。不可对兄说，就是背地他房中话儿，也常和学生计较。学生先一个行止端庄，立心不苟，与财主兴利除害，拯溺救焚。凡百财上分明，取之有道。就是傅自新也怕我几分。不是我自己夸奖，大官人正喜我这一件儿。①

韩道国的自我认识并不客观，他与西门庆之间关系的自我描述倒与应伯爵的情况比较切近。当然叙述者也并没有让他的自我表达影响读者判断，接下来的情节立刻颠覆了韩道国的表演：当他的妻子与小叔因奸情事发而被"拴到铺里，明早就要解县见官"时，韩道国除了

---

① （明）兰陵笑笑生著，王汝梅、齐烟校点：《新刻绣像批评金瓶梅》，三联书店（香港）有限公司 1990 年版，第 429—431 页。

大惊失色并无一计可施。本来这种案件正在西门庆管辖范围之内，韩道国与东家之间的关系如果真与自己描述的一致，此事并不难解决。后来还是在伙计来保的建议之下，韩道国才想起走应伯爵的门路。而伯爵此时的出手周旋恰恰回应了韩道国的自我认定。其实早在韩二与王六儿被捉奸在床扭送牛皮街厢铺的过程中，叙述者已经用同样的方式描写过当时世情，其叙街巷围观者中有人评论韩道国家事："可伤，原来小叔儿要嫂子的，到官，叔嫂通奸，两个都是绞罪"。评论者貌似立心公允，却不想被人一句揭穿老底："你老人家深通条律，象这小叔养嫂子的便是绞罪，若是公公养媳妇的却论什么罪？"原来老人是当地有名的"陶扒灰"。情节反转在给读者带来幽默感的同时更伴随深深的讽刺之意。究其根本，人物的自我设定（或叙述）与客观评价之间产生矛盾与错位，是两种不同道德观念之间的冲突所造成。小说在此回稍后的情节中又采用了这种矛盾与错位的写法继续塑造西门庆。先是西门庆向应伯爵转述他利用职权之便帮助刘太监处理其弟拿皇木盖房事，并借此指责同僚，"依着夏龙溪，饶受他一百两银子，还要动本参送，申行省院"。应伯爵的分析也颇为到位："夏大人他出身行伍，起根立地上没有，他不挝些儿，拿甚过日？"西门庆又再次强调工作中的"掣肘"："别的到也罢了，只吃他贪滥蹋婪，有事不问青红皂白，得了钱在手里就放了，成什么道理！我便再三扭着不肯，'你我虽是个武官儿，掌着这刑条，还放些体面才好。'"此时的西门庆俨然一副官场正义的化身。然而现实的情况是西门庆先卖了应伯爵人情将王六儿释放，又不问青红皂白严惩了告发王六儿的子弟，为之后与王六儿的保持长期的奸情埋下伏笔；后来又因王六儿的关系收受重贿帮助害主的苗青轻松摆平了杀人罪名。更为讽刺的是，因此事受到曾御史弹劾的西门庆由于蔡京的出面斡旋不仅没有被革职查办，反而以"家称殷实而在任不贪，国事克勤而台工有绩"的美名得以转正为山东省提刑千户；坚持正义的曾御史反因蔡京等人层层构陷而被锻炼成狱、"窜于岭表"。在这段情节中，西门庆的自我评价与朝廷的态度取得完全一致，叙述者、读者的道德取向与故事人物以及人物所代表的社会阶层之间发生了严重的冲突与错位，这种反差使故事带上了深深的讽刺意味。

故事人物与读者之间的对话。若将视线拉长，韩道国出场时的自我标榜与他在西门庆暴毙之后的反应之间形成了更加鲜明的反差：韩道国在置办货物返程途中已得知西门庆死讯，到家与妻子一番商量，径直拐走一千两货银上东京投奔女儿。这一次叙述者没有出场评论，人物的自我认识与实际行为之间的反差足以营造反讽效果。这种叙述技巧在《醒世姻缘传》中得以继承。小说第六十六至第六十七回写狄希陈因疮伤而请庸医艾回子治疗，艾回子对自己的医术大加吹嘘（实际却是故意用坏药令病人疼痛难忍以此坐地要价，阴谋败露后又与狄家下人争抢皮袄），又言及自己因治病与军门老爷结有交情。正当此时，军门老爷差人执传票告知"巡道行到县里，军门老爷怒你治坏了管家的疮，革退听用，追你领过的禀粮，限即日交哩"。当然，对这种讽刺笔法运用得最娴熟的还属《儒林外史》。在吴敬梓笔下叙述者完全退居幕后，将读者视为故事人物的直接交流对象，任由人物自我表演，然后由读者根据自我价值标准对人物做出判断。严贡生出场时"从不晓得占人寸丝半粟的便宜"的自我标榜与随后小厮进来通报严家与邻居抢猪纠纷之间形成的反差；范进守丧期间对用餐器具（筷子）的严格节制与对食物（燕窝碗里的大虾元子）的放纵之间表现出的矛盾；被众人评价为"有经天纬地之才，空谷绝今之学"，"处则不失为真儒，出则可以为王佐"的高人权勿用却在娄公子宴会上被乌程县和萧山县官差以奸拐尼僧之罪而"一条链子锁了去"的逆转……作者纯用白描，笔触只及人物外在言行，不负责任何褒贬评价，要求读者根据自身价值标准对人物品行作出判断，读来无不令人忍俊不禁。当然，这种写法建立在读者与作者的价值判断保持完全一致的基础上，一旦读者的价值判断与作者预期之间出现偏差，反讽的效果就会大打折扣。有学者曾论及《儒林外史》的传播程度与其思想艺术水准不相符合，就是因为这部作品"思想的深邃与多义令浅阅读却步"①，当

---

① 刘勇强：《〈儒林外史〉文本特性与接受障碍》，《文艺理论研究》2013 年第 4 期。

然这也是古代小说由口头走向书面，其对作者与读者的文化艺术品位都提出了更高要求的表现。

《金瓶梅》在表现庞春梅形象时也采用了这种对话方式。本来小说对春梅的表现重点在后半部，她的逆袭正好与西门家庭的衰败形成对比映衬。但在前半部分，春梅的性格已经在有限的几次特写中被生动传达出来。第二十二回"春梅姐正色闲邪"中，教习琵琶的乐师李铭仅仅因为喝了酒"把他手拿起，略按重了些"，就"被春梅怪叫起来"，"千忘八，万忘八"大骂赶出；第七十五回唱曲的申二姐因为没有听从春梅吩咐及时为之表演也被春梅千淫妇、万淫妇大骂赶走。两次变脸究竟是春梅的极度自尊所致，还是另有目的？叙述者并没有明确说出答案。不过，读者却可以通过前后参照发现真相：在吴神仙相面之后，月娘因春梅判词中有"早年必戴珠冠"之语而颇存疑问，春梅随即便对西门庆提出"莫不长远只在你家做奴才"的质问；西门庆为月娘等人做衣裳，她便赌气说自己像"烧糊了的卷子一般"，在西门庆答应"连大姐带你四个，每人都裁三件"的情况下还要多加一件"白绫袄儿，搭衬着大红遍地锦比甲儿穿"以示不同；月娘因春梅骂走申二姐而指责家里"主子也没那正主了，奴才也没个规矩"，"奴才"一语更惹得春梅大动干戈。在西门家庭内部，潘金莲为笼络春梅（实际也是讨好西门）极力为其抬高身价，除了"只叫他在房中，铺床叠被，递茶水、衣服、首饰"，"拣心爱的与他"之外，还多次强调春梅在家中的特殊地位："你问声家里这些小厮们，哪个敢望着他雌牙笑一笑儿，吊个嘴儿？遇喜欢，骂两句；若不喜欢，拉倒他主子跟前就是打。"而事实上，春梅并没有因为西门庆的另眼相看而表现出主子的端庄持重，她先与陈经济私通，后又在守备府中与多人滥交，最后更因纵欲过度而死在姘夫身上。在此参照之下，人物为了维护自尊的两次变脸不过是一场场自高身价的滑稽表演而已。庞春梅跨越阶层的企图对吴月娘竭力维护的家庭伦理形成挑战，才引起了后者不满，但因奸情事发而被发卖出去的春梅却因此获得转机而开启人生的"逆袭"。礼崩乐坏的转型社会中每个角色通过自己的方式参与变革，西门庆依靠金钱颠覆传统的社会秩序，春梅则凭借女性姿色重构家庭内部的伦理尊卑，这种一显一隐的参照也构成反讽性互文。其实"喜谑浪"的春梅一贯信奉的就是享乐主义哲学，她的目标是"人生在世，且风流了一日是一日"，她跨越社会阶层的理想中未必有多少励志追求，不过是为了更好地物欲满足。人物表演中的自我设定与读者判断出现偏差，作品的反讽意味便由此而生了。作品中还存在一种叙述者自身态度的有意矛盾。比如，第七十一回宋徽宗出场时叙述者一方面称其为"尧眉舜目，禹背汤肩，才俊过人，口工诗韵，善写墨君竹，能挥薛稷书，通三教之书，晓九流之典"的明主，另一方面又讽刺其"朝欢暮乐，依稀似剑阁孟商王；爱色贪花，仿佛如金陵陈后主"。又第十回一面反复强调写东平府府尹陈文昭"极是个清廉的官"，西门庆因"陈文昭是个清廉官，不敢来打点他；走去央求浼亲家陈宅心腹，并家人来保星夜来往东京，下书与杨提督"。一面却写陈文昭"系蔡太师门生，又见杨提督乃是朝廷面前说得话的官，以此人情两尽了。只把武松免死，问了个脊杖四十，刺配二千里充军"。这种矛盾也构成反讽性对话。

第三节　平行叙述与影身、镜像人物

一　平行叙述[①]

周建渝先生曾总结《三国演义》中有所谓"平行式叙述结构"，指"两个或两个以上的事物在相似或相反的基础上构成的某种平行（parallelism）现象，以及平行双方之间产生的相互对应的关系。在文学作品中，它表现为两个或两个以上的部分在句法结构或语义等方面构成的平行状态，这种平行状态通常以两者间具有相似或相反性质为表现特征。然而，正是这种特征使两者被联系起来，并相互对应（相

---

① 本节部分内容曾以《〈三国演义〉叙事结构中的"互文"美学》发表于《浙江学刊》2014 年第 5 期。

互呼应或相互说明），犹如一体之两面"①。他认为这种平行叙述可以分布于小说的三个层面，② 最微观层面为同一回中人物与人物（或事件与事件）之间，如第八十三回"黄忠不服老"与"陆逊不服少"就构成平行，作者试图通过黄忠年老力衰中箭身亡与陆逊"广布守御之策"的不同结局暗示蜀汉与东吴不同的前途；中间层面为数回或数十回中人物与人物（或事件与事件）之间，如第八十回曹丕逼迫献帝禅让与第一百十九回司马炎逼退魏帝曹奂之间的指涉；最高层面为小说整体结构上的平行叙述，如小说开篇的卷首词与篇末诗之间形成的大照应，又如开篇叙汉灵帝宠信宦官致汉衰，末回则叙孙皓宠岑昏致吴亡等。通过不同层次的对照和平行书写，小说结构就能达到常山蛇阵之妙，"击首则尾应，击尾则首应，击中则首尾皆应"（毛宗岗语）。这种现象与美国学者浦安迪在研究古典小说时所总结的"对仗结构"有异曲同工之妙，浦安迪还进一步推测我国传统的"对偶美学"是这种"对仗结构"的原始依据。③ 平行叙述与前论重复叙事略有重合，但也有明显差别，后者主要针对故事的重现，前者则主要强调结构、章法上的平行与对应。

（一）整体结构中的对称与平行

其实对小说结构中的平行原则最早给予关注的是清代毛宗岗，他在《读三国志法》中总结了多种平行技巧，认为"《三国》一书，有首尾大照应、中间大关锁处。如首卷以十常侍为起，而末卷有刘禅之宠中贵以结之：此一大照应也。又如首卷以黄巾妖术起，而末卷有刘禅之信师婆以结之，又有孙皓之信术士以双结之：此又一大照应也。"这是针对小说整体结构而言，这种结构特点与周汝昌所总结的《红楼梦》"大对称"具有某种相似性。周汝昌先生认为《红楼梦》"在整部书中采用的是大对称之结构法"，"'盛衰'这个大对称是最本质的对

①　周建渝：《〈三国演义〉的平行式叙述结构》，载罗宗强、陈洪主编《明代文学研究国际学术研讨会论文集》，南开大学出版社 2006 年版，第 551 页。

②　周建渝：《多重视野中的〈三国志通俗演义〉》，中国社会科学出版社 2009 年版，第179—193 页。

③　［美］浦安迪讲演：《中国叙事学》，北京大学出版社 1996 年版，第 48—54 页。

称；'真假'的对称是手法的对称"，这种大对称结构使小说拥有了一种奇特的"双面性"①。《红楼梦》的"大对称"与《三国演义》的"大照应"都是小说整体结构中的平行章法，他们为作品宏观主题表达提供了形式上的隐喻。张竹坡"《金瓶》一百回，到底俱是两对章法，合其目为二百件事"云云，也是指此。

事实上，长篇小说中的这种大平行结构在话本小说中有过更早的尝试，最具有代表性的就是经过文人整理的话本小说头回与正话故事之间努力遵循的主题相同或相反的平行原则。比如，《喻世明言·明悟禅师赶五戒》选择李源三生石的故事作为头回，与正文中苏轼与佛印二世相会的故事构成平行呼应，以传达叙述者对命运往复的喟叹，这是同向平行。又如，《喻世明言·李公子救蛇获称心》头回叙述孙叔敖路遇双头恶蛇，为免祸害他人而将其"打死而埋之"，因此事积下阴骘而获命运垂青，"官拜楚相"而终；正话则讲李公子因恻隐之心偶然救下一只受伤的小蛇（实为龙宫王子）而获龙王报答，得龙女称心为妻的故事。两个主人公一为杀蛇一为救蛇，却因出于善心而殊途同归，在叙述上也构成平行。凌濛初创作"二拍"时对这种头回与正话之间的平行叙述经营得更为执着，② 拥有头回故事的作品比例大幅提高，达到82%，同时代的《型世言》《西湖二集》《清夜钟》分别是38%、29%和57%。③ 其通过平行叙述而表达主题的意图也更为明确：如《二刻拍案惊奇》卷六"李将军错认舅　刘氏女诡从夫"中，头回讲一对反目夫妻生前不和，死后尸体在灵柩中也数次相背不肯合葬的怪异之事；正话则叙一对恩爱夫妻因战乱而离散，妻子为将军强纳为妾，与前来寻找的丈夫只能以兄妹相认。后丈夫与妻子相继而亡，终得合葬，在阴间再续夫妻情缘。两段情节一正一反，构成逆向平行。本来头回故事的存在是从说书现场的实际需求而来（一面稳

---

① 周汝昌：《红楼梦与中华文化》，（台北）东大图书股份有限公司1989年版，第223—227页。

② 胡莲玉：《话本小说结构体制演进之考察》，《江海学刊》2004年第6期。

③ 施文斐：《性别书写与近世短篇话本小说中的价值观念变迁研究》，西安交通大学出版社2016年版，第3—4页。

住已来的听众，一面继续等待和招徕新的客人），不过文人在加工过程中发现了头回与正话之间形成的呼应之美，他"或取相类，或取不同，而多为时事。取不同者由反入正，取相类者较有深浅，忽而相牵，转入本事，故叙述方始，而主意已明，耐得翁之所谓'提破'，吴自牧之所谓'捏合'，殆指此矣"[①]。也有学者从我国古典文学的比兴传统出发，认为短篇小说的头回、长篇章回小说的楔子设置都与传统文人对于"兴"的审美心理的重视有关。"兴是一种注重外物的触发与引领，讲究情感表达的含蓄委婉、贵曲忌直，综合运用联想类比、隐喻象征等手法，以期取得言近旨远审美效果的艺术思维方式。""兴作为类比联想和导引性符号，作为一种'有意味的形式'，影响了小说的开头形式，变文、话本、拟话本、章回小说在开头都有名称各异、功能如一，起引导作用的带类比联想性质的'引子'。"[②] 朱熹认为"先言他物以引起所咏之词"为兴，小说中这些看似游离于正文之外的情节（"他物"），却能从结构上对读者进行提示和引导，使之进行类比联想从而加深对作品主题的理解。《水浒传》《儒林外史》《九尾狐》等小说中的楔子、《红楼梦》的第一回情节等，都具有类似功能。

随着短篇白话小说创作艺术的发展，头回的具体形式也不断发生着变化。比如，《型世言》若干篇目的头回就不单是一个故事，而是多个故事的罗列并存。在惯于创新的李渔笔下，头回的运用更为灵活。《无声戏》"人宿妓穷鬼诉嫖冤"正话是"三言"《卖油郎独占花魁》的翻案文章，头回讲述的也是某公子被妓女和老鸨所骗，得到术士指点方才明白真相的故事。与一般头回的短小精悍不同的是，这个头回曲折详尽、结构完整，体量达到全篇三分之一，与正话"更像是两篇同类题材话本的连缀"[③]，而不再是传统的"葫芦格"形式。这样一来，小说整体结构上的平行叙述原则体现得更加明确。在"失千金因

①　鲁迅：《中国小说史略》，人民文学出版社 1976 年版，第 94 页。

②　陈才训：《小说可以兴——浅论"兴"对中国古典小说的影响》，《北方丛刊》2005 年第 3 期。

③　傅承洲：《李渔话本研究》，凤凰出版社 2013 年版，第 65 页。

祸得福"中，头回小故事由正话之前放到了正话之后，不再是作为正
话的引导，而是从侧面对正话故事的可能性加以补充证明。虽然头回
的形式出现新变，不过他们与正话故事之间的平行、映射关系并没有
变化。

以上所论皆针对白话小说，文言小说中其实也不乏这样的平行叙
述。比如，《聊斋志异》"鸽异"篇，正文内容讲张生献鸽某公，某公
却将白鸽杀之烹食之事。故事结束后作者以"异史氏曰"进行了点评
议论。之后又再增列老仆送鱼与老僧献茶之事，三个故事本没有任何
关联，但在情节的逆转上达成一致，构成叙述方式上的平行关联。
"瞳人语"篇则是在异史氏的议论部分补叙了一个乡人追戏美女，却
发现对方是自己儿媳妇的故事。这个故事意在表现"轻薄者往往自
侮"，与前所叙长安方栋因偷窥美女而导致眼疾的立意相同，两个故
事相互补充、相互印证。这种在同一小说之内以平行方式结构不同故
事的叙事方式，在唐传奇中其实已有表现。以白行简《三梦记》为
例，全篇记录三个情节上没有任何关联的奇梦，分别为天后时刘幽求
夜入妻梦，是为"彼梦有所往而此遇之"；元和四年元稹于梁州梦白
居易游曲江，是为"此有所为而彼梦之"；贞元中窦质与赵姓女巫异
地同梦相会，是为"两相通梦者"。三梦处于平行位置，互不关涉，
但小说通过"异梦"这一核心理念使"三梦之间形成了相互补充、证
明的逻辑关系"①。有论者认为《三梦记》的这种"缀合式"结构在
文言短篇小说史上具有开创性意义，对其后的"蔡崟娘记"（北宋）、
"关子东三梦"（南宋）等作品具有直接的启发意义。

（二）微观结构中的平行

毛宗岗针对章回小说一回之内或者数回之间的微观平行也有总结，
他认为："《三国》一书，有奇峰对插、锦屏对峙之妙。其对之法，有
正对者，有反对者，有一卷之中自为对者，有隔数十卷而遥为对者。
如昭烈自幼便大，曹操则自幼便奸。张飞则一味性急，何进则一味性

---

① 黄大宏：《唐传奇〈三梦记〉的结构渊源及其重写史论》，《湖南科技大学学报》（社会
科学版）2006 年第 3 期。

慢。议温明使董卓无君，杀丁原是吕布无父……诸如此类，或正对，或反对，皆一回之中而自为对者也。如以国戚害国戚，则有何进；以国戚荐国戚，则有伏完。李肃说吕布，则以智济其恶；王允说吕布，则以巧行其忠……诸如此类，或正对，或反对，皆不在一回之中，而遥相对者也。"① 钟伯敬评本《封神演义》第二十三回"文王夜梦飞熊兆"有批注云"子牙、武吉以渔樵问答相称，大是好光景。只武吉愚而趣，子牙达而热，俱有用世心肠，物外意趣。子牙又因武吉而成名，武吉因子牙而脱难，可称良对"。是针对一回之内的平行对应。《金瓶梅》第三十九回"玉皇庙寄名接王姑子谈经，与后千金喜舍接二姑子印经"（张竹坡语）；后文藏壶与偷金、下象棋与弹琵琶；《儒林外史》蘧公孙招亲与严二相公娶亲（卧闲草堂评）；"游西湖之酸"与"莺脰湖之豪"（天目山樵评）等，皆属于数回之间的"遥照""遥对"。

　　章回小说中还有一种类似于话本小说头回与正话之间关系的小平行。金圣叹将之总结为弄引和獭尾之法，毛宗岗的论述更为深入："《三国》一书有将雪见霰、将雨闻雷之妙。将有一段正文在后，必现有一段闲文以为之引；将有一段大文在后，必先有一段小文以为之端。如将叙曹操濮阳之火，先写糜竺家中之火一段闲文以启之……《三国》一书，有浪后波纹、雨后霡霂之妙。凡文之奇者，文前必有先声，文后必有余势。如董卓之后又有丛贼以继之；黄巾之后又有余党以衍之……"② 《红楼梦》"未叙黛玉宝钗以前先叙一英莲，继叙一娇杏。人以为英莲娇杏之闲文也，而不知为黛玉宝钗之小影"③。黛玉之憾恨离世固应垂怜，宝钗之成为宝二奶奶亦属侥幸，此为"月将霁而星先明，雨将来而风先到"④。这种平行，既有情节内容上的呼应，也

---

　　① （明）罗贯中著，（清）毛宗岗评：《毛宗岗批评本三国演义》，岳麓书社 2006 年版，第 9—10 页。

　　② （明）罗贯中著，（清）毛宗岗评：《毛宗岗批评本三国演义》，岳麓书社 2006 年版，第 7—8 页。

　　③ （清）佚名氏：《读〈红楼梦〉随笔》，巴蜀书社 1984 年版，第 44—45 页。

　　④ 陈维昭：《红学通史》，上海人民出版社 2005 年版，第 58 页。

有美学上的意义，闲文不闲，即是指此。

　　小说情节单元之间的平行叙述还存在一种特殊情况，即针对类似的情景作者采用固定的叙事套路，这被小说评点者称为"板定章法"。张竹坡曾谓："《金瓶》有板定大章法。如金莲有事生气，必用玉楼在旁，百遍皆然，一丝不易，是其章法老处。他如西门至人家饮酒，临出门时，必用一人或一官来拜、留坐，此又是'生子加官'后数十回大章法。"①（张竹坡《〈金瓶梅〉读法》）这种相同的叙事套路被《红楼梦》继承，运用更为普遍。比如小说第一回甄士隐正与贾雨村交谈，"忽家人飞报：'严老爷来拜。'"第三回雨村正与门子讨论护官符，"忽听传报，人报：'王老爷来拜。'"这种被脂砚斋总结为"横云断山"的方法其实就是利用"有客来访"的情节来打断和转移正在进行的叙述线索，将情节引向更为重要的方向。《金瓶梅》写"酒色财气"的上行下效也运用了平行叙述，如一面写徽宗皇帝是"剑阁孟商王，金陵陈后主"之流（第七十一回），一面大书西门庆的放纵色欲；第五十回一边写西门庆与王六儿苟且，一边玳安就与琴童到蝴蝶巷鲁家嫖妓；第七十八回写玳安刚伺候西门庆从贲四嫂屋里出来，自己就紧接着进去"睡了一宿"。词话本作者曾于此评论："看官听说，自古上梁不正则下梁歪。此理之自然也。如人家主人行苟且之事，家中使的奴仆，皆效尤而行。"② 这种对应和平行透露了作者对以淫为首的"四贪"以及整个黑暗社会上行下效的态度。此外小说还将性描写与罪恶描写紧密结合，也构成一种平行状态，如写西门庆与潘金莲的奸情就伴随着金莲毒杀武大的罪恶；潘金莲"大闹葡萄架"则与西门打铁棍、金莲虐秋菊相互穿插；写王六儿与西门通奸，则有苗青害主、行贿脱罪等事。通过对这种平行叙述的破解，我们可以更加客观和深刻地认识《金瓶梅》性描写的意义。

---

　　① （明）兰陵笑笑生著，（清）张竹坡评：《皋鹤堂批评第一奇书　金瓶梅》，吉林大学出版社 1994 年版，第 31 页。

　　② （明）兰陵笑笑生著，陶慕宁校注：《金瓶梅词话》，人民文学出版社 2000 年版，第 1189 页。

二　影身人物、镜像人物

影身人物、镜像人物主要针对古代小说中一种特殊的人物设置而言，是指"文本中拥有相似特质，具有互相映照作用之人物，人物与人物之间的联系包含外貌、性情、身世、命运……等方面"①；或谓其为"小说中两个及两个以上的人物形象在外表、性情、命运或精神实质上具有相似性或者互补性，从而构建的一种整体映射的叙事模式"②，即"形影叙事"模式；又或谓"小说中的某一人物、人物关系或某段情节是另一个人物、另一对人物关系或另一段情节的影子、缩影或投影"③。这种人物设置被概括为不同名称，如"影身人物""镜像人物""重像人物"④"影子人物""平行人物"等，其本质却是一致的。

我国古代小说这种特殊的人物设置方式拥有独特的文化基因。佛教文化中有"三身"观念，佛经有云"自性具三身，一者法身，二者圆满报身，三者千百亿化身"，又称自性身、受用身与变化身。⑤ 三身之中，自性身为"觉悟者的永恒身体。它自身即是绝对的普遍原理，是受用身和变化身的基础"；受用身是能够享受佛教妙法乐趣的身体；而变化身则是"佛为了救济众生而示现出来的种种变化的身体"⑥。佛陀三身之中，只有变化之身能为凡人所见，其存在方式也各不相同。白先勇先生曾指《红楼梦》中的贾宝玉最后削发为僧，其"'佛身'虽然升天，他的世俗分身，却附在了'玉菡'上，最后替他完成俗

---

① 杨婕：《〈红楼梦〉肖像描绘考察——以"影身人物"为核心》，《红楼梦学刊》2012年第3辑。

② 魏颖：《〈红楼梦〉的"形影叙事"与曹雪芹的自我形象》，《红楼梦学刊》2019年第2期。下同。

③ 陈维昭：《红楼梦精读》，复旦大学出版社2016年版，第207页。

④ 欧丽娟：《红楼梦人物立体论》，（台湾）里仁书局2006年版，第43页。

⑤ 魏颖：《〈红楼梦〉的"形影叙事"与曹雪芹的自我形象》，《红楼梦学刊》2019年第2辑。

⑥ 吴汝钧：《佛教的概念与方法》，（台湾）商务印书馆1988年版，第18页。

愿，迎娶袭人"，"蒋玉菡当为宝玉'千百亿化身'之一"①，是以佛教三身观念解读小说人物的范例。而从创作角度而言，我国古代小说与佛教关系密切，汉译佛经、唐代俗讲等在白话小说形成过程中发挥了重要作用，佛教文化中的善恶、因果、轮回、三生等观念更是渗透到古代小说的方方面面，明清时期的重要小说或多或少都与佛教文化存在关系。在人物塑造过程中，小说作者借鉴三身理念将相类或相反之性格分置于不同角色（相当于变化之身）未始没有可能。② 从创作的本质来说，小说中的众生百态皆为作者意志之体现，如劳拉·赖丁所言："屋子里的淑女只有在按照主人的意愿，在每一个房间里出现的时候，她才可以为人所知。没有人能看清楚她的全部。因为她显露出来的既是她的身体，又是她的镜像。没有人能够对她的全部看得分明，谁也不能，除了她自己以外。"③ 在小说类型化人物塑造阶段（如《三国演义》），人物性格直接传达概念，同一概念（类型）之下的所有特点均可集于一人之身。这样的人物虽性格鲜明突出，却常有失真之嫌。鲁迅谓《三国演义》"显刘备之长厚似伪，状诸葛之多智近妖"即指此。随着小说艺术的提高，《水浒传》《金瓶梅》等作品则在人物塑造上更强调类型之下的个体特殊性，金圣叹所谓"只是写人粗卤处，便有许多写法。如鲁达粗卤是性急，史进粗卤是少年任气，李逵粗卤是蛮，武松粗卤是豪杰不受羁勒，阮小七粗卤是悲愤无说处，焦挺粗卤是气质不好"（《读第五才子书法》）云云，即强调个体之间的差异，亦可视为作者通过分散的人物群像来完成理想人格的综合建构。这种同中见异、"特犯不犯"的写法为影子人物的设置提供了具体的操作经验。古代小说发展到《红楼梦》，人物塑造艺术已至集大成阶

---

① 白先勇：《贾宝玉的俗缘：蒋玉函与花袭人》，《白先勇自选集》，花城出版社 2009 年版，第 317 页。

② 也有学者将这种人物创作方法总结为"分身法"。参见《再论〈红楼梦〉里的分身法——兼谈周思源〈再评《红楼解梦》的分身法〉》，载霍国玲、紫军《红楼解梦 红楼史诗》，东方出版社 2006 年版。

③ ［美］桑德拉·吉尔伯特、苏珊·古芭：《阁楼上的疯女人 女性作家与19世纪文学想象》，杨莉馨译，上海人民出版社 2015 年版，第 3 页。

段，人物形象在个性化基础上更表现出典型化特征（能反映出特定社会生活的普遍性，揭示社会关系发展的某些本质和规律）。为了完成这种具有普遍性的人物塑造，作者"特意安排两个人一起完成任务，他们在不同的时空，不同的事件、不同的情景中形成互补，把性格写足写透，两个人物一个为主身，一个为影身"①。《红楼梦》的影子人物书写达到了古代小说的最高水平，不仅影身人物众多（主要角色都设置了影身人物），影身方式也非常丰富。

除了佛教的三身观念、古代小说人物塑造中的"特犯不犯"原则之外，也有论者以为小说影子人物的设置依据的是我国传统易学思想。易学中的"四象"说（《周易》六十四卦中有实像、假象、义象、用象）被刘勰引入文艺批评而生成"隐秀"之论，其谓"互体变爻，而化成四象；珠玉潜水，而澜表方圆"，互体和爻位的变化造就了卦之四象，如同珠玉潜藏于江河之中，就会在水面形成不同的波澜。"秀，系指意象的象而言，它是具体的、外露的，是针对客观物象的描绘而言，故要以'卓绝为巧'；隐，系指意象的意而言，它是内在的、隐蔽的，是指通过客观物象的描绘而寄寓的作家的心意情志而言，故要以'复义为工'。"②"古典小说创作与批评中的影子说正是以这种互体变爻，化成四象的《易》理为基础的。"③事实上，刘勰在《隐秀》篇中所强调的"复义""义生文外""密响旁通，伏采潜发"等概念与现代互文观念已经非常接近。除此之外，传统经学中的春秋笔法以及解经活动中重视微言大义的阐释习惯也从另一个角度对小说影子人物的设置产生了或多或少的影响。

无独有偶，西方文学也对这种特殊的人物设置方式有着浓厚兴趣，比较而言，西方文学中更爱将这种人物设置称为"镜像人物"。希腊神话中的那喀索斯爱上自己的水中倒影，是极度自我认同的表现。《简·爱》中

---

① 张毅蓉：《现代批评视野中的〈红楼梦〉》，广西师范大学出版社2004年版，第111—112页。

② 张少康：《文心雕龙新探》，齐鲁书社1987年版，第70页。

③ 陈维昭：《红学通史》上，上海人民出版社2005年版，第58页。

阁楼上的"疯女人"一直就是学界讨论镜像人物的典型话题：罗切斯特的前妻伯莎之于简·爱，是愤怒的镜像，也是潜在的互补。当然，西方文学中的镜像人物拥有着和中国不同的文化基因。拉康在《镜子阶段作为"我"的功能之构成者》一文中曾提出"镜像"概念，借以解释"自我的构成与本质以及自我认同的形成过程"①。拉康认为："自我的认同总是借助于他者，自我是在与他者的关系中被建构的，自我即他者。"② 既然自我的建构离不开自我的对应物——他者，所以建构自我的行为从一开始就意味着异化。巴赫金的镜像理论核心则重在"阐释人通过自己的映像（镜像）不能完整地进行自我认识，还要靠他者的评价心灵这一三棱镜来观照自己的外形"。在这个基础上，巴赫金强调对话，认为"生存的价值和意义只有在同他者的对话和交流中才得以体现"③。在小说作品中如何完整地呈现个体？将自我、镜像、他者等分置于不同角色也许就是一种有效的尝试。有论及西方文学中的"替身手法"者，认为"显性替身是作者在作品中有意创造两个形貌相似，独立存在的角色，其身世个性或相似，或对立。隐性替身是二个外貌不同的角色，但身份处境相似，命运个性相似，书中随时将此二人对照比较，以衬托彼此"④。这种"替身"在小说中的作用与我国的"影子人物"也有异曲同工之妙，在这一点上，中外文学又一次实现互文。

正影。主身与影身之间遵循同类互补原则，呈现相似甚至复制的关系。明代马中锡寓言小说《中山狼传》中，恶狼刚刚躲掉赵简子的追杀便恩将仇报欲吃掉东郭先生，东郭先生无奈之下与狼约定先"求三老而问之"，于是先后找到了老杏树、老母牛和杖藜老人。结果老杏树讲述老圃曾在自己为果核时将其种下："三年拱把，十年合抱，

① 蒯冲：《"镜像理论"与〈吉姆老爷〉中的人物命运》，《重庆科技学院学报》（社会科学版）2010 年第 3 期。
② ［日］福原泰平：《拉康：镜像阶段》，王小峰、李濯凡译，河北教育出版社 2002 年版，第 43 页。
③ 刘雪丽、朱有义：《巴赫金对话理论视阈下主体的自我建构》，《俄罗斯文艺》2019 年第 4 期。
④ 转引自刘纪蕙《女性的复制：男性作家笔下二元化的象征符号》，《中外文学》（台北）1989 年第 1 期。

至于今二十年矣。老圃食我，老圃之妻、子食我，外至宾客，下至奴仆，皆食我；又复鬻实于市以规利……今老矣，不能敛华就实，贾老圃怒，伐我条枝，芟我枝叶，且将售我工师之肆取直焉。"老牛的遭遇与杏树类似，"茧栗少年时，筋力颇健，老农卖一刀易我，使我贰群牛，事南亩。既壮，群牛日以老惫，凡事我都任之……老农视我犹左右手，衣食仰我而给，婚姻仰我而毕，赋税仰我而输，仓廪仰我而实"，然而一旦老牛年迈体衰，老农便"顾欺我老弱，逐我郊野"①，老农之悍妻更欲脯其肉、鞟其皮，切磋骨角以为器。老圃、老农与中山狼一样都是恩将仇报的无耻之辈，二人正是中山狼在人类社会的正向投影。恶狼为禽兽，老圃与老农何尝不是人间禽兽？不但老农与老圃形成同类影身，妇人之仁的东郭先生与聪明的杖藜老人之间的显性差异又构成反向互涉。中山狼故事影响至今，其寓意耐人寻味。除了故事本身之外，两组平行人物的设置也为寓意的传达起到特殊的作用。

清代涂瀛较早关注《红楼梦》的影子人物，他认为《红楼梦》中有一个比较庞大的影子系统，围绕宝、黛、钗等重要角色不但有主影，还有副影、旁影、合影、分影、反影、对面影等各种形式。② 其谓"袭人，宝钗之影子也"，"晴雯，黛玉之影子也"，此说为脂砚斋直接继承，又被表达为"晴有林风，袭乃钗副"（甲戌本第八回脂批）。这主要是从人物外形、性格特点方面进行的区分。王夫人曾说晴雯是"水蛇腰、削肩膀、眉眼又有些像你林妹妹"，其实不单为写晴雯，更为以旁观视角写黛玉。作者对黛玉外貌的正面描写极其有限，此正为补充。而宝玉谓麝月"公然又是一个袭人"也不仅为写麝月，更为写袭人。这种写法与传统互文修辞中的上下省文而意义互备非常吻合。不仅如此，影子人物的设置还关乎故事情节之间的对应与暗示。"或问：'宝玉与黛玉有影子乎？'曰：'有。凤姐地藏庵拆散之姻缘，则远影也；贾蔷之于龄

---

① 邓绍基主编：《明清小说精品：附历代文言小说精品》，时代文艺出版社 2018 年版，第 68—69 页。

② 王富鹏：《论〈红楼梦〉影子人物体系的建构与小说叙事结构的形成》，《红楼梦学刊》2016 年第 5 期。

官，则近影也。潘又安之于司棋，则有情影也；柳湘莲之于尤三姐，则无情影也'。"① 张金哥夫妇被第三者强拆姻缘、贾蔷与龄官之间地位悬殊、司棋与潘又安惨烈徇情，等级森严礼教严苛的封建末世中有情人终不能冲破阻挠而结成眷属，这种种结局难道不是对宝黛爱情的影射与暗示？张新之侧重从叙事章法上对影身技巧进行总结，认为："是书叙钗、黛为比肩，袭人、晴雯乃二人影子也。凡写宝玉同黛玉事迹，接写者必是宝钗；写宝玉同宝钗事迹，接写者必是黛玉。否则用袭人代钗，用晴雯代黛。间有接以他人者，而仍必不脱本处。乃一丝不走，牢不可破，通体大章法也。"② 既然人物之间互为影身，那么围绕影身人物展开的故事情节亦可遵循相同之叙事笔法，这一点其实与此前所论重复叙述略同。还有论者从索隐角度对小说影子人物加以观照，如清人孙渠甫曾谓："《石头记》一书，影书也。有影必有形，形即真际。但形藏影露，所谓甄士隐也。稍揭其真形，以见微言之意；南面而坐，北面而朝，像忧亦忧，像喜亦喜，此影也，而贾政、王夫人、宝玉、贾环四人之真形可见矣。潇湘馆甥，湘妃多泪，此影也，而黛玉之真形可见矣。武氏镜室，杨妃，梨香，宝钗，蘅芜，此影也，而宝钗之真形可见矣。娥皇、女英以比黛玉、湘云，此影也，而湘云之真形可见矣。寿阳公主，同昌公主，此影也，而探春之真形可见矣。"③ 形、影之间的显、隐（象征、暗示）问题也涉及小说中的内互文现象。

《红楼梦》脱胎于《金瓶梅》，在影子人物的设置上，《金瓶梅》也进行了早期尝试。张竹坡认为："写一金莲，不足以尽金莲之恶，且不足以尽西门、月娘之恶。故先写一宋金莲，再写一王六儿，总与潘金莲一而二，二而三者也。"④ 即谓作者写宋蕙莲、王六儿实为补充

---

① （清）涂瀛：《〈红楼梦〉问答》，载一粟编《红楼梦资料汇编》，中华书局 1964 年版，第 143—144 页。

② （清）张新之：《〈红楼梦〉读法》，载一粟编《红楼梦资料汇编》，中华书局 1964 年版，第 155 页。

③ （清）孙渠甫：《〈石头记〉微言》，载一粟编《红楼梦资料汇编》，中华书局 1964 年版，第 266 页。

④ （明）兰陵笑笑生著，（清）张竹坡评：《皋鹤堂批评第一奇书　金瓶梅》，吉林大学出版社 1994 年版，第 7 页。

金莲之淫、恶，宋蕙莲与王六儿等人就是潘金莲的影子，这种影子遵循的也是同类互补原则。事实上，春梅之于金莲、瓶儿，经济之于西门又何尝不是互为影子？好色贪淫是其一致特点，而金莲不被武松仇杀、瓶儿不为子虚索命，未始不如春梅之淫欲过度而死；经济不为张胜所杀，亦未必不如西门纵欲而亡？得意为西门，失意为经济，同类影写能在作品局部起到"不写之写"的作用，补充、暗示人物命运结局的不同可能性，从而丰富作品的主题命意。

倒影。指人物设置遵循差异互补原则，人物之间看似对立，却象征人格中自我分裂的不同两极，二者之间在发生冲突的同时更反映命运的相互交织与依赖。影身人物可以有各自不同的生活和故事，但在场人物却可以视为缺席人物的补充，这与正向影身一样符合"两边省文而意义相备"的互文修辞特征。被囚禁在阁楼上的疯女人伯莎也许正是简·爱被压抑的愤怒和反抗的特殊表现；张恨水《金粉世家》中的冷清秋与白秀珠一个素净清新，一个活泼热烈；张抗抗《作女》中既有迎合男性审美的温柔之陶桃，又有挑战男性权威的"作女"卓尔，这些人物之间也都构成人格的互补。余光中先生在其散文中曾指出"人生原是战场，有猛虎才能在逆流里立定脚跟，在逆风里把握方向"，"同时人生又是幽谷，有蔷薇才能烛影显幽，体贴入微"；"在人性的国度里，一只真正的猛虎应该能充分地欣赏蔷薇，而一朵真正的蔷薇也应该能充分的尊敬猛虎"[1]。这庶几是小说中互补性影子人物存在的美学依据。《西游记》中的六耳猕猴多被认为是孙悟空虚妄之心（即心魔）的外化，是与坚定拥护唐僧取经的孙悟空对立的差异互补影子。[2] 在小说中，众神皆不知六耳猕猴来历，因其相貌与孙悟空完全一样，法力又足与孙悟空抗衡，照妖镜和观音菩萨都无奈其何，最后只有仰仗佛祖才能将其制服。荣格认为人类的完整人格中客观存在一种阴影，也就是"个体不愿意成为的那种东西"，这种阴影是"人

---

① 余光中：《心有猛虎　细嗅蔷薇》，江苏凤凰文艺出版社 2018 年版，第 202 页。
② 张振国：《〈西游记〉"六耳猕猴"意象的文化与心理学阐释》，《东南大学学报》（哲学社会科学版）2016 年第 1 期。

格中最卑劣的部分，它一度是懒惰、骄傲、嫉妒、贪婪、欲望、邪恶等一切不合道德伦理和社会规范的代名词，它使人类充满羞耻感与罪恶感，因而一般不被自己内心接受与认同，而是一向被自我压抑、厌恶、掩盖甚至痛恨，被自我拒绝和防卫，因此，这些让我们自己不满意而存在于我们无意识中的人格特点，往往会被我们投射到其他的人身上"①。取经路上的孙悟空一直被观音菩萨的紧箍和唐僧的咒语牢牢套住，内心的压抑难以发泄，如第十六回孙悟空刚被哄骗戴上紧箍时就举棒要打唐僧，因为疼痛难忍方才放弃；第五十七回与唐僧矛盾激化时悟空又央求观音菩萨"将《松箍儿咒》念念，褪下金箍，交还于你，放我仍往水帘洞逃生去罢！"可见悟空的内心深处未尝没有再寻自由的念头。六耳猕猴的出现正是在悟空因打死拦路的强盗被唐僧责骂之后，结合上下语境，六耳猕猴打师父、抢包袱、回花果山的行为不过是悟空在遭到误解、逼迫的情况下释放心中恶念，将长期压抑的野性外化表现的一个隐喻。② 其实，这与取经路上只有唐僧反复听到女子、孩子、老人等的求救之声也存在某种寓意上（"心生种种魔生，心灭种种魔灭"）的呼应。③

有论者以为："《红楼梦》外部性格对照系统，作为一个整体，是以贾宝玉性格为轴心的。以此为轴心，贾宝玉既与甄宝玉形成对照，又与秦钟、水溶（北静王）形成对照，也与贾政形成对照；宝玉的父辈中，贾政与贾赦；宝玉的母辈中，王夫人与赵姨娘；宝玉的恋人中，宝钗与黛玉；宝玉的姐妹中，迎春与探春；宝玉的亲戚中，尤二姐与尤三姐，等等，均形成性格对照。这种性格对照可使彼此性格互相衬托，互相补充。"④ 黛玉之率真虽不同于宝钗之婉曲，可卿却能"鲜艳妩媚，大似宝钗；袅娜风流，又似黛玉"，"兼美"之人庶几才是作者的

---

　　① 申荷永：《荣格与分析心理学》，广东高等教育出版社 2004 年版，第 68 页。
　　② 张振国：《〈西游记〉"六耳猕猴"意象的文化与心理学阐释》，《东南大学学报》2016年第 1 期。
　　③ 唐僧每每听到妖怪幻象的求救之声，总不顾孙悟空的劝告，最终不免为妖精所擒，这也成为小说中除妖降魔情节的一大套路。鼠精、红孩儿、银角大王诸难皆遵此模式。
　　④ 刘再复：《红楼梦悟》（增订本），生活·读书·新知三联书店 2009 年版，第 266 页。

理想人格？脂砚斋曾针对钗、黛的和解而指出："钗玉名二个，人却一身，此幻笔也。今书至三十八回时已过三分之一有余，故写是回，使二人合而为一。请看黛玉逝后宝钗之文字，便知余言不缪矣。"（庚辰本第四十二回脂批）①"钗黛合一"也许不单单是为男性理想人格之象征，它同时也反映了作者对于完整人格的思考。甄宝玉、贾宝玉出身一致，从小相貌、性情也相似，但最后却分道扬镳走上了完全不同的人生之路。贾宝玉所不愿接受的仕途经济学问，在甄宝玉那里得到了实现；而甄宝玉从小对姐姐妹妹的尊重与欣赏，在贾宝玉那里得到了坚守。脂砚斋针对冷子兴谈到的甄宝玉指出："甄家之宝玉乃上半部不写者，故此处极力表明，以遥照贾家之宝玉。凡写贾宝玉之文则正为甄宝玉传影。"（甲戌本第二回夹批）也是针对影子人物的"不写之写"而言。《红楼梦》第八回写晴雯针对李嬷嬷拿走宝玉留给自己的豆腐皮包子，其态度是得理不饶人；第十九回又写袭人对李嬷嬷强拿宝玉留给自己的蒸酥酪，其态度却是息事宁人。作者写晴雯与袭人之间的差别实际还暗示了黛玉与宝钗之间的对立，小说通过影写法达到了"写一是二"的效果，②难怪脂砚斋要特意提醒读者将两处参照体会。

李渔叙事作品偏爱所谓的"双美""双姝"意象，③如《十二楼》"夺锦楼"故事（生二女连吃四家茶　娶双妻反合孤鸾命）写鱼行经纪钱小江夫妇生得一对貌美如花的双胞胎女儿，因夫妻反目沟通不畅错将二女分别许给赵钱孙李四位丑男，闹至公堂后刑尊出面将二女许配给才貌双全的袁士骏为妻。父母官成人之美，与《乔太守乱点鸳鸯谱》略类。同时又善用巧合、误会，《合影楼》中屠观察与管提举之间性格矛盾，两家晚辈却偏偏因花园池塘中的影子相恋，最后有情人终成眷属。《风筝误》中戚友先与韩琦仲、詹淑娟与詹爱娟之间的容

---

① 也有学者认为作者设置可卿之"兼美"意象是有意对儒家传统"中和"思想的批判。参见赖振寅《"钗黛合一"美学阐释之二》，《红楼梦学刊》2006 年第 2 期。

② 王文娟：《从"影写法"看〈红楼梦〉对〈金瓶梅〉的继承与超越》，《红楼梦学刊》2020 年第 2 辑。

③ 孙悦：《明清小说"双姝"模式研究》，硕士学位论文，暨南大学，2016 年。

貌、才情反差，一系列误会之后才有了丑女配蠢男、美女配才子的大团圆结局。这些故事中主要人物之间都有或正或反的对应关系，其灵感抑或与《金瓶梅》《红楼梦》等作品的影子人物设置有关。在《红楼梦》影响之下的清代狭邪小说中，影子人物的设置几乎成为小说叙事的标配，《花月痕》中的韩荷生与韦痴珠、杜采秋与刘秋痕，《品花宝鉴》中的红相公与黑相公，《海上花列传》中泼辣外露的沈小红与安分守己的张蕙贞等人物之间也都形成差异性互补。

　　小说内部各要素之间的重复、对话，叙事结构上的平行、照应以及人物设置上的影身、映衬，这几类现象虽不足以概括明清小说内部的全部互文特征，但从中亦可见古代小说通过意象、场景、情节、人物之间的互动关联与相互指涉而寻求意义传达的丰富性。克里斯蒂娃等人更多关注的是特定文本在社会历史与文学文本的纵横坐标轴之中的位置关系，而内互文则更强调文本内部的"深度"。文本各局部看似没有情节关联的内容却能互动呼应、相互参照，并对文本整体意义造成影响，这种小说内部的互文，既是我国传统文学重文法、讲兴寄创作观念的直接反映，也与语言表达本身的特殊性有关。当然，小说中的各种互文现象并非只从创作的维度表现，他同时更依赖于不同的接受与阐释主体。对一般读者而言，参照比较、整体阅读也许是他们破解作者互文隐喻的关键。不过，作为特殊读者的明清小说的结集者、出版刊行者、评点者、插图绘制者、改编者等，他们以自己的视角和能力对小说作品作出互文性解读，其解读行为又作为互文本与小说一起在更广阔的范围内传播。我们将在下一章对此进行讨论。

第四章　明清小说文本接受中的互文性思考

　　无论是小说对其他文本的引用、镶嵌、仿拟、生发还是小说内部的重复、平行，都是创作主体通过互文性思维（也许是非自觉）而将"他者"（既包括思想内容上的也包括艺术形式上的）融入文本，或者将文本内部的不同要素通过各种指涉有机联系起来的过程，看似与读者并无直接关系。但我们知道，作品仅仅被创造出来还远远没有完成它的使命，它还必须进入读者的世界接受考验。事实上，对这些创作中的互文现象加以辨识和理解，还取决于读者的文化水平、阅读兴趣等各种因素，读者的世界是另一个互文的海洋。我们从创作的角度探讨作者运用的镶嵌、仿拟，对于被镶嵌的前文本来说，这些其实又都是读者的行为，也就是说作者首先是作为读者存在的。互文性理论对读者极其重视，这也是它与结构主义的重要区别。里法泰尔甚至把互文性定义为"读者对一部作品与其他先前的或后来的作品之间关系的感知"①。互文性阅读要求"读者必须具备深层挖掘能力，这种要求一方面使得阅读不再像传统的方式那样承接和连贯，另一方面也使得作者可以对含义有多种理解，甚至可能改变和扭曲原义。每一个人的记忆与文本所承载的记忆既不可能完全重合，也不可能完全一致，对所有互文现象的解读——所有互文现象在文中达到的效果——势必包含了主观性"②。从读者角度观照古代小说的互文性问题绕不开古代阐释

---

① 转引自程锡麟《互文性理论概述》，《外国文学》1996 年第 1 期。
② ［法］蒂费纳·萨莫瓦约：《互文性研究》，邵炜译，天津人民出版社 2003 年版，第 83 页。

学，虽然作为一种系统的研究理论，阐释学来自西方，但就阐释学的实质（对于文本意义的理解和解释的理论或哲学）而言，阐释、诠释的具体行为则伴随人类历史始终。从甲骨卜辞中所记载的巫师对商王所梦进行解释，到汉代"六经注我"与"我注六经"的分野，从魏晋的"格义"之学再到清代为重读经典而兴起的专注于文字训诂的乾嘉考据，无不包含在我国本土阐释学范畴之内。有学者总结汉语阐释学的最高境界是"六通四辟、弥纶群言、大著述者必深于博雅"；而阐释的具体目标则是要"跨越文字、文献、语境三重障碍以'通天下之不通'，故阐释的路径须通义于词根、通汇于文献、通变于语境"①。这种传统的"通义观"对古代小说的解读和批评产生了深远影响，使其表现出明确的互文性意识。比如，对先秦经典的集解、集注、汇校、汇释等文本擅长"将不同时空的阐释文字汇集一处"，以求达到"会通"之境，这种习惯在小说批评中表现为评点家偏爱大到对作品的本事、来历，小到对具体字法、句法、章法做寻根探源式的汇聚性梳理，② 又乐于选择经典文本与小说进行对照解读（如明清评点家普遍将《史记》作为小说的对读文本，并以之作为评判小说的标准）等。同时，由于我国古代小说在接受、传播活动中拥有一批特殊的阐释主体（读者群），除了上面所论评点者之外还有作品的编选整理者、出版刊行者、插图绘制者，以及续写、改写、仿作者等，郭英德先生将他们统称为"次要读者"③，他们的解读活动可能引起小说文本形式和内容上的直接变化（如不同版本），而由此形成的阐释文本（序跋、评点文字、插图、续书等）本身也会作为互文本与小说文本形成特殊

---

① 李建中：《通义：汉语阐释学的思想与方法》，《文学评论》2019 年第 6 期。

② 事实上，当今学界仍有一种汇集资料的治学方法，如针对各种小说作品的"资料汇编"就是将与小说相关的各种本事、评论等信息资料进行共时性汇集，为一般读者和研究者提供检索资源，南开大学朱一玄先生在这方面用力尤多，成果也最为丰富。

③ 郭英德先生曾对"次要作者"的改造性阐释活动进行归类总结，认为主要有如下几类：（一）发凡起例的整理；（二）添枝加叶的附益；（三）删繁就简的删略；（四）修饰润色的修订；（五）逐字逐句的校勘；（六）分句识读的标点；（七）注音释字的注释；（八）条分缕析的批评；（九）不同语种的翻译。参见郭英德《中国古代通俗小说版本研究刍议》，《文学遗产》2005 年第 2 期。

的对话关系，进而为后续读者形成参考；而不同的阐释文本之间（如不同译者的翻译文本之间、不同评点家的点评删改本之间）也会形成互文。这应该也都属于热奈特所总结的"副文本性"范畴。①

第一节　小说编选活动中的互文意识

文学作品除了单篇行世之外，还有一种重要的存在方式——选本。选本是"编者按照一定的目的和标准，从众多作品中选择、采录一部分重新组成的文本"，"只要符合小说书与选本两个条件者，即可被认定为小说选本"②。明清时期通俗小说大兴，也为小说选本的繁荣创造了有利条件。据统计明代自正德元年至清顺治十八年一百五十六年间共出现小说选本 240 多部，各类选本层出不穷，已成为读者小说阅读的重要形式。编选优秀文学作品在我国有着悠久历史，孔子删诗已表现出最早的选本意识。朱光潜曾指出："编一部选本是一种学问，也是一种艺术。顾名思义，它是一种选择。有选择就要有排弃，这就可显示选者的好恶或趣味……一部好的选本应该能反映一种特殊的趣味，代表一个特殊的倾向。"③ 选编活动虽然大多不对文本内容进行改造，但仍表现出一种主观干预和介入的特点，从本质上来说仍属于一种"书写"活动，"材料的取舍、抑扬、详略之间，就已经表现出了价值判断"④。从这个意义上来说，编选作品也是一种独特的文学批评形式。根据编选目的的不同小说选本往往会形成不同类型，有的侧重保存资料，有的侧重文人鉴赏，有的重在方便传播。与我国古代小说发展的实际相适应，明清小说选本也存在文言类和白话类两个系统，白话类主要集中在"三言二拍"系列、"西湖"系列，文言类则主要有

---

① 王瑾：《互文性》，广西师范大学出版社 2005 年版，第 117 页。
② 任明华：《中国小说选本研究》，博士学位论文，华东师范大学，2003 年，第 4—5、23 页。
③ 朱光潜：《谈文学选本》，《朱光潜全集》第九卷，安徽教育出版社 1993 年版，第 217—218 页。
④ 李剑国、陈洪主编：《中国小说通史》，高等教育出版社 2007 年版，第 6 页。

唐传奇类（如《虞初志》《艳异编》《剑侠传》等），中篇传奇类（如《国色天香》《秀谷春容》等），人物传记类（《青泥莲花记》《才鬼记》《虞初新志》）等。①

一 编选行为中的"类"意识

"类"意识创造互文对话空间。编选作品先需确定选录标准，划定选录范围，符合标准者方予采录，收录之后还可根据情况进一步再分细目。这一过程使编选活动具有了明确的"类"意识，而这种类意识，便是构建互文性对话空间的开始。宋代说书四家的出现不仅体现了当时说书艺术的繁荣，也反映了古人对叙事文学比较自觉的题材分类意识。《清平山堂话本》以"雨窗""长灯""随航""欹枕""解闷""醒梦"等作为分集之名，是取其娱乐消闲功能作为分类的标准。冯梦龙以"喻世""警世""醒世"作为其编选之作的分类标准，是从小说的教化功能出发；凌濛初以"拍案惊奇"为小说集命名，既强调了他在小说艺术上的追求（"无奇之所以为奇"）又暗示了小说的娱乐功能；抱瓮老人《今古奇观》则"试图调和冯梦龙强调小说劝诫作用的功利主义与凌濛初主张小说在艺术追求'日用起居'之'奇'之间有可能产生的矛盾"②。虽然构成文类关系的作品之间并不一定存在互文性，构成互文性关系的文本之间也未必具有同类关系，但构成互文性与文类关系的作品中总会存在一个交集部分，③ 这部分既具有同类性、又具有互文性的作品往往因其显著的指涉性、规律性而引人注目。今人萧欣桥曾集中从"三言二拍"、《石点头》、《五色石》、《三刻拍案惊奇》、《醒世恒言》等话本小说专门摘出与杭州西湖有关的 24 篇作品结为《西湖古代白话小说选》，单从标题就容易让人产生种种遐思。钱缪王、金玉奴、白娘子、莘瑶琴等本无情节关联的故事人物

---

① 代智敏：《明清小说选本研究》，博士学位论文，暨南大学，2009 年，第 41 页。
② 邹云湖：《中国选本批评》，上海三联书店 2002 年版，第 216 页。
③ 陈军：《文类与互文性》，《江苏社会科学》2012 年第 2 期。

在西湖美景与传说的整体时空观照之下，是否会有某种规律性的叙事特征被研究者发现？又是否会让一般读者产生某种浪漫联想？答案显然也是肯定的。

　　冯梦龙编选《情史》，将自周迄明近 900 篇爱情题材作品（来自史书、笔记、小说、诗话等）按情贞、情缘、情私、情侠等 24 类目分置。本无任何交集的作品因为编选者的主观选择而汇聚一处，又因情之不同特点而被归入不同细目，对于一般的选本读者来说，独特的文本空间使得这些作品之间具有了某种共时联系。刘勇强先生曾指出，古人的这种分类虽然主要针对题材而言，但"由于特定的题材可能有着相似的写法、甚至雷同的情节，因而有时也与情节类型有一定的关系"。① 而对于文学创作者来说，这种体类丰富的编选之作又成为他们收集素材或获得灵感的宝库。周汝昌先生曾论及《情史》对于《红楼梦》的影响，他指出："雪芹之所以名其榜曰'情榜'，也并非偶然'心血来潮'，忽发'奇想'，确实也有来历、也有出处。若问来历如何？我将答曰：这个'典'就'出'在明朝小说家冯梦龙所编的一部书里。这部书，名叫《情史》。"② 除了具体的情故事，对不同情类的划分，还有冯梦龙对《情史》所起《情天宝鉴》之别名，这些也都有可能是《红楼梦》创作灵感的来源。冯梦龙还借鉴《史记》评赞体例，在每则故事末尾均加上"情史氏曰"文字以表达编者意见。这些无不表明编选活动不仅能为所选文本创造超越时空的对话空间，而编选之作本身也因身处文本的海洋而与周围世界形成互文。张国风在《太平广记》中发现多处故事重复的现象，这是因为"同一故事可能出现在不同的书籍里，同一故事可以归入不同的分类之中"，还有些篇目则是"由数种书抽取若干片段凑合而成"。③ 这些从不同材料中搜寻同类故事（或是辑出同一故事）的活动本身也是互文性的发现过

---

　　① 刘勇强：《古代小说情节类型的研究意义》，《北京大学学报》（哲学社会科学版）2010 年第 3 期。

　　② 周汝昌、周伦苓：《"情榜"的文化涵义》，载邸瑞平选编《红楼漫拾》，江西教育出版社 1999 年版，第 118 页。

　　③ 张国风：《〈太平广记〉版本考述》，中华书局 2004 年版，第 106—112 页。

程。同时，这些故事作为类的特点又可能在其他作品中得到回应。如《聊斋志异》中的《崂山道士》就是对《太平广记》所载道士类形象（如《茅君》《刘子南》《郭文》等）的集体调侃与嘲弄等。

分类选编与小说创作的类型化。鲁迅先生认为："凡选本，往往能比所选各家的全集或选家自己的文集更流行，更有作用。册数不多，而包罗诸作，固然也是一种原因，但还在近则由选者的名位，远则凭古人之威灵，读者想从一个有名的选家，窥见许多有名作家的作品。"① 对于小说选本而言，其首要的作用在于为读者提供有效的阅读文本，从而进一步实现小说的娱乐、教化等功能。其多样化的题材分类为读者按照各自兴趣和目的选择文本提供了极大便捷。除此之外，选本对于文学创作也影响深远："选择与排除的过程以及许多篇章之后的批评性评注使批评家将他对于文学与文学的社会地位的理解付诸实施。他的目标不仅是影响其同代与后代的人们对于文学的品位与理解，而且通过可资研究与仿效的过去大师们的范本使他们自身的创作日臻完善。"② 当然，选本作为创作范本的功能也可能带来某些负面效应，这与类书功能的嬗变具有某种相似之处。③ 事实上，明清出现的很多小说选本确实具有类书的性质，如除前论《情史》之外，以男女恋爱为主要内容的还有《花阵绮言》《风流十传》等；另外还有传为王世贞选编、专门收录武侠故事的《剑侠传》；又有邹之麟取《剑侠传》中女侠故事再编而成的《女侠传》等。有学者曾指出类书一旦成为人们进行写作模仿的重要参考资料："一方面，原本应该通过个人化的阅读与思考来完成的创作习进过程，就被简单直接的摹仿与因袭替代；另一方面，在类书的流布过程中，社会和群体会自动选择那些最具效能、最受欢迎的本子，这使得写作的范本和摹本变得愈来愈狭窄。"④

---

① 鲁迅：《集外集·选本》，《鲁迅全集》第七卷，人民文学出版社 1981 年版，第 136 页。
② ［美］阿黛尔·瑞克特：《作为中国文学批评者的选集》，转引自乐黛云等编选《北美中国古典文学研究名家十年文选》，江苏人民出版社 1996 年版，第 258 页。
③ 类书功能的嬗变是指从最早为人们查阅检索文献资料提供方便的工具书（文献汇编），变为实用性写作的摹本与范本。
④ 焦亚东：《互文性视野下的类书与中国古典诗歌——兼及钱钟书古典诗歌批评话语》，《文艺研究》2007 年第 1 期。

而一旦小说创作中也开始呈现某种类型化（表现为人物设置、情节结构以及叙述方式等的大量重复、模拟）倾向，敏锐的读者就很快发现端倪并质疑。《红楼梦》作者借贾母之口痛批才子佳人小说情节的雷同化与不合理，她说："编这样书的人，有一等妒人家富贵的，或者有求不遂心，所以编出来糟蹋人家。再有一等人，他自己看了这些书，看邪了，想着得一个佳人才好，所以编出来取乐儿。他何尝知道那些世宦读书人家儿的道理！"（第五十四回）可见当时小说市场上集中流行的类型之作已经大大限制了文人体验生活的热情与独具个性的艺术想象，其结果反而是加速了这一特殊类型的消亡。

二　增删修饰中的互文技巧

古人编选作品，除了忠实的选录，有时还不免有删削增饰的改动。钱锺书曾就古代选家任意删削改动文本的现象指出："古人选本之精审者，亦每削改篇什……院本小说底下之书，更同自郐，人人得以悍然笔削，视原作为草创而随意润色之……抑评选而以作手自居，当仁不让，擅改臆删，其无知多事之处，诚宜嗤鄙。然固不乏石能攻玉，锦复添花，每或突过原本，则又无愧于作手。"[①] 小说地位低下，作者们也往往没有版权保护意识，删削增饰的改编现象往往更加普遍。

内容上的增删修饰。"三言"大多选录宋元旧本，冯梦龙从内容和形式上对这些旧作都进行了规范，其中改动最大的要数《众名姬春风吊柳七》。这则故事更早被收录在洪楩《清平山堂话本》（《六十家小说》）之中，题为《柳耆卿诗酒玩江楼记》。冯梦龙改造了主人公设计玩弄歌妓周月仙的情节，将原作中柳永的无耻之行嫁接给临时增插的人物刘二员外；同时又增加柳永与谢玉英两情相悦、不离不弃的情节线；还在小说中增加了叙述者的议论、对原作诗词进行改写等。与原作相比，柳永已完全摆脱了早期的民间无赖形象，才华横溢又温柔

---

① 钱锺书：《管锥编》第三册，中华书局 1979 年版，第 1067—1069 页。

多情的风流才子从此成为柳永在通俗文学中的固定标签，这不能不说是冯梦龙的功劳。此外，冯梦龙对《五戒禅师私红莲记》（也来自《清平山堂话本》）的改造则表现为在东坡佛印的正话故事之前增插唐代李源和圆泽三生相会（三生石）的头回。李源故事来自《太平广记》所录唐代袁郊《甘泽谣》，冯梦龙对前人编选之文言小说集非常感兴趣，尤以《太平广记》和《夷坚志》为甚，他自己就曾编选过《太平广记钞》，可见其重视。据统计，《太平广记》故事入"三言"头回者凡 8 次，《夷坚志》18 次。这都是典型的跨文本互文现象。其实，不仅如"三言"这类对原作有较大加工的改编之作，即便以全录为标准的选编之作也难保对原作的绝对忠实。如"取野史传记故事小说"而成的《太平广记》，虽基本按原貌选录，但仍难以避免"改易原作题目；原文前常加朝代；改人物称谓；改人称，即把原文中的第一人称'余（予）'改为作者姓名"等诸多动作。① 这是因为《太平广记》编撰的直接目的在于增广读者见闻，而非保存文献，所以重故事而轻形式。至于另一类节录型的选编之作，其对原作的改动就更无忌惮了。② 如明代刘元卿《贤奕编》卷四志怪类"妙寂复仇"条节录唐李公佐《谢小娥传》，仅叙主人公小娥于梦中得父亲提示，李公佐助其破解谜语，然后"妙寂乃易服泛佣江湖之间。闻有申村，村中有申兰兄弟，默往求佣"③，后妙寂趁二盗饮醉，奔告有司，遂获贼报仇。故事叙述极其简略（全文不足 200 字），原作中因使用限知视角所带来的悬疑之感全无，唐传奇记叙婉曲之特点也消失殆尽。盖此类选作仅为广见闻、资谈录者而存，聚集事类即可，对于原作的艺术性则不甚重视。不过，这类节录的选本虽不利于保存文献的原貌，却因其实用功能为不同文体之间的相互借用带来了极大方便，如为诗词创

---

① 李剑国：《〈李娃传〉疑文考辨及其他——兼议〈太平广记〉的引文体例》，《文学遗产》2007 年第 3 期。

② 节录是指"编者按照自己的爱好和兴趣任意摘取字句，甚至是片言只语，割裂原意"。参见任明华《中国小说选本研究》，博士学位论文，华东师范大学，2003 年，第 50 页。

③ （明）刘元卿撰，彭树欣编校，钱明主编：《刘元卿集》（下），上海古籍出版社 2014 年版，第 1431 页。

作者使用典故（或者破译典故）提供依据、为文人之间的雅聚交流提供谈资等。王十朋在《集注分类东坡先生诗序》中说："训注之学，古今所难。自非集众人之长，殆未易得其全体。况东坡先生之英才绝识，卓冠一世，平生斟酌经传，贯穿子史，下至小说杂记，佛经道书，古诗方言，莫不毕究。"① 虽说东坡因其个人雄才而至创作取材广博，但整个宋代博采众长的务实学风亦大致如此。在此背景之下，删削节录的小说选本确实占领了市场，而这势必从客观上加强不同文体之间的互渗互动。事实上根据宋代以来通俗小说创作的需要，诗词类的选编之作也得到极大欢迎。为了达到"论才词有欧、苏、黄、陈佳句，说古诗是李、杜、韩、柳篇章"② 的创作效果，小说作者对于按类编排的诗词汇编的需求也是相当迫切的。

形式上的改编。当然也有试图通过编选活动而规范小说形式者，如前所论冯梦龙选编"三言"时在收集宋元旧作的基础上将入话、头回的体制加以规范、固定。鲁迅先生曾指出："大抵诗词之外，亦用故实，或取相类，或取不同，而多为时事，取不同者由反入正，取相类者较有深浅，忽而相牵，转入本事。"③ 头回与正话故事之间或正或反的关系体现了改编者追求结构上的有机性，是小说内互文的表现形式之一。当然，除了从正面强调或反面衬托小说主题之外，头回还可能与正话之间存在一种错位的关系。这是指头回故事仅作为一种线索为正文埋下伏笔，引发读者思考联想，如《警世通言》"赵太祖千里送京娘"头回中讲述河东隐士与老少二儒于山间论道，隐士提出不贪女色才是宋代诸帝能稳坐江山的主要原因，二儒叹服而去。头回在情节上与正话无关，主要作用在于提出话头、营造氛围、点明主题。杨义先生认为这是一种"有意味的错位"，"它以不同的时空、不同的人物形态、不同的叙事情调的错综，包含着异常丰富的信息量，给人以

---

① （宋）苏轼：《苏轼诗集合注》（中），（清）冯应榴辑注，黄任轲、朱怀春校点，上海古籍出版社 2001 年版，第 2696 页。

② （宋）罗烨：《醉翁谈录》，古典文学出版社 1957 年版，第 3 页。

③ 鲁迅：《中国小说史略》，人民文学出版社 1976 年版，第 94 页。

自由联想的开阔天地。这种错位也许乍看给人稚拙生硬之感，但人的想象力和联想力并不都是在艺术的圆转自然处触发的，稚拙生硬的外观有时能给想象力和联想力的勃发提供更有效的触媒"①。《西湖拾遗》选编《西湖二集》《西湖佳话》时为收录的作品补充篇首、入话和篇末诗；又将内容相似者编入相邻位置，甚至将相邻两卷标题改为上下呼应的对偶形式。如卷四、卷五皆述帝王故事，卷四题为《钱王崛起吴越创雄藩》、卷五题为《宋主偏安江山还宿世》；卷18、卷19皆叙妓女故事，分别题为《苏小小慧眼风流》《冯元元悲心抑郁》等。又撮合生《幻缘奇遇》第一回"柳生春不种野合缘　王有道错认婚姻谱"选自西湖渔隐主人《欢喜冤家》第十八回，原题"王有道疑心弃妻子"；第二回"青春女错过二八佳期　少年郎一枕已还冤债"则选自冯梦龙《古今小说》，原题《闲云庵阮三偿冤债》。修改后的小说标题对偶工整，反映了选编者重视故事情节内部对应性的审美追求。这种同类并置的编排原则等于人为给本无关联的作品创造了互文联系的空间。

三　编选活动与社会历史的互动

选本的编者首先也是小说的阅读者，他在进行编选活动之前已经作为小说的读者（而且是爱好者）存在，其编选活动本身也是建立在持续阅读基础之上，而编选行为又直接面对新的读者。透过选本的刊印、流传等情况，我们能清楚地看到社会历史与文学文本之间的互动。

社会历史在小说选本中的投射。编选者根据个人兴趣与特殊目的对存世小说进行收集、整理与汇编，其收录的标准、分类的原则、刊印的形式等都带有强烈的个人主观色彩。然而个体终究是社会的缩影，再有个性的编选者也无法摆脱时代的烙印。事实上，明清时期热衷于小说的个性文人如冯梦龙、李卓吾、金圣叹、李渔等几乎就是时代思

---

① 杨义：《中国古典小说十二讲》，上海三联书店2007年版，第6页。

潮的代言人。王学左派影响下的思想解放运动波及通俗文学，这才有了梅鼎祚收录历代妓女事迹掌故的《青泥莲花记》与《才鬼记》，此外还有收录各类艳情专题的《艳异编》《续艳异编》《广艳异编》之类，其反对封建伦理、提倡男女平等、宣扬至情至性的编选标准非常明确；"三言二拍"收录众多以商人为主要表现对象的作品，而且这些商人又多因其勤劳、善良而获得好运致富或收获爱情（如《卖油郎独占花魁》中的秦重、《施润泽滩阙遇友》中的施复夫妇、《叠居奇程客得助，三救厄海神显灵》中的程宰等），直接反映了明末资本主义萌芽时期的社会景象以及时人对于商业经济看法的转变。明代江西科举氛围甚浓，对当地小说编创活动也造成了直接影响。据研究，当时江西籍文言小说作者中绝大多数通过科举获得了功名，而科举失意的文人士子则更多选择了白话小说。① 如《剪灯新话》的编者李昌祺为永乐二年进士，他在完成小说编写后请众多江西同年为其序跋（共11篇，其作者既涵盖当年科考的一甲三位，还有诸多二、三甲进士），这样的编创及推广阵容对我国古代小说而言恐怕绝无仅有。而同为江西籍考生的朱鼎臣、邓志谟等则作为科场失意者却面临重新选择职业的困境。当时江西邻省福建建阳为图书刻印中心，加之明代商业的发展，失意文人为书商所邀转而涉足小说也就在情理之中了。吴敬所编"杂志型小说选本"（或称类书型选本）《国色天香》收7篇中篇传奇，主人公全都获得了科考功名，其故事情节也多围绕科考展开。这不仅是编者自己对于科考之败耿耿于怀的表现，可能也代表了当时大批失意士子的心声。② 此书除收录中篇之外还有短篇传奇，以及诰、制、诏、启，诗、词、歌、赋等不同文体。这种博杂的体例虽不常见，却既能满足读者备考学习，又可以消遣娱乐，面世后大受欢迎，被反复刊印。

小说选本对社会历史的参与。小说文本对于社会历史的介入主要

---

① 赖晓君：《论科举视野下的明代江西小说》，《暨南学报》（哲学社会科学版）2015年第4期。

② 程国赋：《明代小说读者与通俗小说刊刻之关系阐析》，《文艺研究》2007年第7期。

通过作品的娱乐和教育等功能实现。首先，编选活动作为文学创作之一途本来就属于时代文化的重要组成部分。其次，小说选本的传播流行为读者提供了广泛便捷的阅读文本，丰富了他们的文化生活。编选者通过独特的方式保存文献，同时表达自己对社会的看法、对文学的追求。将单篇作品编于一集"可能使成于众手的作品存在风格上既有不同之处，又带有编者加工的一致性特点"①。再次，通俗小说具有的审美感染和道德教化功能也通过读者的阅读活动得以实现。当然，社会历史与文学文本之间从来都不是单向的影响关系，他们二者始终相互依存相互成就。如上所述杂志体类书小说《国色天香》的流行（与之性质相似的还有《绣谷春容》《燕居笔记》等），既是科举社会的现实反映，也对科举制度的继续推行起到某种积极作用。清初统治者禁毁淫词小说，选家就侧重关注宣扬忠孝节义的小说，而弃置所谓诲淫诲盗之作，而一旦涉及违禁小说，编者（作者）往往就会隐藏真名。这看似社会政治影响文学创作，但小说选本的传播又何尝不为适应甚至维护这种制度起到推波助澜的作用？小说文本与社会历史文本之间呈现的永远是一种平等的互动。

第二节　版本差异中的互文性

郭英德先生曾指出："版本指一部图书经由抄写、刊刻等方式而形成的各种不同的实物形态。一部图书问世以后，在流传过程中，由其著述背景、制作背景与流传背景所决定，往往产生文字内容或外观形式方面的差异，由此形成了各种不同版本，这就是一书各本的现象。在一书各本之中，根据各本的书名、卷数、次要作者、文字内容、版式行款等方面是否具有某种相同或类似的特征，往往可以划分为不同的版本系统。"② 古代小说与一般古籍相比，其版本情况还要更复杂。这是因为对于一般的作者和传播者而言，以小说来建"经国之大业，

---

① 刘勇强：《略论话本小说版本问题的特殊性》，《明清小说研究》2009 年第 4 期。
② 郭英德：《中国古代通俗小说版本研究刍议》，《文学遗产》2005 年第 2 期。

不朽之盛事"的可能性不大，[1] 他们对待小说最积极的态度也就是标榜其"补史"或教化之功。而如果仅重娱乐消遣之一途，则小说作者的版权、考订批评者的贡献等都难以得到正确认识，作品一旦问世便几乎沦为社会的"共有资产"，随意抄袭、删改的现象层出不穷，这就更加剧了小说版本的复杂化。"一书各本"现象为我们带来了各种比较问题，如小说"原文本"与各刻印版本之间[2]、成熟小说的不同版本之间、版本流传过程中生成的附加文本（如序跋、点评、插图等）与小说文本之间、不同小说版本与读者之间究竟存在何种关系等。也正是因为这些比较的需要，互文性成为观察与讨论的最好角度。然而通过这些复杂关系的对比我们最终要获得什么呢？刘世德先生认为，"古代小说版本研究的主要目标不在于追究哪一个字、哪一个词、哪一个句子的不同，也不在于寻找和恢复作品的'原貌'。它应该追求更高的境界。也就是说，有两个重要的方面是不可忽略的。通过古代小说版本研究，或者探索作者创作过程中的细节和构思的变化，或者阐释作品传播中的重大问题"[3]。这其实告诉我们，版本比勘的最终目的是通过异同发现和解释小说创作与接受中的重要问题，而这些也正是互文性所关注的两个重要维度。

出版商的介入。明代刻书沿袭宋元以来的传统，官刻本以经史典籍为主要对象，私家刻本以名家诗文为多，坊间刻本则主要满足民间文化生活的需要，在经史诗文之外又大量刻印小说、戏曲等通俗读物。明代中后期以来坊间刻书业繁荣，这在客观上刺激了通俗小说的创作，也为小说的传播创造了有利环境。出版商在古代小说的创作、接受、传播过程中起到的作用以往也许被我们大大忽略了。他们虽然绝大多数以追求商业价值为最高目的，[4] 但一方面书商群体中本身不乏文学

---

① 在康、梁所倡导的"小说界革命"之中，小说的政治地位和社会改良功能被放大到极致，但艺术特点却被忽略，也非小说发展之正途。

② 对中国古代小说而言，很多作品并无确切作者，原稿遂无所查考，而早期抄本也多不存世，因此只能以现存最早的刻印本，或者学界公认为最接近原稿的版本作为原文本。

③ 刘世德：《关于小说版本和古今贯通研究的随感》，《文学遗产》2006 年第 2 期。

④ 事实上，明清时期出现为数不少的非营利性质的刻书私家，如汪道昆、程君房等人皆主持过刻书活动，他们"典型地代表了徽州商人在'儒'、'贾'之间的模糊性"。参见李啸非《浮世风雅：晚明的书籍、书商和出版》，《美术学报》2018 年第 2 期。

造诣很高者，在选择刻印作品时表现出的独特眼光（比如最早对《金瓶梅》进行刻印的苏州书商）、在作品序跋中传达出的艺术看法等都反映出他们极高的文学素养；另一方面，对读者品位的准确把握以及通过版本改变而对市场作出的迅速反应为我们了解古代小说的接受与传播情况也提供了极有价值的信息。事实上，热奈特所讨论的副文本性问题，大多都和出版商有关。热奈特曾指出："一部文学作品完全或者基本上由文本组成（最低限度地）界定为或多或少由有意义的、有一定长度的词语陈述序列。但是这种文本几乎不以毫无粉饰的状态呈示、不被一定量的语词的或者其他形式的作品强化和伴和。比如作者名、题目、前言和插图等。尽管我们通常不确定是否应将这些作品看成属于文本，但是无论如何，它们包围并延长文本。精确说来是为了呈示文本，用这个动词的常用意义而且最强烈的意义：使呈示来保证文本以书的形式（至少是当下）在世界上呈现、接受和消费。……因此，对我们而言，副文本是使文本成为书、以书的形式交与读者，广义上讲，交与公众。"① 所有这些对小说文本起到"包围"和"延长"作用的副文本其实最终都由出版商与文人（既可能是小说作者也可能是改定者、注释者、序跋作者等）"合谋"完成。出版商不仅直接促成小说副文本的诞生（比如主动邀请文人对小说进行编订、评点、插图绘制等），而且对副文本与主文本之间的关系也产生影响。以《皋鹤堂批评第一奇书　金瓶梅》为例：该版本在康熙年间出现，是继万历词话本与崇祯本之后影响最大的《金瓶梅》版本。该本具体形式为正文之前先有书目，紧随其后为一篇题名谢颐的序（疑为涨潮），然后依次是张竹坡所撰《竹坡闲话》《〈金瓶梅〉寓意说》《苦孝说》《第一奇书非淫书论》《第一奇书〈金瓶梅〉趣谈》《杂录》（包括西门庆家人名数；西门庆家人媳妇；西门庆淫过妇女、意中人、外宠、潘金莲淫过人目、意中人、恶因缘；藏春芙蓉镜；西门庆的房屋等）、《冷热金针》《批评第一奇书〈金瓶梅〉读法》。在这数篇之

① ［法］热奈特：《副文本：阐释的门槛》，转引自蔡志全《副文本理论及其在翻译研究中的现状述评》，《海外英语》2013 年第 5 期。

后方接入小说正文（其中又包括回目、回前评语、小说作者文字、评点者的夹批、眉批等）。① 这些名目繁多的副文本内容虽主要由文人独立完成（也不排除出版商的要求），但其编排的顺序、收入小说时具体的版式等却由出版商决定（至少是由出版商与文人共同确定）。这种特殊编排所造成的互文性空间最终以印刷品形式固定并呈现在读者面前。对读者而言，是在了解故事之先就接受竹坡先生"寓意""奇书非淫书论"的教育还是待完成故事阅读之后再来感受评点者的总结，顺序的调换对其阅读的体验很可能是会造成差别的。对读者而言，数量巨大形式零散的夹批、眉批文字以何种形式编排才能成为令人欣喜的提点而不是破坏故事连贯性的障碍，这些也都是出版商需要考虑的问题。在出版商那里，读者的地位得到了前所未有的重视。张竹坡的本子是在崇祯本基础上评改而来的，他的潜在读者应该是有较高文化水平者；而崇祯本则是出版商看到了词话本在情节叙述上的烦琐、延宕等特点邀请文人删改而来的，其目的既是方便读者，也是节省出版费用。这与《水浒传》简本系统的开发具有一致的目的。在闽中书商首先对《水浒传》韵语进行大量删改的基础上，才有了后面袁无涯、金圣叹针对小说诗词韵语的持续删改与替换。《水浒志传评林》在版本形式上最有意味，② 出版者既将小说大部分回首诗词移入上栏，同时又反复申明"凡引头之诗，皆未干水浒内事，观之撼眼，故写于上层"；"一切诸烦恼，此一首极无趣味，当原未知何人录上，故易去矣，观到此者莫言省漏"（《题水浒序》）。一方面认为多余的诗词艺术性不强，破坏了情节的连贯性，不符合下层阅读者的审美习惯，应该予以删除；另一方面又担心自己的删削或引发部分爱好诗词者的不满，调和之下故有此版式。出版者思虑万千，其目的就是兼顾不同层次读

---

① 参见（明）兰陵笑笑生著，（清）张竹坡评《皋鹤堂批评第一奇书　金瓶梅》，吉林大学出版社 1994 年版。

② 明朝万历年间由福建建阳余氏双峰堂刊刻，全称为《京本增补校正全像忠义水浒志传评林》，余象斗评，全书二十五卷，有木刻插图 1236 幅。此书款式如连环画，每页一图，版框分三栏，上栏评语，中栏图画，下栏正文。参见《古本小说集成》编委会编《古本小说集成第 3 辑 132〈水浒志传评林〉》，上海古籍出版社 2017 年版。

者之需求，可谓用心良苦。通过变换版本形式，出版商在小说文本与读者之间搭建了一个独特的互文对话平台。

文人的参与。文人介入小说版本主要通过评点序跋等途径。对于小说评点中的互文性思想与策略，本书还会在下一章单独论述，这里仅涉及评点中的一种特殊情况，即评点者不甘于客观批评角色而越界对小说原本进行删改，造成不同版本之间文字表述与情节内容产生差异的情况。相比书商更多考虑读者的接受情况，文人则更注重作品主题隐喻与叙事技巧的发现以及评点者主体意识的表达。比如，由于评改者对于作品人物态度不同，容与堂本与贯华堂本《水浒传》在文字内容上就表现出不小的差别。第六十回晁盖攻打曾头市情节中因狂风吹折认军旗，诸将领都认为其兆不祥，容与堂本不仅录有吴用劝谏晁盖出军的细节，对宋江劝阻的话语也有所表现；而贯华堂本则只保留吴用一人的劝说。不仅如此，金圣叹还针对改动文字进行夹批："上文若干篇，每动大军，便书晁盖要行，宋江力劝；独此行宋江不劝，而晁盖亦遂以死：深文曲笔，读之不寒而栗。俗本妄添处，古本悉无，故知古本之可宝也。"金圣叹素恶宋江，有学者统计发现，"在《水浒》七十回本里，金圣叹对宋江的批语，共四百一十三条，其中褒奖之批，有五十七条，贬斥之批，有二百六十三条"[1]。而仅在第六十回中金圣叹针对宋江之险恶提醒读者注意的"深文曲笔"就达十三次。在这种改动与评点中，金圣叹视宋江为大奸之人的态度表露无遗。欧阳健先生曾调侃"把自己擅加改动的本子捧为'古本'，把原本贬为'俗本'，堪称金圣叹的一大发明"[2]。金圣叹对于《水浒传》内容的修改远非一处，他对于七十回之后情节的"腰斩"、对"惊噩梦"情节的增插都可见他对待故事人物以及起义事件的态度。而对于小说叙述细节处的修改，如将生辰纲中晁盖所扮贩枣商人的语言由"我只道有歹人出来，原来是如此"改为"呸！我只道有歹人出来，原来是如此"。则可见评改者在小说艺术上对于人物语言之鲜活生动的追求。事实上，对于容与

---

① 罗茂林：《关于金圣叹批改〈水浒〉的几个问题》，《安阳师专学报》1982年第4期。

② 欧阳健：《古代小说的文本与版本》，《内江师范学院学报》2005年第5期。

堂本与贯华堂本，还有作为中间过渡的袁无涯本之间的差别，均有学者进行过细致比勘，左东岭先生在 20 世纪 90 年代就撰写过《中国小说艺术演进的一条线索——从明代〈水浒传〉的版本演变谈起》一文，对《水浒传》版本变化中展现的改订者艺术观念的演进进行了相当深入的论述，只不过彼时作者并未提及互文性理论。从互文性角度考察同一小说的不同版本，在关注小说文本共时性样态的基础上总结出历时性的艺术创作与审美接受规律，庶几是互文性版本研究的最大意义。

　　围绕小说不同版本之间的差别问题，当代学者也多表现出自己的个性化判断。如《金瓶梅》词话本（万历本）与说散本（崇祯本）、《红楼梦》庚辰本与程乙本的孰优孰劣等就一直是学界的热闹话题。针对这一问题的态度分化也展现了当代读者在艺术追求上的多元选择。白先勇先生通过细节对比（如对尤三姐与贾珍之间的关系描写、晴雯临死前与宝玉见面时的叙述者评论、司棋与潘又安之间的书信等）认为程乙本在艺术上超越庚辰本，① 而这一看法却与张爱玲正好相反。② 对《金瓶梅》而言，在五四新文化运动以来重视"俗文学"的大背景之下，学界因为词话本可能更好地保存了民间文学的原始样态而对其大加推崇。然而近年也有学者提出不同看法，如黄霖先生就提出："崇祯本的改定者绝非等闲之辈，今就其修改的回目、诗词、楔子的情况来看，当有相当高的文学修养。"③ 宇文所安也认为："词话本诉诸'共同价值'，在不断重复的对于道德判断的肯定里面找到了它的真理。绣像本一方面基本上接受了一般社会道德价值判断的框架，另一方面却还在追求更多的东西：它的叙事结构指向一种佛教的精神，而这种精神成为书中所有欲望、所有小小的钩心斗角，以及随之而来的所有痛苦挣扎的大背景。"④ 这与田晓菲所指出的"词话本偏向于儒家文以载道的教化思想，在这

---

①　白先勇：《白先勇细说红楼梦》，广西师范大学出版社 2017 年版，第 9—18 页。

②　张爱玲曾直言《红楼梦》后四十回续作为"狗尾续貂成了附骨之疽"，可见其对高作的否定。见张爱玲《红楼梦魇》，哈尔滨出版社 2005 年版，第 3 页。

③　黄霖：《关于〈金瓶梅〉崇祯本的若干问题》，载《金瓶梅研究》第一辑，江苏古籍出版社 1990 年版，第 80 页。

④　田晓菲：《秋水堂论金瓶梅》，广西师范大学出版社 2019 年版，"序"第ⅲ页。

一思想框架中，《金瓶梅》的故事被当作一个典型的道德寓言，警告世人贪淫与贪财的恶果；而绣像本所强调的，则是尘世万物之痛苦与空虚，并在这种富有佛教精神的思想背景之下，唤醒读者对生命——生与死本身的反省，从而对自己、对自己的同类，产生同情与慈悲"[①]等看法完全一致。

第三节 续写、补写、仿作的因袭与超越

一 续写

续书是作家对原著人物、情节进行延续生发而来的。在思想上，是作家对原著的某种解读；在内容上，其人物情节与原作具有直接联系；在形式上，续作大多仿效原著的题材类型、结构方式乃至表现手法。[②] 对小说作品进行续写，在小说史上并不少见。《搜神记》之后便有托名陶潜的《搜神后记》，《世说新语》之后有刘孝标《续世说》，白话短篇亦有《续今古奇观》《二刻醒世恒言》等存世。明清长篇章回小说大受欢迎，每部经典都有续作，至清代更发展为一书多续、续者再续的现象。读者在欣赏经典之余意尚不足遂生参与之心，或为弥补原作人物结局之遗憾，或为炫逞故事叙写之才能，或借他人酒杯浇己身块垒，种种目的不一而足。一方面，原作的影响越大，读者对续书的兴致越高，而续书一出又必然引导读者追溯原著，而出版商正好乘此大量刊印原作与续书以获暴利。有学者指出："许多小说续书扩大了人们对原作在叙事内容、描写人物、风格方面确定性特点的感知与接受，并使其叙事的规范性成为一种典范而流传下来。"一部小说的续书演变史也就是这部作品的影响史，它折射的是不同时代读者对这部作品的叙事规范与叙事风格、内容的感受

---

① 田晓菲：《秋水堂论金瓶梅》，广西师范大学出版社 2019 年版，第 9 页。
② 段春旭：《中国古代长篇小说续书研究》，上海三联书店 2009 年版，第 4 页。

与理解。① 另一方面，续书对原作人物、结局的改变代表了部分读者
对原作的阅读期待，其对人物情节的接续、生发也能客观反映再创作
者的文学才能与审美追求。沈德符《万历野获篇》记载袁宏道曾发现
《金瓶梅》续书之一种——《玉娇李》，谓其"与前书各设报应因果。
武大后世化为淫夫，上烝下报；潘金莲亦作河间妇，终以极刑；西
门庆则一憨男子，坐视妻妾外遇，以见轮回不爽。……然笔锋姿横
酣畅，似尤胜《金瓶梅》"②。《金瓶梅》读者中对武大之死心有不
甘，对西门与金莲之死亦不称意者大有人在，续作者作为此类读者
之代表通过改变结局的方式直接参与经典创作。当然，从实际情况
来看，明清长篇章回小说的续写之作少有佳构。清代刘廷玑曾论及
于此，其谓：

　　　　近来词客稗官家，每见前人有书盛行于世，即袭其名，著为
　　后书副之，取其易行，竟成习套。……作书命意，创始者倍极精
　　神，后此纵佳，自有崖岸。不独不能加于其上，即求比美并观，
　　亦不可得，何况续以狗尾，自出其下耶？③

　　虽然如此，小说续书现象从古至今未曾消歇，作为续作者来说，
能够通过续写方式向经典致敬仍是一件非常具有吸引力的事情。当然，
也有部分续书如《后三国石珠演义》（又名《后三国演义》），本是西
阳野史《三国志后传》的衍生之作，与《三国演义》联系不大，却意
图借助原作之名自高身价，亦可见经典在读者群中之影响。另有如
《续英烈传》之类作品，以关注当代历史为机杼，从明太祖驾崩建文
帝即位叙起，至建文帝出家为僧、正统时又被迎入大内结束。其间明
成祖以"清君侧"之名起兵靖难，逼走建文帝等本朝历史大事皆纳入

───────────

　　① 王旭川：《中国小说续书研究》，学林出版社 2004 年版，第 125 页。
　　② （明）沈德符：《万历野获篇》卷二五，载朱一玄编《金瓶梅资料汇编》，南开大学出版
社 2002 年版，第 80 页。
　　③ （清）刘廷玑：《在园杂志》卷三，载朱一玄、刘毓忱编《西游记资料汇编》，南开大学
出版社 2002 年版，第 400 页。

小说，可谓社会历史文本介入小说创作的典型。以时事入小说，论者多以晚清为盛（小说界革命以来梁启超等大力提倡时事小说，遂成一时之风），实际明末已有端倪，如短篇白话中有《沈小霞相会出师表》、戏曲中亦有《鸣凤记》《瑞玉记》等皆以严嵩、魏忠贤等当权奸臣宦官迫害忠良的历史事件为题材进行创作。关注当代历史的小说续书不仅与原作之间形成互文，更与社会历史形成即时互动：历史为文学创作提供素材、主题，而文学何尝不以自己的方式参与历史，作品中的是非褒贬、正邪选择正是历史观察者与经历者积极投入其中的真实写照。

二　补写

续书之外，又有学者将明清章回小说的补写之作（人物、情节与原书有联系，通过书前弥补、中间插补和书后续补等方式创作的小说）单独列为"补书"一类进行研究。其认为补书与续书的不同之处在于续书仅指从原作结局处接续者，而补书则可从原作任意处开始补充。① 这种说法也在一定程度上概括出补作与原作之间不同的互文关系：一为延续，一为补充。冯梦龙《新平妖传》从《三遂平妖传》开头圣姑姑、胡永儿等主要人物来历起进行补充交代；董说《西游补》从《西游记》"三调芭蕉扇"情节之后生发演绎；归锄子《红楼梦补》则从《红楼梦》第九十七回"苦绛珠魂归离恨天，薛宝钗出阁成大礼"起叙，"凡九十七回以前之事，处处照应，以后则各写各事"等。有的补书因对原作具有较大依附性，故与原作一起形成新的文本行世，如《新平妖传》《忠义水浒全传》（补梁山义军征田虎、王庆、方腊等事②）；也有的补书仅借一点恣意发挥，与原作机杼大异，因此始终以独立面目存世，如《西游补》《水浒后传》等。静啸斋主人（董说别名）《西游补答问》曾谓"《西游》不缺，何谓补也？曰：……《西

---

① 傅承洲：《章回小说补书初探》，《江海学刊》2014 年第 3 期。
② 傅承洲：《〈忠义水浒全传〉修订者考略》，《文献》2011 年第 4 期。

游》补者，情妖也；情妖者，鲭鱼精也"①。在《西游记》中孙悟空是心无杂念、不涉情爱的英雄形象虽深得人心却并不完整，《西游补》则偏要从人性的角度补上孙悟空为情所迷的经历，在一系列戏拟的情事中将英雄还原为俗人。这也是晚明以来思想界提倡人性解放，以有情爱之欲为人性之常态观念的表现。又天目山樵《西游补序》谓："《西游》借释言丹，悟一子因而畅发仙佛同宗之旨，故其言长。南潜本儒者，遭国变，弃家事佛。是书虽借径《西游》实自述平生阅历了悟之迹，不与原书同趣，何必为悟一子之诠解。"② 说明董说借孙悟空误入鲭鱼幻境的故事以"自述平生阅历了悟之迹"，而作者所经明清易代的"国变"以及弃儒从佛的人生感悟都在青青世界的梦境人事中有所反映，从客观上看，原作的证道与讽刺之旨也得到了某种延续。这样的创作宗旨在陈忱的《水浒后传》中也得到实践：顺治年间郑成功、张煌言欲从海上攻入长江进而将满人赶出中原的愿望落空，这才有了《水浒后传》中幸存的良山好汉最终效仿虬髯客远赴暹罗立国的情节。这些也都是社会历史文本介入小说文本的直接表现。

三　仿作

法国学者让·米利把仿作行为定义为"仿作者从被模仿对象处提炼出后者的手法结构，然后加以诠释，并利用新的参照，根据自己所要给读者产生的效果，重新忠实地构造这一结构"③；美国学者罗斯诺则认为仿作（pastiche 有时也被译为"拼贴"）是"一种关于观念或意识的自由流动的、由碎片构成的、互不相干的大杂烩似的拼凑物……它否认整体性、条理性和对称性；它以矛盾和混沌而沾沾自喜"④。这两个定义分别从形式（结构）与思想（观念、意识）两个层面强调了原作与仿作之

---

①　朱一玄、刘毓忱编：《西游记资料汇编》，南开大学出版社 2002 年版，第 394 页。

②　杜云编：《明清小说序跋选》，广西人民出版社 1989 年版，第 330 页。

③　[法] 蒂费纳·萨莫瓦约：《互文性研究》，邵炜译，天津人民出版社 2003 年版，第 47 页。

④　[美] 波林·罗斯诺：《后现代主义与社会科学》，张国清译，上海译文出版社 1998 年版，第 4 页。

间的关系。国内对古代小说中的仿作现象最早予以重视的现代学者首推鲁迅，他在《中国小说史略》中已有"明之拟宋市人小说""清之拟晋唐小说"等专题分类；在第四篇"今所见汉人小说"中又指《神异经》"仿《山海经》"而来，又《十洲记》"亦颇仿《山海经》"；又指《品花宝鉴》《花月痕》《青楼梦》等狭邪小说皆为仿《红楼梦》之作，"虽意度有高下，文笔有妍媸，而皆摹绘柔情，敷陈艳迹，精神所在，实无不同"①。有学者认为鲁迅先生将仿、拟现象置于古代小说的发展演进过程中进行考察，已涉及精神（风格）与形式（体裁）两个维度，而其关注前者又较后者为甚。② 中国古代小说中的仿作、重写现象由来已久，本书在分析小说互文性的发生学意义时已有论述。这里关注仿作，主要是从小说接受的角度。因为仿作者首先是原作的一类特殊读者，仿作本身反映了特定读者对原作风格体裁的认可与接受，而仿作对于次级读者理解原作又会承担起特殊的引导、补充或参照功能。

仿作有正、反之别，又有局部与整体之差。明初瞿佑创作《剪灯新话》，付梓刊行后不到四十年李昌祺《剪灯余话》问世，作者在自序中名言其书乃"锐意效颦"而来；《余话》成书不及十年，又有仿作《效颦集》问世，后又有《花影集》《觅灯因话》《剪灯谈录》等相继而出。这类作品在命名方式（多以灯、烛入题）、小说体例（四卷二十篇）、取材范围（"远不出百年，近止在数载"）、题材内容（"事皆可喜可悲、可惊可怪"）、艺术特征（如穿插诗词以成"诗文小说"）等方面均保持一致，③ 是为整体之仿。《剪灯新话》仿作之盛说明读者对原作内容和形式的高度认可。《红楼梦》五十四回作者借贾母之口对明清时期盛行的才子佳人小说予以批判，谓其"都是一个套子，左不过是些佳人才子……编的连影儿也没有了。开口都是书香门第，父亲不是尚书就是宰相。生一个小姐必是爱如

---

① 鲁迅：《中国小说史略》，人民文学出版社 1976 年版，第 19、234 页。
② 温庆新：《〈中国小说史略〉有关古代小说仿拟现象的小说史叙述》，《学术研究》2017 年第 7 期。
③ 乔光辉：《明代"剪灯"系列小说研究》，博士学位论文，南京师范大学，2000 年，第 9—10 页。

珍宝。这小姐必是通文知礼，无所不晓，竟是个绝代佳人，只见了一个清俊的男人，不管是亲是友，想起终身大事来，父母也忘了，书礼也忘了"①。"私定终身后花园，落难公子中状元"的情节内容相袭模仿，造成"千人一面""千部一腔"的套式，令人生厌。贾母之批判亦代表部分读者之看法。至于相仿成套的客观原因，也极可能如贾母所言是因为一群特殊读者"自己看了这些书着魔了，他也想一个佳人，所以编了来取乐"。长篇世情小说的源头在《金瓶梅》，才子佳人之作在小说命名（如《玉娇梨》《平山冷艳》《林兰香》等皆以主人公名字入标题）、日常叙事（如对节日、宴饮、庭园活动的关注）以及人情描摹等方面皆对《金瓶梅》进行了直接模仿，但同时也在审美情趣上进行了明确的雅化改造，《红楼梦》虽力避才子佳人之俗套，但其实并未偏离才子佳人小说对《金瓶梅》的雅化一途。当然，历来学者也从未回避《红楼梦》对《金瓶梅》的模仿与借鉴，杜贵晨先生就从《金瓶梅》作者"极端男性中心主义的想象"、其书为"一个男人的故事"和"一个男人与六个女人故事"三个方面进行分析，得出《红楼梦》是《金瓶梅》"反模仿"或"倒影"的结论。② 这是从两部小说的整体而言，其实在局部细节处，《红楼梦》对《金瓶梅》的模仿更加直接，脂砚斋谓《红楼梦》"深得《金瓶》壸奥"即当指此，这一点学界论述已多。曹雪芹作为《金瓶梅》的特殊读者，通过《红楼梦》成就了自身的思想解放与审美追求，同时也延续了《金瓶梅》的艺术生命。

清代小说达到艺术顶峰，文言与白话皆有经典面世，遂引发模仿之潮，这既是经典本身影响力巨大的表现，也是当时读者水平提高，试图以模仿的方式介入经典创作，或者通过模仿旧作表达一己之思或审美追求的表现（当然也不排除借经典而自高身价的意图）。仿作最多的两部清代小说当属《红楼梦》与《聊斋志异》。据统计，从道光年间至今的

---

① （清）曹雪芹、高鹗著，（清）脂砚斋、王希廉点评：《红楼梦》，中华书局2009年版，第369页。

② 杜贵晨：《〈红楼梦〉是〈金瓶梅〉"反模仿"与"倒影"之"基因"论》，《河北学刊》2018年第2期。

仿红之作有近 30 部之多。其中既有《兰花梦奇传》《兰芸泪史》这类叙写婚姻、爱情悲剧的正向模拟之作，也有如《儿女英雄传》之类的反向翻案之作。在这些仿作中，尽管作者有意对原文本进行模拟指涉，但新的社会历史元素介入必然产生新的思想和艺术效果。有学者曾说："由于时移世异，原先言情小说作者们所刻意追求的那种红楼环境、人物性格，再也经不起现实的摧折考验，于是，人们由传统的'悲金悼玉'，转而去写欲使'英雄儿女之概，备于一身'（鲁迅语）的侠客，也是势所必然。"①《聊斋志异》仿作情况大体相似，《谐铎》《萤窗异草》等"尚藻派"在题材、结构、语言等方面皆顺仿原作；《阅微草堂笔记》等"尚质派"则试图在多方面与原作抗衡。②《女聊斋志异》一方面仿《聊斋志异》体例风格，另一方面又自出机杼，整理、改编历代文学作品中的女性故事，虽有部分事涉神异，但其主旨已转为表现中华奇女之才、德、情、义。作者因慕柳泉而将书斋命名为"女聊斋"，其对原作仿效之意甚明。而在接受《聊斋志异》女子书写的同时，仿作者亦加入了自己对女性与社会的思考。仿作虽然整体水平远不可与原作媲美，但其存在仍具意义，有外国学者就曾指出："这些模仿者都未能达到原作的程度，但我们知道，它们同样是应该表现中国人的那种生活和体现其精神的，所以我们并不认为它们是全然没有兴趣的。"③

第四节　插图与小说文本之间的"缝隙"

在我国传统文化之中，图像与文字的关系密切，"图""书"二字的正式结合在《史记》中就已出现。"左图右史""左图右文"是古代书籍早已采用的表现形式，④ 有学者曾将我国插图艺术的起源追溯至

---

① 赵建忠：《一粟未著录的仿作〈新红楼梦〉、〈风月鉴〉及其它》，《红楼梦学刊》2001年第2辑。

② 蒋玉斌：《〈聊斋志异〉仿作再辨》，《社会科学战线》2009年第11期。

③ ［俄］缅希耶夫、里弗京：《长篇小说〈红楼梦〉的无名抄本》引瓦西里耶夫语，转引自胡文彬、周雷主编《红学世界》，北京出版社1984年版，第245页。

④ 程国赋：《论明代通俗小说插图的功用》，《文学评论》2009年第3期。

战国秦汉的帛书插画，① 而木刻版画的出现，则一般以晚唐《金刚般若波罗蜜经》扉画为开端。②

　　具体到小说插图，学界普遍认为唐代的佛教活动——"变相"对之产生了直接推动。③ 胡士莹先生论及"变文中的图画，往往在故事情节关键处加以提示，图，显然是为了加强故事气氛而展开"，表演者"指出某'处'画面让观众看，同时开始将画上的情景唱给观众听，加深了观众的印象。这对话本中散文叙事之后，插入一些骈语和诗词来描绘景物，是有直接影响的，而后世小说插图的来源和意义，也可以从这里得到一些启示"④。文与图的关系如此密切，只因在传递信息、表达情感、创造意境等方面各有优势，二者结合方能让读者获得最为丰富的阅读体验。自 20 世纪鲁迅、郑振铎等学者开始关注文学插图以来，学界对明清小说的插图研究已经积累相当成绩，不过，传统插图研究多从我国版画发展史或书籍出版印刷史角度展开，⑤ 集中从小说文本意义及接受视角切入插图还是相对晚近的事。西方叙事学、图像学理论的引入为传统小说研究带来新的活力，"读图"作为近年流行起来的文化视野也推动了小说插图研究的繁荣景象。⑥ 不过，我们对语言与图像之间的相

---

　　① 祝重寿：《中国插图艺术史话》，清华大学出版社 2005 年版，第 17 页。

　　② 但郑振铎先生也认为该画"是相当成熟时期的作品，决不是第一幅的作品"，版画出现的时间应该更早。对此学界尚无确论。参见郑振铎《中国古代木刻画史略》，上海书店 2010 年版，第 12 页。

　　③ ［美］梅维恒：《唐代变文》，杨继东、陈引驰译，（香港）中国佛教文化出版有限公司 1999 年版，第 93—105 页。

　　④ 胡士莹：《话本小说概论》，中华书局 1980 年版，第 34—35 页。

　　⑤ 郑振铎《中国古代木刻画史略》（上海书店 2010 年版）、《中国古代版画丛刊》（上海古籍出版社 1988 年版），阿英《中国连环图画史话》（人民美术出版社 1984 年版），以及《古本小说版画图录》（线装书局 1996 年版）等皆属此类。

　　⑥ 21 世纪以来涉及古代小说图像主题的专业论文不下百篇，宋莉华《插图与明清小说的阅读与传播》（《文学遗产》2000 年第 4 期）、汪燕岗《古代小说插图方式之演变及意义》（《学术研究》2007 年第 10 期）、程国赋《论明代通俗小说插图的功用》（《文学评论》2009 年第 3 期）、陆涛《图像与叙事——关于古代小说插图的叙事学考察》［《内蒙古社会科学》（汉文版）2011 年第 6 期］、刘文玉等《图像时代下的中国古代小说插图研究》［《廊坊师范学院学报》（社会科学版）2013 年第 1 期］等可为代表，其中又以颜彦《中国古代四大名著插图研究》（中国社会科学出版社 2014 年版）及金秀玹《明清小说插图研究》（博士学位论文，北京大学，2013 年）论述最为系统。

互作用所涉及的一个重要命题——互文性仍然所论不多，① 有学者甚至认为"中外学者几乎都忽略了中国古代叙述中这一十分明显而独特的现象"，而这"不仅有违中国古代叙述的原初形式与阅读交流状况，而且也难以全面揭示中国古代叙述独特的叙述原则与叙述风格"②。

互文性涵盖文本的意义生成与意义接受两个维度，是文学研究中难以回避的理论话题。互文性理论否认文本边界的存在，认为每个文本都向其他文本开放，作品意义的生成及解读完全依赖于文本之间的相互作用。在这种泛文本化的互文视野中，"其他文本"既有可能是完全独立于该作品之外的某一部具体作品，也可能是与作品有着密切联系，甚至本身从属于作品的特殊部分（如插图）。插图是画家在忠于作品的思想内容基础上进行的创作；是"用图画来表现文字所已经表白的一部分意思"③ 的艺术；"是对文字的形象的补充或装饰"，能"帮助理解和加强记忆"，并"给全书增加美感"④。尽管古代小说的文字文本与图像文本出现各有早晚，但二者作为共时存在呈现给当代读者却是不争的事实，语言叙事与图像叙事之间相互参照、互为背景的特殊关系因此也就成为小说读者了解作品的必然途径。对于文学作品中文字与插图之间的关系，热奈特曾将其归入"跨文本性"中的特殊类型——"副文本性"⑤。事实证明，作为插图的副文本不仅能为阅读"提供一种氛围"，从而引导读者的接受，它本身也表现出对小说作品的独特理解。文字与图像之间究竟是"因文生图"还是"以图解文"？也许只有

① 直接以语—图互文现象切入明清小说研究的学术成果近几年渐有增加，代表作有杨森《明清刊本〈西游记〉"语图"互文性研究》（西南交通大学出版社 2019 年版）；胡小梅《明刊"三言"插图本的"语—图"互文现象研究》（《福建江夏学院学报》2016 年第 6 期）、马君毅《崇祯本〈金瓶梅〉"语—图"互文关系初探》[《九江学院学报》（社会科学版）2016 年第 4 期、张玉勤《论明清小说插图中的语—图互文现象》（《明清小说研究》2010 年第 1 期）、陆涛《明清小说插图的现代阐释——基于语图互文的视角》[《集美大学学报》（哲学社会科学版）2013 年第 1 期]、《明清小说出版中的语—图互文现象》[《鲁东大学学报》（哲学社会科学版）2013 年第 4 期] 等。
② 于德山：《中国图像叙述学：逻辑起点及其意义方法》，《社会科学战线》2004 年第 1 期。
③ 郑尔康：《郑振铎艺术考古文集》，文物出版社 1988 年版，第 3 页。
④ 钱存训：《中国纸和印刷文化史》，广西师范大学出版社 2004 年版，第 234 页。
⑤ 参见［法］热拉尔·热奈特《热奈特论文选·隐迹稿本》，史忠义译，河南大学出版社 2009 年版，第 58 页。

"互文"这一"中西结合"的概念才足以囊括这奇妙关系的全部所指。

明代出版业的繁荣曾为小说的创作、传播创造了良好条件，二者之间形成良性互动，插图本（绣像本）的大量刊行便是出版商针对读者趣味作出迅速反应的举动。据研究，万历年间的小说出版已达到"无书不插图，无图不精工"的程度。① 那些以营销为直接目的的插图本小说，不仅以其形式美观、内容丰富、雅俗共赏的优势成功吸引了各阶层读者眼球，还通过图像的叙事、抒情功能从不同角度引导后续读者理解文字文本，同时也从另一侧面向我们传达了以书商、绘图者为代表的特定读者群对于作品的认识和理解，成为我们研究小说接受情况的重要参考资料。小说虽然强调对原作的忠实，但由于语、图两种表意符号的差异性，插图绘制的过程其实也是意义的转换过程，在这个转换中既可能出现信息的遗漏，也可能出现信息的溢出，甚至是意义的偏离，这就是小说图、文之间所产生的"缝隙"，② 这种缝隙使得文字与插图之间形成对话；而同一小说不同版本的插图表现完全不同，这种差异也为语、图之间的对话提供了空间。

一　主观选择造成的图文缝隙

在将文字叙述的时间艺术转化为图像符号的空间艺术过程中，绘图者必须首先对表现内容作出取舍。因为"（绘画）艺术由于材料的限制，只能把它的全部摹仿局限于某一顷刻"，而"最能产生效果的只能是可以让想象自由活动的那一顷刻"。最富于"孕育性的顷刻"并非故事情节的高潮，而往往是事物到达高潮之前的某一瞬间，因为事物"到了顶点就到了止境，眼睛就不能朝更远的地方去看，想象就被捆住了翅膀"③。而透过最富"孕育性的顷刻"，读者就可以充分发

---

① 郑振铎：《中国古代木刻画史略》，上海书店 2010 年版，第 51 页。

② 张玉勤：《"语—图"互仿中的图文缝隙》，《江苏师范大学学报》（哲学社会科学版）2013 年第 3 期。

③ ［德］莱辛：《拉奥孔》，朱光潜译，载《朱光潜全集》（第 17 卷），安徽教育出版社 1989 年版，第 23—24 页。

挥想象推测、认识事物的前后语境。对于小说插图的绘制者而言，他
对于情节高潮的把握，对于"孕育性的顷刻"的选择与小说作者存在
多大程度的差异，也就会在图像文本和文字文本之间造成多大的缝隙。
事实上，绝大多数时候我们从图像中看到的都是经过绘图者主观过滤
之后的情景，对小说文本的绝对贴合无法实现。例如，我们曾在第二
章讨论过崇祯本《金瓶梅》第二十一回作者对"扫雪烹茶"典故的引
入其实是反其意用之，以讽刺西门庆作为暴发户的奢侈生活。但插图
作者显然并未理解这层含义，仍按回目中"吴月娘扫雪烹茶"的提示
将构图重点放在月娘扫雪、丫鬟烧水、冲茶等动作上；又如对"王三
官义拜西门庆""西门庆两番贺寿诞"等情节的描绘，绘图者也只是
按文字叙述直观呈现（画面中的蔡京与西门庆、西门庆与王三官展现
出父慈子孝其乐融融的亲爱场景），而作者通过事与事之间的对照以
及人与景的相形等手段所要传达的反讽之意则只能由读者配合文字阅
读来捕捉了。又第五十二回第二幅插图，画面右上角陈经济跪地向金
莲求欢，集中刻画"潘金莲花园调爱婿"的瞬间，山石相隔的左侧则
是官哥被大黑猫惊吓哭泣，玉楼与小玉追赶黑猫不迭的情景。① 小说
中按语言线性原则分先后叙述的两大场景在线条构成的图画中却得到
了共时性再现，潘金莲轻佻又歹毒的个性特征在语言和画面的交相映
衬之下栩栩如生。不过，从插图的空间比例来看，官哥因无人照管受
到惊吓的情景似更为表现之重点，笔者认为这透露了绘画者提前铺垫
六回之后情节的意图。此后的第五十九回之中，潘金莲利用自己驯养
的雪狮猫将瓶儿之子惊惧至死。第五十二回的回目虽未对官哥胆小怕
猫的特点进行强调，插图却对此进行了着意补充。有学者将此类现象
总结为"图像对语言文本内容的延展"②，实为确论。再结合第三十二
回插图对"潘金莲怀嫉惊儿"场景的表现，读者可以充分了解这一阴

---

① 词话本中该回的回目为"潘金莲花园看蘑菇"，显然不如"潘金莲花园调爱婿"更加精
炼与神似。［陶慕宁校点：《金瓶梅词话》，人民文学出版社 2000 年版；（明）兰陵笑笑生著，王
汝梅、齐烟校点：《新刻绣像批评金瓶梅》，三联书店（香港）有限公司 1990 年版。］

② 杨森：《世德堂本〈西游记〉图文互文现象研究》，《徐州师范大学学报》（哲学社会科
学版）2012 年第 4 期。

谋的酝酿过程。插图凝聚了绘画者对作品的理解，同时又与文字叙述一起为次级读者提供新的参照信息，让读者更加清晰地认识作品结构安排，信息量逐级递增的文本解读模式得以实现。又如清姚燮评本《石头记》第七十六回插图绘制了山石庭阁之间两位女性吹笛的画面，线条柔和，人物灵动，以配合"凹晶馆品笛感凄清"的叙述内容。①不过，按照文字所述，众人正说笑饮酒之间"猛不防只听那壁厢桂花树下呜呜咽咽，悠悠扬扬，吹出笛声来。趁着这明月清风，天空地静，真令人烦心顿解，万虑齐除，都肃然危坐，默默相赏"。叙述者自始至终强调的是众人听笛的反应，并未涉及吹笛之人。但绘图者却"通过故事主体所在环境的位置置换解决了视觉和听觉之间相互转换的问题"②将文字中并未出场的演奏者作为图像主体（在文字叙述中为客体）呈现，巧妙实现了对文字内容的配合。这种插图与文本之间的缝隙，以及插图与插图之间的差别都是由于绘图者的主观选择造成的，当然这种主观视角亦可能是当时的社会历史语境在绘图者身上的投射。

二 表现方式造成的图文缝隙

文字叙事依赖语言符号，读者通过阅读文字生发联想与想象，在脑海中勾勒出故事情景，由此完成对作品的理解；而图像叙事则具体可感，它通过线条、图形、色彩等直接诉诸视觉而为读者带来感官体验。莱辛在《拉奥孔》中论及诗与画的界限，认为诗叙述的是"时间上先后承续的动作"，而画则描绘"空间中并列的物体"。有学者因此指出"图像叙事是叙事媒介由时间艺术向空间艺术的转变"③。在表现故事时间性（或情节性）方面，文字叙事颇占优势，而在表现故事的空间性上，图像叙事亦拥有独特方便。我国传

---

① 洪振快：《红楼梦古画录》，人民文学出版社 2007 年版，第 74 页。

② 颜彦：《明清小说戏曲插图中的公私空间及其图式分析》，《贵州文史丛刊》2019 年第 3 期。

③ 陆涛：《图像与叙事——关于古代小说插图的叙事学考察》，《内蒙古社会科学》（汉文版）2011 年第 6 期。

统绘画偏爱以"散点透视"法构图，即通过移动视点（或谓多视点）进行观察，将各个不同立足点上观察所得全部组织到画面中来。① 而这样一来，文字线性叙述中"一张口难说两家话""花开两朵，各表一枝"的局限就有可能在图像表现中予以突破。万历双峰堂刊本《三国志传评林》图"周瑜喝斩曹公来使"将周瑜斩使的场景由"大帐"移至"船上"，目的是将曹操遣使渡江送书与周瑜斩使两个场景同时纳入画面中来；崇祯雄飞馆《英雄谱》本赤壁之战一节插图则囊括孔明借箭、蒋干中计、曹操赋诗以及阚泽诈降四个经典场景，时空跨度更大。这都是绘图者利用自身优势对小说文字进行的互文性转译。当然，一旦文字与画面同处尺幅之内，究竟是以图解文还是以文解图，抑或是图文互补？则要取决于次级读者根据自身需要与喜好作出的选择与判断。

有学者论及明崇祯三多斋刊本《李卓吾评忠义水浒全书》插图，认为"怒杀西门庆"配图最具代表性。这幅插图以不同建筑作为空间区隔：西门庆跌落街心，武松于楼上窗边提着潘金莲头颅正欲跳下；酒楼桌子上杯盘狼藉，两位唱曲者惊魂未定；远处（临街）武大家一楼由两位士兵把守，屋内供奉武大排位，二楼则聚集四家邻居。绘图者通过不同空间场景的"暗示"将故事情节的前因后果进行共时性陈述，传递了极其丰富的叙事信息。② 这种特点在崇祯本《金瓶梅》第九回第二幅插图中也得到了淋漓尽致的表现。该图主要表现"武都头误打李皂隶"情节，画面正中特写武松怒中举起李外传奋力扔出窗外的瞬间，屋内一旁还有被掀翻的桌椅以及被惊吓得背面而逃的妇女；画面右上角特写狼狈的西门庆从酒楼跳窗而出，被酒楼隔壁胡老人家一位正在如厕的大胖丫头发现而呼叫；图片最下面则是狮子街酒楼店铺正面，伙计尚不知楼上发生的情况正安心买卖。该插图不仅利用房

---

① 散点透视指"在有两个或两个以上的视点状态下，人们对景物的综合透视观察方法和表现方法，也称多点透视。它是相对于一个视点的焦点透视而言的"。见李峰《中国画构图法》，上海人民美术出版社 2013 年版，第 7 页。

② 张玉勤：《论明清小说插图中的"语—图"互文现象》，《明清小说研究》2010 年第 1 期。

屋的自然区隔共时性呈现了线性叙事无法同时表现的内容，而且将不同的叙事情绪综合表现出来，如画面中心武松怒打李外传的紧张、激烈，西门庆躲到胡老人家撞破丫头如厕又被当成贼人的狼狈尴尬，以及对楼上一切全然不知的酒店伙计的轻松、悠闲等。事实上，西门庆跳窗落到胡老人家的信息在小说文字中要到下一回才交代出来，绘图者却提前将此信息透露，显然是有意通过不同场面的并置营造一种既紧张又诙谐、既严肃又灵动的画面效果。这既是图画与文字叙述方式的不同而造成的差别，也是绘图者经过主观选择与思考之后的结果。而我们一旦将《水浒传》中"武松怒杀西门庆"与《金瓶梅》中"武松怒打李外传"二图进行对比，会更直观地发现兰陵笑笑生通过人物置换（西门庆被置换为李外传）的方式来进行戏拟创作的意图。整个《金瓶梅》故事就发生在西门庆侥幸逃脱之后的短短几年，对于《水浒传》的改写者来说，这幅插图所传递的信息成为情节转折的关键。倘若再将以上两图与《金瓶梅》第七十九回"西门庆贪欲丧命"与第八十七回"武都头杀嫂祭兄"二图并置参照，则西门与金莲在第九回插图中的缺席终于得到补全，放纵的众生不死于勇士的刀下也必死于贪欲的情床，西门与金莲如此，经济与春梅何尝不是如此？在插图的配合之下，小说文字给读者传递出更加耐人寻味的信息。

伊格尔顿曾经指出："一切文学作品都由阅读他们的社会'重新写过'，只不过没有被意识到而已，没有一部作品的阅读不是一种'重写'。"[1]编选者、续作、补作、仿作者以及插图绘制者，还包括未及论述的各种改编者等都只是古代小说特殊读者群的几个典型代表（充当中间读者或高级读者），他们对作品的反应并不足以涵盖所有的小说接受现象。其实对于小说文本而言，其最大的接受群体也许还是那些仅出于鉴赏、娱乐之目的者，他们并不试图通过各种途径积极发声，但他们通过购买文本（包括相应的衍生产品）、参与话题讨论或者其他方式在客观上促使小说创作向他们的审美需求靠拢。无论是对

---

① 李玉平：《互文性——文学理论研究的新视野》，商务印书馆 2014 年版，第 115 页。

于普通读者还是特殊读者来说，在文本接受过程中嵌入个体的生活经历、阅读体验以及社会历史加诸个体的各种印记都是极其正常的现象，而这也正是在接受之途互文性存在的基础，"联想嵌入"应该就是读者在解读文本过程中所遵循的普遍互文性原则。

第五章　明清小说评点中的互文阐释策略

　　评点是我国古人进行小说批评的主要方式，是评点者在细读文本基础上对作品内容、审美风格以及创作方法等进行分析、判断和评价，并借此表达文学主张、抒发自身情感的活动。评点的产生源头或可追溯到汉儒解经时的注、疏、解、笺、章句等，与我国史著的论赞体例及文学选评活动（文选学）自身的发展也存在密切相关。[①] 至宋始成真正自觉的批评形式；明、清是小说文体的发展繁荣期，小说评点也一度大兴。由于契合了古代通俗小说平民化、商业化的需求，这种批评方式一出现就受到小说爱好者的追捧。优秀评点的受欢迎程度几乎不亚于原作。小说评点者在对文本进行细读阐释过程中常以互文性为策略，主要表现在探寻情节、意境的源头，对文本之间仿、效、拟问题的梳理分辨，以及评点者在阅读中的个性化联想等。这种批评特点其实在我国早期诗学中就已展露端倪，如钟嵘在《诗品》中提出的"推源溯流"之法本质上就是细辨诸家流别，其基本的批评模式则是找出某作"源出于某某"。[②] 也在这个原则之下，钟嵘不厌其烦一一指出从汉到齐、梁的一百多位诗人其诗之所祖。唐诗僧皎然在《诗式》中总结古人作诗应遵循的"三不同"之法（即避免向前人偷语、偷意和偷势，[③] 这几乎

[①] 谭帆：《中国小说评点研究》，华东师范大学出版社 2001 年版，第 6—10 页。

[②] 江弱水：《互文性理论鉴照下的中国诗学用典问题》，《外国文学评论》2009 年第 1 期。

[③] 皎然同时也指出，"三偷"之中，唯偷势表现出作者的"才巧意精，若无朕迹"，可"从其漏网"。见（唐）皎然《诗式》，商务印书馆 1940 年版，第 7 页。

就是对抗"影响的焦虑"的具体方法），也已经非常逼近现代互文性
批评中为当下文本寻找互文本、源文本，通过寻找跨文本关联而破解
隐喻的做法。当然，这些更是直接影响到明清小说评点家的认识。小
说评点直接反映评点主体的阐释思想，其互文意识可以在评点话语中
通过以下几方面表现：为评点对象寻找对读参照文本，并进行比较分
析；在作品内部寻找各种"映射"关系，并以"文法"观念进行总结
归纳以及通过跨界引用来建构独特的对话体系，甚至通过改造作品内
容构建文本内外的互文性关联等。

　　寻找参照、对读文本。既有可能从整体出发选择一部主要作品与
评点对象进行对读比较，也有可能在作品局部根据实际需要选择不同
的参照内容进行实时分析。在阅读一部作品时有意引入其他相关作品，
通过对比参照达到文本间的互识、互补和互证，最终实现阅读者对原
始文本的深入理解及个人志趣的充分表达，是为对读之法。对读在我
国传统阐释学中由来已久，四书五经的笺注、集解，史著中的论赞，
诗话、词话中的本事梳理、意境解读等都不乏从同类文本（尤其是相
关经典）中寻找依据进而证明自家阐释合理性的现象；而类书的广泛
存在亦为这种独特的阐释方式提供了极大方便和可能。① 对读之法的
基本前提在于承认文本之间存在的普遍联系，即文本间性。如索莱尔
斯所言，"任何文本都是对其他文本的重读、更新、浓缩、移位和深
化"；罗兰·巴特更强调"文本的阐释取决于主体汇集各种互文本并
将它们同给定文本相联系的能力"②。评点者对小说进行整体对读者如
金批《水浒传》选择《史记》作为主要参照文本，《读第五才子书法》
开篇即直陈"《水浒传》方法都从《史记》中来"，夹批中又反复将
二作进行细读比照达35次之多，并据此总结出叙事规律。（左麦右舛、
左麦右娄）子评《林兰香》，认为其作"有《三国》之计谋，而未邻
于谲诡；有《水浒》之放浪，而未流于猖狂；有《西游》之鬼神，而

---

　　① 焦亚东：《互文视野下的类书与中国古典诗歌——兼及钱钟书古典诗歌批评话语》，《文
艺研究》2007 年第 1 期。
　　② 秦海鹰：《互文性理论的缘起与流变》，《外国文学评论》2004 年第 3 期。

未出于荒诞；有《金瓶》之粉腻，而未及于妖淫。是盖集四家之奇，以自成为一家之奇者也"①。虽然不乏溢美之词，但也不出从整体出发，通过与四大奇书进行参照对比而得出结论的批评路数。张竹坡评《金瓶梅》也以《史记》作为"经典坐标"而进行价值判断。② 当然在小说局部进行对读实践的情况更为广泛。这是因为阅读本是比较个体性的活动，评点者除了根据作者提示在阅读中找寻互文本之外，还可能根据自己的知识储备和阅读兴致临时选择参照文本。如《红楼梦》脂评第二十四回眉批"这一节对《水浒传》杨志卖刀遇没毛大虫一回看，觉好看多矣"；又第二十八回眉批"此段与《金瓶梅》内西门庆、应伯爵在李桂姐家饮酒一回对看，未知孰家生动活泼"云云，皆与评点者阅读时的心态兴致有关。

寻找作品内部的"映射"关系。对于小说内部的各种指涉性关联，不同的评点家有各自不同的总结：如金圣叹最爱以草蛇灰线和犯避之法论及作品内部的意象迭用及重复叙述原则；毛宗岗则以"奇峰对插，锦屏对峙""同树异枝、同枝异叶，同叶异花、同花异果"以及"弄引獭尾"等概括小说局部的平行叙述原则；李卓吾评点常以"好照应"等语赞赏《西游记》叙述中的前后呼应；张竹坡则以"血脉贯通""贯通气脉"等语观照《金瓶梅》既"细如牛毛"又"千万根共具一体"的整体结构意识；③ 脂砚斋多次提到前后"合看"与"遥对"的概念，如第五回贾宝玉于警幻仙境中读到晴雯判词，脂批评论"恰极之至！病补雀金裘回中与此合看"；第十九回袭人劝解宝玉之时脂评又特意提示"与前文失手碎钟遥对"，诸如此类皆是评点者试图通过发现小说内部的某种指涉关联而破解作品整体结构所做出的努力。

批评话语的跨界引用。明清评点家对小说文本的点评虽都具有强

---

① 大连图书馆参考部：《明清小说序跋选》，春风文艺出版社 1983 年版，第 112 页。
② 王晓玲：《张竹坡〈金瓶梅〉评点中的〈史记〉文学性阐释》，《文艺评论》2016 年第 5 期。
③ 王庆华：《论张竹坡对〈金瓶梅〉结构形态的解读——一种被遮蔽的传统小说文体结构观》，《兰州学刊》2017 年第 2 期。

烈的主体色彩、个人风格，但他们普遍擅长借鉴其他文体中的术语来建构自身批评话语。首先，评点家对于"文法"现象的执着（尤其是对于起承转合等结构问题的关注），对于尊题、肖题、养题等术语的兴致等，其实是八股作为流行时文强势影响小说批评的结果。金批《水浒传》在《读第五才子书法》开篇即强调"题目是作书第一件事。只要题目好，便书也作得好"；叶昼在袁无涯本《水浒传》第十七回亦批注"许多颠播的话，只是个像，像情像事，文章所谓肖题也"；又第二十八回针对武松不解于在孟州道监狱不受欺侮反被优待的情节所评"前一路写来，层层叠叠，写出供亿之情，使人疑惑，愈不可解。此得叙事养题之法，说破处始豁然有力"云云皆为此类。① 有学者指出"代表主流话语体系的八股文体对小说评点文本的形式渗透就是社会中心权力与评点者文学自主意识调和的产物"②。这既是文体之间的互动，也是社会历史文本参与小说文本的表现。其次，评点家还热衷于从传统绘画、书法批评术语中寻找可资移植、借用的资源。如对白描、皴染、背面傅粉、横云断山、过枝结叶等概念的频繁使用，对人物描写中"画工"与"化工"差别的比较，对"逸神妙能"品评等级的吸纳等，无不显示评点家对传统画学批判的熟悉；③ 而起笔、结笔、顿笔、挫笔、实笔、虚笔等批评话语也是直接从书法批评中借用而来。④ 最后，评点家对戏曲叙事中的某些概念、符号及其审美特点也表现出浓厚兴趣，楔子、关目、收煞、折等在评点话语中随处可见。戏曲与小说同为叙事艺术，很多小说评点家同时也参与戏曲批评，如李卓吾和金圣叹都曾对《西厢记》进行过详细点评，而毛宗岗父子也对《琵琶记》表现出浓厚兴趣。张竹坡虽未直接参与戏曲评点，但在《〈金瓶梅〉读法》中也曾以戏曲为例阐释读书之法，其谓"于念文时，即一字一字作昆腔曲，拖长声，调转数四念之，而心中必将此

---

① 陈曦钟、侯忠义、鲁玉川：《水浒传会评本》，北京大学出版社1981年版，第321、533页。

② 张伟：《明清小说评点理论建构的权力镜像与互文指向》，《求索》2015年第10期。

③ 张伟、周群：《互文：小说评点中品评标准的画学透视》，《内蒙古社会科学》（汉文版）2013年第1期。

④ 张世君：《明清小说评点叙事概念研究》，中国社会科学出版社2007年版，第209—228页。

一字，念到是我用出的一字方罢"①，可见对戏曲之重视。金圣叹在
《水浒传》评点中不仅多处使用戏曲叙事概念，还假托古本将第一回
径直改为"楔子"，使这一部分成为小说故事的总纲，又在回评中大
谈楔子"以物出物"的结构功能。当然，评点家在小说批评话语中大
量借用戏曲概念也与当时戏曲颇受欢迎的接受环境密切相关。除了从
八股、画论、曲论中寻找同类概念之外，评点者还可能从其他途径借
鉴评点话语，如清俞樾在《重编七侠五义传序》中称赞小说叙述之精
彩："及阅至终篇，见其事迹新奇，笔意酣恣，描写既细入毫芒，点
染又曲中筋节，正如刘麻子说《武松打店》，初到店内无人，蓦地一
吼，店中空缸空罂皆瓮瓮有声：闲中著色，精神百倍。"② 这段内容源
自张岱《陶庵梦忆》卷五的《柳敬亭说书》，③ 俞樾借张岱对口技艺人
精彩表演的描述来形容小说叙述，是一种典型的改造嵌入互文。又
"行文如用兵，遣笔如遣将""绝妙兵法，却成绝妙章法"（金圣叹
语）；"文章一道，通于兵法""兵法即技法"（冯镇峦语）等评点话
语则从兵法理论中借鉴而来。④ 前面论述小说跨文本互文中的"引用、
镶嵌"情况时我们曾讨论过戏曲、小说等不同文体进入小说的情况；
而此处的情况说明跨文本互文不仅可以通过作者的创作实现，也可通
过特殊读者（小说批评者）的介入性解读实现。

第一节 金批《水浒传》的对读策略⑤

金批《水浒传》不仅因其确立了古代小说评点的完整形态被奉为

① （明）兰陵笑笑生著，（清）张竹坡评：《皋鹤堂批评第一奇书 金瓶梅》，吉林大学出
版社1994年版，第46页。
② 朱一玄编，朱天吉校：《明清小说资料选编》，南开大学出版社2012年版，第364页。
③ 其原文本为"南京一时又两行情人，王月生、柳麻子是也。余听其说'景阳冈武松打
虎'白文，与本传大异。其描写刻画，微入毫发，然又找截干净，并不唠叨。夹声如巨钟，说
至筋节处，叱咤叫喊，汹汹崩屋。武松到店沽酒，店内无人，蓦地一吼，店中空缸空罂皆瓮瓮有
声。闲中着色，细微至此"。见（明）张岱著，夏咸淳、程维荣校注《陶庵梦忆 西湖梦寻》，
上海古籍出版社2009年版，第81页。
④ 谭帆、杨志平：《中国古典小说文法术语考论》，《文学遗产》2011年第3期。
⑤ 本节内容由西安工业大学文学院2021届中国古代文学方向硕士研究生马娜参与共同完
成，并发表于《西安工业大学学报》2021年第4期。

经典，①其独特的鉴赏思路、话语风格也对此后的小说批评产生巨大影响。在阅读一部作品时有意引入其他相关作品，通过对比参照达到文本间的互识、互补和互证，最终实现阅读者对原始文本的深入理解及个人志趣的充分表达，是金圣叹在文学评点中经常用到的方法。金批《水浒传》选择《史记》作为主要参照文本，《读第五才子书法》开篇即直陈"《水浒传》方法都从《史记》中来"②，夹批中又反复将二作进行细读比照（达35次之多），并据此总结出叙事规律，这绝非偶然。对读之法在我国传统阐释学中由来已久，四书五经的笺注、集解，史著中的论赞，诗话、词话、小说评点中的本事梳理、意境解读等都不乏从同类文本（尤其是相关经典）中寻找依据进而证明自家阐释为合理的现象；而类书的广泛存在亦为这种独特的阐释方式提供了极大方便和可能。③以现代西方理论为参照，对读实属典型的互文性批评方法，其基本前提在于承认文本之间存在的普遍联系，也即文本间性。如索莱尔斯所言：任何文本都是对其他文本的"重读、更新、浓缩、移位和深化"④。

对中国古人来说，巴赫金的复调、狂欢理论也许难以理解，但老子"道生一，一生二，二生三，三生万物"的宇宙联系观则很可能为本土互文阐释提供最为朴素的哲学依据。这也是国人"关联性思维"之由来，⑤即"根据熟悉的具体事物对同类或相互不熟悉的事物进行理解或推论，从而达到对后者的把握和说明"⑥。郑玄等人所提出的"互言""互辞""文互相备"，以及刘勰所谓"文有隐秀""秘响旁通"等理念则既是古人对互文性问题的集中思考，也是他们进行互文性阐释的实践

---

① 谭帆：《古代小说评点简论》，山西人民出版社 2005 年版，第 43 页。

② （明）施耐庵著，（清）金圣叹评点：《金圣叹批评第五才子书水浒传》，天津古籍出版社 2006 年版，第 9 页。后文中出现的《读第五才子书法》、回评、夹批文字也皆出此版本。

③ 焦亚东：《互文视野下的类书与中国古典诗歌——兼及钱钟书古典诗歌批评话语》，《文艺研究》2007 年第 1 期。

④ 转引自秦海鹰《互文性理论的缘起与流变》，《外国文学评论》2004 年第 3 期。

⑤ ［美］安乐哲：《和而不同——中西哲学的会通》，温海明等译，北京大学出版社 2009 年版，第 204—205 页。

⑥ 户晓辉：《中国人审美心理的发生学研究》，中国社会科学出版社 2003 年版，第 142 页。

总结。① 同时，史传文学曾为我国小说的诞生提供了条件，有些早期作品在文体归属上甚至难分你我，石昌渝先生就认为史传作为中国小说之母体直接"孕育"了小说。② 明清是《史记》完成文学经典化的重要时期，不仅针对《史记》本身出现了大量评点鉴赏之作，小说、戏曲与《史记》的关系问题也得到深入讨论，③ 如天都外臣在《水浒传叙》中指出《史记》有"犀利""琐屑"之特点，并直指其为演义之作，可与《水浒传》等视；④ 李开先在《词谑》中亦谓"《水浒传》委曲详尽，血脉贯通，《史记》而下，便是此书；且古来更无有一事而二十册者。倘以奸盗许伪病之，不知序事之法，史学之妙者也"⑤，亦指明二书在叙事技巧上的关联；至金圣叹则以《史记》为标准，从人物塑造、情节敷演、虚实笔法等不同角度对《水浒传》进行全方位鉴赏评价，对读之法得到集中运用，小说与《史记》的互动也于金批《水浒传》中达到高潮。也正是基于如此背景，明清评点家基本一致认为当时小说的章句文法皆本诸盲史腐迁，史家笔法作为固定的评点话语被全面建构。

金圣叹以《史记》为参照，通过创作动机、人物塑造、叙事技巧、情节意境等不同层面的对读分析在小说与史传之间构建了三种联系：一是《水浒传》直承《史记》而来，所谓"《水浒传》方法都从《史记》出来"（《读第五才子书法》）云云，是为此意；二是《水浒传》笔法与《史记》相似，所谓"如是手笔，实为史迁有之"（第八回回评），"分明是一段《史记》"（第三十四回回评）、"文法疏奇之甚，皆学史公笔"（第四十九回夹批）、"惟毛诗及史迁有之"（第五十五回回评）等皆是指此；三是《水浒传》笔法超越《史记》，如"《史记》妙处，《水浒传》已是件件有""却有许多胜似《史记》处"

---

① 焦亚东：《钱钟书文学批评的互文性特征研究》，博士学位论文，华中师范大学，2006年，第23页。

② 石昌渝：《中国小说源流论》，生活·读书·新知三联书店1994年版，第67页。

③ 张新科：《〈史记〉文学经典化的重要途径——以明代评点为例》，《文史哲》2014年第3期。

④ 黄霖编：《中国历代小说批评史料汇编校释》，百花洲文艺出版社2009年版，第156页。

⑤ （明）李开先著，卜键笺校：《李开先全集》，上海古籍出版社2014年版，第1553页。

"笔墨之妙，史迁未及"等。① 乔纳森·卡勒曾指出："互文性与其说是指一部作品与特定前文本的关系，不如说是指一部作品在一种文化的话语空间之中的参与，一个文本与各种语言或一种文化的表意实践之间的关系，以及这个文本为它表达出那种文化的种种可能性的那些文本之间的关系。"② 以金圣叹慧眼观之，《史记》不仅在情节、立意及叙事技巧上"参与"了《水浒传》创作，更以其独特方式出席了小说的传播与阐释；而金批《水浒传》的出现亦将《史记》的经典地位由史学拓展至文学领域，开启了后世解读鉴赏这部历史著作的另一扇大门。

一　创作动机与虚实之笔的对照

金圣叹在《读第五才子书法》开篇先将《史记》与《水浒传》的创作动机进行对比："大凡读书，先要晓得作书之人是何心胸。如《史记》须是太史公一肚皮宿怨发挥出来，所以他于'游侠列传''货殖列传'中特地着精神。乃至其余诸记传中，他便啧啧赏叹不置。一部《史记》，只是'缓急人所时有'六个字，是他一生著书旨意。"③ 金圣叹认为《史记》的创作是由司马迁怨愤之情所激发，这种动机对作品尚奇、尚事的取材与行文产生了直接影响。这既是对司马迁"发愤著书"的认同，也是他视《史记》为"才子书"的重要依据。紧接着金圣叹指出："施耐庵本无一肚皮宿怨要发挥出来，只是饱暖无事，又值心闲，不免伸纸弄笔，寻个题目，写出自家许多锦心绣口，故其是非皆不谬于圣人。后来人不知，却于《水浒》上加'忠义'字，遂并比于史公发愤著书一例，正是使不得。"④ 认为从总体上看施耐庵创作小说并没有司马迁

① 张金梅：《史家笔法作为中国古代小说评点话语的建构》，《集美大学学报》（哲学社会科学版）2012 年第 2 期。

② 程锡麟：《互文性理论概述》，《外国文学》1996 年第 1 期。

③ （明）施耐庵著，（清）金圣叹评点：《金圣叹批评第五才子书水浒传》，天津古籍出版社2006 年版，第 9 页。

④ （明）施耐庵著，（清）金圣叹评点：《金圣叹批评第五才子书水浒传》，天津古籍出版社2006 年版，第 9 页。

那样的切肤之痛，但也正因如此，作者能够心平气和地关注作品的文采章法，即"自家锦心绣口"。不过，随着情节的展开金圣叹又表达出不同看法，如在楔子中他感叹"吾不知其胸中有何等冤苦而为如此设言？"第六回又夹批指出"发愤作书之故，其号耐庵不虚也"；又第十八回针对阮氏兄弟骂何涛等众官兵"此回前半幅借阮氏口痛骂官吏，后半幅借林冲口痛骂秀才。其言愤激，殊伤雅道。然怨毒著书，史迁不免，于稗官又奚责焉。"在这些地方金圣叹将《水浒传》的创作动机总结为"怨毒著书"，而且对作者怨毒之心的抒发表现出极大宽容。可见仍是以《史记》为评判标准，从屈原、孔子、司马迁的发愤抒情一脉而来。司马迁曾在《史记·伍子胥列传》中感慨"怨毒之于人甚矣"，后人评点亦认为"《伍子胥传》以赞中'怨毒'二字为主"①，司马迁对伍子胥"弃小义，雪大耻""隐忍功名""名垂于后世"的行为表现了极大赞赏，认为"非烈丈夫"不能至此。这无疑是司马迁融入自我身世之悲的非凡见解，庶几也是引发金圣叹"怨毒"之说的灵感来源。当然，这种对创作动机的深入考察并未脱离知人论世、以意逆志的传统阐释观。

通过与《史记》对读，金圣叹还提出了"以文运事"和"因文生事"两种不同的创作观，道出了史传与小说的本质区别，这也构成金圣叹小说理论中最有价值的内容之一。"夫修史者，国家之事也，下笔者，文人之事也。国家之事，止于叙事而止，文非其所务也。"（第二十八回回评）"运事"即作者采用现成的材料进行文学构思创作，大部分事实是已经存在的，其真实性大于虚构性。"文人之事，固当不止叙事而已，必且心以为经，手以为纬，踌躇变化，务撰而成绝世奇文焉"（第二十八回回评），作者根据已有的创作素材去构思结撰故事，不囿于情节的生活真实性，此为"生事"。宋江起义虽于宋史有征，但原始记载极其有限，除主要人物姓名及起义大致经过，一百单八将的英雄传奇基本全靠作者想象。当然这种虚

---

① 李景星：《四史评议·史记评议》，岳麓书社1986年版，第63页。

构并不是毫无根据的凭空捏造，还必须符合"忠恕"、"因缘生法"（《水浒传序三》）①、"那辗"（金批《西厢记》）②等创作原则，也就是要近距离观察和体验生活、澄怀格物，遵循事物发展的必然逻辑。其实，即便史传写作也不能完全摆脱虚构与想象，钱锺书先生就认为作者追叙史实时每须"遥体人情，悬想事势，设身局中，潜心腔内，忖之度之，以揣以摩"，此"与小说、院本之臆造人物、虚构境地，不尽同而可相通"③。从这个角度上来看，"国家之事"与"文人之事"在叙述中也就并不对立。金圣叹的贡献在于自觉看到了虚构对于小说叙事的重要性，并由此出发进一步总结了小说虚构的基本原则和方法。在小说尚难进入主流文学的明清之际，金圣叹将《史记》、杜诗等与《水浒传》《西厢记》并论，不仅有利于通俗小说地位的提升，对《史记》等作品的经典化也同样发挥了积极作用。

二 人物塑造的评判准则

《水浒传》创作以人物胜，这在李卓吾评点中已得到关注。各路英雄出身及行动轨迹都各自独立，如何结撰串联成为难点。在金圣叹看来，《水浒传》人物的成功不仅表现在不同性格的塑造上，还表现在人物体系的总体设置安排上。"一百八人中，独于宋江用此大书者，盖一百七人皆依列传例，于宋江特依世家例，亦所以成一书之纲纪也。"（第十七回夹批）一众人物在宋江这一梁山领袖的统摄之下来往穿梭，既有所依傍又各有施展。金圣叹曾以裁衣为喻论"才子"特质，谓："才之为言，裁也。有全锦在手，无全锦在目；无全衣在目，有全衣在心。见其领，知其袖；见其襟，知其袂也。夫领则非袖，而襟则非袂，然左右相就，前后相合，离然各异，而宛然共成者，此所

---

① （明）施耐庵著，（清）金圣叹评点：《金圣叹批评第五才子书水浒传》，天津古籍出版社 2006 年版，第 5 页。

② （元）王实甫著，（清）金圣叹评点：《金圣叹评点西厢记》，上海古籍出版社 2008 年版，第 71 页。

③ 钱锺书：《管锥编》（第一册），中华书局 1979 年版，第 166 页。

谓裁之说也。"① 掌控全局，精心铺排，于动手之前已裁好胸中之衣，这与圣叹对文学叙事的要求基本一致。

> 稗官固效古史氏法也，虽一部前后必有数篇，一篇之中凡有数事，然但有一人必为一人立传，若有十人必为十人立传。夫人必立传者，史氏一定之例也。而事则通长者，文人联贯之才也。故有某甲、某乙共为一事，而实书在某甲传中，斯与某乙无与也。又有某甲、某乙不必共为一事，而于某甲传中忽然及于某乙，此固作者心爱某乙，不能暂忘，苟有便可以及之，辄遂及之，是又与某甲无与。故曰：文人操管之际，其权为至重也。夫某甲传中忽及某乙者，如宋江传中再述武松，是其例也。书在甲传，乙则无与者，如花荣传中不重宋江，是其例也。（第三十三回回评）②

这是金圣叹针对不同英雄交集时如何处理轻重比例所提出的思考，其参考的依据实为《史记》的人物互见法。他认为《水浒传》对互见法有深刻理解，"宋江传中再述武松"是通过人物在不同时期的行为综合展现其性格气质；而"花荣传中不重宋江"则是避免人物描写的重复，在局部突出侧重不同人物。第二回针对鲁达和史进，金圣叹夹批也有"此处专写鲁达，史进便是陪客"之论，亦同此意。

金圣叹对《水浒传》人物多有褒贬，他对宋江的批评也许多少带有主观情绪，③ 但他的批评依据仍离不开《史记》。比如，金圣叹认为施耐庵塑造宋江与司马迁塑造汉武帝有相似之处，他在第三十五回针对宋江的孝子行为进行评论："虽然，诚如是者，岂将以宋江真遂为仁人孝子之徒哉？《史》不然乎？记汉武初未尝有一字累汉武也，然

---

① （清）金圣叹著，陆林辑校整理：《金圣叹全集》（白话小说卷），凤凰出版社2016年版，第15—16页。

② （明）施耐庵著，（清）金圣叹评：《金圣叹批评第五才子书水浒传》，天津古籍出版社2006年版，第285页。

③　如胡适就认为金圣叹将《春秋》的微言大义运用到宋江形象分析上有迂腐穿凿之嫌。参见胡适《中国章回小说考证》，上海书店1980年版，第6—8页。

而后之读者莫不洞然明汉武之非，是则是褒贬固在笔墨之外也。呜呼！稗官亦与正史同法，岂易作哉，岂易作哉！"其赞赏之意可见。又第四十回回评："写宋江口口恪遵父训，宁死不肯落草，却前乎此，则收拾花荣、秦明等八个人，拉而归之山泊；后乎此，则又收拾戴宗、李逵、张横、张顺等十六个人，拉而归之山泊。两边皆用大书，便显出中间奸诈，此史家案而不断之式也。"无论是《史记》的"寓论断于叙事"之法（顾炎武《日知录》），还是"案而不断之式"（第四十回回评），都是指不对人物进行主观优劣评判，而是通过客观描述令读者明了人物是非，所谓"不着一贬字而情伪必露"是也。《史记》在金批中的对读介入还表现在评点者反复以"史公章法"作为对小说人物塑造的肯定，如在第三十四回中金圣叹赞赏作者对秦明怒态的刻画，其眉批有云："看他用许多怒字，写秦明性急，皆太史法。"又夹批"看他写大怒、越怒、怒极、怒坏、怒挺胸脯、怒气冲天、转怒、怒不可当、怒喊、越怒、怒得脑门都粉碎了，全用史公章法。"又第五十回针对朱仝放走雷横夹批："雷横招承，并无难色，徒以有老母在。朱仝情愿甘罪无辞，徒以吾友有老母在也。两句合来，不过十数字，而其势遂欲与史公游侠诸传分席争雄，洵奇事也。"均以《史记》笔法为最高参照标准。而第五回针对作者描写鲁智深性急而采用的"未完之法"，金圣叹则谓之"此虽史迁，未有此妙矣"，庶几可看作评点者对小说人物塑造艺术的最高赞赏。

三 叙事技法的对应总结

金批《水浒传》不仅在创作动机、虚实观念和人物塑造上有意将小说与《史记》进行对照鉴赏，在叙事技巧上的对读也颇为用力。金圣叹认为阅读应避免"都不理会文字，只记得若干事迹"，他曾感慨《庄子》《史记》之文法精严，所谓"字有字法，句有句法，章有章法，部有部法"，他还指出《水浒传》"有许多文法，非他书所曾有"，我们只要了解了《水浒》文法，"便将《国策》《史记》等书，中间但有若干文法，也都看得出来"①。金圣叹在对读实践中总结的行文章法涉及叙事视角、叙事时间、叙事结构等不同层面。

金圣叹重视叙事视角的运用，他不仅能敏锐捕捉到小说叙事中的每一次视角转换，有时甚至因技痒而不惜改动原文。对于习惯了说书人权威叙事的白话小说而言，自觉调整视角以收缩叙事权限确实是不小的进步，不过这也并非明清文人才意识到的叙事学命题。《史记》虽囿于正史叙事的权威性多采用第三人称全知视角，但为了加强作品的局部艺术效果也曾尝试多视角叙述，如《魏公子列传》中作者对信陵君的礼贤下士就主要通过侯赢、宾客及市人等不同人物视角综合呈现，既避免上帝视角的单一，又突出叙事的客观性；《项羽本纪》叙项羽率楚军击秦以一当十英勇作战的情形也仅通过"诸将"视角出之；《管晏列传》叙述者借管仲之言叙鲍叔事迹，皆为此类。评点者认为《水浒传》作者对这一技巧有着深刻理解，杨志、索超比武一段中，作者灵活调动教场上不同人物（梁中书、将官、众军等）的有限视角和不同反应来侧面渲染打斗之精彩，金圣叹因此夹批："此段须知在史公项羽纪诸侯皆从壁上观一句化出来。"金圣叹亦真知《史记》与《水浒传》者。

视角之外，叙述时间也是金批常常关注的问题。《水浒传》与《史记》一样，既涉及跨度较大的历时性叙事，也不乏关注空间的共时性叙事。如何处理叙事的疏密问题，亦大有章法可循。小说第一回金圣叹便注意到其中"一住三年"，"住了十数日"，"忽一日"等时间标示语，因此夹批"一路以年计，以月计，以日计，皆史公章法"（《史记》中常用"某某年、居岁余、顷之、久之"等时间标识词）；又针对第二十七回作者详述施恩照管武松，并"日日逐色开列"指出："如此等事，无不细细开列，色色描画。尝言太史公酒账肉簿，为绝世奇文，断惟此篇足以当之。若韩昌黎《画记》一篇，直是印板文字，不足道也。"（第二十七回回评）作者为免于烦琐有时会加快叙

①　（明）施耐庵著，（清）金圣叹评点：《金圣叹批评第五才子书水浒传》，天津古籍出版社2006年版，第12页。

事进程（圣叹所谓"极省法"），有时又会为了追求悬念并造成行文的跌宕曲折而有意延缓叙事进程（即所谓"极不省法""大落墨法"），通过对读之法评点者敏锐发现了小说创作的这一节奏规律。金圣叹认为叙事文学中最吸引人的精彩之处在于通过笔法伸缩而营造波澜起伏的效果。他在评《史记》时，对《韩世家传》《屈原贾生列传》《绛侯周勃世家》等篇非常欣赏，谓其"曲折慷慨""顿挫"有致。评《西厢记》时又谓其"诚得百曲、千曲、万曲，百折、千折、万折之文，我纵心寻其起尽，以自容与其间，斯真天下之至乐也"①。金圣叹认为《水浒传》中林冲误闯白虎堂一段也达到此境，因此感慨"白虎节堂，是不可进去之处，今写林冲误入，则应出其不意，一气赚入矣，偏用厅前立住了脚，屏风后堂又立住了脚，然后曲曲折折来至节堂。如此奇文，吾谓虽起史迁示之，亦复安能出手哉！"（第六回回评）百转千回文情恣肆，不独《史记》，《西厢记》《水浒传》亦追求至此。

在叙事结构上，金圣叹也有着自己的独特认识。他在《读第五才子书法》中总结的倒插夹叙、草蛇灰线、弄引獭尾、横云断山、鸾胶续弦（移云接月）等手法皆涉及结构问题，而这些技巧也多于《史记》有征：如《史记》在叙述中要插入情节的缘起或交代相关背景信息多以"初""始""尝"等为标志而改变正常的叙事时序，这与金圣叹所总结的"倒插"之法相类；又司马迁注重传记故事的收束结尾，有在结尾叙"同等之隐事，同恶之阴谋，同时之败露"者（林纾《春觉斋论文》）②，亦即圣叹之"獭尾"文法；归有光评《史记·田单列传》时所总结的"峰断云连"法则庶几金圣叹之"横云断山"法的直接来历。③ 当然，出于对《史记》的偏爱，金圣叹将《水浒传》中的所有文法一一与《史记》建立联系，即便没有直接关联者圣叹亦以类似或超越《史记》为评。如第八回鲁智深大闹野猪林情节中，小说

---

① （元）王实甫著，（清）金圣叹评点：《金圣叹评点西厢记》，上海古籍出版社 2008 年版，第 92 页。

② 韩兆琦：《史记选注集评》，广西师范大学出版社 1995 年版，第 625 页。

③ 韩兆琦选注：《史记选注集说》，南海出版公司 2003 年版，第 918 页。

"第一段先飞出禅杖，第二段方跳出胖大和尚，第三段其皂布直裰与禅杖戒刀，第四段始知其为智深"（与董超、薛霸押解卢俊义并欲半途杀害时得燕青相救一段基本相同），这类叙述显从《春秋》"陨石于宋五""六鹢退飞过宋都"写法而来，即按照特定观察者的感知顺序进行描写，金批也明确指出此段"若以《公》、《谷》、《大戴》体释之"，但最后仍将评论落脚在"如是手笔，实惟史迁有之，而《水浒传》乃独与之并驱也"（第八回回评）。又第二十二回夹批："一篇打虎天摇地震文字，却以忠厚仁德四字结之，此恐并非史迁所知也。"第四十回"看他（按，指李逵）单是一个人。上文结叙山泊、江上两枝人马，可称雄师。此单是李逵一个，亦不可不称雄师。笔墨之妙，史迁未及。"圣叹对《史记》之偏爱与推崇如是。

四　情节、意境的主观联想

文学评点一般"不像长篇评论那样富有逻辑性和理论性，而是即兴式的，感悟式的，短小精悍，灵活多样，以文学鉴赏为主要内容"①，这种自由活泼的形式更适宜承载评点内容的个性化主观化。如王靖宇所言："金氏评注中的片段都可提高到作为一个短篇的独立的论文来读，极似英国浪漫主义时期及其以后的'小品文'。就和读小品文一样，当我们读金氏的评注时，仿佛是在和契友闲谈，意见虽未必常能一致，但轻微的偏见与怪僻却令人赞赏不已。"② 文学阅读具有个人化属性是因为阅读者的知识结构、个人经历以及阅读时的心境情绪等都对阅读效果造成影响，"借杯浇臆"的主观性阐发原是古代才子评诗论文的固有习惯。③ 对金圣叹而言，是《史记》阅读影响了他对《水浒传》的理解还是《水浒传》阅读影响到了他对《史记》的认

---

① （清）金圣叹撰，刘彦青整理：《金圣叹评〈史记〉》，陕西师范大学出版社 2018 年版，第 3 页。

② 王靖宇：《金圣叹的评价问题：回顾与展望》，转引自黄霖《近百年来的金圣叹研究——以〈水浒〉评点为中心》，《明清小说研究》2003 年第 2 期。

③ 周裕锴：《中国古代阐释学研究》，复旦大学出版社 2019 年版，第 302 页。

识其实已难分辨,《史记》以不同姿态在其《水浒传》评点中的频繁介入不仅是其理性思考的结果,也是评点者个人情感志趣的自然流露。

情节联想。小说第六十回,卢俊义与阮氏兄弟在水泊遭遇,后者唱山歌云"英雄不会读诗书,只合梁山泊里居",金圣叹于此批注"英雄不读书,千古快论。彼刘项原来之诗,真是儒生酸馅耳。不曰不曾读,而曰不会读,便有睥睨不屑之意。《项羽本纪》起首数行,此只以七字尽之,异哉!"从人物歌词联想到前人诗句(唐张碣《焚书坑》有"坑灰未冷山东乱,刘项原来不读书"之语),又由此追溯到《史记》对项羽"学书不成"的描写。对英雄气概的赞赏,对诗人见识的揶揄,对小说作者的肯定,种种复杂况味在这简单几句评语中展露无遗。回评中金圣叹还指出阮氏兄弟所唱山歌与吴用赚玉麒麟时所咏卦歌相互呼应,前后行文"如演连珠",有"旗亭画壁"之妙(唐薛用弱《集异记》中所载盛唐诗人典故)。寥寥数语触发评点者无尽联想,评点话语涉及《史记》、唐诗等多个文本,在如此广阔的互文空间之中,小说文本意义必定得到极大延伸。作为后续读者的我们于此不仅体会到小说的情节顿挫与章法婉转,更感受到评点者天马行空的文情诗思。当然,《项羽本纪》是此处情趣的触发点,《史记》对小说的参照仍是金圣叹的基本原则。又第六十一回,小说叙燕青行乞以待落难之卢俊义,金圣叹夹批"只二十余字,已抵一篇《豫让列传》矣。读此语时,正值寒科深更,灯昏酒尽,无可如何,因拍桌起立,浩叹一声,开门视天,云黑如磐也",燕青之为主人与豫让之为智伯相似,士为知己者死,英雄豪杰们追求的相知相遇在不同文本中形成呼应,时空距离无法阻隔情感的碰撞,"拍桌""浩叹"的激烈反应让我们在体味情节本身的精彩之余还真切感触到那位兴味盎然的鉴赏者的存在,这种奇妙的审美体验,恐怕唯有在这种特殊的文本形式(评点本)中方能获得。

意境联想。小说第二十一回的重点是宋江杀惜,开头接叙前回"宋江别了刘唐,乘著月色满街,信步自回下处来。"金圣叹于"月色满街"后夹批"六字不惟找足前题,兼乃递入后事,盖良夜如此,美人奈何，便不须遇着阎婆，宋江亦转入西巷矣。"金圣叹认为这简单数语不仅回应了前回"月夜走牛唐"情节，而且对接下来的宋江杀惜有铺垫作用。宋江不解风情，作者却偏偏为其身边安排水性杨花的标致女子，庶几与武松身边设置金莲、杨雄身边安放巧云意图一致。"月毕竟是何物，乃能令人情思满巷如此，真奇事也。人每言英雄无儿女之情，除是英雄到夜便睡着耳。若使坐至月上时节，任是楚重瞳，亦须倚栏长叹。"这里借《史记》所述楚霸王项羽的儿女情长打趣宋江，奇论快语，趣味十足。金圣叹认为景物描写应与人物、情节有机配合，他在第四十二回夹批中曾指出"凡写景处，须合下事观之，便成一幅图画"，天罡地煞腥风血雨的快意恩仇中间杂美人娇嗔俏语，月色描写正合此境。又小说第四十八回乐和与解珍论亲属关系，金圣叹回评云："乐和所说哥哥，乃是娘面上来；解珍所说姐姐，却自爷面上起。昨读《史记》霍光与去病兄弟一段，叹其妙笔，今日又读此文也。亲上叙亲，极繁曲处偏清出如画，在史公列传多有之，须留眼细读，始尽其妙，无以小文而忽之也。"由乐和与解珍曲折牵强的亲属关系联想到霍光与霍去病同父异母的兄弟关系，又由这种"真正绝世奇文"追溯到《史记》列传文法。金圣叹曾在评点《西厢记》时表示"圣叹批《西厢》是圣叹文字，不是《西厢记》文字，天下万世锦绣才子读圣叹所批《西厢记》，是天下万世才子之文字，不是圣叹文字"，已是非常激进地认识到"读者是创造的中心，作者的令人惊叹之处，就在于它为读者的创造性理解提供了空间"①。张竹坡后来在评点《金瓶梅》时也表示"我自做我之《金瓶梅》"，当直承金圣叹而来。

　　艾略特曾指出："一个人写作时不仅对它自己一代了若指掌，而且感受到从荷马开始的全部欧洲文学，以及在这个大范围中他自己国家的全部文学，构成一个同时存在的整体，组成一个同时存在的体系。"② 这是文学作品本身拥有丰富的隐含密码，从而能够接受不同读

---

　　① 张隆溪：《道与逻各斯》，冯川译，江苏教育出版社 2006 年版，第 247 页。
　　② ［英］托·斯·艾略特：《艾略特文学论文集》，李赋宁译，百花洲文艺出版社 1994 年版，第 2 页。

者反复解读的根本出发点；同样，读者在阐释文本时也不能摆脱时代影响以及个体的学识经验甚至主观情绪，这也是金圣叹、张竹坡等人一再强调其评点文字具有个体独立性之原因所在。《水浒传》作为我国章回小说的代表本与《史记》分属不同文体，金圣叹通过对比细读详考二者异同，又将自身独特的阅读感受行诸文字，不仅肯定了《史记》的文学经典地位，也直接促进了小说阅读的雅化。即便如此，金圣叹的评点并没有脱离我国古典阐释学"以其他文本解释或印证'本文'"的习惯性路径，① 这虽然与现代西方的互文性批评存在高度一致，但二者之间的差别也不可忽略。比如，"解构主义的互文是一个没有起源的踪迹，中国的互文却总是引导人们回到起源"② （即为文字著作寻找"最终的参照性"），原道宗经的阐释原则在我国古代漫长的文本解读实践中始终表现强势。这似可解释金圣叹为何不仅在《水浒传》评点中奉《史记》为参照标准，在戏曲（如《西厢记》）评点中也遵循同样的原则。

第二节　毛氏父子评点中的互文意识③

一　史实参照建构人物品评模式

作为我国第一部演义体的长篇章回小说之作，《三国演义》与正史文本有着直接关联，事实上小说的"演义"之名就已经透露了它与历史文本之间的互文关系，④ 小说的成功在很大程度上亦得益于整理者对文学与历史关系的准确拿捏，这一点已无须赘论。也许是由于我

---

① 周裕锴：《中国古代阐释学研究》，复旦大学出版社 2019 年版，第 377 页。

② 张隆溪：《道与逻各斯》，冯川译，江苏教育出版社 2006 年版，第 46 页。

③ 本节部分内容曾以《毛宗岗小说评点与"互文"批评视角略论》为题发表于《明清小说研究》2013 年第 3 期；《古代小说评点中的引用修辞与互文解读策略——以毛宗岗〈三国志演义〉评点为例》，《理论月刊》2014 年第 1 期。

④ 所谓"历史演义"，就是用通俗的语言将争战兴废、朝代更替等为基干的历史题材，组织、敷演成完整的故事，并以此表明一定的政治思想、道德观念和美学理想。参见袁行霈主编《中国文学史》第四卷，高等教育出版社 1999 年版，第 21 页。

国丰厚的历史文化积淀为评点者提供了批评灵感，也许是作品本身的历史情绪感染了评点者，毛宗岗在小说解读过程中表现出极强的历史参照意识，值得关注。评点者有意在历史文本与小说文本之间建立跨文本互文联系，通过历史人物、历史事件的对比和参照，以形成对小说人物言行的看法评价，几成模式。以第二十回"曹操许田打围"为例，毛氏在回前评语中曾有这样一番见解：

> 赵高以指鹿察左右之顺逆，曹操以射鹿验众心之从违。奸臣心事，何其前后如出一辙也！至于借弓不还，始而假借，既而实受，岂独一弓为然哉？即天位亦犹是耳。河阳之狩，以臣召君；许田之猎，以上从下：皆非天子意也。然重耳率诸侯以朝王，曹操代天子而受贺，操于是不得复为重耳矣。①

故事发展至"许田打围"，曹操"挟天子以令诸侯"的野心已昭然若揭，评点者大可就此直接表明态度，但他摆脱了常规做法，通过引入"指鹿为马"和"重耳朝王"两段历史故事对曹操形象进行参照判断：先以赵高之奸比曹操之奸；后以重耳对周天子之拥护反衬曹操对献帝的不敬。正反对照、以史证史，既让读者更加清晰地了解故事复杂的情势背景，又让读者明确感受到评点者的道德取向，在历史人物的参照之下，曹操的奸臣形象从此在读者心中定型。这种借历史人物批评曹操的情形在毛批中反复出现，如第三十七回夹批"汉武习水战于昆明池，是天子穷兵外国；曹操习水战于玄武池，是权臣黩武中华"②；第六十回夹批"好言太平而恶言盗贼者，秦之赵高、宋之贾似道则然，不谓曹操亦作此语"③，皆为此类。当然，对其他人物的品

①　（明）罗贯中著，（清）毛宗岗评：《毛宗岗批评本三国演义》，岳麓书社 2006 年版，第 150 页。

②　（明）罗贯中著，（清）毛宗岗评：《毛宗岗批评本三国演义》，岳麓书社 2006 年版，第 289 页。

③　（明）罗贯中著，（清）毛宗岗评：《毛宗岗批评本三国演义》，岳麓书社 2006 年版，第 471 页。

评评点者也常采用类似方法，如第五十五回中毛氏评孙夫人：

> 孙夫人之配玄德，如齐姜之配重耳，皆丈夫女也。重耳不欲去而齐姜遣之，玄德欲去而孙夫人从之。齐姜听重耳独去，不独去恐去不成；孙夫人与玄德同去，不同去也去不成。重耳之去，齐姜不告其父；玄德之去，孙夫人不告其兄。一则杀采桑之女，是英雄手段；一则退拦路之兵，亦是英雄手段。①

齐姜助重耳返国与孙夫人助玄德逃离东吴皆英雄之举，评点者将二事对照，得出二人皆"丈夫女"的结论，赞誉之情溢于言表。评点者的人物品评由于引入了古今对照，比就事论事更具说服力。其实，在评点文字中借助历史事实以作参照的批评方法，与传统诗文中的"用典"手法略有相通之处。因为从本质上说，用典也是在一个文本中插入、镶嵌其他的文本内容的过程。在我国古典诗词中，典故的使用频率极高，江西诗派甚至将用典作为创作必需的修辞手段而加以强调。无论是诗文创作对典故的钟爱，还是评点文学对历史参照的重视，都涉及国人特殊的文化认同机制和对历史记忆的认识观念。既然"典故的使用可以在瞬间使所有的历史记忆即刻复活，从而使现实与传统、个人经验与历史记忆迅速联通"。那么，评点中对历史事件的参照也可以"使读者在阅读过程中对历史的记忆或碎片进行温习，从而将新与旧、现实与历史融为一体"②。从这个意义上讲，历史参照不仅为评点者的人物品评提供了说服力，而且本身也构成一种特殊创作。历史素材的介入增加了评点文字的信息含量，还能让读者从中读出历史的厚重感，不能不说是评点者的另一功劳。

据粗略统计，借史实参照以品评小说人物的例证在毛批中不下百处，可见运用之广。同时，我们也注意到在毛氏笔下，作为参照的历

---

① （明）罗贯中著，（清）毛宗岗评：《毛宗岗批评本三国演义》，岳麓书社 2006 年版，第431 页。

② 格非：《文学的邀约》，清华大学出版社 2010 年版，第 95 页。

史人物大多来自春秋战国与汉初，如第十五回夹批："孙策为小霸王，太史慈亦一小英布也。但项羽不能用英布，孙策能用慈。"① 第二十一回夹批"邵平种瓜是无聊，玄德种菜是有意"②，同回夹批"与鸿门会樊哙排盾而入一样声势"③，等等不可遍举。庶几三国时代离先秦两汉较近，而各军事集团相互混战的历史形势相似，因此更易于评点者联想，当然评点者本身的喜好也可能是原因之一。

二　诗文引用与小说意趣的个性化解读

引用是文学创作中的一种积极修辞，指对现存典故、成语、诗文、格言等进行摘引、借用，以达到某种特殊效果的行为。引用同时也是文学作品中最易被感知的"互文"表现之一。从人类文化发展的连续性来看，任何文学作品都不可避免受到历史文本影响，"引经据典"是这种影响最为直观的表现。互文性理论的倡导者罗兰·巴特在《大百科全书》"文本理论"词条中指出："每一篇文本都是在重新组织和引用已有的言辞。"④ 克里斯蒂娃也表示："任何作品的文本都像许多行文的镶嵌品那样构成"⑤，均肯定了文学作品中引用的普遍存在。当然，互文性理论中的引用并不单指原封不动的摘抄，作品中一切可以辨识的历史文本痕迹皆可归于此类。从修辞学角度来说，陈望道先生认为引用又分"明引"和"暗用"两种形式，⑥ 前者是对已知文本做直截了当的摘录，后者则表现为化用、借用、仿拟等灵活形式。

---

① （明）罗贯中著，（清）毛宗岗评：《毛宗岗批评本三国演义》，岳麓书社 2006 年版，第112 页。

② （明）罗贯中著，（清）毛宗岗评：《毛宗岗批评本三国演义》，岳麓书社 2006 年版，第159 页。

③ （明）罗贯中著，（清）毛宗岗评：《毛宗岗批评本三国演义》，岳麓书社 2006 年版，第162 页。

④ 转引自［法］蒂费纳·萨莫瓦约《互文性研究》，邵炜译，天津人民出版社 2003 年版，第 12 页。

⑤ 转引自朱立元《现代西方美学史》，上海文艺出版社 1996 年版，第 947 页。

⑥ 陈望道：《修辞学发凡》，上海人民出版社 1976 年版，第 97 页。

文学创作离不开引用，文学批评亦然。这是因为，一方面文学作品中本来就留存了大量历史文本的痕迹，辨识并解读这些痕迹对文本意义生成所造成的影响是批评活动的重要内容，在此过程中引用原文本以作参照不足为怪；另一方面，文学作品的阅读并不仅是被动接受的过程，而是读者将自身阅读经验、生命体验投入作品之中的主动参与过程，批评者引入对理解此文本产生影响的文本也合情合理。互文性理论认为，文学作品的意义总是建立在与其他文本的联系之上，这正是其要求构建跨文本互文联系以破解作品隐喻的根本出发点，更为引用修辞在文学批评话语中的广泛存在提供了理论支持。不过，通过引入前文本以作参照，在此基础上深入探究作品意义的生成过程，并作出富于文人色彩的个性化阐释，这种思路在我国古人的文学批评活动中已经得到尝试：以笺注、集解为主要特征的传统阐释学尤其善于将与解读对象具有渊源关系或疏证关系的文献资料进行汇聚，以此为阅读活动提供广泛的参照空间。① 这在诗话、词话中皆有表现，作为我国古典小说批评主流形式的小说评点同样也具此特点：脂砚斋在《红楼梦》评点中就经常赞赏作者善将前人诗词意境化入小说情景的能力，还一再摘引前人诗文以作参照；金圣叹对《水浒传》进行评改时也一再强调小说从《史记》等作品中所借鉴的叙事技巧，并广为征引。毛氏父子在小说美学问题上的某些看法更具现代学术意味，② 其"引用"策略主要表现在通过前人作品的广泛介入形成情景参照，一方面通过或隐或显的文本联系引导读者展开艺术联想，破解作品深意；另一方面则以个人视角为作品提供新的解读方式，展示个人才情。具体来说，通过引用诗词提供情境参照以延伸文本解读空间；通过简单提及名作标题以在小说有限篇幅之内提升作品情韵内涵；通过征引古人之议论以抒发自身之感受；通过借用、戏仿等灵活形式适时调节读者情绪，这四大方面基本代表了毛氏小说批评中的互文解读策略。

---

① 参见焦亚东《钱钟书文学批评的互文性特征研究》，博士学位论文，华中师范大学，2006 年，第 23 页。

② 参见鲁德才《毛宗岗批评本三国演义·前言》，岳麓书社 2006 年版。

（一）情境参照扩展解读空间

通过引用前人诗文来形成情景参照，对作品特定场景的意趣氛围作出延伸解读，是毛批的一大重要特色。这既是评点者通过批评活动展现个人才情的需要，也与小说本身的特点有关。作为一种相对晚出的文学体裁，小说从产生开始就受到诗歌、散文、史传的广泛影响，"文备众体"并不是唐传奇的独有形式，而是所有成熟小说的共同特点。形式上的包容性反映的其实是小说对文本效果丰富性的追求，这正为评点者通过引用诗文来扩展作品解读空间提供了用武之地。以第四十一回夹批为例：刘玄德携民渡江，战争情势危急。小说叙当日情景："时秋末冬初，凉风透骨；黄昏将近，哭声遍野。"惨戚之状，令人不忍卒读，评点者于此批注："尝读李陵书曰：'凉秋九月，时闻悲风萧条之声。'又读李华《吊古战场文》曰：'往往鬼哭，天阴则闻，未尝不愀然悲也。'今此处兼彼二语，倍觉凄凉。"评点者通过直接引用在小说与前人作品（汉李陵《与苏武书》、唐李华《吊古战场文》）之间建立联系，试图以前人创作为参照，展示自身独特的阅读感受，是一种颇具创造性的解读方式：在《与苏武书》中，边地的苦寒已让作者饱受摧残，现实的无情更让"故乡"成为李陵心中永远的痛楚，兵败家亡、流落外邦，种种不幸集于一身，兵败之下的刘玄德，所遭受的身心煎熬亦不过如此吧；而在李华笔下，那个曾经充满厮杀与喧嚣的战场，在战争结束之后呈现的竟是亡魂悲哭的凄凉之象，此情此景，与刘备正感受着的"黄昏将近，哭声遍野"又何其相似乃尔？战争惨烈，古今一例，伤痛所及，又何止一个刘玄德。小说的战争场景在评点者看似信手拈来的名作参照之下得到了时空上的延伸，立显意蕴的层次感。刘备当日的狼狈、百姓当日的悲苦，皆由这简单数字道尽，历史的沧桑感、厚重的人文情怀亦由此而生。

接受美学学者霍恩达尔认为，在审美过程中，接受主体总是以"经验"的方式去感知和理解艺术作品。[①] 评点者对小说中战败场景的

---

① 林一民：《接受美学：文本·接受心理·艺术视野》，江西高校出版社1995年版，第19页。

理解，其实是建立在他此前的阅读经验基础之上。《与苏武书》《吊古战场文》本来与《三国演义》并无关联，但散文对恶劣自然环境的描写，对英雄失路心境的反映，以及对战场惨状的表现却给评点者留下极其深刻的印象，当他在小说中再次遇到类似场景，心中原有的印象就能被瞬间激活，这也就是评点者能在本来毫不相关的作品之间建立联系的根本原因，亦是典型的互文性解读视角。事实上，评点者不止一次提及李华的作品，早在作品第三十一回袁绍官渡之战兵败时："绍于帐中闻远有哭声，遂私往听之。却是败军相聚，诉说丧兄失弟，弃伴亡亲之苦，各各捶胸大哭……"此情此景已令评点者联想到李华笔下的战场惨状，遂评："李华《吊古战场文》是闻鬼哭，袁绍此处是闻人哭。"又第九十一回孔明大祭泸水，则谓"往往鬼哭天阴则闻，方信李华《吊古战场文》不是虚话"等。现代学者认为："文艺素养和阅读—接受的积累是互文性发挥作用的重要因素之一"①，毛氏父子此处的评点恰好为这一说法提供了注脚。当然，这种解读方式也烙上了典型的文人印迹，对于通俗小说的一般读者而言，他们未必会产生如此诗意的联想，因为他们可能既未读过《与苏武书》也不熟悉《吊古战场文》，评点者的联想为作品提供了新的解读空间，亦对小说的审美风格起到雅化的作用。

（二）"简单参考"增加情韵内涵

除直接摘引原文之外，毛批中还存在一种更简化的引用方式，即只出标题，不引内容。由于评点话语毕竟要受到篇幅限制，过于频繁地征引原文并非最佳选择，但提及一些脍炙人口的佳作标题，却可让读者自觉将小说情景与经典名作之意境相互参照，又避免了引用原文的烦琐，不失为更合理的方式。法国学者蒂费纳·萨莫瓦约将这种引用归纳为"简单参考"，即通过"提到一个名字（作者的、神话的、人物的）或一个题目可以反映出若干篇文本"。② 有了这些名篇佳作的

---

① 王瑾：《互文性：理论与批评》，博士学位论文，首都师范大学，2005年，第139页。
② ［法］蒂费纳·萨莫瓦约：《互文性研究》，邵炜译，天津人民出版社2003年版，第50页。

"参与"，小说的文化品位得到明显提高，评点者的解读活动也由于富含大量文化信息而更具文人色彩。

小说第三十六回，徐庶母被曹操拘禁，徐庶救母心切，不得已转投曹操。与玄德分别之时，"玄德哭曰：'元直去矣！吾将奈何？'"评点者于此批注："只此二语，抵得上江文通《别赋》一篇。"此处虽只提及篇名，效果却与摘引原文一致。《别赋》在文学史上为写情名篇，为历代文人广为传颂，作品通过化抽象为具象的手法分别描述了七种离别之情，种种动人心扉。结合小说中的情景，玄德自谓得徐庶如鱼得水，二人本欲共图大事，不料中途生变，此一别不独相见无期，他日更有可能对战沙场。友情、亲情于乱世之中难以两全，玄德纵有万般不舍亦难强留，临别数语既有伤感亦含无奈，颇能反映人物处境与性格。评点者有意提及江淹名作，强化了离别的感伤气氛，是对人物情绪的一种延伸解读。而作品接下来的描写亦颇有诗意："（玄德）凝泪而望，却被一树林隔断。玄德以鞭指曰：'吾欲尽伐此处树木。'众问何故。玄德曰：'因阻吾望徐元直之目也。'"玄德对元直之情，于此达到高潮。配合这种诗意，评点者又引《西厢记》曲云："'青山隔送行，疏林不做美'，玄德之望元直也似之。"中国文学中从来不乏对离别感伤之情的表现，我们完全不必作机械的"影响研究"，江淹的正面描写也好，王实甫的侧面烘托也罢，作品能为大众接受的主要原因是它们表现了人类最美好的一种共同情感。"悲莫悲兮生别离，乐莫乐兮新相知"，从几千年之前的文学活动开始，"离别"就已经作为最敏感的情感话题之一存在。而在这部以战争、权谋为主旋律的小说之中，作者对朋友之情、兄弟之义的重视也给读者留下了足够的解读空间。评点者这种点到即止的"简单参考"恰恰成为引发读者文学联想的关键，经过这一参考，作品的文化品位也得到提升。"简单参考"在毛批中的运用远比摘录原文广泛，如评王修对袁谭的劝解"数语抵得一篇《棠棣》之诗"；评作者对甄氏美貌的描写"二语包着一篇《洛神赋》"；评曹操征乌桓时行军的艰难"四句抵得一篇《塞上行》"；评作者对铜雀台的描写"八言可抵一篇《阿房宫赋》"云云，皆为此类。经过沉淀的文学经典以某种特殊方式不断复活在其他文本之中，从一定程度上来说，阅读小说同时就是在阅读诗歌、阅读散文。经典之名的出现，不仅透露了评点者的才情学识，也代表了国人对于文学记忆的集体认同。

（三）借古人之论抒个体感悟

除对作品意境、情韵进行联想式解读，对人物形象进行对照式分析之外，就故事本身发表看法，表达某种价值取向，也是毛宗岗小说评点的重要内容。中国自古就是重史之国，观照古今的历史情怀作为一种必备素质被读书人所重视。针对重大历史事件，历代文人都会表现极大兴趣，这就在客观上为评点者提供了借鉴的可能。具体来说，评点者在对《三国演义》中的重要情节发表个人感慨时，总习惯于在丰富的咏史之作中寻找参照，通过引入前人之论来表达个体感悟。

第二十四回，献帝衣带诏事败，曹操行凶杀董妃。评点者于回前评语中多次引用前人之作以抒个体之情。如"尝咏唐人吊马嵬诗曰：'可怜四纪为天子，不及卢家有莫愁。'其言可谓悲矣。然杨妃之死，死于其兄之误国；董妃之死，死于其兄之爱君。"明皇目睹爱妃被杀而不能庇护，四纪天子情何以堪？李义山诗作既有对明皇的同情亦暗含指责。而在小说中，献帝求告曹操免有孕之董妃一死，竟不得，其情其境更为可叹，评点者借李义山对唐明皇的看法，抒发的其实是自身对董妃之事的激愤。又同回评语："读徐文长《四声猿》，有祢衡骂曹操一篇文字，将祢衡死后之事，补骂一番，殊为痛快。今恨不将陈琳檄后之事，再教陈琳补骂一番也。"《四声猿》为明徐渭杂剧代表作，其中《狂鼓史渔阳三弄》专叙祢衡死后于阴间再次击鼓骂曹之事。徐渭以曹操影射当时权臣严嵩，是借他人酒杯浇胸中之块垒，而毛宗岗在此却正用其意，以祢衡骂曹明确表达自己对作品人物的道德评价。这些感悟看似为评点者即兴而发，实为评点者一贯的道德取向所决定，《读三国志法》一开篇就强调了所谓"正统、闰运、僭国"之别，对汉帝的同情、对董承的赞赏、对曹操的痛恨无不由此而来。当然，评点者的态度始终理性与客观，并没有因"拥刘反曹"的价值取向而随意贬低作为反面人物的曹操。例如，作品第十六回，曹操贪恋张济之妻，张绣不堪侮辱降而复反，混战中曹操痛失长子曹昂、爱将典韦。但出乎读者意料的是，评点者并不以好色为曹操之弱点而大加指责，相反还提出了兴亡成败只在能用人与否，而不在好色与否的观点，并引前人之作云："袁中郎先生作《灵岩记》曰：'先齐有好内之桓公，仲父云无害霸。蜀宫无倾国之美人，刘禅竟为俘虏。'此千古风流妙论。"前人咏史之论在此为评点者的个人观点提供了有力支持。通过广征博引以证个人观点的做法在我国传统古文中运用非常普遍，无论先秦诸子还是唐宋八家，他们的文章都非常重视对前人之作的吸收和运用，庶几也是国人特殊的审美习惯。

（四）借用、戏仿调节阅读情绪

借用、戏仿属于陈望道先生所言"暗引"一类，不是对前人作品进行一字不差的摘录，而是相对灵活地将历史文本"割截成文，以资谈笑"。在毛氏评点文字中，借用、仿拟的运用极其普遍，它虽有断章取义之嫌，却不乏轻松、风趣之效，既能缓解读者关注情节所带来的紧张感，又能多方位展现评点者的个人情趣，因此颇受欢迎。以下略举几例：

第十九回回前评："《伐柯》诗咏成破斧，待大媒的是刀锯不是酒浆；血光星犯着红鸾，战通宵的是疆场不是枕席。"《伐柯》来自《诗经·豳风》，全诗以伐柯必斧起兴，强调婚姻嫁娶必须通过媒妁之言的礼仪；"红鸾""血光"之说则见于《封神演义》，[①] 两处暗引均与婚姻之事有关，实际是评点者讽刺吕布在与袁术结亲问题上反复无常所造成的决策失误。在小说中，先是袁术遣韩胤为使向吕布求亲，布始允诺，后悔婚，半路将女抢回，媒人韩胤亦为曹操所杀。后陈珪父子用计夺徐州，吕布被困，势危之下欲再与袁术结亲以求帮助，但此

---

① 据《封神演义》的叙述，龙吉公主本为昊天上帝与瑶池金母之女，因思凡被贬下界，后助武王在伐纣过程中收服商将洪锦。洪锦与公主有前世姻缘，二人遂在月老撮合下结为夫妇。龙吉公主后被子姜子牙封为"红鸾星"，后世则用"红鸾星动"暗示有婚姻之喜。参见（明）许仲琳《封神演义》第六十六回、第六十七回、第九十九回，中州古籍出版社2009年版。

时情势大变，吕布力图冲出包围亲自将女送至袁术处，竟不得，终为曹操所俘。吕布之败，败在其性格上的优柔寡断，在与袁术结亲问题上又不听陈宫忠言。评点者针对这段情由，用戏谑的口吻借用了"伐柯""红鸾"之典，既表达了对吕布愚蠢行为的嘲讽，又显得轻松幽默，大大舒缓了读者紧张的阅读情绪。

又第二十一回，评点者针对袁术兵败身亡情节进行夹批："昨日'推位让国'，无复'垂拱平章'。不得'具膳飧饭'，只得'饥厌糟糠'。"戏仿的是古代蒙学读物之一《千字文》中的部分文字。原文对尧舜行禅让之事大加赞赏，遂有"推位让国，有虞唐陶""垂朝问道，垂拱平章"等语，而小说中的袁术霸占玉玺一心称帝，与尧舜之举背道而驰，评点者戏仿这段文字评价袁术，显然是正话反说。袁术平日生活骄奢，兵败粮绝之日尚嫌饭粗不能下咽，命疱人寻蜜水止渴，评点者遂借"具膳餐饭，适口充肠""饱饫烹宰，饥厌糟糠"等语进行反讽。结合具体情节，评点者的戏仿句句落实，用笔老辣，又逸趣横生。类似夹批还出现在作品第二十七回："不是'逢僧话'，却是叙乡情，不是'浮生半日闲'，却是旅况几年阔。如唱《西厢》曲者，不是'随喜到'，却是'望蒲东'耳。""此僧大通，是惠明不是法聪。"借用《西厢记》中的相关情节、人物来对普净长老救关公事进行调侃，亦显得颇有意趣，令读者在紧张的情节进展之中亦享受到些许轻松，如此张弛有度，读者将持续享受阅读的快感。不过，这种点评方式对评点者的知识储备及文本感悟能力均提出一定要求，看似轻松随意，实则颇显功力。

三 寻找情节互文与小说结构的文人化阐释

在克里斯蒂娃等人的理论中，互文性作为文本存在的客观方式主要体现在不同文本之间或隐或显的关系上，具有明确的跨文本特性。毛宗岗评点中通过参照重要历史人物和事件来建立小说人物的品评模式，以及通过引用前人诗文对小说意境进行延伸解读，皆是跨文本互文的有效实践。不过，我们的研究思路并非在中国小说中为西方理论寻找例证，因为西方理论所提供的研究视野并不足以涵盖古典小说的全部特点。从我国本土的互文观念出发，作为积极修辞之一的"互文"手法，旨在通过建立一种对称的语言结构以达到"参互成文，合而见义"的阅读效果。这种语言结构既可以是短语也可以是句子，但都局限在单个文本之内，不存在所谓"跨文本性"。古典诗歌对此最感兴趣，"秦时明月汉时关"（王昌龄《出塞》）、"将军百战死，壮士十年归"（《木兰诗》）等皆为典型的互文例证。不过，文学作品中是否还存在一种既超越句子，又局限在单个文本之内的互文性结构呢？郑玄最早从语言学角度为我们提供了答案，毛宗岗的评点也为我们提供了更多的参考。在毛氏评点中，我们随处可见"××与××闲闲相照""遥遥相对""映射成趣""前后又出一辙"之类的批语，"相照""相对""映射"等批语明确了《三国演义》各情节单元之间的结构对称性，不仅如此，这些"相照""相对"的情节在意义上还具有某种内在关联，将其合而解之，就能品读出更为丰富和深刻的意味。这种情形却是西方互文性理论不曾涉及的现象。略举一例为证：

作品第三十二回，袁绍病故，袁谭与袁尚兄弟不睦，终致兵戎相见。袁谭兵败，情急之下欲遣平原令辛毗为使向曹操诈降，[①] 不料辛毗一心向曹，诈降竟成真降。在辛毗出场之时评点者意味深长地夹批"又是兄弟二人，映射成趣"[②]。"又是""映射"等关键字暗指辛评兄弟与袁谭兄弟之间的对应特征。紧接着，辛毗为曹操出谋划策，评点者又批道："（辛毗）其言全不为袁谭，竟是为曹操。辛氏兄弟，各怀一心，与袁氏兄弟正复相似。"[③] 进一步将辛评、辛毗兄弟与袁谭、袁尚兄弟，袁绍、袁术兄弟对应。评点者的批注在此既强调了作者局部结构的精巧，更引导读者进入作品的深层主题：

---

① 辛毗为袁谭谋士辛评之弟，辛评初为袁绍谋士，与审配等人不和，绍死，辛评遂辅佐袁谭。

② （明）罗贯中著，（清）毛宗岗评：《毛宗岗批评本三国演义》，岳麓书社2006年版，第252页。

③ （明）罗贯中著，（清）毛宗岗评：《毛宗岗批评本三国演义》，岳麓书社2006年版，第252页。

首先，评点者的互文意识帮助我们认识作品中的对应结构。在我国古典文论中，虽有不少学者提到"结构"概念并强调其重要性，如刘勰《文心雕龙·附会》篇所论之"基构"、李渔《闲情偶寄》所论之"结构第一"等，但明确以结构论小说者，则当以毛宗岗为开端。① 在毛宗岗为《三国演义》所总结的数种结构技法中，有一种"奇峰对插，锦屏对峙"之法，② 强调的就是作品内部情节单元之间或显或隐，或近或远的对称呼应。评点者强烈的互文意识为我们认识并解读这种结构提供了极大方便。其实，早在第三十二回的回前评语中，评点者已有这样的概述：

> 君子观于袁氏之乱，而信古来图大事者，未有兄弟不协而能有济者。桃园兄弟，以异性而如骨肉，固无论矣。他如权之据吴，则有"汝不如我，我不如汝"之兄；操之开魏，则有"宁可无洪，不可无公"之弟。同心同德，是以能成帝业。彼袁氏者，绍与术既相左于前，谭与尚复相争于后，各自矛盾，以贻敌人之利，岂不重可惜哉！③

如果说辛评、辛毗兄弟各投其主是作为袁谭、袁尚兄弟反目的正面映照，那么刘关张兄弟、孙策孙权兄弟以及曹操曹洪兄弟之事则正好作为反面映照，证明了兄弟齐心方可成就霸业的事实。辛氏兄弟与袁谭兄弟之事发生在同回之中，二者之关联尚易被发现，但刘关张、孙氏兄弟及曹氏兄弟之事，则在此数回之前已经出现，极易被读者忽略。从认知心理上说，互文其实就是一种记忆的关联，④ 正是由于评点者自觉的互

---

① 参见拙著《形式与细读：古代白话小说文体研究》，人民出版社 2010 年版，第 250—254 页。

② 毛宗岗云："《三国》一书，有奇峰对插，锦屏对峙之妙。其对之法，有正对者，有反对者，有一卷之中自为对者，有隔数十卷而遥为对者。"［（明）罗贯中著，（清）毛宗岗评：《毛宗岗批评本三国演义》，岳麓书社 2006 年版，第 9 页］

③ （明）罗贯中著，（清）毛宗岗评：《毛宗岗批评本三国演义》，岳麓书社 2006 年版，第 248 页。

④ 参见甘莅豪《中西互文概念的理论渊源与整合》，《修辞学习》2006 年第 5 期。

文意识，他在此处的提示也就是要唤醒读者对相关对应信息的记忆。

其次，互文性结构的确立帮助读者进一步认识作品主题。一旦明确了互文性结构的存在，读者就会在评点者的引导之下有意进行前后参照。《三国演义》通篇讲述乱世英雄逐鹿中原的兴衰成败，评点者欲透过故事情节总结战争规律，并借此挖掘故事背后的道德观念。出于这一目的，评点者抓住作品中的每一处兄弟事件加以参照，如在接下来审配之侄投降曹操的情节处，评点者不忘夹批："袁氏兄弟相左，审氏兄弟亦相左：俱是骨肉之变。"① 曹洪杀袁谭之时，评点者亦感慨："杀袁谭者是曹操之弟。何曹氏有兄弟，而袁氏无兄弟耶？"② 评点者按照"兄弟"主题将一系列本无直接关联的事件罗列，为其赋予特殊的逻辑意义，令其相互发明，也是对文本的一种创造性阐释。其实，毛氏的这种互文批评方法，其关键之处就在于对同主题（或曰类型）情节的集中梳理。除了上面所举"兄弟"情节之外，《三国演义》中被评点者强调的还有"奉诏讨贼"情节③、"英雄与道士"情节④等。评点者先是敏锐地捕捉到这些本无直接关联情节之间的某种内在联系，然后加以归纳分析，并在此基础上得出相应结论。这些结论有时只是评点者一时感叹，如"刘表屏风后之一人是玄德难星，孙权屏风后之一人是玄德救星"⑤；有时则出于对小说结构的独特认识，如："孔明为玄德画策，便有周瑜为孙权画策以配之；孙权为孙坚报仇，便有徐氏为孙翊报仇以配之。又玄德得贤相，孙权亦得良将；孔明欲图荆、益，甘宁亦请荆、益。

---

① （明）罗贯中著，（清）毛宗岗评：《毛宗岗批评本三国演义》，岳麓书社 2006 年版，第255 页。

② （明）罗贯中著，（清）毛宗岗评：《毛宗岗批评本三国演义》，岳麓书社 2006 年版，第260 页。

③ 第六十六回，伏完受诏讨曹操，评点者将其与董承受衣带诏讨曹操事对应，并一再批注"照应二十三卷中事"（《毛宗岗批评本三国演义》第 525 页），"带中诏，发中书，前后遥遥相对"（第 525 页），"董承事泄得迟，伏完事泄得快，前后又自不同"（第 526 页）等。

④ 第六十八回，曹操受左慈戏弄，评点者将之与孙策受于吉戏弄对应，并夹批"曹操之遇左慈，与孙策之遇于吉仿佛相似，而实有大不同者……"第六十九回，管辂出场，评点者又夹批"左慈能取石中之书，管辂能猜盒中之物，又相映成趣……"，等等。

⑤ （明）罗贯中著，（清）毛宗岗评：《毛宗岗批评本三国演义》，岳麓书社 2006 年版，第466 页。

凡此种种，皆天然成对，岂非妙文？"① 在此，毛氏的互文视角为我们理解作品提供了一种新的线索和思路。一旦把握了作品中的互文性结构，之前被泛泛读过的内容也许会重新活跃起来，成为我们理解作品的关键之所在。以此为观照视野，《红楼梦》中关于铁槛寺和馒头庵的描述，《金瓶梅》中有关玉皇庙与永福寺的情节，何尝不也隐藏着某种特殊的深意呢？

以上所论几个方面其实并不足以涵盖毛氏评点的全部互文特点，无论在评点中借助历史事件或前人诗文来进行互文参照，还是通过建立情节内互文来加强意义阐释，无不反映我国古人在文学批评中所具备的大视野和大智慧。在"互文性"作为当代最时髦的文本理论之一而被大加运用的今天，我们也许更不该忽略它在古典文学批评中就曾经历的辉煌。

评点作为我国古代小说特殊的批评形式为互文解读提供了实践场所，而评点结果本身却也在不知不觉间与原作构成一组特殊的互文本，这也许是小说评点留给我们的另一个互文话题。显然，评点与原作之间互文关系的形成跟评点自身的特点以及我国通俗小说独有的传播方式有关。晚清学者俞明震曾经分析《三国演义》流传颇广的原因，得出了"三得力"结论，他认为：

> 《三国演义》一书，其能普及于社会者，不仅文字之力。余谓得力于毛氏之批评，能使读者不致如猪八戒之吃人参果囫囵吞下，绝未注意于篇法章法句法，一也。得力于梨园弟子……粉墨杂演，描写忠奸，足使当场数百人同时感触而增记忆，二也。得力于评话家柳敬亭一流人，善揣摩社会心理，就书中记载，为之穷形极相，描头添足，令听者眉色飞舞，不肯间断，三也。②

---

① （明）罗贯中著，（清）毛宗岗评：《毛宗岗批评本三国演义》，岳麓书社 2006 年版，第297 页。

② 俞明震：《觚庵漫笔》，见阿英《晚清文学丛钞·小说戏曲研究卷》，中华书局 1960 年版，第437 页。

舣庵将毛批的影响置于首要位置，尤其肯定了评点在总结小说叙事技巧（即篇法章法句法）方面的突出贡献，足见对其的重视程度。正是我国小说评点"融批、改于一体"，并与原作一起组成"评本"流传的独特个性，[①] 对作品的普及推广起到关键作用。其实对于相当一部分读者而言，《三国演义》与毛宗岗的评点早已作为一个不可分割的完整主体存在：在评点者循循善诱的引导之下鉴赏文本作为中国读者的独特习惯被长期保存；而即便抛开评点文字，尊刘抑曹思想的确立、咏史诗的选择与插入等这些我们原本以为伴随作品与生俱来的东西，其实也都与毛氏父子的批、改直接相关，因为呈现在今天大多数读者面前的，都是经毛氏父子增饰、删改后的版本。在一定程度上，我们甚至可以说正是小说评点活动带来了小说文本的不确定性，因为一经评改，小说的文本意义就再也不是由面世之初的作品本身所决定，而是在原作与评点文字的相互作用之下形成。评点对小说文本这种有章可循的"介入"，恰恰从另一个角度印证了文学作品的意义总是以互文方式存在的命题。

第三节 张竹坡小说批评话语中的互文色彩

明崇祯到清康熙年间是我国古代小说评点的黄金时期，其间先有金圣叹批本《水浒传》问世（崇祯十四年），继之毛氏父子完成《三国演义》评点（康熙十八年），后又有张竹坡评点《金瓶梅》出现（康熙三十四年）。在众多评点家中尤以金圣叹和张竹坡最为出色。这不仅表现在二人评点术语异常丰富（有"中国古代小说文法术语的资料库"之誉[②]）、涉及小说艺术诸多层面，又表现在批评者文法批评意识的自觉与熟练。金、张二人的评点对其后脂砚斋评《红楼梦》、但明伦评《聊斋志异》以及黄小田评《儒林外史》等都产生了深远影响。张竹坡的小说评点受到传统文章学影响，同时他又吸收了金圣叹

---

① 谭帆：《中国小说评点研究》，华东师范大学出版社 2001 年版，第 11—12 页。
② 谭帆、杨志平：《中国古典小说文法术语考论》，《文学遗产》2011 年第 3 期。

的相关评点特征，"影写""映照""犯避""大章法"等术语中既有来自八股文创作的"对偶美学"原则（八股文主体必须做到四比八股的对称），① 也有来自传统阐释学的互参、互补意识。有学者认为，阐释学的最大功能是要"超越时空对阐释者的限制从而使阐释对象'六通四辟'"②。对于汉语阐释学来说，漫长历史中积累下来的阐释文献本就为我们解读经典提供了一个非常广阔的意义参照空间，③ 至明清时期，"参互"不仅成为文本理解策略，更上升到考据学派的基本方法论。④ 阐释活动中的这种"参互"意识影响到小说批评，评点者不仅在鉴赏过程中着意发现小说文本的生成性互文（即前文本的形式嵌入），更擅长在小说文本之内寻求前后、隐显等层面的微妙对应，并将这些现象纳入自己所构建的文法系统之中。重视文本内部的互文是中国传统互文观的特点，这一点与西方互文性理论相比存在差异。⑤

一 "影写"之法

"影写法"为张竹坡首创，有学者认为其概念出自时文之影响。八股文创作中有"影题"之法，谓"并不说正题事，或以故事，或以

---

① 陈才训：《论张竹坡小说评点的八股思维及其得失》，《吉林师范大学学报》（人文社会科学版）2016 年第 3 期。

② 李建中：《通义：汉语阐释学的思想与方法》，《文学评论》2019 年第 6 期。

③ 当然这也得益于自宋代开始的释经文本的独特形式，即为了阅读的方便而将经、传、记、疏等收集在一个文本之内。在传统释经文本中，经为主文本，传、记、疏、证等为副文本。主文本与副文本之间、副文本与副文本之间都存在互文关系。这些互文关系具体又与副文本的功能有关，如有的副文本侧重于汇集，有的则侧重于证明、补充功能等。

④ 所谓"参互考证"，指"考证时旁征博引，钩稽大量相关史料，参互比伍，融会贯通，推导出正确结论"；"这种考据方法就是要求史家综合各种相关史料加以旁参互稽，通过比较分析各种记载之异同，考证清楚历史的真相"。见罗炳良《清代乾嘉史学的理论与方法论》，兰州大学出版社 2004 年版，第 387—388 页。

⑤ 这是因为"中国传统'文'的层级可以涵盖从独体字—字词—词组—小句—句群—文本等不同层次。我国传统互文不仅从宏观角度关注文本间的关系，也从微观角度考察文本内各语言单位间的互动关系。故而我国传统互文存在同义互文、类义互文等类型"。参见刘斐《中国传统互文研究——兼论中西互文的对话》，博士学位论文，复旦大学，2012 年，第 234 页。

他事，或立一论，挨傍题目而不著迹，题中合说事皆影见之，此变态最多"①。有学者由此概括影写法为"不加以详细描写，而是用略提的方式轻轻点带"，实为"写一是二之法"；② 也有学者将其总结为"暗示或暗中叙写之意"③。张竹坡认为《金瓶梅》作为世情之书，其叙事头绪虽多，却能做到"文之整密"，是非常难得的。如何才能"变账簿以作文章"？张竹坡看到了作者"千针万线，同出一丝，又千曲万折，不露一线"，"手写此处，却心觑彼处，因心觑彼处，乃手写此处"的苦心。张竹坡在《金瓶梅》评点中针对作品的人物描写多次使用"影写"概念，颇有深意。从张评的整体情况来看，影写具有丰富的含义。

（一）略写、点映之意

张竹坡第一次提及影写是在《〈金瓶梅〉读法》之中，其谓：

> 《金瓶梅》说淫话，止是金莲与王六儿处多，其次则瓶儿，他如月娘、玉楼只一见，而春梅则惟于点染处描写之。何也？写月娘惟扫雪前一夜，所以丑月娘丑西门也；写玉楼惟于含酸一夜，所以表玉楼之屈，而亦以丑西门也：是皆非写其淫荡之本意也。至于春梅，欲留之为炎凉翻案，故不得不留其身分而止用影写也。④

张竹坡以"影写"概括小说写人之法，多次都是针对人物春梅而言。除以上所引之外，张竹坡在第一回回评中就明确："写春梅，用影写法；写瓶儿，用遥写法；写金莲，用实写法。然一部《金瓶》，春梅至'不垂别泪'时，总用影写，金莲总用实写也。"第七回回评

---

① （元）陈绎曾：《文说》，载（清）纪昀编《影印文渊阁四库全书》第 1482 册，北京出版社 2012 年版，第 245 页。

② 张永葳：《稗史文心　明末清初白话小说的文章化现象研究》，上海三联书店 2013 年版，第 96 页。

③ 杨志平：《中国古代小说文法论研究》，齐鲁书社 2013 年版，第 151 页。

④ （明）兰陵笑笑生著，（清）张竹坡评：《皋鹤堂批评第一奇书　金瓶梅》，吉林大学出版社 1994 年版，第 44 页。

又云:"春梅早虽极早,却因为莲花培植,故必自六月迟至明年春日,方是他芬芳吐气之时,故又在守备府中方显也。而莲杏得时之际,非梅花之时,故在西门家只用影写也。"都是在强调作者对春梅采用了先抑后扬的书写策略:因为小说后半段将有大量篇幅对庞春梅进行正面描写,因此前面不可用过多笔墨进行实写;但春梅作为重要人物亦不可不写,于是用相关人物将其点映带出,如鉴于金莲与春梅之亲密(包括性格上的投契与相似),写金莲即可影春梅(此与前所论"影身"人物略类)。用影写法的关键在于所写之人与所影之间明确的对应关系,而影写的具体目的是在不冷落人物的前提下又避免过早露势,造成与后文的重复,是一种描写详略上的章法。二十一回回评论及作者对众人表现,谓"第一段写月娘,第二段写玉楼。而瓶儿、金莲二人,随手出落;娇儿、雪娥二人,遥遥影写。而孟三姐,特地另写上寿,见风光与众不同"。这里的影写也是作者为了凸显众人的差别,故意变化笔法,对娇儿、雪娥进行略写点映之意。

(二)"虚笔"、烘托之意

"影写法"的第二层含义是指人物描写中与"实笔"或"正笔"相对的"虚笔",通俗来说也就是与正面描写相对的侧面刻画,如针对第十三回《李瓶姐墙头密约 迎春儿隙底私窥》,张竹坡在回评中写道:

> 写瓶儿春意,一用迎春眼中,再用金莲口中,再用手卷一影,再用金莲看手卷效尤一影,总是不用正笔,纯用烘云托月之法。
> 人知迎春偷觑,为影写法,不知其于瓶儿布置偷情,西门虚心等待,只用"只听得赶狗关门"数语,而两边情事、两人心事,俱已入化矣,真绝妙史笔也。①

此段出现两处"影"、一处"影写",意与"正笔"相对,张竹坡

---

① (明)兰陵笑笑生著,(清)张竹坡评:《皋鹤堂批评第一奇书 金瓶梅》,吉林大学出版社 1994 年版,第 203 页。

— 216 —

自己又解释为"烘云托月"之法，可知是指作者不直接描写瓶儿的放荡，而通过迎春、金莲来进行侧面的映衬与烘托。而影写的具体方式，则是通过使用旁观者的限知视角，以迎春之"听看得"（偷觑）、西门之"听得"，以及金莲之效尤等出之。影写之妙，虽在由限知叙事所带来的"陌生化"效果，更在不同人物之间对比、映衬所造成的讽刺与幽默之感。金莲之淫荡在前文"烧夫灵"一节已达高潮，此处尚且要以手卷"效尤"瓶姐；迎春为瓶儿之婢，面对家主偷情不知回避反于窗外偷看，瓶儿家风亦可见一斑。两相映衬，瓶儿小像已出，又何须大费笔墨？黄霖先生也指出限知视角就是"影写法"的基本特点，评点家正是看到了这一点，所以热衷于对"眼中""口中""耳中"之事的提示。① 也有评点者用"虚实"之语表达正写、影写之别，如醉园在《岭南逸史》第一回回末评语中提出："此回写逢玉处，详尽得妙。下回写贵儿处，隐跃得妙。便可悟作文虚实之法，而避合掌之弊。"② 作为男主的黄逢玉在小说开篇就得到了正面出场的机会，而女主"贵儿是守礼闺女，最难着墨，作者就张老口中，轻轻带出才志二字"③。男、女主人公，一为正面实写，一为侧面虚写（逢玉眼中看出、张老口中说出）。虚实相间、详略相对方能避免"合掌"（即重复）之弊，现文章错综之妙。

（三）影射、暗示之意

　　张竹坡还赋予了"影写"之法另一层含义，如他在《〈金瓶梅〉读法》中说："此书为继《杀狗记》而作。看他随处影写兄弟，如何九之弟何十，杨大郎之弟杨二郎，周秀之弟周宣，韩道国之弟韩二捣鬼。惟西门庆、陈经济无兄弟可想。"④ 此处"影写"当为影射、暗示之意。其实，作者何止在亲生手足的书写中暗藏影射之意，从小说开头就已埋下寓言的伏笔。崇祯本《金瓶梅》以"西门庆热结十兄弟"

---

① 黄霖：《黄霖讲〈金瓶梅〉》，东方出版社 2017 年版，第 273 页。
② （清）花溪逸士著，中英、中雄校点：《岭南逸史》，百花文艺出版社 1995 年版，第 8 页。
③ （清）花溪逸士著，中英、中雄校点：《岭南逸史》，百花文艺出版社 1995 年版，第 20 页。
④ （明）兰陵笑笑生著，（清）张竹坡评：《皋鹤堂批评第一奇书　金瓶梅》，吉林大学出版社 1994 年版，第 52 页。

开篇，仿拟的是《三国演义》"桃园三结义"情景，但后文的发展却
是先有西门庆谋骗四哥花子虚的妻子和家产之事，后有应伯爵在大哥
一死立即投靠张二官，还助其再娶李娇儿之举，这些行为完全解构了
桃园结义所建构的异姓兄弟情义书写。田晓菲认为，在我国古代的封
建社会中，"当一个男人被他的结义兄弟所出卖和背叛，其悲剧性和
讽刺意味要远远大于被一个朋友所出卖和背叛。在这个意义上，绣像
本《金瓶梅》开宗明义对西门庆热结十兄弟的强调，等于是在已经建
立起来的古典白话长篇小说的传统中，对《三国演义》《水浒传》这
种几乎完全在男性之间相互关系上的历史与英雄传奇作出的有力反讽，
也是对作为基本儒家概念的'五伦'进行的更为全面的颠覆"[1]。由此
看来，张竹坡这里的"影写"当是暗示小说主题的大章法。第七十四
回夹批中的"影写"也同此意：此回叙月娘因玉楼生辰请薛姑子宣讲
《黄氏女卷》，结合之前所讲五祖转世、五戒投胎故事，张竹坡夹批
"彰明较著，大喝一番，总是西门丧命时文字之影"。认为作者此处是
以佛教因果报应暗示西门庆命不久矣。又小说第八回，西门庆因娶玉
楼而冷落金莲，金莲托王婆打听西门消息，傅伙计告知西门庆在院中
作乐实情。张竹坡于此夹批"又影桂姐"。李桂姐在小说第十一回方
正式出场，为何此处便要开始"影写"呢？竹坡认为西门"得了玉
楼，便直欲弃了金莲"，是"写浮浪子弟负心如画"；而后文西门"梳
笼"桂姐之后也曾受其挑拨一度与金莲不和。两相参看，西门之待金
莲仅有欲心而无真情的态度可见。影写之法，实有深意。

　　张竹坡的"影写"之法在后代评点家那里又得到极力发挥，尤其
是《红楼梦》评点家几乎无一例外对这种写法表现出兴趣，他们还对
"影写"的含义给予了进一步补充。比如，认为"影写"是一种表现
人物之间"双重互补"关系或谓"多人重叠，成一共体的合写笔
法"[2]。如桐花凤阁评者指出：

---

　　① 田晓菲：《秋水堂论金瓶梅》，广西师范大学出版社 2019 年版，第 15 页。
　　② ［美］浦安迪：《三联文史新论　浦安迪自选集》，刘倩等译，生活·读书·新知三联书
店 2011 年版，第 260、259 页。

或问：宝玉与黛玉，有影子乎？曰：有。凤姐水月庵拆散之姻缘，则远影也。贾蔷之于龄官，则近影也。潘又安之于司棋，则有情影也。柳湘莲之于尤三姐，则无情影也。……宝玉之于晴雯，乃贴身影也。藕官之与药官，乃对面影也。①

又张新之总括"影写"之法：

小红，黛玉第三形身也。为绛珠，为海棠，是为红，故此曰小红，曰姓林，则明说矣。……盖是书写情写淫，写意淫，钗黛并为之主，于本人必不能处处实写，故必多设影身以写之。在黛玉影身五：一晴雯，二湘云，三即小红，四四儿，五五儿……②

上两处所提之"影"即为影子、影身之意。作者为主人公设置诸多影身人物，当是为了多层面补充人物之特性与情节发展之可能走向。宝黛之间所发生的纯洁爱情既可能走向张金哥与长安守备之子的惨烈结局，也可能走向贾蔷与龄官可以预见的无果而终，但无论如何也终不得圆满，因为令人窒息的礼教社会从来就不允许真正的爱情存在。钗黛之合一则以二人性格互补为依据，甄宝玉与贾宝玉同样也是对立互补人物。在甄宝玉身上作者所要呈现的其实是贾宝玉改变人生选择之后的终局。而晴雯、湘云、小红等人之于黛玉则属同向互补，将黛玉身上具备的各种性灵分散于众影身人物，即可在写法上避免单调、重复，又可在情节上形成补充、呼应。

无论是强调略写点映，还是侧面续写，抑或是暗示影射之意，"影写"法存在的前提是创作者对于小说人物和情节的通盘考虑与整体创作原则；而对于读者来说，发现和认识各种微妙对应则是破解隐文的唯一方法，当然这既需要读者对作品的细读，也需要一定的主观

---

① 朱一玄编：《红楼梦资料汇编》，南开大学出版社 2001 年版，第 743 页。
② （清）曹雪芹、高鹗著，（清）护花主人、大某山民、太平闲人评：《三家评本红楼梦》，上海文艺出版社 2012 年版，第 298 页。

联想。在这种特殊的评点话语中，我们既看到了文本内部的生成互文（嵌入互文），也看到解读互文（联想互文）。

二 相"映"之法

张竹坡在小说评点中除了对"影写法"情有独钟之外，还总结了一套特殊的相"映"之法。这种"映"法既指作者对人物的对照表现，也指情节的前后呼应，亦是场景、意境的回应再现，叙述方式或叙述话语的重复等。在具体语境中，张竹坡有时单以"映"字标识，有时以"相映""掩映""遥映""递映"等词表述，有时也以"相照""遥对""遥遥相照"等相近之词进行替换。① 评点者对"映"法的重视意在时刻提醒读者不要轻易放过小说的一切细节，因为任何一处"牛毛茧丝"都有可能在下文得到回应。读者只有首先发现这些分散在各处的相"映"信息点，然后将互映的两处或多处文本进行对看、合看、参看，方能破解作者的形式隐喻。这种小说评点家惯用的文法思维与互文性理论中的"内互文"颇有几分相似。

（一）人物的对照描写

由于题材原因，《金瓶梅》描写了大量同类人物群像，如后宅妻妾、丫鬟仆妇、行院妓女、三姑六婆、帮闲抹嘴、朝廷官员等。同类人物出场频繁，容易给人造成重复雷同之感。若采用对照描写的方式往往能凸显同类人物的差异，达到"同而不同""特犯不犯"的书写效果。张竹坡非常敏锐地发现了作者创作中的这一规律，他多次指出作者对桂姐与爱月、玉楼与月娘、金莲与瓶儿的书写中就运用了这种对应技巧。例如，第六十八回回评开篇即云"此回特写爱月，却特与桂姐相映"；又谓"伯爵戏衔玉臂，与出洞一戏，遥遥相映"，都是针对桂姐与爱月之间的对照描写而言。在夹批中评点者又认为作者对郑

---

① 对张竹坡"映"法的总结参见李军峰《张竹坡评点〈金瓶梅〉中"映"的多义意蕴展现》，《昌吉学院学报》2016 年第 4 期。

家老鸨的描写与"李三妈说笑等情"是"遥对"情形，而青衣圆社央及玳安做成生意的行为则"与桂姐两两相映，却是不板"；爱月与西门私语被伯爵撞破，评点者认为"映山洞一回"（按指西门此前与桂姐在花园偷欢情景），等等。李桂姐与郑爱月是西门庆先后结交的两位妓女，二人皆欢场高手，对待西门虽都有巴结忌惮之心，却又各自心怀鬼胎（从二人皆与王三官有染一事可知）。但二人性情亦有差别，相较之下桂姐爱财、泼辣外显，爱月行事低调、乖觉圆滑，却比桂姐更为狠毒。爱月曾不动声色将桂姐与王三官交往信息透露给西门庆，遂使桂姐即刻失宠（按此时桂姐尚为西门庆花钱包占时期），而自己则作为直接受益者迅速"上位"；同时又为西门献计（怂恿西门庆先奸骗王三官之母林太太，再对三官妻子下手）以打击王三官，可见其用心险恶。通过与桂姐的对照，不仅爱月之恶毒更显，而且读者亦容易感到一种反差的滑稽，欢场人性原来没有最丑只有更丑！第六十九回评点者仍延续这种思路，回评即云"月儿宠而李桂姐疏，又遥与瓶儿、金莲相映"，是特指此前西门庆因桂姐而疏远金莲，又因瓶儿而冷落金莲之事。此一对比，可见出西门之好色寡情，而爱月与桂姐之待西门较之西门之待金莲、瓶儿又何其相似，此又可见因缘果报不爽。第六十八回回评认为"桂姐后有瓶儿之约，月姐后有林氏之欢，又遥遥相映"，林氏虽为贵族遗孀，奈其贪欲放纵全无一丝顾忌，又与桂姐、爱月之流何异？评点者意欲通过列举提醒读者体会人物对照所带来的反讽之感，极有见地。此外，张竹坡始终认为月娘是作品中的奸险小人，在评点中时时流露出对她的厌恶之意，第七十五回夹批"玉楼自是含酸，月娘全是做作，前后特特相映，明明丑月娘也"，也是认为作者将玉楼与月娘对举的目的是通过比较以显月娘虚伪。

（二）情节的前后呼应

除了人物的对照性书写之外，张竹坡的"映"法还有情节上的前后呼应之意，他认为兰陵笑笑生在编织故事时特别擅长将"相似或相反的情节进行捏合"，从而避免情节的重复拖沓，以造成读者"视觉上的陌生感"①。这种情节的对应可以表现在不同层次，既可能是同回之内，也可出现在几回之间，还可能表现在整部小说的不同板块和单元之间。《〈金瓶梅〉读法》中说："《金瓶》一回，两事作对固矣，却又有两回作遥对者。如金莲琵琶、瓶儿象棋作一对，偷壶、偷金作一对等，又不可枚举。"② 同回之内的对举，如第一回回评中就出现的"一回冷热相对两截文字"，又有"一回两股大文字，热结冷遇也"，虽未出"映"字，但其意相同。评点者在第五十一回回评中以"相映"为术语集中总结了该回之内的对应现象："此回章法，全是相映。如品玉之先，金莲起身来，为月娘所讥；后文斗叶之先，金莲起身又为月娘所讥是也。品玉时以春梅代脱衣始，以春梅代穿衣结；斗叶子以瓶儿同出仪门始，以同瓶儿回房结：又是两相呼应。黄、安二主事来拜是实，宋御史送礼是虚，又两两相映也。"又第五十五回回评中以"递映"指示同回之内的对照，如"写桂姐假女之事方完，而西门假子之事乃出，递映丑绝"云云。评点者认为作者有意将桂姐为月娘假女事与西门为蔡京假子事置于同回之中，有着对照反讽的意图。盖桂姐与月娘本为情敌，西门与蔡京亦地位悬殊，然利益面前传统伦理早已不堪一击（桂姐为笼络西门，月娘为讨好丈夫；西门为巴结蔡京，蔡京为贪爱财物），礼崩乐坏的至暗时刻，父子、母女皆可为假，封建社会赖以维系的家庭血亲伦理都遭破坏，世间可还能留存一丝美好？评点者的对照解读不仅帮助读者走入了小说的反讽深处，而且直白宣告了封建社会终将走向毁灭的结局。③

多回之间的情节对照常常被评点者称为"遥对""遥映"等。张世君认为："评点家灵活地把修辞格'对比'称之为'遥对'。这个'遥'，间隔了两个做比较的描写事物，形成了如首尾呼应的语言形

---

① 李军峰：《张竹坡评点〈金瓶梅〉中"映"的多义意蕴展现》，《昌吉学院学报》2016年第4期。

② （明）兰陵笑笑生著，（清）张竹坡评：《皋鹤堂批评第一奇书　金瓶梅》，吉林大学出版社1994年版，第31页。

③ 关于《金瓶梅》通过互文性手法而营造反讽意味的问题笔者在《〈金瓶梅〉小说讽刺艺术的互文性细读》（《西安工业大学学报》2020年第4期）一文中有详细论述。

式，中间叙述的是篇章内容。"① 第十七回回评张竹坡开篇即谓"此回瓶儿云'你就如医奴的药'一语，后文'情感'回中，一字不易。遥遥对照，是作者针线处"。是提醒读者将瓶儿此时私语与后来瓶儿辗转嫁给西门庆（中间又经历误嫁蒋竹山的插曲）之夜的对话参看，以此感受作者叙述的周密。又针对西门与瓶儿欢会眉批"一路写去，总觉满心满意之笔，为下文一冷反照。故知与前将娶玉楼时别金莲文字遥对也"。这是要求读者将瓶儿嫁西门却因杨提督倒台而横生波澜，后又因招赘蒋竹山而一再延误之事与金莲嫁西门因玉楼先嫁而受阻延宕之事对应。看似顺理成章的情节偏被作者的伸缩之笔写得一波三折，评点者提醒读者两相参看，就是要探究特殊章法背后的隐含深意。

小说中最高层次的照应（或理解为最大规模的照应）一般分布在故事的开头、结尾或是情节的重大转折前后，往往是关乎小说结构、主题的大关键处，对这种信息评点者当然是绝不会轻易放过的。张竹坡在第一回回评就提醒读者注意"玉皇庙、永福寺需记清白，是一部起结也"，第一百回又再次强调"玉皇庙发源，言人之善恶皆从心出。永福寺收煞，言生我之门死我户也。"虽未出"映"字，但其意相同。第六十六回回评："此回写瓶儿一梦也，乃胡知府、周守备、荆都监以下武官，李知县以下文官，又宋御史、黄主事、安郎中、翟管家，色色皆来，特与西门一死相映。夫瓶儿与西门之死，不阅三月，而冷暖如此，写得世情活现。"也是提醒读者将瓶儿死后之热闹与西门死后之冷清对照，以体味作者"冷热金针"的特殊用意。第八十九回春梅于永福寺内为金莲超度，恰遇月娘等人上坟，作者于此夹批"映前，便有冷热"，"映前"等语，就是要求读者将西门之死前后的冷热炎凉进行对比参照。第九十六回春梅游旧家池馆时感慨落泪，评点者亦提醒读者"总照出门"；待至春梅进入瓶儿旧所则曰"先映瓶儿，悲中出悲"；提到月娘卖床之事，评点者又夹批"照应金莲"等。盖春梅在西门死后经历了人生逆袭，从金莲丫鬟一变而为守备夫人。春

① 张世君：《明清小说评点章法概念析》，《暨南学校》（人文科学与社会科学版）2004 年第 3 期。

梅再次与旧时主母相见，发现当日繁华热闹的旧家池馆已是破败不堪，前后反转，不独书中人物感慨，读者亦为之鼻酸。

（三）场景、意境的对应重现

其实，无论是前所论同回之内的微观"相映"，还是相隔数回的"遥映"，抑或是分布在情节关键之处的"大照应"，既有可能是评点者对作者苦心经营的客观总结，也不排除是评点者主观意图及创作主张的个性呈现。在文本生成机制中，形式嵌入即构成互文现象；而在意义解读过程中，联想嵌入即能营造互文的效果。对评点者而言，评点话语不仅是针对具体文本的导读、赏鉴，更是表达自己创作主张、小说观念的重要手段。如果说人物、情节的对照尚因明确的相似性而显得比较容易被辨认的话，场景、意境的对应也许更多依赖评点者的个性化联想。

张竹坡似乎对人物经历的一些特殊场景非常留意，构成场景的一些细节要素如天气环境、空间景物，抑或人物的特定动作、话语等往往都能触发他的联想。例如，六十六回叙西门庆书房赏雪，评点者抓住小说前后有关下雪场景的故事情节，眉批"此回赏雪与前扫雪特对。前扫雪写月娘全盛之时，此赏雪写月娘将收。雪里蟾光，岂能不为云遮乎？故用黄四求情一事，衬后文平安偷钩无处求情相映。见今昔顿异，总是月娘文字也"。因西门赏雪而联想到月娘扫雪，又因赏雪活动中插入的黄四向西门求情事联想到后文平安偷盗反诬陷月娘，月娘不得已向已当上守备夫人的春梅求情事。评点者认为这是作者有意安排的对照书写，意在凸显因西门之死而带来的家族衰败与世态炎凉，而抓住这种"特对""相映"的关键就在于对雪中叙事的敏感。在接下来的第六十七回回评中，评点者又继续评道："瓶儿初来，月娘扫雪；瓶儿一死，西门赏雪：特特相映。忽插爱月，又为'踏雪访'相映也。"还是围绕雪中叙事展开的联想与解读。第八十九回杀嫂祭兄情节中，武松一待金莲进门便"吩咐迎儿把前门上了栓，后门也顶了"，竹坡于此夹批"后门，比金莲雪天顶前后门何如？"这里虽未提映、照等字眼，但评点者曾在第二回金莲见武二进来便"令迎儿将前门上了闩，后门也关了"文字后夹批"后门出现一"，显然是为后文伏线。将两处评点文字合看，评点者提醒读者前后对应参看的意图昭然若揭。金莲戏武松与武松杀金莲发生的地点同在清河县武大的"两层四间房屋"内，戏武松是因金莲之欲，杀金莲则因武松之恨。愚蠢如月娘一旦听说金莲被武松买走也不禁"暗中跌脚"，认为"仇人见仇人，分外眼睛明"，"那汉子杀人不斩眼，岂肯干休"；聪明如金莲却在得知武松欲娶她回去后暗自欢喜"这段姻缘，还落在他家手里"，金莲之欲直接害死了西门，同样害死了自己。欲望的集中抒发与彻底毁灭发生在相同的空间与熟悉的情景（关门、喝酒、迎儿的见证等）之中，对照之下一切又显得多么滑稽与讽刺。① 在作者而言，对应书写是为了传达其主题的隐喻；在评点者而言，"映"法的总结则既为破解作者隐喻，亦为表现自己的才情、个性；对于一般读者来说，作者与评点者之间也许更多呈现出一种相互成就的关系。

小说中有时还以人物的特定动作、表情或语言作为标志来进行对应描写，张竹坡总是敏锐地以"相照""遥照""遥映"等语提示读者注意。如第一回回评针对西门庆与谢希大商议由谁来补充十兄弟之数的场景："西门庆沉吟一会，乃说出花子虚来。试想其沉吟是何意思？直与九回中武二沉吟一会相照。西门一沉吟，子虚死矣。武二一沉吟，李外传、王婆、金莲俱死矣，而西门庆亦死矣。然武二沉吟是杀人，西门沉吟是自杀。"西门沉吟是为骗取瓶儿筹划，武二沉吟则是为复仇盘算，如此微妙的神情描写也被评点者慧眼所识，竹坡真知笑笑生者。又第一回伯爵为西门演说打虎故事，评点者夹批"一段文字，武二出来，武大亦出来，而虚拟打虎、传闻打虎者，色色皆到，却只是八个'怎的'，两个'象是'便觉奇绝，妙绝。"评点者此处提请读者注意"怎的"声口，是因为下文中也出现了同样的用语。第九回郓哥为武松讲述武大被害情景，评点者亦抓住郓哥言语特点，眉批"三个'怎的'，忽接一个'不知怎的'，又与伯爵讲打虎遥照。"又第十八回

---

① 参见拙文《〈金瓶梅〉"重复"叙事与潘金莲形象新解》，《名作欣赏》2012 年第 23 期。

媒婆冯妈妈为西门细述瓶儿改嫁蒋竹山之事，评点者也夹批"几个'怎的'又与打虎遥映。"从情节发展来看这三个场景之间并没有什么直接联系，"怎的"只是作者表现人物转述动作时的一个习惯性概括用语，也许并无深意。事实上评点者在此也仅指出了相似点，并未分析作者意图，庶几仅为一时兴致？

三 犯避之法

"犯避"是指在创作中"竭力避免雷同或有意制造叠合"①，有学者认为中国的犯避概念与西方的 repetition 极为相似，应该是看到了二者在重复性特点上的一致性。② 耶鲁学派的希利斯·米勒认为，阅读中万不可忽略小说作品中的重复现象，因为作品的丰富含义就有可能来自各种重复现象的"组合"，"他们组成了作品的内在结构，同时还决定了作品与外部因素的多样化关系"。③ 我国传统文学对"犯避"技法的认识最早来自诗文。诗歌创作中避免意象和语言重复的"力避庸熟"（吴仰贤《小匏庵诗话》），以及"知熟必避，知生必避"（袁枚《续诗品》），"语不欲犯，思不欲痴"（司空图《二十四诗品》）等表述都涉及于此。小说批评中最早对犯避问题给予重视的也不是张竹坡，在他之前的金圣叹评点《水浒传》时就已多次使用犯避概念。金圣叹明确了犯与避之间的辩证关系，他认为创作中只知一味求避"必非才子之文"，于"本不相犯之处，特特故自犯之，而后从而避之"方为真正的"才子之文"。如《水浒传》于"武松打虎后，又写李逵杀虎，又写二解争虎。潘金莲偷汉后，又写潘巧云偷汉。江州劫法场后，又写大名府劫法场。何涛补盗后，又写黄安补盗。林冲起解后，又写卢俊义起解。朱仝、雷横放晁盖后，又写朱仝、雷横放宋江等。正是要故意把题目犯了，却有本事出落得无一点一画相借，以为快乐是也。"

---

① 汪涌豪：《中国文学批评范畴及体系》，复旦大学出版社 2007 年版，第 459 页。
② 唐伟胜主编：《叙事理论与批评的纵深之路》，上海外语教育出版社 2015 年版，第 299 页。
③ ［美］希利斯·米勒：《小说与重复》，王宏图译，天津人民出版社 2008 年版，第 7 页。

（《读第五才子书法》）①金圣叹从小说的叙事技法角度对犯避问题进行了论述，还在此基础上总结出"正犯""略犯"等技法类型。毛宗岗也在金圣叹基础上讨论《三国演义》的叙事技法，认为"《三国》一书，有同树异枝、同枝异叶、同叶异花、同花异果之妙。作文者以善避为能，不犯之而求避之，无所见其避也；唯犯之而后避之，乃见其能避也。"（《读三国志法》）②小说中的"三气周公瑾""六出祁山"等单元性叙事就都遵循了这种"同而不同"的讲述原则。金圣叹和毛宗岗都是从叙事章法的角度来谈犯避，强调的是故事情节的要素或具体叙述方式之间的异同。张竹坡则变换视角，从人物塑造的个性化入手，将对犯避概念的认识推向了更深。其《〈金瓶梅〉读法》云：

> 《金瓶梅》妙在善用犯笔而不犯也。如写一伯爵，更写一希大，然毕竟伯爵是伯爵，希大是希大，各人的身份，各人的谈吐，一丝不紊。写一金莲，更写一瓶儿，可谓犯矣，然又始终聚散，其言语举动，又各各不乱一丝。写一王六儿，偏又写一贲四嫂。写一李桂姐，偏又写一吴银姐、郑月儿。写一王婆，偏又写一薛媒婆、一冯妈妈、一文嫂儿、一陶媒婆。写一薛姑子，偏又写一王姑子、刘姑子。诸如此类，皆妙在特特犯手，却又各各一款，绝不相同也。③

　　《金瓶梅》要表现最真实的社会面貌，免不了对相同阶层的人物群像（比如帮闲阶层、仆妇、妓女、三姑六婆等）进行整体表现，而在这种群像的集体刻画中如何既兼顾他们作为"一类人"的共同点，又凸显个体的独特性？也就是如何正确处理犯、避之间的关系？张竹

---

① （明）施耐庵著，（清）金圣叹评点：《金圣叹批评第五才子书水浒传》，天津古籍出版社 2006 年版，第 12 页。

② （明）罗贯中著，（清）毛宗岗评：《毛宗岗批评本三国演义》，岳麓书社 2006 年版，第 5 页。

③ （明）兰陵笑笑生著，（清）张竹坡评：《皋鹤堂批评第一奇书　金瓶梅》，吉林大学出版社 1994 年版，第 41—42 页。

坡提出了"情理"之说。"作文章不过是情理二字。今做此一篇百回长文亦只是情理二字。""于一个人的心中，讨出一个人的情理，则一个人的传得矣。""其书凡有描写，莫不各尽人情。然则真千百化身现各色人等，为之说法者也。"（以上三则皆出《〈金瓶梅〉读法》）人情、物理，关乎主观之善与客观之真，真善结合方能达到艺术之美。同类之人可能拥有一样的出身、环境甚至生活遭遇，但个体最终的选择不仅关乎于此，更关乎人物与生俱来的心性气质与生活中的诸多变故。必然性与偶然性的结合才造就每一位独立个体，犯避之间透露的是作者与评点者对人生哲理的深刻认识。当然，竹坡是针对整个小说人物塑造问题而提出的"情理"原则，并不单指犯避；但他既然将犯避作为人物塑造之最重要技法（也是《金瓶梅》在人物表现方面的最精彩之处），我们完全可以将"情理"作为犯避之法的基本原则。在人物塑造的艺术性与真实性结合问题上，《金瓶梅》确实超越了同时代其他作品，而张竹坡对于作者犯避之法的总结，也深解作者之意。

张竹坡认为《金瓶梅》以犯避之法写人物，于第六十二回达一高潮。李瓶儿病逝是小说中的重要情节，仆妇感念瓶儿宽容待下的不舍、西门失去所爱的痛苦、金莲打败对手的畅快、月娘见到丈夫为其他女人悲伤的心酸等，都在瓶儿临死前后的几场哭戏中得以表现。瓶儿病重之时西门曾请太医医治，又请潘道士作法挽救，皆无效验，瓶儿弥留之际作者先预写一番哭泣，"不特瓶儿、西门哭，直写至西门与月娘哭"，"至其一死，独写西门一人大哭，真声泪俱出。又写月娘之哭，又写众人之哭，又接写西门之再哭，又接写月娘之不哭，又接写西门之前厅哭，又写哭了又哭，然后将'鸡就叫了'一句顿住，便使一时半夜人死喧闹，以及各人言语心事，并各人所做之事，一毫不差，历历如真有其事"。此段描写，与《红楼梦》中贾母病逝后各人怀揣心事借此大哭差可仿佛。众人俱哭，却各个不同，"西门是痛，月娘是假，玉楼是淡，金莲是快。故西门之言，月娘便恼；西门之哭，玉楼不见；金莲之言，西门发怒也。情事如画。"（以上皆出自第六十二回回评）以合乎"情理"为人物塑造之根本出发点，以犯避作为表现人物共性与个性的具体技法，是张竹坡关于《金瓶梅》人物的深刻总结。人物表现的前后重叠（或不同人物表现的重叠）是犯，重叠背后的差异与变化是避，前后（或两两）参看，方能破解形式的隐喻，文内互文是小说阐释中始终值得重视的地方。

　　其实，不管是前面所论影写、相映之法，还是此处所论犯、避之技，核心都在于通过构建文本之内不同层次的联系来传达某种隐喻，这种关系并不由情节因果造成，而是一种形式上的隐约呼应。以一写二、写此指彼不仅是文字创作中的"能指"游戏，更是评点家热衷于破解的互文现象。许建平先生曾对《金瓶梅》的含蓄表意方式进行总结，认为作者在塑造、结构意象中采用了不同的表现方法，具体可分为遮蔽型、节略型、对映型和借代型四种，[①] 这几种方式恰恰与我国传统互文观中的互文类型有所重合。例如，节略型基本对应于传统互文修辞中的"两物各省一边而省文"的"缩略互文"形式；而对映型则与"同类互文"形式类似。除了影写、相映、犯避等技巧之外，张竹坡所指出的"针线"概念也具有一定的内互文色彩。他在第四十六回回评"针线之妙，乃在一皮袄，与金扇明珠一样章法也"，这里是针对故事中的迭用意象而言。此回月娘率众姬妾在吴大妗子家过元宵，因下雪遂使玳安回家取皮袄来穿，因金莲独无皮袄，月娘便吩咐将"当的人家一件皮袄，取来与六姐穿"。又因春梅、玉箫等大丫鬟当日被贲四嫂请去吃酒，玳安颇费辗转才将皮袄取回。金莲对旧皮袄不甚满意，扬言"有本事到明日问汉子要一件穿"。一回之中围绕皮袄拉拉杂杂，不仅因为此处情节需要，更重要的是要以"拿皮袄又串入瓶儿死撒祭"，也就是提前为瓶儿死后情节埋下伏笔。瓶儿之死与金莲关系甚大，而金莲尚觊觎她生前所穿之貂鼠皮袄，私下问西门讨要。月娘因此大怒，与金莲关系进一步恶化。"皮袄如同其他事物，成为小说文本穿插回复、跌宕生姿的神妙之物。他如梅花、棒槌、博浪鼓、八步床、螺甸床，一线串珠，千头万绪而结构清晰，凸显文本前半截热、后半截冷的市井生活原质。"[②] 同一意象反

---

　　① 许建平：《明清文学论稿》（上），河南人民出版社 2017 年版，第 436—441 页。
　　② 贺根民：《〈金瓶梅〉评点的八股技法》，《南通大学学报》（社会科学版）2011 年第 2 期。

复出现于小说各处，不仅是情节上的需要，更有结构形式上的深意。而对这种深意的体会离不开解读中的互文视角，根据作者在文本中留下的蛛丝马迹前后勾连、多处参看，方不辜负作者的细密文心。

第四节 《红楼梦》脂评中的互文阐释策略①

与系统借鉴互文性理论对文学经典展开分析的研究路数不同，笔者更愿意将这一颇具后现代意味的热门概念作为研究视角的起点，通过具体的文本分析对颇具民族特色的传统阐释习惯作出现代解读，在此基础上找寻其与西方理论的契合之处。而选择《红楼梦》与脂评作为个案研究的对象，则一方面是由于该作品在文学史上的特殊地位，另一方面也是鉴于红学研究举步维艰的发展现状。陈洪先生认为在近年来索隐派、考证派的争论渐渐退潮，红学研究从众声喧哗走向冷清的学术背景之下，我们更应重视的乃是作品意义赖以生成的"文化/文学的血脉传承"，只有以此为前提，才能"更准确、更深入地理解文本的内涵"，也"给文学发展史的研究提供更为鲜活、具体的材料"，② 这无疑为红学研究走出困境开出了一剂良方。而事实上，这一颇具现代意识的文本解读思路在脂砚斋等评点家那里早已是"心有戚戚焉"，脂砚斋等人通过看似随意轻松的评点，实际建构（或者说是承继）了一种理性甚至前卫的小说艺术观。

一 评点者的对话意识

脂砚斋与《红楼梦》作者关系密切，已是文学史上公认的事实，虽然目前仍无法确认他的真实身份，但他见证甚至影响了作者的写作

---

① 本节内容曾以《〈红楼梦〉脂评中的"互文"阐释策略》为题发表于《内蒙古社会科学》（汉文版）2016 年第 4 期。

② 陈洪：《从"林下"进入文本深处——〈红楼梦〉的"互文"解读》，《文学与文化》2013 年第 3 期。

过程却是毋庸置疑的。身份的特殊导致其对小说的投入程度与一般评点者有所不同，而最突出的一点莫过于他在评点过程中表现出的强烈参与意识和对话意识，[①] 它反映了评点者作为与小说存在特殊密切关系的个体，对作品投入个体生命观照的批评方式。巴赫金认为语言一旦进入交际就存在对话关系，"不仅仅是完整的对话之间，才可能产生对话关系；对话语中任何一部分有意义的片段，甚至任何一个单词，都可以对之采取对话的态度……换言之，只要我们能在其中听出他人的声音来"[②]。在评点本这种独具特色的小说形式里，评点者这一主体的介入使得文本呈现更加多元的对话关系，既有评点者与作者的对话，也有评点者与小说角色以及小说读者之间的对话。

（一）　与作者的对话

小说是作者投入个体生命的写作，无论作品的虚构成分有多大，她总是现实生活的某种特殊映射。《红楼梦》虽假借历史朝代、虚拟角色人物，但仍在很大程度上给读者带来"自叙传"印象。不过，评点者的对话意识在一定程度上打破了传统小说的一人"独语"局面，评点者有意将局部言说语境虚拟为与作者相对的二人空间，因为作品中某些特殊情节的触动而对作者发出追问或感叹，其具体内容多涉及作者与评点者的共同生活经历，是只有达成默契的二人之间才能交流的私密性话题，它无须作者的任何回应，因为这仅仅是评点者在阅读过程中情绪的自然流露。于脂砚斋、畸笏叟等而言，这些追问并不关乎文学批评的宏旨，但在小说的后续读者看来，这些充满个人情绪的表达却恰恰因为契合了"知人论世"的批评传统而极大延伸了作品的想象空间，给读者带来层次丰富的阅读体验。

兹举数例：第八回针对贾母初见秦钟并赠送其"一个荷包并一个金魁星"情景，评点者夹批"作者尚记金魁星之事乎？抚今思昔，肠

---

① 互文性中的对话强调言说主体之间社会身份、历史文化等广阔领域在不同层面的共时性交锋和互动。参见李玉平《互文性：文学理论研究的新视野》，商务印书馆 2014 年版，第 18 页。

② ［俄］巴赫金：《巴赫金全集》第 5 卷，白春仁、顾亚铃译，河北教育出版社 1998 年版，第 243 页。

断心摧"。又第二十二回眉批"凤姐点戏,脂砚执笔事,今知者寥寥矣,不怨夫!"第三十八回夹批"伤哉,作者犹记矮【幽页】舫前以合欢花酿酒乎,屈指二十年矣!"第四十一回眉批"尚记丁巳春日,谢园送茶乎? 展眼二十年矣!"这些评语有出自脂砚斋者,也有出自畸笏叟者,① 虽然我们无法通过简短的表述完全还原评点者与作者的实际经历,但他们的生活中曾经有过赠金魁星、凤姐点戏、合欢酿酒、谢园送茶等记忆当无可疑。这些评点内容一方面透露了作者的写实原则,另一方面也表现了评点者自伤身世的悲悯情怀。原本不足为外人道的细小琐事作为作者生命体验中的切肤之痛融入小说情节之中,每一处细节其实都包含着作者的血泪心酸,对于这样呕心沥血的文字,读者又怎能等闲视之? 在评点者的引导之下,读者对作品的理解必定超越泛泛之境,而评点者抚今追昔的遗憾惆怅,又加深和强化了小说的悲剧意蕴。

虽然评点者的追问一般无须作者回应,但脂批中也偶有作者与评点者直接交流的特例出现。如第二回冷子兴演说荣国府中提到"后一带花园子里面树木山石",甲戌本有夹批云:"'后'字何不直用'西'字? 恐先生堕泪,故不敢用'西'字。"此处前半句为批者所问,后半句却似作者的直接回应。评点者与作者之所以对"西"字表现出如此敏感,是因为曹雪芹的祖父曹寅对"西"情有独钟,其书斋名"西堂",本人亦自号"西堂扫花行者",还用"西园""西亭""西轩"等为家中景致命名,可见其偏爱。脂砚斋、畸笏叟都是曹家衰败的见证者,看到小说中熟悉的细节片段不免触动心绪,产生了感伤悲痛之情。而作者也深谙此意,不禁在批注后面加上了自己的回应文字。事实上评点者还不止此一处提及曹寅往事,第二十八回针对宝玉与冯紫英等人饮酒场景也有眉批:"大海饮酒,西堂产九台灵芝日也。批书至此,宁不悲乎? 壬午重阳日。"又夹批"谁曾经过? 叹叹。

---

① 本书中所引脂批皆出自中华书局 2009 年版《红楼梦》,该版前八十回以庚辰本为底本,以甲戌本、蒙府本为补。脂评本中评语除脂砚斋所为之外,还有畸笏叟所批,目前学界对脂砚斋和畸笏叟的身份问题尚存争议,有认为畸笏叟为脂砚斋另一化名者,亦有认为畸笏叟为曹頫、曹頎者。

西堂故事。"可见评点者对作者家事的熟悉。正是评点者留下的这些蛛丝马迹为我们探寻作品的原型提供了线索，扩展了读者的联想空间，使得作品呈现更加丰富立体的意义世界。

（二）与角色人物的对话

评点者与人物之间的对话表现出脂砚斋对故事内容的强烈参与意识，同时也表现出小说评点这一特殊批评形式的趣味性与个性化。脂砚斋在评点中有时通过模拟与角色的交流将前后叙事信息加以勾连，提醒后续读者进行前后联想，如第三回针对宝黛初会情景："（黛玉）大吃一惊，心下想道：好生奇怪，到像在哪里见过一般，何等眼熟到如此"，评点者就此夹批"正是想必在三生石畔曾见过"，是将现实世界中的宝黛姻缘与幻境中的木石情缘结合起来所发之感慨。评点者此时似乎已经不安于作为一个不动声色的旁观者，而是要积极跳出与角色进行面对面的交流。又如第三回针对宝玉摔玉，评点者夹批"试问石兄，此一摔，比在青埂峰下萧然坦卧何如？"第六回针对宝钗观玉，评点者亦夹批"试问石兄，此一托，比在青埂峰下猿啼虎啸之声何如？""试问石兄，此一渥，比在青埂峰下松风明月如何？"又第十九回夹批"只说今日一次，呵呵玉兄，玉兄，你到底哄的哪一个？"既是评点者一时心中所感，也是一种投入个人切身经历的阅读方式的表现。当然，从这些反复出现的调侃、追问语气中也可见评点者对人物角色的偏爱。

另一种情况是针对人物的某一行为举动，评点者一时兴之所至有感而发，对人物进行某种主观的评价。例如，第十六回中贾琏曾感慨薛蟠辱没了香菱，评点者于此夹批"垂涎如见，试问兄宁有不玷平儿乎？"鄙薄之意显露无遗。第二十一回针对平儿与凤姐斗嘴，评点者亦夹批"平儿平儿，有你说嘴的"。两处均难掩脂砚斋对角色的赞赏之情。又第二十三回针对颦儿盘算住进潇湘馆之事，脂批云："颦儿亦有盘算事，拣择清幽处耳，未知择邻否？"既是评点者的轻松调侃，也是对颦儿清高孤傲性情的侧面说明。

（三）与读者的对话

评点者除了爱与小说作者、人物角色进行模拟对话之外，还常常虚拟与后续读者进行交流的场景，这种交流常常透露出评点者的小说创作观。有时是为了提醒读者对小说的某种叙事技巧进行特殊关注，有时则是针对人物所为提醒读者了解文字背后的深意。例如，第十五回小说因述可卿之丧而叙及铁槛寺来历，脂砚斋于此眉批："《石头记》总于没要紧处闲三二笔，写正文筋骨。看官当用巨眼，不为彼瞒过好。"铁槛寺为贾府创业者宁荣二公为子孙所置万世基业，可惜安荣尊富的贾府子孙只知贪图享乐，毫不理会祖宗苦心，更无人能承担振兴家族的责任，这正是贾府走上衰落的根本原因。评点者在此提醒读者注意有关铁槛寺的闲笔，就是看到了作者于此透露主题的意图以及"闲笔不闲"的叙事效果。又第二十四回针对凤姐与贾芸交谈而喜的情景，评点者提醒读者"看官须知，凤姐所喜者是奉承之言，打动了心，不是见物而喜，若说是见物而欢喜，便不是阿凤矣"。在此条批语中，评点者俨然化身为小说叙述者（说书人）对读者进行阅读引导。其实，评点者作为与作品有着特殊关联的人，对故事角色的形象特征、作者的叙述策略等有着一般读者所不能及的深刻理解，她提醒读者不要误解凤姐形象，既有对人物的偏爱，也是对作者叙述策略的说明。又第四十一回小说叙及板儿与巧姐争抢柚子情景，脂批有云："小儿常情，遂成千里伏线。"随后又进一步解释"柚子，即今香团之属也，应与缘通。佛手者，正指迷津也。以小儿之戏，暗透前后通部脉络，隐隐约约，毫无一丝泄漏，岂独为刘姥姥之俚言博笑而有此一大回文字哉？"这更是直接面对读者进行引导，带领其透过看似随意的情节寻找作品在主题及结构上的隐含深意。

二 跨越文本的"对看"原则

脂评中出现的"对看"概念有两种具体所指，一是将《红楼梦》的某些故事情景与另一部作品中的局部情景进行对照阅读，如第二十四回眉批："这一节对《水浒传》杨志卖刀遇没毛大虫一回看，觉好看多矣。"又第二十八回眉批："此段与《金瓶梅》内西门庆、应伯爵在李桂姐家饮酒一回对看，未知孰家生动活泼？"《红楼梦》成书时已是明清小说发展相当成熟的阶段，《水浒传》《金瓶梅》等奇书系列已经作为耳熟能详的固定文化背景深深植根于普通读者心中，评点者有意提醒读者将它们作为参照来对小说进行解读，是一种跨越文本的对比，也是我国传统的"交相引发""秘响旁通"阐释方法在小说批评中的具体运用。①"对看"在脂评中的另一种所指是在《红楼梦》文本之内将此处情景与彼处情景进行对照，以得出一些特殊的隐含深意，是局限于一部文本之内的"对看"，脂砚斋还有另一个"合看"的概念专门针对于此，后文还将重点讨论。

（一）意境的出处探源

《红楼梦》是一部诗意化的小说，这不仅表现在其情节结构上的浪漫，更表现在其叙述语言的唯美。脂砚斋对此自然有着更加真切的认识，他不是用笼统含糊的描述来形容《红楼梦》叙述语言的韵味，而是能够细致地找出作者诗意化语言的来历出处，通过大量引入前人诗词、散文等探寻小说意境形成的文化、文学背景。一旦将这些唯美意境的"源文本"呈现在读者面前，作品便获得了一种延伸解读的可能。文学意境的生成、迁移过程不仅会给读者带来不一样的阅读体验，也会使小说的文本意义在此过程中得到丰富和深化。

作品第二十五回，作者描写宝玉看小红，叙为："（宝玉）一抬头，只见南角上游廊底下栏杆上似有一个人倚在那里，却恨面前有一株海棠花遮着，看不真切。"脂评于此夹批："余所谓此书之妙，皆从诗词句中翻出者，皆系此等笔墨也。试问观者，此非'隔花人远天涯近'乎？"宝玉初次接触小红对其产生好感，想点名唤其前来却又碍于晴、袭等人不敢造次，只能在人群中暗自寻找，依稀看见却又为眼前之景所挡，正处无可如何境地。于多情之宝玉而言，此刻渴望而不能相见的急切之情正可比热恋情侣的相思。作者通过散文叙事的方式创造出了唯美的抒情氛围，而评点者亦能独具匠心地捕捉到小说与诗

---

① 参见拙文《互文性视阈下古代小说文本研究的现状与思考》，《云南师范大学学报》（哲学社会科学版）2014 年第 2 期。

词、戏曲之间的这种情景互文。"人远天涯近"最早出现于宋欧阳修《千秋岁》及朱淑真《生查子》词中，前者原文"夜长春梦短，人远天涯近"；后者"遥想楚云深，人远天涯近"，皆表现人物因思念所生无奈之感。这句诗后来又被王实甫运用在《西厢记》张生的唱词中，张生见莺莺之后魂牵梦萦，故有【混江龙】以抒心中所感，谓"系春心情短柳丝长，隔花阴人远天涯近。"作者蕴藉的文字与评点者创造性引入的互文情景综合呈现，大大扩展了作品的意义空间，为读者创造出一种前所未有的抒情意境。又第十六回元春才选凤藻宫，贾府家人尚不知确切消息，"那时贾母正心神不定，在大堂下伫立……"有脂批云："慈母爱子写尽。回廊下伫立与'日暮倚庐仍怅望'对景，余掩卷而泣。"又眉批："'日暮倚庐仍怅望'，南汉先生句也。"将小说叙事情景与诗歌的抒情意境结合，不仅扩展了小说的意义空间，更起到引导读者进入文本深处的作用。

（二）叙事技巧的对照

脂砚斋对明清以来才子佳人小说模式化的叙述方式甚感厌烦，这与小说作者的态度极为一致。曹雪芹多次在故事中通过人物（如贾母）之口对当时流行作品"千人一面""千部一腔"的特点大加指责，而脂砚斋则在评点中对此进行积极回应。例如，第二回针对黛玉出场"聪明清秀"的描写，评点者就夹批："看他写黛玉，只用此四字。可笑近年小说中，满纸'天下无二'、'古今无双'等字"，又加眉批"如此叙法，方是至情至理之妙文。最可笑者，近小说中，满纸班昭、蔡琰、文君、道韫"。虽未实指某一具体作品，但矛头直指当时颇为流行的才子佳人类作品则是很明显的。这些评价不仅凸显了《红楼梦》在世情题材的"情理"化描写方面的过人之处，也扩展了读者的阅读眼界，为其正确认识作品价值提供了广阔的参照背景。当然，脂砚斋的"对看"原则更多还是运用在有明确文本指向的对比参照中。比如，第二十六回针对作者通过贾芸之眼看袭人情景夹批："《水浒》文法，用的恰当，是芸哥眼中也。"这是以《水浒传》为参照，对《红楼梦》中限知视角叙事提出的赞赏。因为更早在小说中熟练运用人物视角叙事者，非《水浒传》莫属，金圣叹"李小二眼中事"的点评更使得这种叙事技巧为世人熟知。限知视角叙事常能给读者带来一种陌生化的距离感，使故事呈现更加摇曳曲折的面貌。评点者不仅能敏锐捕捉到作者的匠心独运，更能旁征博引找出同类例证，也见其对小说艺术的造诣。

（三）文人情怀的阅读联想

阅读本是一项极具个人色彩的审美活动，即便是面对同一对象，不同主体的感受也不尽相同，对小说评点者而言也莫不如此。评点者自身的阅读经历、知识储备、审美情趣、个人偏好等都能在其解读话语中被窥见一二。这种充满文人情怀的阅读联想一般由小说作品的原始意境所引发，又经历评点者自身特有知识背景和审美趣味的联想、发酵，最终呈现给读者一个意蕴丰富又独特的文本世界。

小说第四十三回叙凤姐生日当天宝玉特意躲出城外，到达水仙庵后"宝玉掏出香来焚上，含泪施了半礼，回身命收了去"。祭拜过程的简略与大费周章的准备活动之间形成反差，令读者大惑不解。此时茗烟出现代宝玉祝祷，才将主人心事道出，打消了读者疑虑。评点者由此情景联想到《西厢记》，评道："忽插入茗烟一篇流言，粗看则小儿戏语，亦甚无味，细玩则大有深意。试思宝玉之为人，岂不应有一极伶俐乖巧小童哉？此一祝，亦如《西厢记》中双文降香三炷则不语，红娘则代祝数语，直将双文心事道破。此处若写宝玉一祝，则成何文字？若不祝，直成一哑谜，如何散场？故写茗烟一戏，直戏入宝玉心中，又发出前文，又可收后文，又写出茗烟素日之乖觉可人，且衬出宝玉似一个守礼待嫁的女儿一般，其素日脂香粉气不待写而全现出矣。今看此回，直欲将宝玉当作一个极清俊羞怯的女儿看，茗烟则极乖觉可人之丫鬟也。"在这段解说中，评点者将《西厢记》中的类似情景作为对照契机，将莺莺、红娘与宝玉、茗烟进行比较，分析了人物性格气质上的特点（宝玉的多情、含蓄，茗烟的乖觉、伶俐），也剖析了作品行文风格上的相似（叙事的曲折与自然），花团锦簇的文字背后展现的是评点者独具匠心的阅读联想。事实上，于小说作者而言，他并不一定有意借鉴了《西厢记》相关情景，但于评点者而言，只要不有意曲解作者用意，对深入鉴赏文本有利，天马行空的阅读联想又何尝不可呢？当然，这种联想具有明确的个体性和独立性，它与评点者的知识贮备、评点个性等不无相关，而这种联想作为一种独特的二次开发呈现在次级读者面前之时，也就为之提供了比原作更加广阔、丰富的意蕴空间，使阅读呈现不断放大的层级状态。

三 充满"结构"意识的"合看"理念

（一）"映射""遥对"的强调

明清小说评点家对于互文性批评虽有实质认同，但亦存在显著差别。现代西方理论强调互文性的本质在于"跨文本性"，即"用一种文本去指涉另一种文本"，[①] 而对于明清评点家而言，小说文本除了天生具有"他指性"之外，还具有一种内部情节单元之间的前后指涉性，被称为"映射""遥对"，这类概念指向的是小说创作中的结构文法。中国传统哲学讲究二元世界的对应与转化，阴阳、有无、虚实等相生相成的观念亦影响到文学艺术，诗词创作中多用对偶、对仗修辞即为表现之一。不过，对于以散文为叙事语体的小说而言，他们对于这一原则的运用并不如诗词骈文来得直观，有时需要读者对情节进行全局把握并经过细致分析方能发现。而一旦评点者破解了小说中的各种对应现象，往往就会产生一种前后"合看"的阅读心理，[②] 提醒后续读者将看似无甚关联的情节对应结合起来进行理解，以此发掘作品的隐含深意。"映射"或"遥对"更接近"互文"一词的本土修辞意

---

① 在互文性理论研究界也偶有学者提到"内互文"概念，但相对较少，在具体互文分析实践中的运用更少。莱姆克将互文关系划分为内互文性和外互文性："内互文性指的是一个给定的文本内部各种因素之间的关系，外互文性则是指不同文本之间的关系。"参见曹顺庆、赵毅衡主编《符号与传媒》（18），四川大学出版社 2019 年版，第 190 页。黄鸣奋在分析超文本时也提到"内互文性表现为任何一个文件所包含的信息都是按交叉参考的方式组织起来的"，参见黄鸣奋《超文本诗学》，厦门大学出版社 2001 年版，第 117 页。

② 如小说第五回贾宝玉于警幻仙境中读到晴雯判词，脂批评论"恰极之至！病补雀金裘回中与此合看"，就明确提到了"合看"概念。

义，庶几是这种微观修辞在小说创作中的扩展运用。

小说第二回叙及甄家丫鬟娇杏因对贾雨村的偶然顾盼换来了命运的逆袭，被雨村纳为二房，"谁想他命运两济，不承望到雨村身边，只一年，便生了一子；又半载，雨村嫡妻忽染疾下世。雨村便将他扶册作正室夫人了。"评点者于"命运两济"处眉批："好极！与英莲'有命无运'四字遥遥相映射。莲，主也；杏，仆也。今莲反无运，而杏则两全。可知世人原在运数，不在眼下之高低也。此则大有深意存焉。"在此，评点者通过"命运两济"与"有命无运"等提示性字眼敏锐地捕捉到娇杏（侥幸）与英莲（应怜）之间的对比反差，破解了这对本无甚交集的人物在对比观照之下所暗示的人生寓意，亦剖析了作者在次要人物身上不惜笔墨的深刻用意。又第八回晴雯不满李嬷争嘴，脂评夹批"奶母之倚势亦是常情，奶母之昏聩亦是常情。然特于此处细写一回，与后文袭卿之酥酪遥遥一对，足见晴卿不及袭卿远矣。余谓晴有林风，袭乃钗副，真真不错。"明确指引读者将此处情景与第十九回中袭人有意平息宝玉与李嬷之矛盾对照阅读，[①] 作者明写二婢性情上的反差，目的却是要凸显钗、黛二主之区别，并通过这种行事方式的细描对二人最终的命运归宿进行铺垫。阅读中读者不仅要将晴雯、袭人进行对照联想，更要时时关注黛玉、宝钗之间的对应反差，只有这样才能更加深入体会作者的良苦用心。

（二）伏笔的探寻

伏笔是小说中一种特殊的叙事手段，指前文对后文所提供的暗示、埋伏的线索等。伏笔与普通的铺垫有所区别，前者表现往往巧妙隐蔽，伏和应之间存在较远的间隔，且具有伏必应的特点。正因如此，伏笔往往能为作品创造出含蓄、严谨而又引人入胜的叙事效果。脂评认为曹雪芹是运用伏笔的高手，小说中的每一首诗、每一阕词、每一个人名、每一处细节都离不开作者对"草蛇灰线"的运用，伏笔因此成为曹雪芹小说创作中一项基本的、全局性的艺术技巧。脂评有如此认识

---

① 为避免读者忽略，评点者又在第十九回袭人劝解宝玉之时特意提示"与前文失手碎钟遥对"，可见其对这种"合看"原则之重视。

出于两个原因，一方面由于明清小说在叙事技巧上的积累为小说作者提供了大量可资借鉴的经典范本，加之作者本身在小说创作上的造诣使其完全有能力驾驭各种复杂的结构技法；而另一方面也是由于评定者自身对于伏笔技巧投入了更多的关注和偏爱，这体现的是评点者的品鉴风格。其实早在《红楼梦》出现之前，《三国演义》《水浒传》等作品已经开始大量采用伏笔叙事，这种技巧也曾引起明清评点者的广泛关注，毛宗岗论《三国演义》之"常山率然"、金圣叹评《水浒传》之"草蛇灰线"皆是指此，而这些都有可能对《红楼梦》的创作和评点产生直接影响。

小说第三十一回"因麒麟伏白首双星"，作者从标题上就用"伏"字暗示了湘云拾麒麟事件与此后与卫若兰结缘之间的关联，为读者营造了既神秘又诗意的阅读氛围。而脂砚斋也对此发表评论："后数十回若兰在射圃所佩之麒麟，正此麒麟也。提纲伏于此回中，所谓草蛇灰线，在千里之外。"虽然有关湘云与卫若兰的情节在百二十回的程高本中已经付之阙如，但小说回目和评点者的暗示仍为我们提供了蛛丝马迹，让我们得以推测出作者的原始意图。可以想见读者阅至卫若兰处联想到数十回之前湘云拾麒麟情景的欣喜，若合符契的叙事安排使得作品呈现出一种结构的美感。第二十四回回前评"'醉金刚'一回文字，伏芸哥仗义探庵"。芸哥探庵之事也不见于百二十回本，此处的提示可补原文之缺：倪二与芸哥虽为市井小民，但在仗义助人方面，两人的举动形成呼应，构成了文意上的互涉参考。又第七回凤姐呵斥贾蓉，脂评批曰："此等处写阿凤之放纵，是为后文伏线。"提示读者将此处文字与其后凤姐大闹宁国府合看。凤姐的泼辣狠毒在尤二姐事件中得到集中表现，而其强势个性却早已在她对待尤氏母子的态度中为作者透露，将此处对贾蓉的斥责与后文在宁府的撒泼文字合看，既能加深读者对人物的认识理解，也展现了作者行文的美学追求。同样还是在脂批的指引下，我们将同回凤姐对尤氏的指责"何不打发他（按指焦大）远远的庄子上去"与凤姐协理宁国府时重罚迟到之人的行为合看，凤姐的苛刻狠毒也就有了更加丰富的呼应性支撑。

虽然系统的互文性理论具有"西方"和"现代"背景，但作为一种文学现实，互文性其实长久地存在于中国古典小说的创作和批评之中，从《水浒传》到《金瓶梅》，经典改写的互文技巧已被小说作者运用纯熟，而评点家"对读""对看"等阅读理念的提出则更似对文本互涉理论的直接实践。在明清诸多小说评点家中，脂砚斋也许并非成就最高者，从对小说艺术的认识和把握来说，金圣叹、毛宗岗等皆为一时翘楚。然而脂评的独特之处还在于评点者与作者、作品之间极为亲密的特殊关系，以及由这种特殊关系而带来的独特批评视角。如果说旁征博引的"对读"理念、讲究结构对称的"合看"原则尚是我国古典文学批评的传统使然，那么强烈的参与意识、对话意识则更多为脂批独创。甲戌本第十三回脂批曾记录评点者因秦可卿有魂托凤姐贾家后事二件，"其言其意则令人悲切感服"，故"命芹溪删去"淫丧天香楼一节，评点者利用与作者的特殊关系直接参与小说创作，又利用评点文字将这一参与过程记录在案，构成对理解小说意义独特的"副文本"。相比一般评点者，脂砚斋显然投入了更多的生活经历和个人情感，而正是在评点者与作者这不同主体间的交流对话中，读者获得了超出二者之和的文本内涵。

第六章　明清小说对现当代文化的参与

　　以互文性视角观照文学与影响研究有所不同，后者首先确立强势文本，其对弱势文本的影响为重点关注对象；而互文性研究则不然，它将文本视为平等的，对话、互动是文本存在的常态，文本意义的流动性才是互文性关注的重点。"互文性通过对传统影响研究模式下的线性历史作空间化处理，拆解了因线性序列带来的等级、权威、经典、因果和根源，极力缩小窄化当前文本与历史文本的历史流传关系。"①古代小说经历了时间的考验成为经典，但他们的意义永远不会静止与终结。经典小说将会以何种形式参与现代社会？现代文化语境又将如何介入经典的解读与接受？这是广义互文性研究的重要内容，也应该纳入古代小说互文性研究的范畴之中。美国小说家约翰·巴思曾指出，目前我们已经进入了"枯竭的文学"创作阶段，这个阶段的特点是"创造性动力已消耗殆尽"，"独创性仅以现存文本和传统结构的复杂游戏的形式残存下去，这些形式即典故、引语、滑稽模仿和拼贴"②。这种稍显悲观的认识也许是一方面看到了文学创作无法摆脱的巨大源文本，因为"每一个文本从一开始就处于其他话语的管辖之下，那些话语把一个宇宙加在了这个文本之上"（克里斯蒂娃《诗歌语言的革命》）③；而另一方面，也是看到了在当下的电子写作与类型书写要求

---

① 舒开智：《传统影响研究与互文性之比较》，《江西财经大学学报》2008 年第 5 期。
② 转引自程锡麟《互文性理论概述》，《外国文学》1996 年第 1 期。
③ 转引自程锡麟《互文性理论概述》，《外国文学》1996 年第 1 期。

下，作者完全可以"在相似的结构与人设中完成故事搭建"①，这也是网络写作时代的小说抄袭现象比印刷时代要更加常见、创新性严重不足的根本原因。不过，也有学者抱着相对乐观的态度，认为："在全球化的语境中思考我们的艺术、艺术的民族性，我们可以看到，越是在全球化剧烈的时刻，艺术家的民族冲动越强。"② 一方面，作家需要积极适应全球化的时空语境，在更加广阔的文本时空中进行学习和对话；另一方面，他们也很自然地回归我们的民族传统寻找依托与灵感。而对于古典小说而言，这样的背景也许为它们提供了重新活跃的契机。南京大学苗怀明教授近年在明清小说教学中结合现代多媒体语境进行改革，通过"花式"作业提高学生对原著的兴趣与参与度取得了很好的教学效果。在其主编的《南京大学的红学课》中，我们看到教学者通过设计"请红楼人物来吃饭""帮贾宝玉、林黛玉发个朋友圈""为红楼人物找对象""为红楼人物找工作"等主题引导读者结合现代语境与原著进行深度互动。据古代小说网（公众号）的发布，苗教授甚至以"明清文人摆摊再就业，体验搬砖新生活"为主题引导学生对明清文人进行深度了解，显然与地摊政策有关。这样的课改不仅提高了现代读者对经典的阅读兴趣，而且为古代小说介入现代社会生活提供了参照和依据。

第一节　主流文学话语中的经典介入

古代小说在现代主流文学话语中以何种姿态呈现，取决于主流作家对待经典的态度。刘勇强先生认为，20 世纪是古代小说"接受史上的黄金百年"③，其影响遍及社会各阶层。在这个过程中我们的文化体制与国家意识形态教育对于经典的普及起到了积极作用，很多时候，

---

① 李磊：《从文本互文到媒介互文：网络小说改编中的冲突与融合》，《传媒》2018 年第 4 期。

② 王一川：《文学理论讲演录》，广西师范大学出版社 2004 年版，第 271 页。

③ 刘勇强：《作为当代精神文化现象的明清小说——兼论明清小说的阅读与诠释》，《明清小说研究》2001 年第 2 期。

经典作品的相关信息已经内化为国人阅读、创作甚至日常生活中的"集体无意识"。艾略特曾说:"如果我们不抱这种先入为主的成见去研究某位诗人,我们反而往往会发现不仅他的作品中最好的部分,而且最具有个性的部分,很可能正是已故诗人们,也就是他的先辈们,最有力地表现了他们作品之所以不朽的部分……从来没有任何诗人,或从事任何一门艺术的艺术家,他本人就已具备完整的意义。"[1] 从巴金《家》对于明清小说家族叙事模式的运用,[2] 张爱玲《金锁记》中似曾相识的红楼人物和语言,[3] 到张恨水《金粉世家》"民国《红楼梦》"的美誉,贾平凹《废都》对《金瓶梅》意蕴、主题的模仿,[4] 以及莫言《生死疲劳》等作品对于《聊斋志异》魔幻性叙事的继承,[5] 以及对于章回体、说书体的有意借鉴,我们无不深深感受到经典小说因素在主流文学话语中的再现。事实上,现代文学创作对于古典小说的重写传统在晚清的"标新"系列小说(如陆士谔《新水浒》《新三国》,李小白《绘图新西游记》,萧然郁生《新镜花缘》等)中已见端倪,标新之作的大量出现,除了续书、仿作的固有传统之外,还与晚

---

① [英]托·斯·艾略特:《传统与个人才能》,《艾略特文学论文集》,李赋宁译,百花洲文艺出版社1994年版,第2页。

② 有学者认为"《家》第21章觉新与梅芬之间的互诉衷肠也不免让人想到《红楼梦》第23回的宝黛互诉,《家》第24章瑞珏与梅芬彼此交心颇类似于《红楼梦》第45回的'金兰契互剖金兰语',《家》第26章鸣凤抗婚一幕明显带有《红楼梦》第46回'鸳鸯女誓绝鸳鸯偶'的影子,《家》第29章觉慧在花园里发现倩儿为鸣凤、婉儿烧纸钱更是明显有着《红楼梦》第58回'杏子阴假凤泣虚凰'的影子",等等。参见高淮生、李春强《〈红楼梦〉对20世纪中国小说创作的影响研究》,《咸阳师范学院学报》2006年第5期。

③ 有学者认为,"《金锁记》不是一般意义的受到《红楼梦》影响,而是脱胎于《红楼梦》",他不仅在故事情节、人物形象方面带有"'克隆'《红楼梦》的浓重印迹",同时又有明显脱离、超越《红楼梦》的倾向。参见陈千里《〈金锁记〉脱胎于〈红楼梦〉说》,《红楼梦学刊》2007年第1辑。

④ 《废都》在描写对象和写作方式等方面对《金瓶梅》等古典小说的模拟在小说诞生之初就引发了评论界兴趣,以此为出发点,学界对它的评价一直毁誉参半,赞赏者谓其"得《红楼》与《金瓶》神韵,是一部难得的当代世情小说",斥责者则认为"《废都》落入了古代艳情小说的俗套,是对明清遗风的拙劣模仿"。参见郭冰茹《〈废都〉与中国古典小说的叙事传统》,《文艺争鸣》2014年第6期。

⑤ 在《生死疲劳》中我们既能看到《席方平》中的阴间酷刑,也能感受到《阿宝》中的为痴爱狂,其与《聊斋志异》之间的联系非常明显。参见杨匡汉《莫言的聊斋》,《中华文化论坛》2017年第6期。

清"咸与维新"、以新为尚的文化生态息息相关。^① 不论本质上是否"旧瓶装新酒",传统与现代之间的矛盾、沟通彼时已成为国人思考的主题无疑。进入现代,社会的转型、思想的解放,与西方文学的持续对话、对传统文化的整体反思,这些都为我们进行跨越古今的互文性创作提供了良好条件,创作者不仅可以从经典小说中寻找灵感意境,学习其人物表现、叙事结构的具体技巧,而且可以直接就其素材进行模拟、生发、转换与拼贴。与古代社会越来越遥远的我们发现文学经典反而以前所未有的积极姿态出现在我们生活的方方面面。

当然,现当代作家对于古代小说的态度除了正向接受也有逆向的否定和反思,翻案、戏拟之作的层出不穷既让我们感受到经典解构的幽默,也体味到现代文学的解构性质与荒诞性主题。鲁迅、施蛰存、沈从文等现代作家对古代小说的翻案书写很早就表现出兴趣。鲁迅《故事新编》"铸剑"以《搜神记》"三王墓"为翻案对象,在古老的复仇主题与猎奇审美基础之上又增加丰富的想象:眉间尺的断头在金鼎沸水中的舞动已让人惊叹,复仇之后的辨头闹剧以及结局中大出丧变大狂欢的反转更将崇高与荒诞、悲壮与嘲讽的矛盾并置于读者眼前。这种改编既保留了文言小说的离奇曲折,又融入了作者对当时社会现实的深刻思考,是典型的借古讽今之作。^② 施蛰存《石秀》《李师师》等作品以弗洛伊德精神分析学理论来"重新表现人物的深层心理与行为动机,表现人的欲望与道德、信仰及伦理之间的激烈冲突"^③:对石秀压抑心理的透视,对李师师女性心理的窥探,施蛰存借传统题材尝试了小说技巧的创新。刘震云《故乡相处流传》以《三国演义》等作品中的曹操、袁绍等为戏拟对象:曾经叱咤风云的历史人物被置换为身患脚气的无赖军阀头子;曾经势不两立的政治对手竟放下恩怨握手

① 王鑫:《晚清小说标"新"之风成因探析》,《明清小说研究》2014年第4期。
② 鲁迅于1926年年底因经历了"女师大学潮""三一八惨案"之后离京南下,《铸剑》乃写于厦门和广州。鲁迅在作品中表现出的复仇精神当与其济世情怀有直接关系。参见陈平原《鹦鹉救火与铸剑复仇——胡适与鲁迅的济世情怀》,《学术月刊》2017年第8期。
③ 李鹏飞:《论中国古代小说对现当代小说的影响》,《北京大学学报》(哲学社会科学版)2016年第3期。

言和。作者通过天马行空的情节生发实现了对经典人物的集体"脱冕",从而"在陌生化中消解了历史的严肃性和崇高性,从当下现实中抽调了历史的传统意义,指向一种非政治化、非集团化的个性化的感受和冲动"①。这种对小说经典形象的颠覆其实也就是巴赫金的"讽刺性摹拟",是指"塑造一个脱冕的同貌人,意味着那个'翻了个的世界'",这种戏拟是"一切狂欢化了的体裁不可分割的成分"②。古典小说为现代作家提供了可以任意发挥的再创作舞台,也为读者理解这些作品中的幽默、反讽等效果提供了参照和依据。

第二节　网络文学与明清小说之间的对话

随着信息技术的发展,网络已成为文本信息生成、存在和传递的重要媒介与途径。通俗来说,网络写作就是互联网上的"在线写作",它具有创作与发表同步,创作与批评联动的特质;相比主流文学创作的精英性和严肃化,网络的虚拟性、隐秘性又使得网络写作更具平民化和自由化的特点。③ 因为网络写作契合了媒介变革发展(从个人电脑端到移动端)与现代人数字化生存方式,网络文学所拥有的读者群体量巨大,而且呈不断增加态势。据统计,2019 年我国数字阅读用户规模已达 7.4 亿人,其中网络文学用户规模为 4.6 亿,④ 这显然是传统纸质阅读所无法想象的盛况。在这样的生存状态之中,古代小说是以积极姿态介入还是黯然退场? 是以正襟危坐的权威状态示人还是以大话、戏说、恶搞等颠覆性面貌呈现? 既要取决于作者和读者的共同选择,也取决于文学环境的开放性与包容性。从现状来看,如果说古代

---

① 刘国强:《思想的狂欢:刘震云小说中的戏拟表达》,《名作欣赏》2010 年第 32 期。

② [俄]巴赫金:《陀思妥耶夫斯基诗学问题》,白春仁、顾亚铃译,生活·读书·新知三联书店 1988 年版,第 181 页。

③ 傅德岷:《写作基础教程》,重庆大学出版社 2018 年版,第 304 页。

④ 数据以比达咨询(BigDate-Research)发布的《2019 年中国数字阅读市场研究报告》为依据。参见王金芝《2019 年中国网络文学创作与 IP 改编的常与变》,《中国当代文学研究》2020 年第 2 期。

小说在主流文学领域保留了更多严肃、权威的一面，那么在网络书写所带来的自由化的平民语境之中，经典的权威地位则被消解。网络接受为古代小说带上了某种亚文化色彩。

"同人小说"是当今网络写作中非常重要的一部分，其"同人"现象具有鲜明的互文性特征，所以我们首先以此为例。从概念上说同人小说是指"在已经成型的文学或影视作品的基础上，借用原文本已有的人物形象、人物关系、基本故事情节和世界观所作的二次创作"，"同人作者作为原作的爱好者，倾向于把原作的故事视作完整的逻辑严密的世界，因而通常特别注重叙事的上下连贯和因果联系，分析人物行为背后受到的影响和动机"①。在同人小说中有一类专门针对四大名著的作品，如根据《西游记》而来的《悟空传》（今何在）、依托《红楼梦》而创作的《贾宝玉新传》（新空空道人）、《重生红楼梦》（担花郎），依托《水浒传》而创作的《梦回水泊梁山》（李逍遥）以及根据《三国演义》创作的《琼琚》（月香枝）等。这些作品与经典原著在价值选择、审美追求上的选择并不相同，有时甚至大异其趣，但作者却能利用、结合原作中的人物、情节重构故事、随意发挥。比如张德坤《大话红楼梦》以主人公的异时空穿越为契机构建了贾宝玉结交《三国演义》《水浒传》中的众多英雄，最后又在英雄们的辅佐之下建功立业的情节。一部小说串联三大名著，不但原著中的才子佳人、英雄美女供作者随意驱使，影视艺术热衷的素材、技巧，现实社会中的重大事件也被信手嵌入，人物在古代小说与现代叙述联手造成的虚拟时空中游荡、对话，构成奇异、陌生的文本景象，经典的权威性被完全解构。总的来说，同人小说主要通过故事情节的任意生发（如《贾宝玉新传》中军事博士王燃在一次演习中意外穿越到一个错乱时空成为贾宝玉，后又以宝玉身份融入当世），人物关系的随意撮合（如《红楼穿越之迎春记》中迎春与冯紫英结合、《红楼之雍帝禛情》中黛玉与雍正帝恋爱等），主题立意的解构颠覆（《沙僧日记》对

---

① 郑熙青：《当代网络同人写作中的革命叙事——以〈伪装者〉和〈悲惨世界〉同人为例》，《文艺理论与批评》2019 年第 6 期。

取经神圣性的完全消解）以及语言上的混杂拼凑（古语和今语、雅言和俗语并置）表现出强烈的"去经典性"① 特征。人类进入后现代社会，反对中心性、真理性的主张必然带来认识的"不确定性"，这种不确定性所导致的对传统权威性的消解催生了文学创作中的解构主题。"解构是一种洞穿隐喻和概念的误人假设和效果的'否定式眼光'。解构约莫相当于一种认识论上的反证姿态，它反证出一切统摄性原则充当真理与完整性的虚伪性。"② "去经典性"就建立在这种解构的时代大潮之中，反映了当代文化精神对传统文化的深层反拨。

当然，古代小说对网络文学的介入也并非只表现为"去经典"与解构之一途，在母题、形象、结构、意境等方面，网络文学仍对古代小说有诸多的正向借鉴甚至因袭模拟。以影响力较大的网络玄幻小说《诛仙》为例：诛仙剑意象本身出自神魔小说名作《封神演义》；③《诛仙》对灵兽（夔牛、黄鸟、饕餮等）、山形（如诸钩山、狐岐山）的描写基本延续《山海经》的设定；九尾天狐小白的形象既借鉴《山海经》，也与《聊斋志异》中的众多美丽狐妖形成互文，她因被主人公张小凡无意救下而生报恩之心，生死追随，这个情节模式亦可纳入"动物报恩"母题，在古代志怪小说中拥有众多不同表现方式；三眼灵猴小灰的意象及神通则与《西游记》中的六耳猕猴神似……颇有意思的是在当下热播的电视剧《三生三世枕上书》中（根据唐七公子的同名网络小说改编），主人公青丘帝姬白凤九其本身也为一只九尾红狐，她对男主的执着情愫最初亦源于报答幼时的救命之恩，作品中男主也唤女主为小白。从这一点上看，《枕上书》与《诛仙》之间恐怕也存在一定的"洗稿""融梗"现象。当然，《三生三世》系列与古代小说之间互文远不止此一端，如八荒六合的地理意识，合虚山、昆仑墟、青丘、迷谷树、精卫鸟等地名、风物的由来皆出自《山海经》；

---

① 李盛涛：《论网络同人小说的反经典性》，《江西社会科学》2014 年第 1 期。

② ［英］马克·柯里：《后现代叙事理论》，宁一中译，北京大学出版社 2003 年版，第 52 页。

③ 在《封神演义》中，诛仙剑本为截教通天教主所有，后诛仙阵为阐教四圣所破，诛仙剑被广成子摘下。

天上一日地上一年的时空观念又与《述异记》"烂柯"故事、《幽明录》"刘晨遇仙"故事形成互文；十里桃林的意象则与《桃花源记》中的避世桃林依稀仿佛等。网络文学中流行的仙侠玄幻小说虽然多为架空历史之作，但并不影响其本身融合大量的传统文化元素，其中就包括对古代小说诸多元素的吸收和引用。当然，目前主流话语对这些网络创作的评价并不太高，人们对这些作品的价值取向、创新机制还是多有微词。如陶东风就认为玄幻文学过于装神弄鬼，虽然继承了从《搜神记》、唐传奇、明清神魔小说等奇幻文学中的浪漫想象，却丢失了其最可贵的批判精神与人文关怀，其精神实质乃是一种犬儒主义。"玄幻文学也可以理解为是当代青年人之内心焦虑的曲折反映，并通过玄想方式宣泄这种焦虑。"① 通过改编古代小说中的虚幻元素以承载现代人的生存焦虑、信仰危机以及选择迷茫，庶几也是传统与现代的一种另类对话方式。

第三节　游戏、综艺类节目中明清小说元素的跨界狂欢

与网络改编相比起来，游戏、综艺节目与文学的距离要更加疏离，然而崇尚多元文化的当下社会恰恰为古代小说的跨界提供了话语空间。事实上，在新媒体语境之下，传统的文化传承模式已经发生嬗变，"青年群体挟其熟习新媒体的优势构建技术特征明显的青年亚文化，凭此亚文化与父辈们主导的主流文化进行平等交流，甚或对主流文化进行解构和颠覆"②。从现实情况来看，由古代小说而衍生出来的动画、游戏文本在青少年群体中的接受程度及影响力恐怕早已超越其作为原文本的经典，这些都是亚文化现象的具体表征。③ 日本光荣

---

① 陶东风：《文学理论的公共性：重建政治批评》，福建教育出版社 2008 年版，第 366 页。
② 范军、欧阳敏：《论文学经典的青年亚文化传播文本、特征及启示——以〈三国演义〉为中心》，《西南民族大学学报》（人文社会科学版）2015 年第 7 期。
③ 胡疆锋认为："亚文化是通过风格化、另类化的符号对主导文化和支配文化进行挑战的一种附属文化。具有某种风格化的抵抗且具有边缘化的文化样式。"见陶东风主编《文化研究》（第 14 辑），社会科学文献出版社 2013 年版，第 7 页。

(KOEI) 公司自 1985 年推出一款名为《三国志》的策略游戏以来，此后又陆续推出续作，在三十多年时间内该公司围绕小说《三国演义》持续开发并形成了一个具有较大影响力的电子游戏品牌。而自此之后，国内市场也看到商机，在古代小说与电子游戏之间找到结合点，陆续开发出《三国群英传》《盛世三国》《三国争霸》等以《三国演义》为原文本的游戏软件。到目前为止，国内游戏市场持续火爆，软件开发已覆盖《西游记》《封神演义》《隋唐演义》《聊斋志异》等多部明清小说，① 连最不适合竞技的《红楼梦》文本也被开发为恋爱冒险类游戏。另外还有一些游戏虽然具体内容与小说关系不大，但古典小说的人物形象却不时闪现其中，如韩信、貂蝉、妲己、程咬金等在《王者荣耀》中联袂登场；燕赤霞、鬼谷子、莫邪、司马懿等又在《轩辕剑》中混搭出现；还有《聊斋志异》、唐传奇中的狐女形象也在一些二次元游戏中比比皆是。游戏开发者偏爱从古代小说中寻找灵感，建构虚拟的游戏世界，一方面是看中了这些小说本身可被开发的互动游戏潜质；另一方面也未始没有借助经典的超强 IP 提高自身知名度并获正面认可的意图；当然还有一个不可忽视的重要原因，就是现代人"娱乐至死"的特殊心态。晚明的狂禅思潮有一种"呵佛骂祖"的说法，是为破除权威崇拜的激进姿态，而这种态度在现代社会中已经被视为常态。正如美国学者尼尔·波兹曼所指出：在后现代社会中，印刷机所统治的"阐释年代"已被"娱乐业时代"替代，文化的严谨已让位于快速。② 或许生存焦虑之下的现代人已不再相信通过经典来建构和完善自我价值体系，而仅仅希望进入虚拟世界来舒缓压力寻求释放。在以经典改编作为载体之一的文化市场中大众娱乐精神得到了集中呈现。

总体来说，古代小说融入电子游戏主要通过三种途径："移植"（浓缩原文本故事内容，或者截取相对完整的情节选段，将相关人物、

---

① 相关游戏如《梦幻西游》《战佛》《水浒传·天命之誓》《新倩女幽魂》《聊斋志》《封神演义》《隋唐演义 OL》等。

② ［美］尼尔·波兹曼：《娱乐至死》，章艳译，中信出版社 2015 年版，第 77—78 页。

场景等直接移植到游戏叙事之中，玩家选择故事中的某一角色，按照小说的基本设定进行虚拟体验），如日本的《三国志》系列，国内的《赤壁》《三国群英传》等即依此模式；"延伸"（以原文本为起点进行的生发和再创造，人物、情节既与原作相关又有新变），如《梦幻西游》要求玩家以第三方身份加入唐僧师徒的取经阵营，帮助他们完成目标；"脱离"（与原文本内容和主题大异其趣，仅借原作人物名称或故事框架创作出全新故事），如《幻想水浒传》完全架空小说的背景与情节，仅提取集齐 108 名天罡地煞英雄的元素作为游戏叙事的出发点。① 这三种形式与热奈特在文学创作中所总结的互文技法具有高度一致性。从广义文本观来理解，游戏也是一种极具时代特色文化文本。当然，与影视改编一样，即便最忠实于原作的游戏也与小说之间存在不小的"间隙"。玩家对古代小说本有的了解基础也许是他们选择该游戏的最初动机，但要获得比小说阅读丰富得多的虚拟体验、感官享受才是其最终目的。因此游戏制作者势必在原作基础上融合相应的现代元素，唯美的电子音乐、拥有神秘力量的现代武器、符合青少年审美的角色造型、简单直接却又不失刺激的竞技规则等都成为他们吸引消费者的重要手段。在小说原有的冲突竞技、类型角色及情节套路等因素被放大到极致的同时，小说文本最具价值的人文关怀、艺术追求等在游戏改编过程中却有可能消失殆尽。除了与源文本（小说）发生互文性指涉之外，游戏文本还可能与当下影视作品发生联系，如对于某些人物的造型，网游与影视之间可谓互相借鉴各取所长，而这些造型也逐渐被大众接受并反过来对主流话语产生影响。比如，在央视《百家讲坛》系列节目中，工作人员根据嘉宾讲授内容所配人物肖像图片就有很多来自游戏造型。这种雅俗结合的互文方式又会产生更多的次级接受者，也许在他们的脑海中，小说塑造的英雄角色天生就与动漫游戏中的飒爽英姿合二为一了。当然，对于游戏文本是否具有艺术性，学界尚存一定争议。康德认为："审美趣味是一种不凭任何

---

① 胡杨：《古典名著电子游戏改编研究》，硕士学位论文，江西师范大学，2019 年。

厉害计较而单凭快感或不快感来对一个对象或一种形象显现方式进行判断的能力。这样一种快感的对象就是美。"① 然而对于游戏玩家来说，游戏中获得的快感是生理上的还是道德上的？抑或是一种纯粹自由的愉悦？② 这并不容易精确界定。有外国学者借用文学理论对电子游戏进行探讨，认为电子游戏可以被当作一种"交互戏剧"来看待，"沉浸""代入""转换"是其主要的审美特征；也有学者从叙事学角度关注游戏的故事性及其与线性媒介的差别，认为"当小说、剧本与故事之类线性模式向多形式与参与性转变时，电子空间已经发展出自己的叙事模式"；还有学者从大文学视野出发，认为"玩游戏与阅读小说一样是一个符号阐释和符号交互的过程，这构成文学与电子游戏之间的基本相似之处"③。开发商也许最愿意证明游戏的艺术性与文化性，但盈利始终是他们的最高目标，青年网友在游戏中享受感官快感的同时也饱受其负面因素的影响（如隐藏其中的色情、暴力元素，以及因极度感官刺激等所带来的心理疾病等），电子游戏的孰是孰非仍需谨慎判断。

除电子游戏之外，一些特殊的文化综艺节目也为古代小说参与当代语境提供了话语空间。综艺节目本指集音乐、歌舞、小品、戏曲、杂技等多种文艺形式于一体，以文艺演出为基本构成形态，运用各种电视化手段，对各种文艺样式以及相关提供娱乐的内容进行二度创作，并以晚会、栏目或活动的方式予以屏幕化表现的节目形态。④ 在娱乐至上的现代社会，以休闲、八卦、吐槽甚至搞笑为直接目的的综艺节目虽然有广大拥趸，但千篇一律的模仿、抄袭情况也容易造成观众的

---

① 朱光潜：《西方美学史》下卷，人民出版社 1979 年版，第 361 页。
② 康德认为："在三种快感中，第一种涉及欲念，第二种涉及恩爱，第三种涉及尊敬。只有恩爱才是自由的喜爱。一个欲念的对象，以及一个由理性法则强加于我们，因而引起行动意志的对象都不能让我们有自由去把它变成快感的对象。一切利益都以需要为前提或后果，所以有利益来做赞赏的原动力，就会使对于对象的判断见不出自由。"参见朱光潜《西方美学史》下卷，人民出版社 1979 年版，第 360 页。
③ 吴玲玲：《从文学理论到游戏学、艺术哲学——欧美国家电子游戏审美研究历程综述》，《贵州社会科学》2007 年第 8 期。
④ 郝丹宁：《浅析电视娱乐节目的收视心理》，《新闻传播》2011 年第 2 期。

审美疲劳，喧嚣有余的综艺市场仍需要具有一定深度和内涵的文化滋养。近年来，《中国诗词大会》《汉字听写大会》《朗读者》《见字如面》《一本好书》等创新型文化节目不仅掀起收视热潮，而且获得社会各界的广泛称赞，说明观众在娱乐消闲之余仍有文化知识和艺术审美上的强烈诉求。《百家讲坛》作为央视推出的一款普及型文化节目，其宗旨是"让专家、学者为百姓服务"。该节目自 2001 年开播，2006 年因《易中天品三国》而受到广泛关注，至今已持续近 20 年。这个以传统讲座形式而进行的文化节目能够受到观众的持续追捧，与他的定位以及话题选择都有直接关系。既要普及传统文化，又要保证雅俗共赏，古代小说无疑成为一个有吸引力的切入点。据不完全统计，《百家讲坛》涉及的古代小说作品除四大名著之外还有《东周列国志》、《隋唐演义》、《杨家府演义》、"三言二拍"、《聊斋志异》、《儒林外史》、《三侠五义》等。不仅覆盖面广泛，而且在作品系列内部，不同专家不同主题的讲解会对同一部作品的解读形成互文，如班博《大国军师》，李任飞《名相晏婴》《穿越春秋品管仲》，李山《春秋五霸》《战国七雄》等节目所讲内容既涉及历史，也涉及历史演义小说《东周列国志》，对于小说读者来说，来自正史视角的解析也许会帮助他们更好地认识艺术虚构与历史真实之间的关系；而围绕《红楼梦》这样的经典，节目则先后推出周岭《解密曹雪芹》、周汝昌《新解红楼梦》、周思源《也说秦可卿》、刘心武《揭秘红楼梦》、李建华《红楼梦丝绸密码》、李菁《诗词红楼》等不同系列，带领观众从作者、背景、艺术、风物等不同侧面进入小说。其实，随着新媒体技术的发展，文化类综艺节目已经不囿于电视播放终端，借助网络平台传播的文化节目也越来越丰富，如听书网站既推出有声小说（如古代小说的朗读版），也有对小说的导读和讲解（如蒋勋《细说红楼梦》之类）。新媒体时代的小说读者拥有比任何时代都要丰富、便捷的阅读资源；同时也拥有比以往任何时候都要开放、自由的解读视野和互动方式。在这个信息爆炸的时代，经典真正做到了与现代社会的全面对话。

第四节 明清小说的影视再现与改编

随着科技的发展，视觉影像逐渐成为信息传递的主要载体，我们也迎来了现代学者们热衷于提到的"读图时代"。"文学领域尤其是小说界出现了令人瞩目的'影像化'热潮，不仅小说改编为影视作品颇有愈演愈烈之势，而且'影像化'叙事也俨然成为当下小说创作中一种主导型的叙事方式。"① 以笔者长期从事高校中文专业的一线教学实践来看，"90后"大学生对古代小说的认识和了解绝大多数源自对影视作品。四大名著、《聊斋志异》、唐传奇、《搜神记》等都是当前影视创作的热门题材，一部作品由不同的导演数度翻拍的现象比比皆是，这当然有商家力图通过影视发行刺激相应衍生品市场，导演、演员试图通过名著拍摄实现自己艺术追求的原因，同时也有普通读者希望以更加便捷、通俗、愉悦的方式走近经典的诉求。制作精良的小说改编剧作在影视史上成为经典，还能引发二度创作。2017年湖南卫视推出"小戏骨"系列节目，这个节目以"小孩演大剧""演经典、学经典"的模式形成创新，挑选10岁以下的小演员先后演绎了陈晓旭版《红楼梦》、李雪健版《水浒传》以及唐国强版《三国演义》等名著改编剧作，在观众中一度形成热点。虽然也有不少学者认为这种行为有利用当前大众对"萌文化"的追求以消费儿童的嫌疑，但改编剧作的影响之大也可见一斑。

具体来说，影视改编是指将文学作品中适合于影视艺术表现的元素进行解析、再创造以及技术处理之后转化成镜头语言的编创性活动，是一种典型的跨媒介叙事。文学作品（尤其是小说）为影视改编提供了丰富素材，影视改编则为观众了解文学作品提供了另一种方式途径。作为大众化的综合传媒手段，影视通过声、光、影等手段所营造的观

---

① 陈思广:《中国现当代文学前沿问题研究》，四川大学出版社2018年版，第220页。

赏效果往往在极短时间内引起观众兴趣，相比之下，文字阅读则需要更多想象、思考以及背景知识。在一个崇尚娱乐的时代，影视在人们认识经典、了解经典的过程中扮演着越来越重要的角色，这也正是针对名著的影视改编活动在当下社会渐趋频繁的原因。有学者甚至指出文学名著改编成影视，实际就是对名著的当代解读。古代小说的影视改编有两种基本思路，一为忠实于原著，以现代视听手段演绎和再现经典，重在思考媒介转换过程中信息传达的准确性；二为借原著之名重新立意，在情节、主题等方面完全另起炉灶进行创新。由于信息表达媒介的差异，即便再忠实的影视作品也不可能完全复制和重现原著的精神和表达。"文学与影视其实就是诗与画的区别，同样是艺术，但是带给人的感受不同。原著是'诗'，而影视剧则是'画'。"① 文字叙事转化成声像叙事时会带来怎样的增值与错漏？同一题材不同版本的影视作品之间有着怎样的关联？影视作品与当下社会之间又存在何种映射等，这是目前古代小说影视互文研究的几大常见命题。以新、老两版《三国演义》电视剧对于"温酒斩华雄"场景的表现为例。老版（王扶林版）忠实于原著中的虚笔描绘，对云长与华雄之间的决斗不给正面镜头，而将重点放在俞涉、潘凤等人战不三合俱被华雄斩首的紧张局势，袁绍、袁术兄弟的傲慢态度，以及曹操所斟热酒的特写上。新版（高希希版）虽也标榜对原著的尊重，但并未按小说的虚笔处理，对关羽与华雄之间的打斗进行了持续的正面特写。这样一来电视剧虽然呈现了精彩的视觉效果（据说当时专门聘请了香港武术指导进行打斗招式的设计与训练），但原著试图通过虚笔反差达到的审美张力则消失殆尽。新老电视剧版《红楼梦》也存在同样的差别。如对"林黛玉进贾府"场景的表现，老版（王扶林版）通过演员的表情、神态等来反映其小心谨慎、生怕出错的微妙心态，而新版（李少红版）则通过旁白直接将黛玉内心活动展现。这样的差别也许并无优劣之分，但表达了不同电视人对于文学表现手法的不同理解。总体而言，

---

① 张晓红、徐曼、孟冬梅：《名著赏析与影视改编》，吉林人民出版社 2017 年版，第 349 页。

随着拍摄技术的提高，现代影视作品确实可以更加自由地"再现"语言文字所营造的具体场景，对视听效果的极致追求是很多影视制作人的理想。但是对于小说而言，语言文字的魅力也许恰恰在于他不能完全"尽意"所造成的某种感受空白，在这个空白处读者可以自行"脑补"出无数信息，而一旦将这些空白以实人实景呈现在影视屏幕之上，"无数"就变成了"唯一"。黛玉也好，曹操也罢，再高明的演员都只能演绎出原作的万分之一，这并不只是古代小说面临的问题，而是所有文学作品搬上银屏时都会遭遇的挑战。"基于机械文明而诞生的、旨在追求事物外在真实的现代影像观与侧重从主观内视点出发且以意象为核心的中国传统影像观截然不同，它不仅带来了观看模式的巨变，而且改变了人们的思维方式，最终导致了以'模仿'为标志的传统视觉文化的解体，开启了以'复制'乃至'虚拟'为表征的新视觉文化。"① 当然，影视改编对于古代小说而言仍是一把双刃剑，因为无论拍摄的效果如何，他都已经成为人们了解名著、走近名著的最便捷方式。

如果以创新为出发点，不囿于原著的主题和情节，改编剧作对现代文化的吸收和融入会更加随意，对互文手法的运用也会更自由。《大话西游》中无厘头的幽默效果来自对古今中外各种文本的戏仿、拼贴，如将佛家禅理、电视广告、英文歌曲、行为艺术、古代历史事件、国外普罗文化、经文祷告等充分融合形成一种众声喧哗的杂语现象；② 《哪吒之魔童降世》则针对《西游记》与《封神演义》进行了赋予时代内涵与现实观照的陌生化处理，如改变源文本家庭关系中父与子的对峙，补充母亲的力量和父亲的温情；而在传统的矛盾焦点——哪吒与敖丙的冲突叙述上，则翻转前文本，将二人改造为"对照互补的精神兄弟"，从而将影片"构成互为镜像的双雄成长叙事"③。这些改

---

① 陈思广：《中国现当代文学前沿问题研究》，四川大学出版社 2018 年版，第 220 页。
② 赵宏丽：《中国古代文学经典的数字影视媒介化研究》，博士学位论文，东北师范大学，2013 年，第 47 页。
③ 刘莹莹：《经典文本"陌生化"的时代审美与意义——以〈哪吒之魔童降世为例〉》，《电影文学》2020 年第 1 期。

编既体现出现代家庭的价值追求（父亲参与育儿，母亲追求职场成就），更是"80后"青年追求个体自由的表现（"我命由我不由天"的宣言）。这种改编方式在影视作品中其实早就有章可循：2013年根据元杂剧改编的电视剧《赵氏孤儿案》，以及更早的电影《赵氏孤儿》都与之异曲同工。这两部作品都在"去崇高"的基调上对原作进行了"人性化"改编，要么将程婴改造为无意卷入政治斗争的市井小民，救孤原非有意，献子更出偶然（葛优版）；要么突出强调屠岸贾对妻子的爱情与对养子的亲情（孙淳版）。① 在2013版电视剧《武松》中，小说原著以不近女色为重要标准的好汉人格被彻底忽略，潘金莲形象却得以正面重塑。在电视编剧的想象与编织之下，武松与潘金莲化身青梅竹马的纯情恋人。守望相助奠定了二人美好的情感基础，阴差阳错的残酷现实却使恋人变为叔嫂。电视剧一开场就以颠覆性的剧情震撼了观众。而随即展开的情节更充满了荒诞与滑稽，我们既能看到《金瓶梅》里西门庆与其结义兄弟应伯爵、花子虚等人之间的罪恶勾当；也能感受到明清小说（尤其是才子佳人小说）惯用的信物定情桥段，金麒麟的细节甚至使我们隐约联想到宝玉与湘云；而人物身份错位引发角色和观众的心理失衡似乎又是当下流行剧作中"虐恋"情节的复制（《甄嬛传》中甄嬛与果郡王由叔嫂变为恋人，又由恋人回归叔嫂；《美人无泪》中大玉儿与多尔衮亦由恋人变为叔嫂；《花千骨》中白子画与主人公由师徒变为恋人……）经过一系列的复制、引用和拼贴，电视剧给观众呈现了一个充满混乱、重叠却又有迹可循的世界。"一切历史都是当代史"，一切影视作品的改编又何尝不是现代精神的投射？2015年侯孝贤电影《刺客聂隐娘》着意表现纠葛的情感，尤其是主人公在国家政治和个人选择冲突中内心的孤独与挣扎，及其对亲情的渴望；② 2017年上映的《军师联盟》着意表现司马懿妻子张春华的凶悍与司马懿在妻子面前的唯诺小心；2020年年初热播的《清平乐》，在宏大历史叙事中仍辅以大量细节关注宋仁宗赵祯作为父亲与

---

① 参见拙作《〈赵氏孤儿〉在现代影视中的人性化改编》，《电影文学》2013年第23期。
② 蔡丹：《电影〈刺客聂隐娘〉互文性阐释》，《安徽广播电视大学学报》2020年第1期。

丈夫的情感抉择与喜怒哀乐，这些既表现了作品主创试图通过日常生活叙事消解历史题材的严肃与单调，也符合了现代人的正常认知和精神诉求。

以上讨论的是由名著直接改编拍摄的影视作品，还有一种情况是内容本与古代小说无关的作品，在剧本创作或拍摄中融入一些古代小说的元素，这种现象也比较普遍。这又分标题立意上的互文、关键意象上的互文以及情节上的互文等不同情况。

标题上的互文。2019年上映的文艺电影《送我上青云》一度受到好评，其标题就借用了《红楼梦》中薛宝钗所咏之《柳絮词》。"好风凭借力，送我上青云"，现代女性的自尊自立是否一定要凭借以男性为代表的外力？如柳絮般弱小无力的女性是否也能在现代社会获得真正的自在与满足？在以关注女性自我认同及女性意识表达为中心的电影中，编剧、导演居然找到了古代小说中的人物诗词作为注脚，古今对话表现得奇特又巧妙。2019年年底热播网剧《庆余年》其标题也取自《红楼梦》，小说第五回警幻仙姑命人为宝玉演唱《红楼》十二曲，其中咏巧姐的一支即为"留余庆"（叙述刘姥姥因凤姐的偶然救助而心怀感恩，在巧姐遭遇"狠舅奸兄"迫害之时出手相救）。电视剧以此为名，既取曲中济困扶贫、劝人为善（剧中人物表述为"珍惜现在，为美好而活"）的主题，也因曲中所叙之情节与主人公范闲的经历有一定吻合。① 电影《我不是潘金莲》情节也与《水浒传》《金瓶梅》无涉，剧中人物因被丈夫定义为潘金莲而开始漫长的上访告状之

---

① 《庆余年》改编自猫腻的同名网络小说。在改编电视剧中，张庆本为大学中文系学生，他以现代观念解读文学史的做法不被教授认可，因此想通过自己创作的参赛故事进一步向老师表达观点而最终获得认可。在他创作的小说中，有着神秘身份的主人公范闲自海边小城初出茅庐，先后经历了家族、江湖、庙堂的种种考验，最终被杀（第一季结尾）。张庆在向教授介绍小说时明确表示让现代思想与古代制度进行碰撞的意图。猫腻在《庆余年》"后记"中，对标题做了几种解释，"代表着庆幸多出来的人生，在庆国度过余年"，此外还有"领导在大庆，我想去大庆，共度余年"之意等。无论哪种解读，我们都能感受到古代经典不断以另类的、被模仿的、调侃的甚至解构的方式参与现代社会的文化和娱乐生活。经典已经渐渐失去了原有那种严肃的、高高在上的独白话语地，而可能随时接受某种改编、嫁接或者抽离。而这本身就是古今文化的一种集体狂欢。

路。这部现代版《官场现形记》与古代小说的连接点在于后者所塑造的经典形象在民间的巨大影响力。

意象设置上的互文。电视剧《扶摇》中主人公五色石少女的身份既让人联想到女娲炼五色石以补天的远古神话，更容易将其与文学史上的补天石书写传统进行参照，①《红楼梦》《五色石》这些小说作品又作为影视剧的接受背景进入观众视野。《捉妖记》中讨人喜爱的"胡巴"形象则是在《山海经》帝江形象基础上改造而来，而故事中男子怀孕生子的桥段又与《西游记》中唐僧等人在女儿国误饮子母河水后的情形仿佛。《三生三世》系列中的狐女、树精意象等也与《山海经》《聊斋志异》等作品形成互文。

情节内容上的互文。这是比较直接的融入现象，如电视剧《如懿传》中有一场如懿与乾隆之间互表心意的戏份，先是乾隆送宫花一枝给如懿，如懿问是合宫都有还是单送她一人，乾隆回答合宫都有，如懿不悦，乾隆解释虽众人都有，但玫瑰独属如懿，主人公遂释怀。这个场景与《红楼梦》第七回周瑞家的送宫花时与黛玉的对话如出一辙。在女性对于爱情唯一性的要求上，如懿与黛玉的追求一致，这也就为主人公埋下了悲剧的伏笔。而《如懿传》的姊妹篇《后宫甄嬛传》（也是流潋紫的成名作）也曾因其古韵的"甄嬛体"颇受追捧，研究者们分别从人物的命名方式（如以皇后的四个丫鬟绘春、绣夏、剪秋、染冬对应《红楼梦》中的抱琴、司棋、侍书、入画）、谶语叙事（如甄嬛抽到花签"瑶池仙品"）以及人物语言习惯（大量使用儿化音，以及对"巴巴儿""不相干""不中用""唬了一跳""猴儿崽子"等《红楼》词语的频频使用）等不同方面对《甄嬛传》与《红楼梦》进行互文性分析，已有一定积累。虽然这些作品直接改编自同名网络小说，但改编者选择以声画效果将来源于古代小说的经典场景原样呈现，说明了他们的认可与赞赏态度。电视剧《大宋提刑官》中也有部分情节与明清公案形成互文，如"李唐案"情节基本与《醒世

---

① 对《红楼梦》补天石意象的书写可参见拙文《〈红楼梦〉神话叙事的互文性艺术》，《中南大学学报》（社会科学版）2018 年第 1 期。

恒言》中的"十五贯戏言成巧祸"一致,① 这个故事从宋元说书场上
流传而来,早期以《错斩崔宁》为题收录在《京本通俗小说》之中,
后经冯梦龙的加工整理,成为明清公案中的经典。因其情节曲折、视
角独特（采用了局部的戏剧化视角叙述以增加悬念,这在白话小说中
并不常见）,又被改编成戏曲流传,至今仍很活跃。这些广泛的"融
梗"、借用现象说明现代影视向古代小说学习的意图,也证明了古代
小说可以在新的历史条件下焕发生命力。

　　网络写作与影视改编还带来一种新的互动方式,如网络读者与作
者,影视观众与编剧、导演、演员之间既可通过互联网上的论坛、社
区、贴吧以及现场见面会等进行直接交流;影视作品直播过程中观众
之间还能以弹幕形式实时就剧情、场景、表演等各种问题发表意见,
形成话题讨论。② 网络写作通常以连载形式呈现,读者能在第一时间
阅读与评价,他们的意见甚至能直接左右故事的发展及结局;而影视
观众的意见看法直接关系到作品是否卖座,他们的期待视野也是任何
影视制作者都不能忽略的。③ 在我国小说史上,从唐传奇作者为了
"温卷"需要在作品中努力做到"文备众体",到宋元说书场上说书人
根据听众的反应来随时调整说话的内容（如头回故事的加入与否）,
到明清出版商为了迎合不同读者的口味而编辑各种花哨版本,接受者
从来都是一个广受关注的群体。不过,能与作者的创作进行同步阅读
（晚清连载小说除外）,其参与痕迹又在文本之中有所留存的,古代小
说中恐怕也就只有《红楼梦》的早期读者兼评点者脂砚斋做到。但在

① 也有观众表示《大宋提刑官》与《聊斋志异》,甚至二月河《康熙大帝》中的部分情节
具有相似性。

② 弹幕是指在网络上观看视频时弹出的评论性字幕。其本意是军事用语中密集的炮火射
击。在视频播放过程中,大量评论从屏幕飘过时效果就像是飞行射击游戏里的弹幕,所以网民形
象地将其称为弹幕。弹幕可以带给观众一种"实时互动"的错觉,虽然不同弹幕的发送时间并不
相同,但因其只在视频播放中的特定时间点出现,所以在相同时刻出现的弹幕基本具有相同主
题,在参与评论时弹幕发出者就会产生与其他观众同时讨论的错觉。弹幕视频系统源自日本,国
内最早引进的为 AcFun 和后来的 bilibili 网站。

③ 导演选择怎样的演员参演影视改编剧往往取决于当时的观众认知度,可能是当下人气最
高的演员,也可能是已经获得观众认可的某种特型演员等。而当演员在扮演某一部经典小说角色
时,他曾经扮演过的其他角色也有可能作为互文本对观众的当下理解产生影响。

新媒体发展的当今社会，传统的信息交流模式已被完全打破，正如有学者所言，只要我们积极"营造'全球共此时'的完全开发的信息空间，传播迅捷化，阅读全球化，可以为古代白话小说赢得前所未有的传播范围和传播速度"①。

---

① 王平:《中国古代白话小说传播研究》，山东教育出版社 2016 年版，第 162 页。

结　语

　　本书从古代小说互文性现象的发生依据、明清小说创作中的互文性现象（跨文本互文、内互文）、明清小说文本接受与阐释中的互文性意识以及明清小说对现代文化的参与四个维度对明清小说互文性研究提出了体系构想。力图从发生学角度探讨古代小说互文性现象出现的原因与特征；从狭义互文性的诗学、修辞学之途描述古代小说文本中具体的互文特征，并分析其意义生成机制；从阐释学、接受美学角度破解小说互文现象的解读机制（尤其是特殊读者对于古代小说文本的介入与"重写"）；从社会历史（广义文本）角度观照古典小说对现代文化语境的参与和贡献。

　　中国传统文化中的互系性思维为我们本土互文观念的诞生和发展提供了必要条件，而中国古代小说独特的形成过程又为其互文性创作和阐释提供了适宜土壤。我们在明清小说文本中发现了众多的镶嵌引用、改编重写现象，同时在小说文本内部，我们也找到了很多前后交叉参考的独特"映射"，当我们惊喜于一个又一个互文性标记被陆续捕捉时，我们也清醒地认识到永远无法穷尽对小说文本意义的追寻。因为一旦进入文本的网络，意义便开始了从一个链接走向另一个链接的流动之旅。一个作者在写作之前早已作为读者存在，而一个读者也永远不可能以绝对的"纯真之眼"看待面前的文本。在互文性探究的链条上，我们只能选择特定的、有限的时空背景。在明清小说广大的读者群中，出版商、评点者、插图绘制者、续仿补作者各自以其独特的方式完成对原文本的吸收与转化。进入现代社会，明清小说不仅没有退出历史舞台，反而在现代网络社会中找到新的融入方式，展开了与现代文明之间的杂语对话。电子游戏、网络写作、影视剧集、综艺节目，这些典型的现代文化元素又有哪一个完全摆脱了古代小说的参与？

罗兰·巴特认为文本是由"引语、指涉、回应、先前和当代的文化语言编织而成的。这些要素遍布文本，形成宏大的立体声效果。在互文性的文本中，每一个文本都被把握，它本身成为与另一个文本之间的文本……组成文本的引述是匿名的、无迹可寻的，然而却是被阅读过的：它们是不加引号的引语"①。文学作品中普遍的引用或借鉴行为为文本营造了某种"非线性叙事"的多维空间。② 从本质上说，文本就是互文性与独创性的结合。无论是从作者、读者还是从文本的维度看，每部作品的互文性都千差万别，复杂异常，我们能够破解的其实只有冰山一角。创作中的内外参照意识、解读行为中的互文阐释策略、文本与现代文明的对话，这几个简单的层面其实远不足以涵盖明清小说互文性的全部。

从这个意义上来说，专题研究与个案分析的意义是超过体系建构的。但我们仍然试图从相关案例分析的基础上寻找某种规律性的存在，无论是西方的"联想嵌入即互文"，还是中国传统的"相似即互文"，其根本都在于语言本身的对话性。当我们通过具体的文本分析来构建中西互文的对话场景时，我们也感受到二者之间的显著差异：现代互

---

① 转引自李玉平《互文性：文学理论研究的新视野》，商务印书馆2014年版，第22页。
② 俞晓红认为："非线性叙事是一种多维空间叙事。作品所叙故事发生在两个或两个以上的时空界面，在体式上形成多个文本：作者叙述的元故事构成直接文本，或可称之为元文本；作者以引用、穿插的方式嵌入的文本是间接文本，它产生于元文本故事之前，有其先于元故事存在的因果毕具的故事，不受被引用时碎片化形式的拘囿，是一个或多个有独立自足意义世界的潜文本。""潜文本所叙故事，原本游离于元文本故事之外，与后者没有时空上的本然联系，但因为作者的着意经营，令潜文本和元文本发生了内在意义的相关性，从而在作品中展现了多维的叙事空间。"参见俞晓红《论戏曲文本在非线性叙事中的构成——以〈牡丹亭〉为考察中心》，《戏曲研究》2018年第2期。

文性理论在强调文本间性的同时指向的是文本意义的解构，而中国传统文学中的互文性却更多指向一种明确的意义原型。正如张隆溪先生所言："解构主义的互文是一个没有起源的踪迹，中国的互文却总是引导人们回到起源。"①

---

① 张隆溪：《道与逻各斯》，冯川译，江苏教育出版社 2006 年版，第 46 页。

参考文献

一　古籍类

（明）安遇时：《龙图公案》，敦煌文艺出版社 2009 年版。

（汉）班固著，（唐）颜师古注：《汉书》，中华书局 1962 年版。

（清）曹雪芹、高鹗著，（清）脂砚斋、王希廉评：《红楼梦》，中华书局 2009 年版。

（清）曹雪芹、高鹗著，（清）护花主人、大某山民、太平闲人评：《三家评本红楼梦》，上海文艺出版社 2012 年版。

（清）陈沆：《诗比兴笺》，上海古籍出版社 1981 年版。

（晋）陈寿撰，（晋）裴松之注：《三国志》，中华书局 2006 年版。

陈曦钟、侯忠义、鲁玉川辑校：《水浒传会评本》，北京大学出版社 1981 年版。

（清）褚人获辑撰，李梦生校点：《坚瓠集》，上海古籍出版社 2012 年版。

（晋）杜预注，（唐）孔颖达等正义：《春秋左传正义》，上海古籍出版社 1990 年版。

（南朝宋）范晔：《后汉书》，岳麓书社 1994 年版。

（唐）房玄龄著，黄公渚选注：《晋书》，商务印书馆 1934 年版。

（明）冯梦龙编，（清）蔡元放评，竺少华点校：《东周列国志》，岳麓书社 1990 年版。

（明）冯梦龙编，许政扬校注：《喻世明言》，人民文学出版社 1958
　　年版。

（晋）干宝：《搜神记》，中州古籍出版社 2010 年版。

《古本小说集成》影汤学士校本：《三国志传》，上海古籍出版社 1994
　　年版。

《古本小说集成》影万卷楼本：《三国志通俗演义》，上海古籍出版社
　　1991 年版。

（清）何焯：《义门读书记》，中华书局 1987 年版。

（宋）洪迈撰，何卓校：《夷坚志》，中华书局 1981 年版。

（明）洪楩编，韩秋白点校：《清平山堂话本》，中华书局 2001 年版。

（明）胡应麟：《少室山房笔丛》，上海书店 2009 年版。

（清）花溪逸士著，中英、中雄校点：《岭南逸史》，百花文艺出版社
　　1995 年版。

（宋）皇都风月主人编，周楞伽笺注：《绿窗新话》，上海古籍出版社
　　1991 年版。

（清）纪昀：《阅微草堂笔记》，浙江古籍出版社 1997 年版。

（清）纪昀等编：《影印文渊阁四库全书》，北京出版社 2012 年版。

（唐）皎然：《诗式》，商务印书馆 1940 年版。

（清）金圣叹著，陆林辑校整理：《金圣叹全集》（白话小说卷），凤凰
　　出版社 2016 年版。

（清）金圣叹撰，刘彦青整理：《金圣叹评〈史记〉》，陕西师范大学出
　　版社 2018 年版。

（明）兰陵笑笑生著，（清）张竹坡评：《皋鹤堂批评第一奇书　金瓶
　　梅》，吉林大学出版社 1994 年版。

（明）兰陵笑笑生著，王汝梅、齐烟校点：《新刻绣像批评金瓶梅》，三
　　联书店（香港）有限公司 1990 年版。

（明）兰陵笑笑生著，陶慕宁校注：《金瓶梅词话》，人民文学出版社
　　2000 年版。

（宋）李昉等编：《太平广记》，中华书局 1961 年版。

（明）李开先著，卜键笺校：《李开先全集》，上海古籍出版社 2014
　　年版。

（唐）李延寿撰：《南史》，中华书局 1975 年版。

（清）李渔：《李笠翁批阅三国志》，浙江古籍出版社 1991 年版。

（清）刘大櫆著，吴孟复标点：《刘大櫆集》，上海古籍出版社 1990
　　年版。

（汉）刘向：《列女传》，中国文史出版社 1999 年版。

（南朝梁）刘勰著，（清）黄叔琳注，（清）纪昀评，李详补注，刘咸
　　炘阐说，戚良德辑校：《文心雕龙》，上海古籍出版社 2015 年版。

（南朝宋）刘义庆撰，宁稼雨注评：《世说新语》，凤凰出版社 2010
　　年版。

（南朝宋）刘义庆撰，郑晚晴辑注：《幽明录》，文化艺术出版社 1988
　　年版。

（明）刘元卿撰，彭树欣编校，钱明主编：《刘元卿集》，上海古籍出
　　版社 2014 年版。

（明）罗贯中著，（清）毛宗岗评：《毛宗岗批评本三国演义》，岳麓书
　　社 2006 年版。

（明）罗贯中著，沈伯俊校注：《三国志通俗演义》，文汇出版社 2008
　　年版。

（明）罗贯中著，余象斗评：《水浒志传评林》，《古本小说集成》编委
　　会编《古本小说集成》第 3 辑，上海古籍出版社 2017 年版。

（明）罗懋登著，陆树仑、竺少华校点：《三宝太监西洋记通俗演义》，
　　上海古籍出版社 1985 年版。

（宋）罗烨：《醉翁谈录》，古典文学出版社 1957 年版。

（汉）毛亨传，郑玄笺，（唐）孔颖达疏：《毛诗正义》，上海古籍出版
　　社 1990 年版。

（宋）孟元老撰，邓之诚注：《东京梦华录》，中华书局 1982 年版。

（明）施耐庵著集撰，（明）罗贯中纂修，（明）李贽批评：《李卓吾
　　批评忠义水浒传全书》，天一出版社 1985 年版。

（明）施耐庵著，（清）金圣叹评：《金圣叹批评第五才子书水浒传》，天津古籍出版社 2006 年版。

（宋）司马光：《资治通鉴》，中华书局 1956 年版。

（汉）司马迁：《史记》，中华书局 2014 年版。

（宋）苏轼著，（清）冯应榴辑注：《苏轼诗集合注》，上海古籍出版社 2001 年版。

（清）随缘下士编辑，丁植元校点：《林兰香》，春风文艺出版社 1985 年版。

（明）陶宗仪等编：《说郛三种》，上海古籍出版社 1988 年版。

（清）王夫之等：《清诗话》，上海古籍出版社 1963 年版。

（元）王实甫著，（清）金圣叹评：《金圣叹评点西厢记》，上海古籍出版社 2008 年版。

（明）吴承恩著，（清）张书绅评：《西游记注评本》，上海古籍出版社 2014 年版。

西班牙皇家修道院本：《三国志通俗演义史传》（叶逢春本），上海古籍出版社 2009 年版。

（南朝梁）萧统编，海荣、秦克标校：《文选》，上海古籍出版社 1998 年版。

（明）谢肇淛：《五杂俎》，中央书店 1935 年版。

（明）许仲琳：《封神演义》，中州古籍出版社 2009 年版。

（清）佚名氏：《读红楼梦随笔》，巴蜀书社 1984 年版。

（清）俞樾等：《古书疑义举例五种》，中华书局 1956 年版。

（明）张岱著，夏咸淳、程维荣校注：《陶庵梦忆　西湖梦寻》，上海古籍出版社 2001 年版。

（宋）赵彦卫撰，傅根清点校：《云麓漫钞》，中华书局 1996 年版。

（汉）郑玄注，（唐）贾公彦疏：《仪礼注疏》，北京大学出版社 1999 年版。

（战国）左丘明著，（三国吴）韦昭注：《国语》，上海古籍出版社 2015 年版。

二 国内论著

阿英:《晚清文学丛钞·小说戏曲研究卷》,中华书局 1960 年版。

阿英:《中国连环图画史话》,人民美术出版社 1984 年版。

白庚胜主编:《中国民间故事全书·上海·松江卷》,中国水利水电出版社 2011 年版。

白先勇:《白先勇细说红楼梦》,广西师范大学出版社 2017 年版。

白先勇:《白先勇自选集》,花城出版社 2009 年版。

鲍震培:《中国俗文学史论》,南开大学出版社 2015 年版。

陈洪:《中国小说理论史》,天津教育出版社 2005 年版。

陈金现:《宋诗与白居易的互文性研究》,文津出版社 2010 年版。

程丽蓉:《中国现代小说互文性研究》,四川人民出版社 2003 年版。

陈平原:《看图说书:小说绣像阅读札记》,生活·读书·新知三联书店 2003 年版。

陈平原:《小说史:理论与实践》,河北人民出版社 1997 年版。

陈思广:《中国现当代文学前沿问题研究》,四川大学出版社 2018 年版。

陈望道:《修辞学发凡》,上海人民出版社 1976 年版。

陈维昭:《汉语言文学原典精读系列 红楼梦精读》,复旦大学出版社 2016 年版。

陈维昭:《红学通史》,上海人民出版社 2005 年版。

《辞海》"词语分册",上海辞书出版社 1979 年版。

大连图书馆参考部编:《明清小说序跋选》,春风文艺出版社 1983 年版。

邓绍基主编:《中国古典文学名著精品》,时代文艺出版社 2018 年版。

段春旭:《中国古代长篇小说续书研究》,上海三联书店 2009 年版。

范丽敏:《互通·因袭·衍化——宋元小说、讲唱与戏曲关系研究》,齐鲁书社 2009 年版。

范司永:《穿越时空的对话 英汉文学文本翻译的互文性研究》,武汉大学出版社 2016 年版。

范子烨：《春蚕与止酒：互文性视阈下的陶渊明诗》，社会科学文献出版社 2012 年版。

傅承洲：《李渔话本研究》，凤凰出版社 2013 年版。

傅承洲：《戊戌集　宋元明清文学论稿》，凤凰出版社 2018 年版。

傅德岷：《写作基础教程》（第 6 版），重庆大学出版社 2018 年版。

甘莅豪编：《空间动因作用下的对举结构》，上海社会科学院出版社 2012 年版。

格非：《文学的邀约》，清华大学出版社 2010 年版。

格非：《雪隐鹭鸶——〈金瓶梅〉的声色与虚无》，译林出版社 2014 年版。

侯忠义主编：《侠义公案小说》，辽宁教育出版社 2013 年版。

胡士莹：《话本小说概论》，中华书局 1980 年版。

胡适：《中国章回小说考证》，中国社会科学出版社 2013 年版。

户晓辉：《中国人审美心理的发生学研究》，中国社会科学出版社 2003 年版。

黄霖：《黄霖讲〈金瓶梅〉》，东方出版中心 2017 年版。

黄霖编：《中国历代小说批评史料汇编校释》，百花洲文艺出版社 2009 年版。

黄鸣奋：《超文本诗学》，厦门大学出版社 2002 年版。

霍国玲、紫军：《红楼解梦　红楼史诗》，东方出版社 2006 年版。

姜剑云：《太康文学研究》，中华书局 2003 年版。

江曾培：《江曾培论微型小说》，上海文艺出版社 2008 年版。

孔另境编辑：《中国小说史料》，上海古籍出版社 1982 年版。

兰建堂主编：《中国民间故事全书·河南·宛城卷》，知识产权出版社 2011 年版。

乐黛云等编选：《北美中国古典文学研究名家十年文选》，江苏人民出版社 1996 年版。

靳义增：《跨文明文学理论的异质性与变异性研究》，华中科技大学出版社 2016 年版。

黎皓智：《俄罗斯小说文体论》，百花洲文艺出版社 2001 年版。

李峰：《中国画构图法》，上海人民美术出版社 2013 年版。

李桂奎：《中国古典小说互文性研究》，中国社会科学出版社 2021 年版。

李汉秋编：《儒林外史研究资料》，上海古籍出版社 1984 年版。

李建波：《福斯特小说的互文性研究》，北京大学出版社 2001 年版。

李剑国：《唐五代志怪传奇叙录》，南开大学出版社 1993 年版。

李剑国、陈洪主编：《中国小说通史》，高等教育出版社 2007 年版。

李景星：《四史评议·史记评议》，岳麓书社 1986 年版。

李玉平：《互文性：文学理论研究的新视野》，商务印书馆 2014 年版。

刘扬忠、蒋寅主编：《通俗小说与大众文化精神》，河北教育出版社 2014 年版。

刘再复：《红楼梦悟（增订本）》，生活·读书·新知三联书店 2009 年版。

鲁迅：《集外集》，人民出版社 1981 年版。

鲁迅：《连环图画琐谈》，人民文学出版社 1973 年版。

鲁迅：《中国小说史略》，人民文学出版社 1976 年版。

吕双伟：《清代骈文研究》，上海古籍出版社 2018 年版。

罗炳良：《清代乾嘉史学的理论与方法论》，兰州大学出版社 2004 年版。

罗选民主编：《文化批评与翻译研究》，外文出版社 2005 年版。

罗杨总主编：《中国民间故事丛书·河北廊坊·香河卷》，知识产权出版社 2016 年版。

马瑞芳：《金瓶梅风情谭》，商务印书馆 2013 年版。

马蹄疾：《〈水浒〉资料汇编》，中华书局 1980 年版。

欧丽娟：《红楼梦人物立体论》，（台湾）里仁书局 2006 年版。

欧丽娟：《大观红楼》，北京大学出版社 2017 年版。

祁光禄：《词艺术研究》，湖南教育出版社 2003 年版。

祁连休：《中国古代民间故事类型研究》，河北教育出版社 2007 年版。

钱存训：《中国纸和印刷文化史》，广西师范大学出版社 2004 年版。

钱林森编：《牧女与蚕娘》，上海古籍出版社 1990 年版。

钱锺书：《管锥编》（第二版），生活·读书·新知三联书店 2007 年版。

钱锺书：《宋诗选注》，生活·读书·新知三联书店 2002 年版。

秦文华：《翻译研究的互文性视角》，上海译文出版社 2006 年版。

申荷永：《荣格与分析心理学》，广东高等教育出版社 2004 年版。

沈伯俊：《沈伯俊说三国》，中华书局 2005 年版。

施文斐：《性别书写与近世短篇话本小说中的价值观念变迁研究下》，
    西安交通大学出版社 2016 年版。

石昌渝：《中国小说源流论》，生活·读书·新知三联书店 1994 年版。

史忠义：《中西比较诗学新探》，河南大学出版社 2008 年版。

首都图书馆编：《古本小说版画图录》，线装书局 1996 年版。

谭帆：《古代小说评点简论》，山西人民出版社 2005 年版。

谭帆：《中国小说评点研究》，华东师范大学出版社 2001 年版。

唐伟胜主编：《叙事理论与批评的纵深之路》，上海外语教育出版社 2015
    年版。

陶东风：《文学理论的公共性：重建政治批评》，福建教育出版社 2008
    年版。

陶东风主编：《文化研究》（第 14 辑），社会科学文献出版社 2013 年版。

田福生：《关羽传》，中国文史出版社 2007 年版。

田晓菲：《秋水堂论金瓶梅》，广西师范大学出版社 2019 年版。

童庆炳、程正民主编：《文艺心理学教程》，高等教育出版社 2011 年版。

童庆炳：《文体与文体的创造》，云南人民出版社 1994 年版。

汪荣祖：《陈寅恪评传》，百花洲文艺出版社 2015 年版。

汪涌豪：《中国文学批评范畴及体系》，复旦大学出版社 2007 年版。

王瑾：《互文性》，广西师范大学出版社 2005 年版。

王立：《中国古代文学主题学思想研究》，天津教育出版社 2008 年版。

王凌：《〈三国志演义〉互文性研究》，人民出版社 2019 年版。

王凌：《形式与细读：古代白话小说文体研究》，人民出版社 2010 年版。

王平：《中国古代白话小说传播研究》，山东教育出版社 2016 年版。

王旭川：《中国小说续书研究》，学林出版社 2004 年版。

王一川：《文学理论讲演录》，广西师范大学出版社 2004 年版。

吴保和：《中国电视剧史教程》，文化艺术出版社 2011 年版。

吴光正：《中国古代小说的原型与母题》，社会科学文献出版社 2002 年版。

吴汝钧：《佛教的概念与方法》，（台湾）商务印书馆 1988 年版。

许建平：《明清文学论稿》，河南人民出版社 2017 年版。

闫月珍：《叶维廉与中国诗学》，中国社会科学出版社 2010 年版。

颜彦：《明清叙事文学插图的图像学研究》，浙江古籍出版社 2021 年版。

颜彦：《中国古代四大名著插图研究》，中国社会科学出版社 2014 年版。

杨义：《中国古典小说十二讲》，上海三联书店 2007 年版。

杨志平：《中国古代小说文法论研究》，齐鲁书社 2013 年版。

叶维廉：《中国诗学》，生活·读书·新知三联书店 1992 年版。

一粟编：《红楼梦资料汇编》，中华书局 1964 年版。

余冠英选注：《三曹诗选》，中华书局 2012 年版。

余光中：《心有猛虎　细嗅蔷薇　余光中散文精选》，江苏凤凰文艺出版社 2018 年版。

余光中：《余光中散文》，浙江文艺出版社 2008 年版。

俞晓红：《红楼梦意象的文化阐释》，安徽师范大学出版社 2013 年版。

袁行霈主编：《中国文学史》，高等教育出版社 1999 年版。

詹锳：《文心雕龙义证》，上海古籍出版社 1989 年版。

张爱玲：《红楼梦魇》，哈尔滨出版社 2005 年版。

张伯伟：《中国古代文学批评方法研究》，中华书局 2002 年版。

张东荪：《知识与文化》，岳麓书社 2011 年版。

张国风：《太平广记版本考述》，中华书局 2004 年版。

张隆溪：《道与逻各斯》，冯川译，江苏教育出版社 2006 年版。

张少康：《文心雕龙新探》，齐鲁书社 1987 年版。

张世君：《明清小说评点叙事概念研究》，中国社会科学出版社 2007 年版。

张晓红、徐曼、孟冬梅：《名著赏析与影视改编》，吉林人民出版社 2017

年版。

张毅蓉：《现代批评视野中的〈红楼梦〉》，广西师范大学出版社 2004
年版。

张永葳：《稗史文心　明末清初白话小说的文章化现象研究》，上海三
联书店 2013 年版。

张勇：《元明小说发展研究：以人物描写为中心》，复旦大学出版社 2003
年版。

张玉梅、李柏令：《汉字汉语与中国文化》，上海人民出版社 2012 年版。

张玉能：《深层审美心理学》，华中师范大学出版社 2018 年版。

赵伯陶：《〈聊斋志异〉新证》，文化艺术出版社 2017 年版。

赵望秦：《唐代咏史组诗考论》，三秦出版社 2003 年版。

赵渭绒：《西方互文性理论对中国的影响》，巴蜀书社 2012 年版。

赵一凡：《欧美新学赏析》，中央编译社 1996 年版。

赵义山：《明代小说寄生词曲研究》，商务印书馆 2013 年版。

郑尔康：《郑振铎艺术考古文集》，文物出版社 1988 年版。

郑铁生：《〈三国演义〉诗词鉴赏》，天津古籍出版社 2003 年版。

郑远汉：《辞格辨异》，湖北人民出版社 1982 年版。

郑振铎：《插图本中国文学史》，中央编译出版社 2012 年版。

郑振铎：《中国古代版画丛刊》，上海古籍出版社 1988 年版。

郑振铎：《中国古代木刻画史略》，上海书店 2010 年版。

中国社科院语言研究所词典编辑室编：《现代汉语词典》（第 6 版），商
务印书馆 2012 年版。

周建渝：《多重视野中的〈三国志通俗演义〉》，中国社会科学出版社
2009 年版。

周靖波：《电视剧作艺术》，北京广播学院出版社 1997 年版。

周汝昌：《红楼梦与中华文化》，（台北）东大图书股份有限公司 1989
年版。

周裕锴：《中国古代阐释学研究》，复旦大学出版社 2019 年版。

朱光潜：《谈文学选本》，安徽教育出版社 1993 年版。

朱光潜：《西方美学史》，人民出版社 1979 年版。

朱光潜：《朱光潜全集》，安徽教育出版社 1989 年版。

朱立元：《现代西方美学史》，上海文艺出版社 1996 年版。

朱立元主编：《当代西方文艺理论》，华东师范大学出版社 1997 年版。

朱一玄、刘毓忱编：《西游记资料汇编》，南开大学出版社 2002 年版。

朱一玄：《红楼梦资料汇编》，南开大学出版社 2001 年版。

朱一玄：《金瓶梅资料汇编》，南开大学出版社 2002 年版。

朱一玄：《明清小说资料选编》，南开大学出版社 2012 年版。

竺洪波：《西游释考录》，上海文艺出版社 2017 年版。

祝重寿：《中国插图艺术史话》，清华大学出版社 2005 年版。

邹云湖：《中国选本批评》，上海三联书店 2002 年版。

三　外文论著

［美］阿伯拉姆：《简明外国文学词典》，曾忠禄等译，湖南人民出版社 1987 年版。

［美］安乐哲：《和而不同——中西哲学的会通》，温海明译，温海明编，北京大学出版社 2009 年版。

［美］安乐哲：《自我的圆成：中西互镜下的古典儒学与道家》，彭国翔编译，河北人民出版社 2006 年版。

［英］Basil Hatim、［英］Ian Mason：《话语与译者》，王文斌译，外语教学与研究出版社 2005 年版。

［俄］巴赫金：《诗学与访谈》，白春仁等译，河北教育出版社 1998 年版。

［俄］巴赫金：《陀思妥耶夫斯基诗学问题》，白春仁、顾亚铃译，生活·读书·新知三联书店 1988 年版。

［俄］巴赫金：《文本、对话与人文》，白春仁等译，河北教育出版社 1998 年版。

［俄］巴赫金：《小说理论》，白春仁、晓河译，河北教育出版社 1998

年版。

［意］贝奈戴托·克罗齐：《历史学的理论和实际》，傅任敢译，商务印书馆 2017 年版。

［美］波林·罗斯诺：《后现代主义与社会科学》，张国清译，上海译文出版社 1998 年版。

［法］蒂费纳·萨莫瓦约：《互文性研究》，邵炜译，天津人民出版社 2003 年版。

［荷兰］佛克马、易布思：《二十世纪文学理论》，林书武等译，生活·读书·新知三联书店 1988 年版。

［日］福原泰平：《拉康：镜像阶段》，王小峰、李濯凡译，河北教育出版社 2002 年版。

［美］亨利·詹金斯：《融合文化　新媒体和旧媒体的冲突地带》，杜永明译，商务印书馆 2012 年版。

［俄］孔金、［俄］孔金娜：《巴赫金传》，张杰、万海松译，东方出版中心 2000 年版。

［德］莱辛：《拉奥孔》，朱光潜译，人民文学出版社 2000 年版。

［美］勒内·韦勒克、［美］奥斯汀·沃伦：《文学理论》，刘向愚等译，浙江人民出版社 2017 年版。

［俄］李福清：《〈三国演义〉与民间文学传统》，尹锡康等译，上海古籍出版社 1997 年版。

［美］刘康：《对话的喧声：巴赫金的文化转型理论》，北京大学出版社 2011 年版。

［英］罗伯特·比尔：《藏传佛教象征符号与器物图解》，向红笳译，中国藏学出版社 2014 年版。

［美］罗伯特·斯塔姆、亚历桑德拉·雷恩格：《文学和电影——电影改编理论与实践指南》，北京大学出版社 2006 年版。

［法］罗兰·巴特：《S/Z》，屠友祥译，上海人民出版社 2000 年版。

［法］罗兰·巴特：《文之悦》，屠友祥译，上海人民出版社 2002 年版。

［英］马克·柯里：《后现代叙事理论》，宁一中译，北京大学出版社

2003 年版。

［美］梅维恒：《唐代变文》，杨继东、陈引驰译，中国佛教文化出版有限公司（香港）1999 年版。

［美］尼尔·波兹曼：《娱乐至死》，章艳译，中信出版集团 2015 年版。

［美］浦安迪：《明代小说四大奇书》，沈亨寿译，中国和平出版社 1993 年版。

［美］浦安迪：《三联文史新论　浦安迪自选集》，刘倩等译，生活·读书·新知三联书店 2011 年版。

［美］浦安迪讲演：《中国叙事学》，北京大学出版社 1996 年版。

［法］热拉尔·热奈特：《热奈特文集·隐迹稿本》，史忠义译，百花文艺出版社 2001 年版。

［法］热拉尔·热奈特：《热奈特论文选》，史忠义译，河南大学出版社 2009 年版。

［美］桑德拉·吉尔伯特、苏珊·古芭：《阁楼上的疯女人　女性作家与 19 世纪文学想象》，杨莉馨译，上海人民出版社 2015 年版。

［瑞士］索绪尔：《普通语言学教程》，高名凯译，商务印书馆 2001 年版。

［美］汤普森：《世界民间故事分类学》，郑海等译，上海文艺出版社 1991 年版。

［美］托·斯·艾略特：《艾略特文学论文集》，李赋宁译，百花洲文艺出版社 1994 年版。

［美］W. 特伦斯·戈尔登文、［美］阿贝·卢贝尔图：《索绪尔入门》，咏南译，东方出版社 1998 年版。

［日］西川直子：《克里斯托娃——多元逻辑》，王青、陈虎译，河北教育出版社 2002 年版。

［美］希利斯·米勒：《小说与重复》，王宏图译，天津人民出版社 2008 年版。

［法］朱莉娅·克里斯蒂娃：《符号学：符义分析探索集》，史忠义等译，复旦大学出版社 2015 年版。

［法］朱莉娅·克里斯蒂娃：《克里斯蒂娃自选集》，赵英晖译，复旦
　　大学出版社 2015 年版。

［法］朱莉娅·克里斯蒂娃：《诗性语言的革命》，张颖、王小姣译，四
　　川大学出版社 2016 年版。

［法］朱莉娅·克里斯蒂娃：《主体·互文·精神分析——克里斯蒂娃
　　复旦大学演讲集》，祝克懿、黄蓓编译，生活·读书·新知三联
　　书店 2016 年版。

四　论文类

安如峦：《从互文性看〈儒林外史〉的讽刺手法》，《明清小说研究》
　　1997 年第 1 期。

蔡丹：《电影〈刺客聂隐娘〉互文性阐释》，《安徽广播电视大学学报》
　　2020 年第 1 期。

陈才训：《论张竹坡小说评点的八股思维及其得失》，《吉林师范大学
　　学报》（人文社会科学版）2016 年第 3 期。

陈才训：《小说可以兴——浅论"兴"对中国古典小说的影响》，《北
　　方丛刊》2005 年第 3 期。

陈洪：《从"林下"进入文本深处——〈红楼梦〉的"互文"解读》，
　　《文学与文化》2013 年第 3 期。

陈军：《文类与互文性》，《江苏社会科学》2012 年第 2 期。

陈可红：《吴宇森的三国"江湖"——评〈赤壁〉》，《电影新作》2009
　　年第 2 期。

陈平原：《鹦鹉救火与铸剑复仇——胡适与鲁迅的济世情怀》，《学术
　　月刊》2017 年第 8 期。

陈千里：《〈金锁记〉脱胎于〈红楼梦〉说》，《红楼梦学刊》2007 年
　　第 1 辑。

陈颖：《古代文论中的"互文性"言说》，《文艺研究》2019 年第 5 期。

程国赋：《论明代通俗小说插图的作用》，《文学评论》2009 年第 3 期。

程国赋：《明代小说读者与通俗小说刊刻之关系阐析》，《文艺研究》2007 年第 7 期。

程锡麟：《互文性理论概述》，《外国文学》1996 年第 1 期。

［荷兰］D. 佛克马：《中国与欧洲传统中的重写方式》，范智红译，《文学评论》1999 年第 6 期。

代智敏：《明清小说选本研究》，博士学位论文，暨南大学，2009 年。

董定一：《崇祯本〈金瓶梅〉笑话的艺术特征与文学意蕴初探》，《阴山学刊》2012 年第 1 期。

杜贵晨：《〈红楼梦〉是〈金瓶梅〉"反模仿"与"倒影"之"基因"论》，《河北学刊》2018 年第 2 期。

范军、欧阳敏：《论文学经典的青年亚文化传播文本、特征及启示——以〈三国演义〉为中心》，《西南民族大学学报》（人文社会科学版）2015 年第 7 期。

傅承洲：《〈忠义水浒全传〉修订者考略》，《文献》2011 年第 4 期。

傅承洲：《章回小说补书初探》，《江海学刊》2014 年第 3 期。

傅隆基：《金圣叹是假恶宋江还是真恶宋江——与张国光先生商榷》，《江汉论坛》1982 年第 2 期。

甘莅豪：《中西互文概念的理论渊源与整合》，《修辞学习》2006 年第 5 期。

高淮生、李春强：《〈红楼梦〉对 20 世纪中国小说创作的影响研究》，《咸阳师范学院学报》2006 年第 5 期。

古今、宋培宪：《施耐庵、罗贯中、吴承恩是"路痴"吗——也说古典小说中的地理问题》，《菏泽学院学报》2017 年第 1 期。

郭冰茹：《〈废都〉与中国古典小说的叙事传统》，《文艺争鸣》2014 年第 6 期。

郭英德：《中国古代通俗小说版本研究刍议》，《文学遗产》2005 年第 2 期。

郝丹宁：《浅析电视娱乐节目的收视心理》，《新闻传播》2011 年第 2 期。

贺根民：《〈金瓶梅〉评点的八股技法》，《南通大学学报》（社会科学版）2011 年第 2 期。

胡莲玉：《话本小说结构体制演进之考察》，《江海学刊》2004 年第 6 期。

胡小梅：《论周曰校本〈三国志演义〉插图的情感倾向》，《广西师范学院学报》（哲学社会科学版）2014 年第 3 期。

胡杨：《古典名著电子游戏改编研究》，硕士学位论文，江西师范大学，2019 年。

黄大宏：《唐传奇〈三梦记〉的结构渊源及其重写史论》，《湖南科技大学学报》（社会科学版）2006 年第 3 期。

黄大宏：《唐代小说重写研究》，博士学位论文，陕西师范大学，2003 年。

黄霖：《关于金瓶梅崇祯本的若干问题》，《金瓶梅研究》第一辑，江苏古籍出版社 1990 年版。

黄霖：《近百年来的金圣叹研究——以〈水浒〉评点为中心》，《明清小说研究》2003 年第 2 期。

黄霖：《论〈金瓶梅词话〉的镶嵌》，《文艺研究》2016 年第 4 期。

黄念然：《当代西方文论中的互文性理论》，《外国文学研究》1999 年第 1 期。

纪德君：《明清通俗小说文体交叉、融混现象刍议》，《学术月刊》2004 年第 1 期。

江弱水：《互文性理论鉴照下的中国诗学用典问题》，《外国文学评论》2009 年第 1 期。

蒋寅：《拟与避：古典诗歌文本的互文性问题》，《文史哲》2012 年第 1 期。

蒋玉斌：《〈聊斋志异〉仿作再辨》，《社会科学战线》2009 年第 11 期。

焦亚东：《互文性视野下的类书与中国古典诗歌——兼及钱钟书古典诗歌批评话语》，《文艺研究》2007 年第 1 期。

焦亚东：《钱钟书文学批评的互文性特征研究》，博士学位论文，华中师范大学，2006 年。

金实秋：《〈坚瓠集〉中几条有关〈红楼梦〉细节的材料》，《汕头大学学报》1986 年第 2 期。

金秀玹：《明清小说插图研究》，博士学位论文，北京大学，2013 年。

金学斯：《简论〈醒世姻缘传〉同〈金瓶梅〉的渊源关系》，《上海大学学报》（社会科学版）1989 年第 6 期。

蒯冲：《"镜像理论"与〈吉姆老爷〉中的人物命运》，《重庆科技学院学报》（社会科学版）2010 年第 3 期。

赖晓君：《论科举视野下的明代江西小说》，《暨南学报》（哲学社会科学版）2015 年第 4 期。

赖振寅：《"钗黛合一"美学阐释之二》，《红楼梦学刊》2006 年第 2 辑。

李汇群：《论〈西游记〉中的"犯避"》，硕士学位论文，华中师范大学，2002 年。

李建中：《通义：汉语阐释学的思想与方法》，《文学评论》2019 年第 6 期。

李剑国：《〈李娃传〉疑文考辨及其他——兼议〈太平广记〉的引文体例》，《文学遗产》2007 年第 3 期。

李军峰：《张竹坡评点〈金瓶梅〉中"映"的多义意蕴展现》，《昌吉学院学报》2016 年第 4 期。

李磊：《从文本互文到媒介互文：网络小说改编中的冲突与融合》，《传媒》2018 年第 4 期。

李鹏飞：《论中国古代小说对现当代小说的影响》，《北京大学学报》（哲学社会科学版）2016 年第 3 期。

李盛涛：《论网络同人小说的反经典性》，《江西社会科学》2014 年第 1 期。

李时人、杨彬：《中国古代小说在日本的传播与影响》，《复旦学报》（社会科学版）2006 年第 3 期。

李卫华：《叙述的频率与时间的三维》，《文艺理论研究》2013 年第 3 期。

李小龙：《试论中国古典小说回目与图题之关系》，《文学遗产》2010

年第 6 期。

李啸非:《浮世风雅:晚明的书籍、书商和出版》,《美术学报》2018 年第 2 期。

廖可斌:《〈三宝太监西洋记通俗演义〉主人公金碧峰本事考》,《文献》1996 年第 1 期。

刘斐、朱可:《互文考论》,《当代修辞学》2011 年第 3 期。

刘斐:《中国传统互文研究——兼论中西互文的对话》,博士学位论文,复旦大学,2012 年。

刘国强:《思想的狂欢:刘震云小说中的戏拟表达》,《名作欣赏》2010 年第 32 期。

刘纪蕙:《女性的复制:男性作家笔下二元化的象征符号》,《中外文学》(台北) 1989 年第 1 期。

刘世德:《关于小说版本和古今贯通研究的随感》,《文学遗产》2006 年第 2 期。

刘文玉、陆涛:《图像时代下的中国古代插图研究》,《廊坊师范学院学报》(社会科学版) 2013 年第 1 期。

刘雪丽、朱有义:《巴赫金对话理论视阈下主体的自我建构》,《俄罗斯文艺》2019 年第 4 期。

刘莹莹:《经典文本"陌生化"的时代审美与意义——以〈哪吒之魔童降世为例〉》,《电影文学》2020 年第 1 期。

刘勇强:《〈儒林外史〉文本特性与接受障碍》,《文艺理论研究》2013 年第 4 期。

刘勇强:《古代小说情节类型的研究意义》,《北京大学学报》(哲学社会科学版) 2010 年第 3 期。

刘勇强:《略论话本小说版本问题的特殊性》,《明清小说研究》2009 年第 4 期。

刘勇强:《戏梦人生——谈谭楚玉戏里传情 刘藐姑曲终死节》,《文史知识》2004 年第 4 期。

刘勇强:《中国古代小说的文体兼容性》,《北京大学学报》(哲学社会科学版）2012 年第 3 期。

刘勇强：《中国古代小说的叙事学研究反思》，《明清小说研究》2011
年第 2 期。

刘勇强：《宗教信仰制约下的艺术想象——〈搜神记〉小说品格的反
思》，《中国高校社会科学》2019 年第 4 期。

陆涛、张丽：《明清小说插图的现代阐释——基于语图互文的视角》，
《集美大学学报》（哲学社会科学版）2013 年第 1 期。

陆涛、张丽：《明清小说出版中的语—图互文现象》，《鲁东大学学报》
（哲学社会科学版）2013 年第 4 期。

陆涛：《图像与叙事——关于古代小说插图的叙事学考察》，《内蒙古
社会科学》（汉文版）2011 年第 6 期。

吕微、高丙中、朝戈金、户晓辉：《母题和功能：学科经典概念与新的
理论可能性》，《民间文化论坛》2007 年第 1 期。

孟昭连：《破解"之乎者也"千古之迷——文言语气词非口语说》，《南
京师大学报》（社会科学版）2013 年第 3 期。

孟昭连：《宋代文白消长与小说语体之变》，《中国社会科学》2011 年
第 3 期。

孟昭连：《唐诗的口语化倾向》，《徐州工程学院学报》（社会科学版）
2012 年第 6 期。

欧阳健：《古代小说的文本与版本》，《内江师范学院学报》2005 年第
5 期。

潘建国：《〈搜神记〉的形成：以前代故事文本辑采为例》，《中国高校
社会科学》2019 年第 4 期。

乔光辉：《明代"剪灯"系列小说研究》，博士学位论文，南京师范大
学，2000 年。

秦海鹰：《互文性理论的缘起与流变》，《外国文学评论》2004 年第
3 期。

任明华：《中国小说选本研究》，博士学位论文，华东师范大学，2003 年。

商伟：《〈儒林外史〉叙述形态考论》，《文学遗产》2014 年第 5 期。

商伟：《复式小说的构成：从〈水浒传〉到〈金瓶梅词话〉》，《复旦学报》（社会科学版）2016 年第 5 期。

宋莉华：《插图与明清小说的阅读与传播》，《文学遗产》2000 年第 4 期。

谭帆、杨志平：《中国古典小说文法术语考论》，《文学遗产》2011 年第 3 期。

屠友祥：《声音和文字：索绪尔论萨图尔努斯诗体》，《外国文学评论》2003 年第 1 期。

汪燕岗：《古代小说插图方式之演变及意义》，《学术研究》2007 年第 10 期。

王昊：《试论明清神怪小说审美风格的新变——以〈西洋记〉〈飞跎全传〉为中心》，《明清小说研究》2019 年第 2 期。

王金芝：《2019 年中国网络文学创作与 IP 改编的常与变》，《中国当代文学研究》2020 年第 2 期。

王瑾：《互文性：理论与批评》，博士学位论文，首都师范大学，2005 年。

王立：《明清小说中的宝失家败母题及渊源》，《齐鲁学刊》2007 年第 2 期。

王良成：《明代的翻案剧及其审美风尚述论》，《艺术百家》2007 年第 1 期。

王凌：《〈红楼梦〉脂评中的“互文”阐释策略》，《内蒙古社会科学》2016 年第 4 期。

王凌：《〈金瓶梅〉“重复”叙事与潘金莲形象新解》，《名作欣赏》2012 年第 23 期。

王凌：《〈三国演义〉叙事结构中的“互文”美学》，《浙江学刊》2014 年第 5 期。

王凌：《〈三国志演义〉影视改编的互文性策略》，《西安工业大学学报》2015 年第 5 期。

王凌：《〈赵氏孤儿〉在影视作品中的人性化改编》，《电影文学》2013 年第 12 期。

王凌：《古代白话小说语体之形成及特征》，《兰州学刊》2010 年第
　　12 期。

王凌：《古代白话小说"重复"叙述技巧谫论》，《西安工业大学学报》
　　2013 年第 9 期。

王凌：《论〈三国演义〉的预叙艺术》，《南京师范大学文学院学报》
　　2015 年第 2 期。

王凌：《毛本〈三国志演义〉诗词的互文性解读》，《南京师大学报》
　　（社会科学版）2014 年第 2 期。

王凌：《毛宗岗小说评点与"互文"批评视角略论》，《明清小说研究》
　　2013 年第 3 期。

王凌：《中国古代小说的兵器书写》，《西安工业大学学报》2018 年第
　　6 期。

王猛：《论〈三国演义〉对英雄母题的利用与超越》，《甘肃社会科学》
　　2007 年第 3 期。

王琦：《中西"互文"比较研究的现状与反思》，《社会科学论坛》2018
　　年第 4 期。

王庆华：《论张竹坡对〈金瓶梅〉结构形态的解读——一种被遮蔽的
　　传统小说文体结构观》，《兰州学刊》2017 年第 2 期。

王文娟：《从"影写法"看〈红楼梦〉对〈金瓶梅〉的继承与超越》，
　　《红楼梦学刊》2020 年第 2 辑。

王晓玲：《张竹坡〈金瓶梅〉评点中的〈史记〉文学性阐释》，《文艺评
　　论》2016 年第 5 期。

王鑫：《晚清小说标"新"之风成因探析》，《明清小说研究》2014 年
　　第 4 期。

王逊：《论明清小说插图的"从属性"与"独立性"》，《中南大学学
　　报》（社会科学版）2012 年第 6 期。

王颖：《对"英雄儿女"模式的翻案——论〈兰花梦奇传〉的混类现
　　象和文本对话》，《海南师范学院学报》（社会科学版）2006 年第
　　5 期。

魏颖：《〈红楼梦〉的"形影叙事"与曹雪芹的自我形象》，《红楼梦学刊》2019 年第 2 辑。

温庆新：《〈中国小说史略〉有关古代小说仿拟现象的小说史叙述》，《学术研究》2017 年第 7 期。

文东升、周晓阳、蒋艳丽：《对历史人物翻案问题之浅见》，《南华大学学报》（社会科学版）2003 年第 1 期。

吴玲玲：《从文学理论到游戏学、艺术哲学——欧美国家电子游戏审美研究历程综述》，《贵州社会科学》2007 年第 8 期。

吴秀明：《论文化转型语境中的"历史翻案"现象——兼谈当前历史文学的历史观和艺术创造力问题》，《文艺理论研究》2005 年第 5 期。

颜彦：《明清小说插图叙事的时空表现图式》，《中国文化研究》2011 年春之卷。

颜彦：《明清小说戏曲插图中的公私空间及其图式分析》，《贵州文史丛刊》2019 年第 3 期。

颜彦：《明清小说中的社会风尚影响——小说文本中插图形象的演变解读》，《北京科技大学学报》（社会科学版）2011 年第 3 期。

杨彬、李桂奎：《"仿拟"叙述与中国古代小说的文本演变》，《复旦学报》（社会科学版）2011 年第 6 期。

杨婕：《〈红楼梦〉肖像描绘考察——以"影身人物"为核心》，《红楼梦学刊》2012 年第 3 辑。

杨匡汉：《莫言的〈聊斋〉》，《中华文化论坛》2017 年第 6 期。

杨森：《世德堂本〈西游记〉图文互文现象研究》，《徐州师范大学学报》（哲学社会科学版）2012 年第 4 期。

杨洋：《中国古代诗学经验中的互文性探究》，硕士学位论文，东北师范大学，2019 年。

杨义：《金瓶梅：世情书与怪才奇书的双重品格》，《文学评论》1994 年第 5 期。

易闻晓：《论脱化》，《长江大学学报》（社会科学版）2004 年第 2 期。

于德山：《"语—图"互文之中叙述主体的生成及其特征》，《求是学刊》2004 年第 1 期。

于德山：《中国图像叙述学：逻辑起点及其意义方法》，《社会科学战线》2004 年第 1 期。

俞晓红：《论戏曲文本在非线性叙事中的构成——以〈牡丹亭〉为考察中心》，《戏曲研究》2018 年第 2 期。

张宏生：《关于七夕诗词与翻案问题的对话》，《古典文学知识》1996 年第 3 期。

张金梅：《史家笔法作为中国古代小说评点话语的建构》，《集美大学学报》（哲学社会科学版）2012 年第 2 期。

张伟、周群：《互文：小说评点中品评标准的画学透视》，《内蒙古社会科学》（汉文版）2013 年第 1 期。

张伟：《明清小说评点理论建构的权力镜像与互文指向》，《求索》2015 年第 10 期。

张文德：《李瓶儿素材来源考论》，《阅江学刊》2015 年第 6 期。

张新科：《〈史记〉文学经典化的重要途径——以明代评点为例》，《文史哲》2014 年第 3 期。

张玉梅、张祝平：《明代〈三国〉版画对曹操的褒与贬》，《乐山师范学院学报》2011 年第 6 期。

张玉勤：《"语—图"互仿中的图文缝隙》，《江苏师范大学学报》（哲学社会科学版）2013 年第 3 期。

张玉勤：《论明清小说插图中的"语—图"互文现象》，《明清小说研究》2010 年第 1 期。

张袁月：《文学地图视角下的唐传奇论析》，《中国石油大学学报》（社会科学版）2019 年第 5 期。

赵宏丽：《中国古代文学经典的数字影视媒介化研究》，博士学位论文，东北师范大学，2013 年。

赵建忠：《一粟未著录的仿作〈新红楼梦〉、〈风月鉴〉及其它》，《红楼梦学刊》2001 年第 2 辑。

赵金铭：《〈游仙窟〉与唐代口语语法》，《语言研究》1995 年第 1 期。

郑红翠：《游冥故事与中国古代小说叙事结构》，《学术交流》2016 年第 12 期。

郑熙青：《当代网络同人写作中的革命叙事——以〈伪装者〉和〈悲惨世界〉同人为例》，《文艺理论与批评》2019 年第 6 期。

周流溪：《互文与"互文性"》，《北京师范大学学报》（社会科学版）2013 年第 3 期。

周新民、叶兆言：《写作，就是反模仿——叶兆言访谈录》，《小说评论》2004 年第 3 期。

［法］朱莉娅·克里斯蒂娃：《词语、对话和小说》，祝克懿、宋姝锦译，《当代修辞学》2012 年第 4 期。

祝克懿：《互文理论的多声部构成：〈武士〉、张东荪、巴赫金与本维尼斯特、佛洛依德》，《当代修辞学》2013 年第 5 期。

后　记

　　就在此书交付出版社审定之际，我开始了从西安工业大学到广东省惠州学院的工作调动。从 2009 年毕业到现在，我在长安城度过了人生最重要的十三年。这本书既是对我近几年科研工作的总结，也算我留给这座古城的一个交代。

　　2015 年 6 月，我获得了一项国家社科基金，当时正值我的女儿出生。高龄得女的满足与项目获批的欣喜让我对一切充满信心。曾经踌躇满志的我怎么也想不到孩子出生伴随的竟是生活和工作状态的完全改变，事业与家庭无法平衡的困境让中年女性深感无力。好在历尽艰险项目最终以良好等级结项，这才有了本书的出版。这段研究经历让我对自己的学术兴趣有了比较清晰的把握，也让我对科研工作产生了新的热情，然而疫情的反复却让我对生活的不确定感与日俱增。去年年底到今年年初，疫情不断加重，对我这种长期双城奔波的家庭来说（我丈夫 2010 年即调往深圳工作），疫情带给我的除了生活的不便，还有对家人生命安全的焦虑。当我不得不直面孩子成长与母亲衰老的现实，我清楚地意识到距离已成为生命中的不可承受之重。对我的家庭来说，结束双城状态在此刻更有意义。于是我选择带着对文学的理想去另一个地方开花结果。

　　我非常感谢西安工业大学众多师友们的一路相伴，他们让我在这个原本陌生的城市获得了最初的温暖；也感谢我所有的本科生和研究生，为了始终在他们面前呈现最专业的一面，我只有不断为自己设定更高的学术目标；我还要特别感谢中国社会科学出版社的杨康老师，她绝对是我遇到过的最严谨、最敬业的编辑，有了她的敦促和把关才有了这本书现在的样子。

感恩曾经遇见的一切，在新的城市重新出发！

王　凌

2022 年 6 月 12 日